罗新璋 选编

《贝多芬传》
《罗丹艺术论》
《艺术哲学》
附录 傅雷年谱

傅译精华

5

人民文学出版社

目　次

音乐美术卷

贝多芬传

译者录 ·· 3
译者序 ·· 5
初版序 ·· 7
原序 ·· 11
贝多芬传 ·· 13
附录：贝多芬的作品及其精神 ················· 傅　雷 47
　　一、贝多芬与力 ···································· 47
　　二、贝多芬的音乐建树 ···························· 52
　　三、重要作品浅释 ································· 60

音乐笔记

关于莫扎特 ··· 81
　　莫扎特的旋律简朴明净 ··························· 81
　　莫扎特出现的时代及其历史意义 ··············· 82
　　莫扎特不让眼泪沾湿他的艺术 ·················· 86
什么叫作古典的？ ···································· 89

论舒伯特 …………………………………………………… 93

罗丹艺术论

傅雷译《罗丹艺术论》序 ………………………… 刘海粟 103

罗丹美学 ……………………………………………………… 107

嘱词 …………………………………………………………… 109

序 ……………………………………………………………… 115

第一章　艺术之写实 ………………………………………… 119

第二章　在艺人的眼中,自然中的一切都是美的 ………… 127

第三章　论模塑 ……………………………………………… 137

第四章　艺术中之动作 ……………………………………… 147

第五章　素描与色彩 ………………………………………… 167

第六章　女性美 ……………………………………………… 177

第七章　古代精神与现代精神 ……………………………… 183

第八章　艺术之思想 ………………………………………… 201

第九章　艺术中之神秘 ……………………………………… 219

第十章　菲狄阿斯与米开朗琪罗 …………………………… 229

第十一章　艺术家之效用 …………………………………… 251

读后记 …………………………………………… 罗新璋 263

艺术哲学

译者序 ………………………………………………………… 269

第一编　艺术品的本质及其产生 …………………………… 273

　　第一章　艺术品的本质 ………………………………… 273

　　第二章　艺术品的产生 ………………………………… 307

第四编　希腊的雕塑 ………………………………………… 343

　　第一章　种族 …………………………………………… 344

第二章　时代	380
第三章　制度	400
希腊精神与两晋六朝的文采风流 …………………罗新璋	435
傅雷译作年表	441

贝多芬传

[法]罗曼·罗兰 著

Romain Rolland

Vie de Beethoven

---

la Liliairie Hachette, 1928

译 者 录

……故天将降大任于斯人也,必先苦其心志,劳其筋骨,饿其体肤,空乏其身,行拂乱其所为,所以动心忍性,增益其所不能。

《孟子·告天下》

译 者 序

　　唯有真实的苦难，才能驱除浪漫底克的幻想的苦难；唯有看到克服苦难的壮烈的悲剧，才能帮助我们担受残酷的命运；唯有抱着"我不入地狱谁入地狱"的精神，才能挽救一个萎靡而自私的民族：这是我十五年前初次读到本书时所得的教训。

　　不经过战斗的舍弃是虚伪的，不经劫难磨炼的超脱是轻佻的，逃避现实的明哲是卑怯的；中庸，苟且，小智小慧，是我们的致命伤：这是我十五年来与日俱增的信念。而这一切都由于贝多芬的启示。

　　我不敢把这样的启示自秘，所以十年前就迻译了本书。现在阴霾遮蔽了整个天空，我们比任何时都更需要精神的支持，比任何时都更需要坚忍、奋斗、敢于向神明挑战的大勇主义。现在，当初生的音乐界只知训练手的技巧，而忘记了培养心灵的神圣工作的时候，这部《贝多芬传》对读者该有更深刻的意义——由于这个动机，我重译了本书。[①]

　　此外，我还有个人的理由。疗治我青年时世纪病的是贝多芬，扶植我在人生中的战斗意志的是贝多芬，在我灵智的成长中给我大影响的是贝多芬，多少次的颠扑曾由他搀扶，多少的创伤曾由他抚慰——且不说引我进音乐王国的这件次要的恩泽。除了把我所受的恩泽转

---

① 这部书的初译稿，成于一九三二年，在存稿堆下埋藏了有十几年之久。——出版界坚持本书已有译本，不愿接受。但已出版的译本绝版已久，我始终未曾见到。然而我深深地感谢这件在当时使我失望的事故，使我现在能全部重译，把少年时代幼稚的翻译习作一笔勾销。

赠给比我年轻的一代之外,我不知还有什么方法可以偿还我对贝多芬,和对他伟大的传记家罗曼·罗兰所负的债务。表示感激的最好的方式,是施予。

为完成介绍的责任起见,我在译文以外,附加了一篇分析贝多芬作品的文字。我明知这是一件越俎的工作,但望这番力不从心的努力,能够发生抛砖引玉的作用。

一九四二年三月

初 版 序

> 我愿证明,凡是行为善良与高尚的人,
> 定能因之而担当患难。
> ——贝多芬
> (一八一九年二月一日在维也纳市政府语)

  我们周围的空气多沉重。老大的欧罗巴在重浊与腐败的气氛中昏迷不醒。鄙俗的物质主义镇压着思想,阻挠着政府与个人的行动。社会在乖巧卑下的自私自利中窒息以死。人类喘不过气来。——打开窗子吧!让自由的空气重新进来!呼吸一下英雄们的气息。

  人生是艰苦的。在不甘于平庸凡俗的人,那是一场无日无之的斗争,往往是悲惨的,没有光华的,没有幸福的,在孤独与静寂中展开的斗争。贫穷,日常的烦恼,沉重与愚蠢的劳作,压在他们身上,无益地消耗着他们的精力,没有希望,没有一道欢乐之光,大多数还彼此隔离着,连对患难中的弟兄们一援手的安慰都没有,他们不知道彼此的存在。他们只能依靠自己;可是有时连最强的人都不免在苦难中蹉跌。他们求助,求一个朋友。

  为了援助他们,我才在他们周围集合一般英雄的友人,一般为了善而受苦的伟大的心灵。这些"名人传"[①]不是向野心家的骄傲申说

[①] 按:作者另有《米开朗琪罗传》《托尔斯泰传》,皆与本书同列在"名人传"这总标题内。

的，而是献给受难者的。并且实际上谁又不是受难者呢？让我们把神圣的苦痛的油膏，献给苦痛的人吧！我们在战斗中不是孤军。世界的黑暗，受着神光烛照。即是今日，在我们近旁，我们也看到闪耀着两朵最纯洁的火焰，正义与自由：毕加大佐和布尔民族。① 即使他们不曾把浓密的黑暗一扫而空，至少他们在一闪之下已给我们指点了大路。跟着他们走吧，跟着那些散在各个国家、各个时代、孤独奋斗的人走吧。让我们来摧毁时间的阻隔，使英雄的种族再生。

　　我称为英雄的，并非以思想或强力称雄的人；而只是靠心灵而伟大的人。好似他们之中最伟大的一个，就是我们要叙述他的生涯的人所说的："除了仁慈以外，我不承认还有什么优越的标记。"没有伟大的品格，就没有伟大的人，甚至也没有伟大的艺术家，伟大的行动者；所有的只是些空虚的偶像，匹配下贱的民众的：时间会把他们一齐摧毁。成败又有什么相干？主要是成为伟大，而非显得伟大。

　　这些传记中人的生涯，几乎都是一种长期的受难。或是悲惨的命运，把他们的灵魂在肉体与精神的苦难中磨折，在贫穷与疾病的铁砧上锻炼；或是，目击同胞受着无名的羞辱与劫难，而生活为之戕害，内心为之碎裂，他们永远过着磨难的日子；他们固然由于毅力而成为伟大，可是也由于灾患而成为伟大。所以不幸的人啊！切勿过于怨叹，人类中最优秀的和你们同在。汲取他们的勇气做我们的养料吧；倘使我们太弱，就把我们的头枕在他们膝上休息一会吧。他们会安慰我们。在这些神圣的心灵中，有一股清明的力和强烈的慈爱，像激流一

---

① 按：一八九四至一九〇六年间，法国有一历史性的大冤狱，即史家所谓"德雷福斯事件"。德雷福斯大尉被诬通敌罪，判处苦役。一八九五年陆军部秘密警察长发觉前案系罗织诬陷而成，竭力主张平反，致触怒军人，连带下狱。著名文豪左拉亦以主张正义而备受迫害，流亡英伦。追一八八九年，德雷福斯方获军事法庭更审，改判徒刑十年，复由大总统下令特赦。一九〇六年，德雷福斯再由最高法院完全平反，撤销原判。毕加大佐为昭雪此冤狱之最初殉难者。故作者以之代表正义。——布尔民族为南非好望角一带的荷兰人，自维也纳会议，荷兰将好望角割让于英国后，英人虐待布尔人甚烈，卒激成一八八九至一九〇二年间的布尔战争。结果英国让步，南非联邦宣告成立，为英国自治领地之一。作者以之代表自由的火焰。

般飞涌出来。甚至毋须探询他们的作品或倾听他们的声音,就在他们的眼里,他们的行述里,即可看到生命从没像处于患难时的那么伟大,那么丰满,那么幸福。

在此英勇的队伍内,我把首席给予坚强与纯洁的贝多芬。他在痛苦中间即曾祝望他的榜样能支持别的受难者,"但愿不幸的人,看到一个与他同样不幸的遭难者,不顾自然的阻碍,竭尽所能的成为一个不愧为人的人,而能藉以自慰"。经过了多少年超人的斗争与努力,克服了他的苦难,完成了他所谓"向可怜的人类吹嘘勇气"的大业之后,这位胜利的普罗米修斯①,回答一个向他提及上帝的朋友时说道:"噢,人啊,你当自助!"

我们对他这句豪语应当有所感悟。依着他的先例,我们应当重新鼓起对生命对人类的信仰!

罗曼·罗兰
一九〇三年一月

---

① 神话中的火神,人类文明最初的创造者。作者常用以譬喻贝多芬。

原　序

　　二十五年前,我写这本小小的《贝多芬传》时,不曾想要完成什么音乐学的著作。那是一九〇二年。我正经历着一个骚乱不宁的时期,充满着兼有毁灭与更新作用的雷雨。我逃出了巴黎,来到我童年的伴侣、曾经在人生的战场上屡次撑持我的贝多芬那边,寻觅十天的休息。我来到波恩,他的故里。我重复找到了他的影子和他的老朋友们,就是说在我到科布伦茨访问的韦格勒的孙子们身上,重又见到了当年的韦格勒夫妇。在美因茨,我又听到他的交响乐大演奏会,是魏因加特纳①指挥的。然后我又和他单独相对,倾吐着我的衷曲,在多雾的莱茵河畔,在那些潮湿而灰色的四月天,浸淫着他的苦难,他的勇气,他的欢乐,他的悲哀,我跪着,由他用强有力的手搀扶起来,给我的新生儿约翰•克利斯朵夫行了洗礼②,在他祝福之下,我重又踏上巴黎的归路,得到了鼓励,和人生重新缔了约,一路向神明唱着病愈者的感谢曲。那感谢曲便是这本小册子。先由《巴黎杂志》发表,后又被贝玑③拿去披露。我不曾想到本书会流传到朋友们的小范围以外。可是"各有各的命运……"

---

①　魏因加特纳(1863—1942),系指挥贝多芬作品之权威。
②　罗曼•罗兰名著《约翰•克利斯朵夫》,最初数卷的事实和主人翁的性格,颇多取材于贝多芬的事迹与为人。且全书的战斗精神与坚忍气息,尤多受贝多芬的感应。
③　贝玑(1873—1914),法国近代大诗人、哲学家。本书全文曾在贝玑主编的《半月刊》上发表。

恕我叙述这些枝节。但今日会有人在这支颂歌里面寻求以严格的史学方法写成的渊博的著作，对于他们，我不得不有所答复。我自有我做史家的时间。我在《韩德尔》和关于歌剧研究的几部书内，已经对音乐学尽了相当的义务。但《贝多芬传》绝非为了学术而写的。它是受伤而窒息的心灵的一支歌，在甦生与振作之后感谢救主的，我知道，这救主已经被我改换面目。但一切从信仰和爱情出发的行为都是如此。而我的《贝多芬传》便是这样的行为。大家人手一编的拿了去，给这册小书走上它不曾希望的好运。那时候，法国几百万的生灵，被压迫的理想主义者的一代，焦灼地等待着一声解放的讯号。这讯号，他们在贝多芬的音乐中听到了，他们便去向他呼吁。经历过那个时代的人，谁不记得那些四重奏音乐会，仿佛弥撒祭中唱"神之羔羊"①时的教堂，——谁不记得那些痛苦的脸，注视着祭献礼，因它的启示而受着光辉的烛照？生在今日的人们已和生在昨日的人们离得远远了。（但生在今日的人们是否能和生在明日的离得更近？）在本世纪初期的这一代里，多少行列已被歼灭：战争开了一个窟窿，他们和他们最优秀的儿子都失了踪影。我的小小的《贝多芬传》保留着他们的形象。出自一个孤独者的手笔，它不知不觉地竟和他们相似。而他们早已在其中认出自己。这小册子，由一个无名的人写的，从一家无名的店铺里出来，几天之内在大众手里传播开去，它已不再属于我了。

我把本书重读了一遍，虽然残缺，我也不拟有所更易②。因为它应当保存原来的性质，和伟大的一代神圣的形象。在贝多芬百年祭③的时候，我纪念那一代，同时颂扬它伟大的同伴，正直与真诚的大师，教我们如何生如何死的大师。

罗曼·罗兰
一九二七年三月

---

① 按：此系弥撒祭典礼中之一节。
② 作者预备另写一部历史性的和专门性的书，以研究贝多芬的艺术和他创造性的人格。——原注
　　按：此书早已于一九二八年正月在巴黎出版。
③ 按：一九二七年适为贝多芬百年死忌。

贝多芬传

竭力为善,爱自由甚于一切,
即使为了王座,也永勿欺妄真理。

——贝多芬
（一七九二年手册）

  他短小臃肿,外表结实,生就运动家般的骨骼。一张土红色的宽大的脸,到晚年才皮肤变得病态而黄黄的,尤其是冬天,当他关在室内远离田野的时候。额角隆起,宽广无比。乌黑的头发,异乎寻常的浓密,好似梳子从未在上面光临过,到处逆立,赛似"美杜莎头上的乱蛇"①。眼中燃烧着一股奇异的威力,使所有见到他的人为之震慑;但大多数人不能分辨它们微妙的差别。因为在褐色而悲壮的脸上,这双眼睛射出一道犷野的光,所以大家总以为是黑的;其实却是灰蓝的②。平时又细小又深陷,兴奋或愤怒的时光才张大起来,在眼眶中旋转,那

---

① 以上据英国游历家罗素一八二二年时记载:一八〇一年,车尔尼尚在幼年,看到贝多芬蓄着长发和多日不剃的胡子,穿着羊皮衣裤,以为遇到了小说中的鲁滨逊。——原注
  按:美杜莎系神话中三女妖之一,以生有美发著名。后以得罪火神,美发尽变毒蛇。车尔尼(1791—1857),奥国有名的钢琴家,肖邦至友,其钢琴演奏当时与肖邦齐名。
② 据画家克勒贝尔记载:他曾于一八一八年为贝多芬画像。

才奇妙地反映出它们真正的思想①。他往往用忧郁的目光向天凝视。宽大的鼻子又短又方,竟是狮子的相貌。一张细腻的嘴巴,但下唇常有比上唇前突的倾向。牙床结实得厉害,似乎可以磕破核桃。下巴的左边有一个深陷的小窝,使他的脸显得古怪地不对称。据莫舍勒斯②说:"他的微笑是很美的,谈话之间有一副往往可爱而令人高兴的神气。但另一方面,他的笑却是不愉快的,粗野的,难看的,并且为时很短。"——那是一个不惯于欢乐的人的笑。他通常的表情是忧郁的,显示出"一种无可疗治的哀伤"。一八二五年,雷斯塔伯③说看见"他温柔的眼睛及其剧烈的痛苦"时,他需要竭尽全力才能止住眼泪。一年以后,布劳恩·冯·布劳恩塔尔在一家酒店里遇见他,坐在一隅抽着一支长烟斗,闭着眼睛,那是他临死以前与日俱增的习惯。一个朋友向他说话。他悲哀地微笑,从袋里掏出一本小小的谈话手册;然后用着聋子惯有的尖锐的声音,教人家把要说的话写下来。他的脸色时常变化,或是在钢琴上被人无意中撞见的时候,或是突然有所感应的时候,有时甚至在街上,使路人大为吃惊。"脸上的肌肉突然隆起,血管膨胀;犷野的眼睛变得加倍可怕;嘴巴发抖;仿佛一个魔术家召来了妖魔而反被妖魔制服一般",那是莎士比亚式的面目④。尤利乌斯·贝内迪克特说他无异"李尔王"⑤。

* * *

路德维希·凡·贝多芬,一七七〇年十二月十六日生于科隆附近

---

① 据医生米勒一八二〇年记载:他的富于表情的眼睛,时而妩媚温柔,时而惘然,时而气焰逼人,可怕非常。——原注
② 莫舍勒斯(1794—1870),英国钢琴家。
③ 雷斯塔伯(1799—1860),德国诗人。
④ 克勒贝尔说是傩相的面目。以上的细节皆采自贝多芬的朋友,及见过他的游历家的记载。
　按:傩相为三世纪时苏格兰行吟诗人。
⑤ 莎士比亚名剧中的人物。

的波恩,一所破旧屋子的阁楼上。他的出身是弗拉芒族①。父亲是一个不聪明而酗酒的男高音歌手。母亲是女仆,一个厨子的女儿,初嫁男仆,夫死再嫁贝多芬的父亲。

艰苦的童年,不像莫扎特般享受过家庭的温情。一开始,人生于他就显得是一场悲惨而残暴的斗争。父亲想开拓他的音乐天分,把他当作神童一般炫耀。四岁时,他就被整天的钉在洋琴前面②,或和一把提琴一起关在家里,几乎被繁重的工作压死。他的不致永远厌恶这艺术总算是万幸的了。父亲不得不用暴力来迫使贝多芬学习。他少年时代就得操心经济问题,打算如何挣取每日的面包,那是来得过早的重任。十一岁,他加入戏院乐队;十三岁,他当大风琴手。一七八七年,他丧失了他热爱的母亲。"她对我那么仁慈,那么值得爱戴,我的最好朋友!噢!当我能叫出母亲这甜蜜的名字而她能听见的时候,谁又比我更幸福?"③她是肺病死的;贝多芬自以为也染着同样的病症;他已常常感到痛楚;再加比病魔更残酷的忧郁。④ 十七岁,他做了一家之主,负着两个兄弟的教育之责;他不得不羞惭地要求父亲退休,因为他酗酒,不能主持门户:人家恐怕他浪费,把养老俸交给儿子收领。这些可悲的事实在他心上留下了深刻的创痕。他在波恩的一个家庭里找到了一个亲切的依傍,便是他终身珍视的布罗伊宁一家。可爱的埃莱奥诺雷·特·布罗伊宁比他小二岁。他教她音乐,领她走上诗歌的路。她是他的童年伴侣;也许他们之间曾有相当温柔的情绪。后来埃莱奥诺雷嫁了韦格勒医生,他也成为贝多芬的知己之一;直到最后,他们之间一直保持着恬静的友谊,那是从韦格勒、埃莱奥诺雷和

---

① 他的祖父名叫路德维希,是家族里最优秀的人物,生在安特卫普,直到二十岁时才住到波恩来,做当地大公的乐长。贝多芬的性格和他最像。我们必须记住这个祖父的出身,才能懂得贝多芬奔放独立的天性,以及别的不全是德国人的特点。

按:今法国与比利时交界之一部及比利时西部之地域,古称弗朗特。弗拉芒即居于此地域内之人种名。安特卫普为今比利时北部之一大城名。

② 按:洋琴为钢琴以前的键盘乐器。形式及组织大致与钢琴同。

③ 以上见一七八九年九月十五日贝多芬致奥格斯堡地方的沙德医生书信。

④ 他一八一六年时说:"不知道死的人真是一个可怜虫!我十五岁上已经知道了。"

贝多芬彼此的书信中可以看到的。当三个人到了老年的时候,情爱格外动人,而心灵的年轻却又不减当年。①

贝多芬的童年尽管如是悲惨,他对这个时代和消磨这时代的地方,永远保持着一种温柔而凄凉的回忆。不得不离开波恩,几乎终身都住在轻佻的都城维也纳及其惨淡的近郊,他却从没忘记莱茵河畔的故乡,庄严的父性的大河,像他所称的"我们的父亲莱茵";的确,它是那样的生动,几乎赋有人性似的,仿佛一颗巨大的灵魂,无数的思想与力量在其中流过;而且莱茵流域中也没有一个地方比细腻的波恩更美、更雄壮、更温柔的了,它的浓荫密布,鲜花满地的坂坡,受着河流的冲击与抚爱。在此,贝多芬消磨了他最初的二十年;在此,形成了他少年心中的梦境——慵懒地拂着水面的草原上,雾氛笼罩着的白杨,丛密的矮树、细柳和果树,把根须浸在静寂而湍急的水流里——还有是村落,教堂,墓园,懒洋洋地睁着好奇的眼睛俯视两岸,远远里,蓝色的七峰在天空画出严峻的侧影,上面矗立着废圮的古堡,显出一些瘦削而古怪的轮廓。他的心对于这个乡土是永久忠诚的;直到生命的终了,他老是想再见故园一面而不能如愿。"我的家乡,我出生的美丽的地方,在我眼前始终是那样的美,那样的明亮,和我离开它时毫无两样。"②

* * *

大革命爆发了,泛滥全欧,占据了贝多芬的心。波恩大学是新思想的集中点。一七八九年五月十四日,贝多芬报名入学,听有名的厄洛热·施奈德讲德国文学,——他是未来的下莱茵州的检察官。波恩得悉巴士底狱攻陷时,施奈德在讲坛上朗诵一首慷慨激昂的诗,鼓起

---

① 他的老师 G. G. 内夫(1748—1798)也是他最好的朋友和指导:他的道德的高尚和艺术胸襟的宽广,都对贝多芬留下极其重要的影响。
② 以上见一八○一年六月二十九日致韦格勒书。

了学生们如醉若狂的热情。① 次年,他又印行了一部革命诗集。② 在预约者的名单中,③我们可以看到贝多芬和布罗伊宁的名字。

一七九二年十一月,正当战事蔓延到波恩时,④贝多芬离开了故乡,住到德意志的音乐首都维也纳去。⑤ 路上他遇见开向法国的黑森军队。⑥ 无疑的,他受着爱国情绪的鼓动,在一七九六与九七两年内,他把弗里贝格的战争诗谱成音乐:一阕是《行军曲》;一阕是《我们是伟大的德意志民族》。但他尽管讴歌大革命的敌人也是徒然:大革命已征服了世界,征服了贝多芬。从一七九八年起,虽然奥国和法国的关系很紧张,贝多芬仍和法国人有亲密的往来,和使馆方面,和才到维也纳的贝尔纳多德。⑦ 在那些谈话里,他的拥护共和的情绪愈益肯定,在他以后的生活中,我们更可看到这股情绪的有力的发展。

这时代施泰因豪泽替他画的肖像,把他当时的面目表现得相当准确。这一幅像之于贝多芬以后的肖像,无异介朗的拿破仑肖像之于别的拿破仑像,那张严峻的脸,活现出波拿巴充满着野心的火焰。⑧ 贝多

---

① 诗的开首是:"专制的铁链斩断了……幸福的民族!……"——原注
② 我们可举其中一首为例:"唾弃偏执,摧毁愚蠢的幽灵,为着人类而战斗……啊,这,没有一个亲王的臣仆能够干。这,需要自由的灵魂,爱死甚于爱诏媚,爱贫穷甚于爱奴颜婢膝……须知在这等灵魂内我决非最后一个。"——原注
译者按:施奈德生于巴伐利亚邦,为斯特拉斯堡雅各宾党首领。一七九四年,在巴黎上断头台。
③ 从前著作付印时必先售预约。因印数不多,刊行后不易购得。
④ 译者按:此系指法国大革命后奥国为援助法国王室所发动之战争。
⑤ 一七八七年春,他曾到维也纳作过一次短期旅行,见过莫扎特,但莫扎特对贝多芬似乎不甚注意。——他在一七九○年在波恩结识的海顿,海顿曾经教过他一些功课。贝多芬另外曾拜过阿尔布雷希茨贝格(1736—1809)与萨列里(1750—1825)为师。
⑥ 译者按:黑森为当时日耳曼三联邦之一。后皆并入德意志联邦。
⑦ 在贝氏周围,还有提琴家鲁道夫·克勒策(1766—1831),后来贝多芬把有名的奏鸣曲题赠给他。
译者按:贝氏为法国元帅,在大革命时以战功显赫;后与拿破仑为敌,与英、奥诸国勾结。
⑧ 译者按:介朗(1774—1833),为法国名画家,所作拿破仑像代表拿翁少年时期之姿态。

芬在画上显得很年轻,似乎不到他的年纪,瘦削的,笔直的,高领使他头颈僵直,一副睥睨一切和紧张的目光。他知道他的意志所在;他相信自己的力量:一七九六年,他在笔记簿上写道:"勇敢啊!虽然身体不行,我的天才终究会获胜……二十五岁!不是已经临到了吗?……就在这一年上,整个的人应当显示出来了。"①特·伯恩哈德夫人和葛林克说他很高傲,举止粗野,态度抑郁,带着非常强烈的内地口音。但他藏在这骄傲的笨拙之下的慈悲,唯有几个亲密的朋友知道。他写信给韦格勒叙述他的成功时,第一个念头是:"譬如我看见一个朋友陷于窘境:倘若我的钱袋不够帮助他时,我只消坐在书桌前面;顷刻之间便解决了他的困难……你瞧这多美妙。"②随后他又道:"我的艺术应当使可怜的人得益。"

然而痛苦已在叩门;它一朝住在他身上之后永远不再退隐。一七九六至一八〇〇年间,耳聋已开始它的酷刑。③ 耳朵日夜作响,他内脏也受剧烈的痛楚磨折。听觉越来越衰退。在好几年中他瞒着人家,连对最心爱的朋友们也不说;他避免与人见面,使他的残疾不致被人发现;他独自守着这可怕的秘密。但到一八〇一年,他不能再缄默了;他

---

① 那时他才初露头角,在维也纳的首次钢琴演奏会是一七九五年三月三十日举行的。——原注
② 以上见一八〇一年六月二十九日致韦格勒书。一八〇一年左右致里斯书中又言:"只要我有办法,我的任何朋友都不该有何匮乏。"——原注
③ 在一八〇二年的遗嘱内,贝多芬说耳聋已开始了六年——所以是一七九六年起的。——同时我们可注意他的作品目录,唯有包括三支三重奏的作品第一号,是一七九六年以前的制作。包括三支最初的奏鸣曲的作品第二号,是一七九六年三月刊行的。因此贝多芬全部的作品可说都是耳聋后写的。关于他的耳聋,可以参看一九〇五年五月十五日德国医学丛报上克洛兹-福雷斯脱医生的文章。他认为这病是受一般遗传的影响,也许他母亲的肺病也有关系。他分析贝多芬一七九六年时所患的耳咽管炎,到一七九九年变成剧烈的中耳炎,因为治疗不善,随后成为慢性的中耳炎,随带一切的后果。耳聋的程度逐渐增加,但从没全聋。贝多芬对于低而深的音比高音更易感知。在他晚年,据说他用一支小木杆,一端插在钢琴箱内,一端咬在牙齿中间,用以在作曲时听音。一九一〇年,柏林-莫皮脱市立医院主任医师雅各布松发表一篇出色的文章,说他可证明贝多芬的耳聋是源于梅毒的遗传。一八一四年左右,机械家梅尔策尔为贝多芬特制的听音器,至今尚保存于波恩城内贝多芬博物院。——原注

绝望地告诉两个朋友:韦格勒医生和阿门达牧师:

"我的亲爱的、我的善良的、我的恳挚的阿门达……我多祝望你能常在我身旁!你的贝多芬真是可怜已极。得知道我的最高贵的一部分,我的听觉,大大地衰退了。我们同在一起时,我已觉得许多病象,我瞒着;但从此越来越恶化……还会痊愈吗?我当然如此希望,可是非常渺茫;这一类的病是无药可治的。我得过着凄凉的生活,避免我心爱的一切人物,尤其是在这个如此可怜、如此自私的世界上!……我不得不在伤心的隐忍中找栖身!固然我曾发愿要超临这些祸害;但又如何可能?……"①

他写信给韦格勒时说:"……我过着一种悲惨的生活。两年以来我躲避着一切交际,因为我不能与人说话:我聋了。要是我干着别种职业,也许还可以;但在我的行当里,这是可怕的遭遇啊。我的敌人们又将怎么说,他们的数目又是相当可观!……在戏院里,我得坐在贴近乐队的地方,才能懂得演员的说话。我听不见乐器和歌唱的高音,假如我的座位稍远的话。……人家柔和地说话时,我勉强听到一些,人家高声叫喊时,我简直痛苦难忍……我时常诅咒我的生命……普卢塔克②教我学习隐忍。我却要和我的命运挑战,只要可能;但有些时候,我竟是上帝最可怜的造物……隐忍!多伤心的避难所!然而这是我唯一的出路!"

这种悲剧式的愁苦,在当时一部分的作品里有所表现,例如作品第十三号的《悲怆奏鸣曲》(1799),尤其是作品第十号(1798)之三的奏鸣曲中的Largo(广板)。奇怪的是并非所有的作品都带忧郁的情绪,还有许多乐曲,如欢悦的《七重奏》(1800),明澈如水的《第一交响曲》(1800),都反映着一种青年人的天真。无疑的,要使心灵惯于愁苦也得相当的时间。它是那样的需要欢乐,当它实际没有欢乐时就自己来创造。当"现在"太残酷时,它就在"过去"中生活。往昔美妙的岁

---

① 以上见诺尔编贝多芬书信集第十三。
② 译者按:普卢塔克系公元一世纪时希腊伦理学家与历史学家。

月,一下子是消灭不了的;它们不复存在时,光芒还会悠久地照耀。独自一人在维也纳遭难的辰光,贝多芬便隐遁在故园的忆念里;那时代他的思想都印着这种痕迹。《七重奏》内以变奏曲(Variation)出现的Andante(行板)的主题,便是一支莱茵的歌谣。《第一交响乐》也是一件颂赞莱茵的作品,是青年人对着梦境微笑的诗歌。它是快乐的,慵懒的;其中有取悦于人的欲念和希望。但在某些段落内,在引子(Introduction)里,在低音乐器的阴暗的对照里,在神圣的Scherzo(谐谑曲)里,我们何等感动地,在青春的脸上看到未来的天才的目光。那是波提切利[①]在《圣家庭》中所画的幼婴的眼睛,其中已可窥到他未来的悲剧。[②]

在这些肉体的痛苦之上,再加另外一种痛苦。韦格勒说他从没见过贝多芬不抱着一股剧烈的热情。这些爱情似乎永远是非常纯洁的。热情与欢娱之间毫无连带关系。现代的人们把这两者混为一谈,实在是他们全不知道何谓热情,也不知道热情之如何难得。贝多芬的心灵里多少有些清教徒气息;粗野的谈吐与思想,他是厌恶的;他对于爱情的神圣抱着毫无假借的观念。据说他不能原谅莫扎特,因为他不惜屈辱自己的天才去写《唐璜》。[③] 他的密友申德勒确言"他一生保着童贞,从未有何缺德需要忏悔。"这样的一个人是生来受爱情的欺骗,做爱情的牺牲品的。他的确如此。他不断地钟情,如醉如狂般的颠倒,他不断地梦想着幸福,然而立刻幻灭,随后是悲苦的煎熬。贝多芬最丰满的灵感,就当在这种时而热爱、时而骄傲地反抗的轮回中去探寻根源;直到相当的年龄,他的激昂的性格,才在凄恻的隐忍中趋于平静。

一八〇一年时,他热情的对象是朱丽埃塔·圭恰迪妮,为她题赠

---

① 译者按:波提切利(1445—1501),系文艺复兴前期意大利名画家。
② 译者按:此处所谓幼婴系指儿时的耶稣,故有未来的悲剧之喻。
③ 译者按:唐璜为西洋传说中有名的登徒子,莫扎特曾采为歌剧的题材。

那著名的作品第二十七号之二的《月光奏鸣曲》(1802),而知名于世的。① 他写信给韦格勒说:"现在我生活比较甜美,和人家来往也较多了些……这变化是一个亲爱的姑娘的魅力促成的;她爱我,我也爱她。这是两年来我初次遇到的幸运的日子。"②可是他为此付了很高的代价。第一,这段爱情使他格外感到自己的残疾,境况的艰难,使他无法娶他所爱的人。其次,圭恰迪妮是风骚的,稚气的,自私的,使贝多芬苦恼;一八〇三年十一月,她嫁了加伦贝格伯爵。③——这样的热情是摧残心灵的;而像贝多芬那样,心灵已因疾病而变得虚弱的时候,狂乱的情绪更有把它完全毁灭的危险。他一生就只是这一次,似乎到了颠蹶的关头;他经历着一个绝望的苦闷时期,只消读他那时写给兄弟卡尔与约翰的遗嘱便可知道,遗嘱上注明"等我死后开拆"。④ 这是惨痛至极的呼声,也是反抗的呼声。我们听着不由不充满着怜悯,他差不多要结束他的生命了。就只靠着他坚强的道德情操才把他止住。⑤ 他对病愈的最后的希望没有了。"连一向支持我的卓绝的勇气也消失了。噢神,给我一天真正的欢乐吧,就是一天也好!我没有听到欢乐的深远的声音已经多久!什么时候,噢!我的上帝,什么时候我再能和它相遇?……永远不?——不?——不,这太残酷了!"

这是临终的哀诉;可是贝多芬还活了二十五年。他的强毅的天性不能遇到磨难就屈服。"我的体力和智力突飞猛进……我的青春,是的,我感到我的青春不过才开始。我窥见我不能加以肯定的目标,我每

---

① 译者按:通俗音乐书上所述《月光奏鸣曲》的故事是毫无根据的。
② 以上见一八〇一年十一月十六日信。
③ 随后她还利用贝多芬从前的情爱,要他帮助她的丈夫。贝多芬立刻答应了。他在一八二一年和申德勒会见时在谈话手册上写道:"他是我的敌人,所以我更要尽力帮助他。"但他因之而更瞧不起她。"她到维也纳来找我,一边哭着,但是我瞧不起她。"——原注
④ 时为一八〇二年十月六日。
⑤ 他的遗嘱里有一段说:"把德性教给你们的孩子;使人幸福的是德性而非金钱。这是我的经验之谈。在患难中支持我的是道德,使我不曾自杀的,除了艺术以外也是道德。"又一八一〇年五月二日致韦格勒书:"假如我不知道一个人在能完成善的行为时就不该结束生命的话,我早已不在人世了,而且是由于我自己的处决。"

天都迫近它一些。……噢! 如果我摆脱了这疾病,我将拥抱世界! ……一些休息都没有! 除了睡眠以外我不知还有什么休息;而可怜我对于睡眠不得不花费比从前更多的时间。但愿我能在疾病中解放出一半:那时候! ……不,我受不了。我要扼住命运的咽喉。它绝不能使我完全屈服……噢! 能把人生活上千百次,真是多美!"①

这爱情,这痛苦,这意志,这时而颓丧时而骄傲的转换,这些内心的悲剧,都反映在一八〇二年的大作品里:附有葬礼进行曲的奏鸣曲(作品第26号);俗称为《月光曲》的《幻想奏鸣曲》(作品第27号之二);作品第三十一号之二的奏鸣曲,——其中戏剧式的吟诵体恍如一场伟大而凄惋的独白;——题献亚历山大皇的提琴奏鸣曲(作品第30号);《克勒策奏鸣曲》(作品第47号);依着格勒特②的词句所谱的六支悲壮惨痛的宗教歌(作品第48号)。至于一八〇三年的《第二交响乐》,却反映着他年少气盛的情爱;显然是他的意志占了优势。一种无可抵抗的力把忧郁的思想一扫而空。生命的沸腾掀起了乐曲的终局。贝多芬渴望幸福;不肯相信他无可救药的灾难;他渴望痊愈,渴望爱情,他充满着希望。③

* * *

这些作品里有好几部,进行曲和战斗的节奏特别强烈。这在《第二交响乐》的Allegro(快板)与终曲内已很显著,但尤其是献给亚历山大皇的奏鸣曲的第一乐章,更富于英武壮烈的气概。这种音乐所特有

---

① 以上见致韦格勒书,书信集第十八。
② 格勒特(1715—1769),德国启蒙运动作家和诗人。
③ 一八〇二年赫内曼为贝多芬所作之小像上,他穿着当时流行的装束,留着鬓角,四周的头发剪得同样长,坚决的神情颇像拜仑式的英雄,同时表示一种拿破仑式的永不屈服的意志。按:此处小像系指面积极小之釉绘像,通常大不过数英寸,多数画于珐琅质之饰物上,为西洋画中一种特殊的肖像画。

的战斗性,令人想起产生它的时代。大革命已经到了维也纳。① 贝多芬被它煽动了。骑士赛弗里德说:"他在亲密的友人中间,很高兴地谈论政局,用着非常的聪明下判断,目光犀利而且明确。"他所有的同情都倾向于革命党人。在他生命晚期最熟知他的申德勒说:"他爱共和的原则。他主张无限制的自由与民族的独立……他渴望大家协力同心的建立国家的政府②。……渴望法国实现普选,希望波拿巴建立起这个制度来,替人类的幸福奠定基石。"他仿佛一个革命的古罗马人,受着普卢塔克的熏陶,梦想着一个英雄的共和国,由胜利之神建立的:而所谓胜利之神便是法国的首席执政;于是他接连写下《英雄交响曲:波拿巴》(1804),③帝国的史诗;和《第五交响曲》(1805—1808)的终曲,光荣的叙事歌。第一阕真正革命的音乐:时代之魂在其中复活了,那么强烈,那么纯洁,因为当代巨大的变故在孤独的巨人心中是显得强烈与纯洁的,这种印象即和现实接触之下也不会减损分毫。贝多芬的面目,似乎都受着这些历史战争的反映。在当时的作品里,到处都有它们的踪影,也许作者自己不曾觉察,在《科里奥兰序曲》(1807)内,有狂风暴雨在呼啸,《第四四重奏》(作品第 18 号)的第一乐章,和

---

① 译者按:拿破仑于一七九三、一七九七、一八〇〇年数次战败奥国,兵临维也纳城下。
② 译者按:意谓共和民主的政府。
③ 大家知道《英雄交响曲》是以波拿巴为题材而献给他的,最初的手稿上还写着"波拿巴"这题目。这期间,他得悉了拿破仑称帝之事。于是他大发雷霆,嚷道:"那么他也不过是一个凡夫俗子!"愤慨之下,他撕去了题献的词句,换上一个含有报复意味而又是非常动人的题目:"英雄交响曲……纪念一个伟人的遗迹。"申德勒说他以后对拿破仑的恼恨也消解了,只把他看作一个值得同情的可怜虫,一个从天上掉下来的"伊加"。(按:神话载伊加用蜡把翅翼胶住在身上,从克里特岛上逃出,飞近太阳,蜡为日光熔化,以致堕海而死。)当他在一八二一年听到幽禁圣·埃莱娜岛的悲剧时,说道:"十七年前我所写的音乐正适用于这件悲惨的事故。"他很高兴地发觉在交响曲的葬曲内(按:系交响曲之第二章)对此盖世豪雄的结局有所预感。——因此很可能,在贝多芬的思想内,《第三交响曲》,尤其是第一章,是波拿巴的一幅肖像,当然和实在的人物不同,但确是贝多芬理想中的拿破仑;换言之,他要把拿破仑描写为一个革命的天才。一八〇一年,贝多芬曾为标准的革命英雄,自由之神普罗米修斯,作过乐曲,其中有一主句,他又在《英雄交响曲》的终曲里重新采用。——原注

上述的序曲非常相似;《热情奏鸣曲》(作品第 57 号,1804),俾斯麦曾经说过:"倘我常常听到它,我的勇气将永远不竭。"①还有《哀格蒙特序曲》;甚至《降 E 大调钢琴协奏曲》(作品第 73 号,1809),其中炫耀技巧的部分都是壮烈的,仿佛有人马奔突之势。——而这也不足为怪。在贝多芬写作品第二十六号奏鸣曲中的"英雄葬曲"时,比《英雄交响曲》的主人翁更配他讴歌的英雄,霍赫将军,正战死在莱茵河畔,他的纪念像至今还屹立在科布伦茨与波恩之间的山岗上——即使当时贝多芬不曾知道这件事实,但他在维也纳也已目击两次革命的胜利。② 一八〇五年十一月,当《菲岱里奥》③初次上演时,在座的便有法国军佐。于兰将军,巴士底狱的胜利者,住在洛布科维兹家里,④做着贝多芬的朋友兼保护人,受着他《英雄交响曲》与《第五交响曲》的题赠。一八〇九年五月十日,拿破仑驻扎在舍恩布伦。⑤ 不久贝多芬便厌恶法国的征略者。但他对于法国人史诗般的狂热,依旧很清楚地感觉到;所以凡是不能像他那样感觉的人,对于他这种行动与胜利的音乐绝不能彻底了解。

---

① 曾任德国驻意大使的罗伯特·特·科伊德尔,著有《俾斯麦及其家庭》一书,一九〇一年版。以上事实即引自该书。一八七〇年十月三十日,科伊德尔在凡尔赛的一架很坏的钢琴上,为俾斯麦奏这支奏鸣曲。对于这件作品的最后一句,俾斯麦说:"这是整整一个人生的斗争与嚎恸。"他爱贝多芬甚于一切旁的音乐家;他常常说:"贝多芬最适合我的神经。"——原注

② 译者按:拿破仑曾攻陷维也纳两次。——霍赫为法国大革命时最纯洁的军人,为史所称。一七九七年战死科布伦茨附近。

③ 贝多芬的歌剧。

④ 洛氏为波希米世家。以武功称。

⑤ 贝多芬的寓所离维也纳的城堡颇近,拿破仑攻下维也纳时曾炸毁城垣。一八〇九年六月二十六日,贝多芬致布赖特科普夫与埃泰尔两出版家书信中有言:"何等野蛮的生活,在我周围多少的废墟颓垣!只有鼓声,喇叭声,以及各种惨象!"一八〇九年有一个法国人在维也纳见到他,保留着他的一幅肖像。这位法国人叫作特雷蒙男爵。他曾描写贝多芬寓所中凌乱的情形。他们一同谈论着哲学,政治,特别是"他的偶像,莎士比亚"。贝多芬几乎决定跟男爵上巴黎去,他知道那边的音乐院已在演奏他的交响乐,并且有不少佩服他的人。——原注

译者按:舍恩布伦为一奥国乡村,一八〇九年之《维也纳条约》,即在此处签订。

＊　＊　＊

贝多芬突然中止了他的《第五交响曲》，不经过惯有的拟稿手续，一口气写下了《第四交响曲》。幸福在他眼前显现了。一八〇六年五月，他和特雷泽·特·布伦瑞克订了婚。① 她老早就爱上他。从贝多芬卜居维也纳的初期，和她的哥哥弗朗索瓦伯爵为友，她还是一个小姑娘，跟着贝多芬学钢琴时起，就爱他的。一八〇六年，他在他们匈牙利的玛尔托伐萨家里作客，在那里他们才相爱起来。关于这些幸福的日子的回忆，还保存在特雷泽·特·布伦瑞克的一部分叙述里。她说："一个星期日的晚上，用过了晚餐，在月光下贝多芬坐在钢琴前面。先是他放平着手指在键盘上来回抚弄。我和弗朗索瓦都知道他这种习惯，他往往是这样开场的。随后他在低音部分奏了几个和弦；接着，慢慢地，他用一种神秘的庄严的神气，奏着塞巴斯蒂安·巴赫的一支歌：'若愿素心相赠，无妨悄悄相传；两情脉脉，勿为人知。'"②

"母亲和教士都已就寝；③哥哥严肃地凝睇睒视着；我的心被他的歌和目光渗透了，感到生命的丰满。——第二天早上，我们在园中相遇。他对我说：'我正在写一个歌剧。主要的人物在我心中，在我面前，不论我到什么地方，停留在什么地方，他总和我同在。我从没到过这般崇高的境界。一切都是光明和纯洁。在此以前，我只像童话里的孩子，只管捡取石子，而不看见路上美艳的鲜花……'一八〇六年五月，只获得我最亲爱的哥哥的同意，我和他订了婚。"

这一年所写的《第四交响曲》，是一朵精纯的花，蕴藏着他一生比

---

① 一七九六年至一七九九年间，贝多芬在维也纳认识了布伦瑞克一家。朱丽埃塔·圭恰迪妮是特雷泽的表姊妹。贝多芬有一个时期似乎也钟情于特雷泽的姊妹，约瑟菲娜，她后来嫁给戴姆伯爵，又再嫁给施塔克尔贝格男爵。——关于布伦瑞克一家的详细情形，可参看安德烈·特·海来西氏著《贝多芬及其不朽的爱人》一文，载于一九一〇年五月一日及十五日的《巴黎杂志》。
② 这首美丽的歌是在巴赫的夫人安娜·玛格达莱娜的手册上的，原题为《乔瓦尼尼之歌》。有人疑非巴赫原作。
③ 译者按：欧洲贵族家中，皆有教士供养。

较平静的日子的香味。人家说:"贝多芬那时竭力要把他的天才,和一般人在前辈大师留下的形式中所认识与爱好的东西,加以调和。"①这是不错的。同样渊源于爱情的妥协精神,对他的举动和生活方式也发生了影响。赛弗里德和格里尔巴策说他兴致很好,②心灵活跃,处世接物彬彬有礼,对可厌的人也肯忍耐,穿着很讲究;而且他巧妙地瞒着大家,甚至令人不觉得他耳聋;他们说他身体很好,除了目光有些近视之外。③ 在梅勒替他画的肖像上,我们也可看到一种浪漫蒂克的风雅,微微有些不自然的神情。贝多芬要博人欢心,并且知道已经博得人家欢心。猛狮在恋爱中:它的利爪藏起来了。但在他的眼睛深处,甚至在《第四交响曲》的幻梦与温柔的情调之下,我们仍能感到那股可怕的力,任性的脾气,突发的愤怒。

　　这种深邃的和平并不持久;但爱情的美好的影响一直保存到一八一○年。无疑是靠了这个影响贝多芬才获得自主力,使他的天才产生了最完满的果实,例如那古典的悲剧:《第五交响曲》,——那夏日的神明的梦:《田园交响曲》(1808)。④ 还有他自认为他奏鸣曲中最有力的,从莎士比亚的《暴风雨》感悟得来的。《热情奏鸣曲》(1807),为他题献给特雷泽的。作品第七十八号的富于幻梦与神秘气息的奏鸣曲(1809),也是献给特雷泽的。⑤ 写给"不朽的爱人"的一封没有日期的

---

① 见诺尔著《贝多芬传》。
② 赛弗里德(1776—1841),奥地利音乐家。格里尔巴策(1791—1872),奥地利剧作家。
③ 贝多芬是近视眼。赛弗里德说他的近视是痘症所致,使他从小就得戴眼镜。近视使他的目光常有失神的样子。一八二三至一八二四年间,他在书信中时常抱怨他的眼睛使他受苦。
④ 把歌德的剧本《哀格蒙特》谱成的音乐是一八○九年开始的。——他也想制作《威廉·退尔》的音乐,但人家宁可请别的作曲家。——原注
⑤ 贝多芬和申德勒的谈话中,申德勒问贝多芬:"你的 D 小调奏鸣曲和 F 小调奏鸣曲的内容究竟是什么?"贝多芬答道:"请你读读莎士比亚的《暴风雨》去吧!"贝多芬《第十七钢琴奏鸣曲》(D 小调,作品第三十一号之二)的别名《暴风雨奏鸣曲》,即由此而来。《第二十三钢琴奏鸣曲》(F 小调,作品第五十七号)的别名《热情奏鸣曲》,是出版家克兰兹所加。这首奏鸣曲创作于一八○四至一八○五年,一八○七年出版,贝多芬把这首奏鸣曲题献给特雷泽的哥哥弗兰茨·冯·布伦瑞克伯爵。

信,所表现的他的爱情的热烈,也不下于《热情奏鸣曲》:

"我的天使,我的一切,我的我……我心头装满了和你说不尽的话……啊!不论我在哪里,你总和我同在……当我想到你星期日以前不能接到我初次的消息时,我哭了。——我爱你,像你的爱我一样,但还要强得多……啊!天哪!——没有了你是怎样的生活啊!——咫尺,天涯。——……我的不朽的爱人,我的思念一齐奔向你,有时是快乐的,随后是悲哀的,问着命运,问它是否还有接受我们的愿望的一天。——我只能同你在一起过活,否则我就活不了……永远无人再能占有我的心。永远!——永远!——噢上帝!为何人们相爱时要分离呢?可是我现在的生活是忧苦的生活。你的爱使我同时成为最幸福和最苦恼的人。——安静吧,……安静——爱我呀!——今天,——昨天,——多少热烈的憧憬,多少的眼泪对你,——你,——你,——我的生命——我的一切!——别了!——噢!继续爱我呀,——永勿误解你亲爱的 L 的心。——永久是你的——永久是我的——永远是我们的。"①

什么神秘的理由,阻挠着这一对相爱的人的幸福?——也许是没有财产,地位的不同。也许贝多芬对人家要他长时期的等待,要他把这段爱情保守秘密,感到屈辱而表示反抗。

也许以他暴烈、多病、愤世嫉俗的性情,无形中使他的爱人受难,而他自己又因之感到绝望。——婚约毁了;然而两人中间似乎没有一个忘却这段爱情。直到她生命的最后一刻,特雷泽·特·布伦瑞克还爱着贝多芬。②

一八一六年时贝多芬说:"当我想到她时,我的心仍和第一天见到她时跳得一样的剧烈。"同年,他制作六阕《献给遥远的爱人》的歌。他在笔记内写道:"我一见到这个美妙的造物,我的心情就泛滥起来,

---

① 见书信集第十五。
② 她死于一八六一年。
   按:她比贝多芬多活三十四年。

可是她并不在此,并不在我旁边!"——特雷泽曾把她的肖像赠予贝多芬,题着:"给稀有的天才,伟大的艺术家,善良的人。T. B."①在贝多芬晚年,一位朋友无意中撞见他独自抱着这幅肖像,哭着,高声地自言自语着(这是他的习惯):"你这样的美,这样的伟大,和天使一样!"朋友退了出去,过了一会儿再进去,看见他在弹琴,便对他说:"今天,我的朋友,你脸上全无可怕的气色。"贝多芬答道:"因为我的好天使来访问过我了。"——创伤深深地铭刻在他头上。他自己说:"可怜的贝多芬,此世没有你的幸福。只有在理想的境界里才能找到你的朋友。"②

他在笔记上又写着:"屈服,深深地向你的运命屈服:你不复能为你自己而存在,只能为着旁人而存在;为你,只在你的艺术里才有幸福。噢上帝!给我勇气让我征服我自己!"

*　　*　　*

爱情把他遗弃了。一八一〇年他重又变成孤独;但光荣已经来到,他也显然感到自己的威力。他正当盛年。③ 他完全放纵他的暴烈与粗犷的性情,对于社会,对于习俗,对于旁人的意见,对一切都不顾虑。他还有什么需要畏惧,需要敷衍? 爱情,没有了,野心,没有了。所剩下的只有力,力的欢乐,需要应用它,甚至滥用它。"力,这才是和寻常人不同的人的精神!"他重复不修边幅,举止也愈加放肆。他知道他有权可以言所欲言,即对世间最大的人物亦然如此。"除了仁慈以外,我不承认还有什么优越的标记,"这是他一八一二年七月十七日所写的说话。④ 贝蒂娜·布伦诺塔⑤那时看见他,说"没有一个皇帝对于

---

① 这幅肖像至今还在波恩的贝多芬家。——原注
② 致格莱兴施泰因书。书信集第三十一。
③ 译者按:贝多芬此时四十岁。
④ 他写给 G. D. 李里奥的信中又道:"心是一切伟大的起点。"
⑤ 译者按:系歌德的青年女友,贝母曾与歌德相爱。故贝成年后竭力追求歌德。贝对贝多芬备极崇拜,且对贝多芬音乐极有了解。贝兄克莱门斯(1778—1892)(接下页)

自己的力有他这样坚强的意识"。她被他的威力慑伏了,写信给歌德时说道:"当我初次看见他时,整个世界在我面前消失了,贝多芬使我忘记了世界,甚至忘记了你,噢歌德!……我敢断言这个人物远远地走在现代文明之前,而我相信我这句话是不错的。"①

歌德设法要认识贝多芬。一八一二年,终于他们在波希米的浴场托帕列兹地方相遇,结果却不很投机。贝多芬热烈佩服着歌德的天才;②但他过于自由和过于暴烈的性格,不能和歌德的性格融和,而不免于伤害它。他曾叙述他们一同散步的情景,当时这位骄傲的共和党人,把魏玛大公的枢密参赞③教训了一顿,使歌德永远不能原谅。

"君王与公卿尽可造成教授与机要参赞,尽可赏赐他们头衔与勋章;但他们不能造成伟大的人物,不能造成超临庸俗社会的心灵;……而当像我和歌德这样两个人在一起时,这班君侯贵胄应当感到我们的伟大。——昨天,我们在归路上遇见全体的皇族④。我们远远里就已看见。歌德挣脱了我的手臂,站在大路一旁。我徒然对他说尽我所有的话,不能使他再走一步。于是我按了一按帽子,扣上外衣的钮子,背

为德国浪漫派领袖之一。贝丈夫阿宁亦为有名诗人。

① 译者按:贝蒂娜写此信时,约为一八○八年,尚未满二十九岁。此时贝多芬未满四十岁,歌德年最长,已有六十岁左右。

② 一八一一年二月十九日他写给贝蒂娜的信中说:"歌德的诗使我幸福。"一八○九年八月八日他在旁的书信中也说:"歌德与席勒,是我在莪相与荷马之外最心爱的诗人。"——值得注意的是,贝多芬幼年的教育虽不完全,但他的文学口味极高。在他认为"伟大,庄严,D小调式的"歌德以外而看作高于歌德的,只有荷马、普卢塔克、莎士比亚三人。在荷马作品中,他最爱《奥德赛》。莎士比亚的德译本是常在他手头的,我们也知道莎士比亚的《科里奥兰》和《暴风雨》被他多么悲壮地在音乐上表现出来。至于普卢塔克,他和大革命时代的一般人一样,受有很深的影响。古罗马英雄布鲁图斯是他的英雄,这一点他和米朗琪罗相似。他爱柏拉图。梦想在全世界上能有柏拉图式的共和国建立起来,一八一九至一八二○年间的谈话册内,他曾言:"苏格拉底与耶稣是我的模范。"——原注

③ 译者按:此系歌德官衔。

④ 译者按:系指奥国王室,特昔利茨为当时避暑胜地,中欧各国的亲王贵族麇集。

着手,往最密的人丛中撞去。亲王与近臣密密层层;太子鲁道夫①对我脱帽;皇后先对我招呼。——那些大人先生是认得我的。——为了好玩起计,我看着这队人马在歌德面前经过。他站在路边上,深深地弯着腰,帽子拿在手里。事后我大大地教训了他一顿,毫不同他客气。……"②而歌德也没有忘记。③

《第七交响曲》和《第八交响曲》便是这时代的作品,就是说一八一二年在特普利茨写的:前者是节奏的大祭乐,后者是谐谑的交响曲,他在这两件作品内也许最是自在,像他自己所说的,最是"尽量",那种快乐与狂乱的激动,出其不意的对比,使人错愕的夸大的机智,巨人式的、使歌德与策尔特惶骇的爆发,④使德国北部流行着一种说数,说《第七交响曲》是一个酒徒的作品。——不错,是一个沉醉的人的作

---

① 译者按:系贝多芬的钢琴学生。
② 以上见贝多芬《致贝蒂娜》。这些书信的真实性虽有人怀疑,但大体是准确的。——原注
③ 歌德写信给策尔特说:"贝多芬不幸是一个倔强之极的人;他认为世界可憎,无疑是对的;但这并不能使世界对他和对旁人变得愉快些。我们应当原谅他,替他惋惜,因为他是聋子。"——歌德一生不曾做什么事反对贝多芬,但也不曾做什么事拥护贝多芬;对他的作品,甚至对他的姓氏,抱着绝对的缄默。——骨子里他是钦佩而且惧怕他的音乐:它使他骚乱;他怕它会使他丧失心灵的平衡,那是歌德以多少痛苦换来的。——年轻的门德尔松,于一八三〇年经过魏玛,曾经留下一封信,表示他确曾参透歌德自称为"骚乱而热烈的灵魂"深处,那颗灵魂是被歌德用强有力的智慧镇压着的。门德尔松在信中说:"……他先是不愿听人提及贝多芬;但这是无可避免的,(译者按:门德尔松那次是奉歌德之命替他弹全部音乐史上的大作品)他听了《第五交响曲》的第一乐章后大为骚动。他竭力装着镇静,和我说:'这毫不动人,不过令人惊异而已。'过了一会儿,他又道:'这是巨大的,狂妄的,竟可说宇宙之震动。'(译者按:歌德原词是 Grandiose,含有伟大或夸大的模棱两可的意义,令人猜不透他这里到底是颂赞——假如他的意思是'伟大'的话,还是贬抑——假如他的意思是'夸大'的话。)接着是晚膳,其间他神思恍惚,若有所思,直到我们再次提起贝多芬时,他开始询问我,考问我。我明明看到贝多芬的音乐已经发生了效果……"——原注(译者按:策尔特为一平庸的音乐家,早年反对贝多芬甚烈,直到后来他遇见贝多芬时,为他的人格大为感动,对他的音乐也一变往昔的谩骂口吻,转而为热烈的颂扬。策氏为歌德一生至友,歌德早期对贝多芬的印象,大半受策氏误解之影响,关于贝多芬与歌德,近人颇多撰文讨论。罗曼·罗兰亦有《歌德与贝多芬》一书,一九三〇版。)
④ 见策尔特一八一二年九月二日致歌德书,又同年九月十四日歌德致策尔(接下页)

品,但也是力和天才的产物。

他自己也说:"我是替人类酿制醇醪的酒神。是我给人以精神上至高的热狂。"

我不知他是否真如瓦格纳所说的,想在《第七交响曲》的终曲内描写一个酒神的庆祝会。①在这阕豪放的乡村节会音乐中,我特别看到他弗拉芒族的遗传;同样,在以纪律和服从为尚的国家,他的肆无忌惮的举止谈吐,也是渊源于他自身的血统。不论在哪一件作品里,都没有《第七交响曲》那么坦白,那么自由的力。这是无目的地,单为了娱乐而浪费着超人的精力,宛如一条洋溢泛滥的河的欢乐。在《第八交响曲》内,力量固没有这样的夸大,但更加奇特,更表现出作者的特点,交融着悲剧与滑稽,力士般的刚强和儿童般的任性。②

一八一四年是贝多芬幸运的顶点。在维也纳会议中,人家把他看作欧罗巴的光荣。他在庆祝会中非常活跃,亲王们向他致敬;像他自己高傲地向申德勒所说的,他听任他们追逐。

他受着独立战争的鼓动。③一八一三年,他写了一阕《威灵顿之胜利交响曲》;一八一四年初,写了一阕战士的合唱:《德意志的再生》;一八一四年十一月二十九日,他在许多君王前面指挥一支爱国歌曲:《光荣的时节》;一八一五年,他为攻陷巴黎④写一曲合唱:《大功告成》。这些应时的作品,比他一切旁的音乐更能增加他的声名。布莱

特书:"是的,我也是用着惊愕的心情钦佩他。"一八一九年策尔特给歌德信中说:"人家说他疯了。"——原注

① 这至少是贝多芬曾经想过的题目,因为他在笔记内曾经说到,尤其他在《第十交响曲》的计划内提及。

② 和写作这些作品同时,他在一八一一至一八一二年间在特普利茨认识一个柏林的青年女歌唱家,和她有着相当温柔的友谊,也许对这些作品不无影响。——原注

③ 在这种事故上和贝多芬大异的是舒伯特的父亲,在一八〇七年时写了一阕应时的音乐《献给拿破仑大帝》,且在拿破仑御前亲自指挥。
译者按:拿破仑于一八一二年征俄败归后,一八一三年奥国兴师讨法,不久普鲁士亦接踵而起,是即史所谓独立战争,亦称解放战争。

④ 译者按:系指一八一四年三月奥德各邦联军攻入巴黎。

修斯·赫弗尔依着弗朗索瓦·勒特龙的素描所作的木刻,和一八一三年弗兰茨·克莱因的脸型(Masque),活泼泼地表显出贝多芬在维也纳会议时的面貌。狮子般的脸上,牙床紧咬着,刻画着愤怒与苦恼的皱痕,但表现得最明显的性格是他的意志,早年拿破仑式的意志:"可惜我在战争里不像在音乐中那么内行!否则我将战败他!"

但是他的王国不在此世,像他写信给弗朗索瓦·特·布伦瑞克时所说的:"我的王国是在天空。"①

* * *

在此光荣的时间以后,接踵而来的是最悲惨的时期。

维也纳从未对贝多芬抱有好感。像他那样一个高傲而独立的天才,在此轻佻浮华、为瓦格纳所痛恶的都城里是不得人心的。② 他抓住可以离开维也纳的每个机会;一八〇八年,他很想脱离奥国,到威斯特伐利亚王热罗姆·波拿巴的宫廷里去。③ 但维也纳的音乐泉源是那么丰富,我们也不该抹杀那边常有一班高贵的鉴赏家,感到贝多芬之伟

---

① 他在维也纳会议时写信给考卡说:"我不和你谈我们的君王和王国,在我看来,思想之国是一切国家中最可爱的:那是此世和彼世的一切王国中的第一个。"——原注

② 瓦格纳在一八七〇年所著的《贝多芬评传》中有言:"维也纳,这不就说明了一切?——全部的德国新教痕迹都已消失,连民族的口音也失掉而变成意大利化。德国的精神,德国的态度和风俗,全经意大利与西班牙输入的指南册代为解释……这是一个历史、学术、宗教都被篡改的地方……轻浮的怀疑主义,毁坏而且埋葬了真理之爱,荣誉之爱,自由独立之爱!……"——十九世纪的奥国戏剧诗人格里尔帕策曾说生为奥国人是一桩不幸。十九世纪末住在维也纳的德国大作曲家,都极感苦闷。那时奥国都城的思想全被勃拉姆斯伪善的气息笼罩。布鲁克纳的生活是长时期的受难,雨果·沃尔夫终生奋斗,对维也纳表示极严厉的批评。——原注
译者按:布鲁克纳(1824—1896)与雨果·沃尔夫(1860—1903)皆为近代德国大音乐家。勃拉姆斯在当时为反动派音乐之代表。

③ 热罗姆王愿致送贝多芬终生俸每年六百杜加,(译者按:每杜加约合九先令)外加旅费津贴一百五十银币,唯一的条件是不时在他面前演奏,并指挥室内音乐会,那些音乐会是历时很短而且不常举行的。贝多芬差不多决定动身了。——原注
译者按:热罗姆王为拿破仑之弟,被封为威斯特伐利亚王。

大,不肯使国家蒙受丧失这天才之羞。一八○九年,维也纳三个富有的贵族:贝多芬的学生鲁道夫太子,洛布科维茨亲王,金斯基亲王,答应致送他四千弗洛令①的年俸,只要他肯留在奥国。他们说:"显然一个人只在没有经济烦虑的时候才能整个地献身于艺术,才能产生这些崇高的作品为艺术增光,所以我们决意使路德维希·凡·贝多芬获得物质的保障,避免一切足以妨害他天才发展的阻碍。"

不幸结果与诺言不符。这笔津贴并未付足;不久又完全停止。且从一八一四年维也纳会议起,维也纳的性格也转变了。社会的目光从艺术移到政治方面,音乐口味被意大利作风败坏了,时尚所趋的是罗西尼,把贝多芬视为迂腐。②

贝多芬的朋友与保护人,分散的分散,死亡的死亡:金斯基亲王死于一八一二,李希诺夫斯基亲王死于一八一四,洛布科维茨死于一八一六。受贝多芬题赠作品第五十九号的美丽的四重奏的拉苏莫夫斯基,在一八一五年举办了最后的一次音乐会。同年,贝多芬和童年的朋友,埃莱奥诺雷的哥哥,斯特凡·冯·布罗伊宁失和。③ 从此他孤独了。④ 在一八一六年的笔记上,他写道:"没有朋友,孤零零地在世界上。"

耳朵完全聋了。⑤ 从一八一五年秋天起,他和人们只有笔上的往

---

① 弗洛令为奥国银币名,每单位约合一先令又半。
② 罗西尼的歌剧《唐克雷迪》足以撼动整个的德国音乐。一八一六年时维也纳沙龙里的意见,据鲍恩费尔德的日记所载是:"莫扎特和贝多芬是老学究。只有荒谬的上一代赞成他们;但直到罗西尼出现,大家方知何谓旋律。《菲岱里奥》是一堆垃圾,真不懂人们怎会不怕厌烦地去听它,"——贝多芬举行的最后一次钢琴演奏会是在一八一四年。——原注
③ 同年,贝多芬的兄弟卡尔死。他写信给安东尼·布伦塔诺说:"他如此地执着生命,我却如此地愿意舍弃生命。"——原注
④ 此时唯一的朋友,是玛丽亚·冯·埃尔德迪,他和她维持着动人的友谊,但她和他一样有着不治之症,一八一六年,她的独子又暴卒。贝多芬题赠给她的作品,有一八○九年作品第七十号的两支三重奏,一八一五至一八一七年间作品第一○二号的两支大提琴奏鸣曲。——原注
⑤ 丢开耳聋不谈,他的健康也一天不如一天。从一八一六年十月起,他患着重伤风。一八一七年夏天,医生说他是肺病。一八一七至一八一八年间的冬季,他老是为这场所谓的肺病担心。一八二○至一八二一年间他患着剧烈的关节炎。一八二一年患黄热病。一八二三年又患结膜炎。——原注

还。最早的谈话手册是一八一六年的。① 关于一八二二年《菲岱里奥》预奏会的经过,有申德勒的一段惨痛的记述可按。

"贝多芬要求亲自指挥最后一次的预奏……从第一幕的二部唱起,显而易见他全没听见台上的歌唱。他把乐曲的进行延缓很多;乐队跟着他的指挥棒进行时,台上的歌手自顾自地匆匆向前。结果是全局都紊乱了。经常的乐队指挥乌姆劳夫,不说明什么理由,提议休息一会;和歌唱者交换了几句话之后,大家重新开始。同样的紊乱又发生了。不得不再休息一次。在贝多芬指挥之下,无疑是干不下去的了;但怎样使他懂得呢?没有一个人有心肠对他说:'走吧,可怜虫,你不能指挥了。'贝多芬不安起来,骚动之余,东张西望,想从不同的脸上猜出症结所在;可是大家都默不作声。他突然用命令的口吻呼唤我。我走近时,他把谈话手册授给我,示意我写。我便写着:'恳求您勿再继续,等回去再告诉您理由。'于是他一跃下台;对我嚷道:'快走!'他一口气跑回家里;进去,一动不动地倒在便榻上,双手捧着他的脸;他这样一直到晚饭时分。用餐时他一言不发,保持着最深刻的痛苦的表情。晚饭以后,我想告别时,他留着我,表示不愿独自在家。等到我们分手的辰光,他要我陪着去看医生,以耳科出名的……在我和贝多芬的全部交谊中,没有一天可和这十一月里致命的一天相比。他心坎里受了伤,至死不曾忘记这可怕的一幕的印象。"②

两年以后,一八二四年五月七日,他指挥着(或更准确地,像节目单上所注明的"参与指挥事宜")《合唱交响曲》即《第九交响曲》时,他全没听见全场一致的喝彩声;他丝毫不曾觉察,直到一个女歌唱演员牵着他的手,让他面对着群众时,他才突然看见全场起立,挥舞着帽

---

① 值得注意的是,同年起他的音乐作风改变了,标志这转折点的是作品第一〇号的奏鸣曲。贝多芬的谈话册,共有一万一千页的手写稿,今日全部保存于柏林国家图书馆。一九二三年诺尔开始印行他一八一九年三月至一八二〇年三月的谈话册,可惜以后未曾续印。——原注
② 申德勒从一八一四年起就和贝多芬来往,但到一八一九年以后方始成为他的密友。贝多芬不肯轻易与之结交,最初对他表示高傲轻蔑的态度。——原注

子,向他鼓掌。——一个英国游历家罗素,一八二五年时看见过他弹琴,说当他要表现柔和的时候,琴键不曾发声,在这静寂中看着他情绪激动的神气,脸部和手指都抽搐起来,真是令人感动。

  隐遁在自己的内心生活里,和其余的人类隔绝着,①他只有在自然中觅得些许安慰。特雷泽·特·布伦瑞克说:"自然是他唯一的知己。"它成为他的托庇所。一八一五年时认识他的查理·纳德说,从未见过一个人像他这样地爱花木,云彩,自然……他似乎靠着自然而生活。②贝多芬写道:"世界上没有一个人像我这样地爱田野……我爱一株树甚于爱一个人……"在维也纳时,每天他沿着城墙绕一个圈子。在乡间,从黎明到黑夜,他独自在外散步,不戴帽子,冒着太阳,冒着风雨。"全能的上帝!——在森林中我快乐了,——在森林中我快乐了,——每株树都传达着你的声音。——天哪!何等的神奇!——在这些树林里,在这些岗峦上,——一片宁谧,——供你役使的宁谧。"

  他的精神的骚乱在自然中获得了一些苏慰。③他为金钱的烦虑弄得困惫不堪。一八一八年时他写道:"我差不多到了行乞的地步,而我还得装着日常生活并不艰窘的神气。"此外他又说:"作品第一〇六号的奏鸣曲是在紧急情况中写的。要以工作来换取面包实在是一件苦事。"施波尔说他往往不能出门,④为了靴子洞穿之故。他对出版商负着重债,而作品又卖不出钱。《D调弥撒曲》发售预约时,只有七个预约者,其中没有一个是音乐家。⑤他全部美妙的奏鸣曲,——每曲都得

---

① 参看瓦格纳的《贝多芬评传》,对他的耳聋有极美妙的叙述。
② 他爱好动物,非常怜悯它们。有名的史家弗里梅尔的母亲,说她不由自主地对贝多芬怀有长时期的仇恨,因为贝多芬在她儿时把她要捕捉的蝴蝶用手帕赶开。——原注
③ 他的居处永远不舒服。在维也纳三十五年,迁居三十次。
④ 译者按:路德维希·施波尔(1784—1859),当时德国的提琴家兼作曲家。
⑤ 贝多芬写信给凯鲁比尼,"为他在同时代的人中最敬重的"。可是凯鲁比尼置之不理。
  凯鲁比尼为意大利人,为法国音乐院长,作曲家,在当时音乐界中极有势力。——原注

花费他三个月的工作，——只给他挣了三十至四十杜加。① 加利钦亲王要他制作的四重奏（作品第127、130、132号），也许是他作品中最深刻的，仿佛用血泪写成的，结果是一文都不曾拿到。把贝多芬煎熬完的是，日常的窘况，无穷尽的讼案，或是要人家履行津贴的诺言，或是为争取侄儿的监护权，因为他的兄弟卡尔于一八一五年死于肺病，遗下一个儿子。

他心坎间洋溢着的温情，全部灌注在这个孩子身上。这儿又是残酷的痛苦等待着他。仿佛是境遇的好意，特意替他不断地供给并增加苦难，使他的天才不致缺乏营养。——他先是要和他那个不入流品的弟妇争他的小卡尔，他写道：

"噢，我的上帝，我的城墙，我的防卫，我唯一的托庇所！我的心灵深处，你是一览无余的，我使那些和我争夺卡尔的人受苦时，我的苦痛，你是鉴临的。② 请你听我呀，我不知如何称呼你的神灵！请你接受我热烈的祈求，我是你造物之中最不幸的可怜虫。"

"噢，神哪！救救我吧！你瞧，我被全人类遗弃，因为我不愿和不义妥协！接受我的祈求吧，让我，至少在将来，能和我的卡尔一起过活！……噢，残酷的命运，不可摇撼的命运！不，不，我的苦难永无终了之日！"

然而，这个热烈地被爱的侄子，显得并不配受伯父的信任。贝多芬给他的书信是痛苦的，愤慨的，宛如米开朗琪罗给他的兄弟们的信，但是更天真更动人：

"我还得再受一次最卑下的无情义的酬报吗？也罢，如果我们之间的关系要破裂，就让它破裂吧！一切公正的人知道这回事以后，都将恨你……如果连系我们的约束使你不堪担受，那么凭着上帝的名字，——但愿一切都照着他的意志实现！——把你交给至圣至高的神

---

① 译者按：贝多芬钢琴奏鸣曲一项，列在全集内的即有三十二首之多。
② 他写信给施特赖谢尔夫人说："我从不报复。我不得不有所行动来反对旁人时，我只限于自卫，或阻止他们作恶。"——原注

明了;我已尽了我所有的力量;我敢站在最高的审判之前……"①

"像你这样娇养坏的孩子,学一学真诚与朴实决计于你无害;你对我的虚伪的行为,使我的心太痛苦了,难以忘怀……上帝可以作证,我只想跑到千里之外,远离你,远离这可怜的兄弟和这丑恶的家庭……我不能再信任你了。"下面的署名是:"不幸的是:你的父亲,——或更好:不是你的父亲。"②

但宽恕立刻接踵而至:

"我亲爱的儿子! ——一句话也不必再说,——到我臂抱里来吧,你不会听到一句严厉的说话……我将用同样的爱接待你。如何安排你的前程,我们将友善地一同商量。——我以荣誉为担保,决无责备的言辞,那是毫无用处的。你能期待于我的只有殷勤和最亲切的帮助。——来吧——来到你父亲的忠诚的心上。——来吧,一接到信立刻回家吧。"(在信封上又用法文写着:"如果你不来,我定将为你而死。")③

他又哀求道:"别说谎,永远做我最亲爱的儿子! 如果你用虚伪来报答我,像人家使我相信的那样,那真是何等丑恶何等刺耳! ……别了,我虽不曾生下你来,但的确抚养过你,而且竭尽所能地培植过你精神的发展,现在我用着有甚于父爱的情爱,从心坎里求你走上善良与正直的唯一的大路。你的忠诚的老父。"④

这个并不缺少聪明的侄儿,贝多芬本想把他领上高等教育的路,然而,替他筹划了无数美妙的前程之梦以后,不得不答应他去习商。但卡尔出入赌场,负了不少债务。

由于一种可悲的怪现象,比人们想象中更为多见的怪现象,伯父的精神的伟大,对侄儿非但无益,反而有害,使他恼怒,使他反抗,如他

---

① 《贝多芬书信信》第三四三。
② 《贝多芬书信集》第三一四。
③ 《贝多芬书信集》第三七○。
④ 《贝多芬书信集》第三六二和三六七。另外一封信,是一八一九年二月一日的。里面表示贝多芬多么热望把他的侄子造成"一个于国家有益的公民"。——原注

自己所说的："因为伯父要我上进,所以我变得更下流";这种可怕的说话,活活显出这个浪子的灵魂。他甚至在一八二六年时在自己头上打了一枪。然而他并不死;倒是贝多芬几乎因之送命:他为这件事情所受的难堪,永远无法摆脱。① 卡尔痊愈了;他自始至终使伯父受苦,而对于这伯父之死,也未始没有关系;贝多芬临终的时候,他竟没有在场。——几年以前,贝多芬写给侄子的信中说:"上帝从没遗弃我。将来终有人来替我阖上眼睛。"——然而替他阖上眼睛的,竟不是他称为"儿子"的人。

* * *

在此悲苦的深渊里,贝多芬从事于讴歌欢乐。

这是他毕生的计划。从一七九三年他在波恩时起就有这个念头。② 他一生要歌唱欢乐,把这歌唱作为他某一大作品的结局。颂歌的形式,以及放在哪一部作品里这些问题,他踌躇了一生。即在《第九交响曲》内,他也不曾打定主意。直到最后一刻,他还想把欢乐颂歌留下来,放在第十或第十一交响曲中去。我们应当注意《第九交响曲》的原题,并非今日大家所习用的《合唱交响曲》,而是"以欢乐颂歌的合唱为结局的交响乐"。《第九交响曲》可能而且应该有另外一种结束。一八二三年七月,贝多芬还想给它以一个器乐的结束,这一段

---

① 当时看见他的申德勒,说他突然变得像一个七十岁的老人,精神崩溃,没有力量,没有意志。倘卡尔死了的话,他也要死的。——不多几月之后,他果然一病不起。——原注

② 见一七九三年一月菲舍尼希致夏洛特·席勒的信。席勒的《欢乐颂》是一七八五年写的。——贝多芬所用的主题,先后见于一八〇八年作品第八十号的《钢琴、乐队、合唱幻想曲》及一八一〇年依歌德诗谱成的"歌"。——在一八一二年的笔记内,在《第七交响曲》的拟稿和《麦克佩斯前奏曲》的计划之间,有一段乐稿是采用席勒原词的,其音乐主题,后来用于作品第一一五号的《纳门斯弗尔前奏曲》。——《第九交响曲》内有些乐旨在一八一五年以前已经出现,定稿中欢乐颂歌的主题和其他部分的曲调,都是一八二二年写下的,以后再写 Trio(中段)部分,然后又写 Andante(行板),Moderato(中板)部分,直到最后才写成 Adagio(柔板)。

结束,他以后用在作品第一三二号的四重奏内。车尔尼和松莱特纳确信,即在演奏过后(1824年5月),贝多芬还未放弃改用器乐结束的意思。

要在一阕交响乐内引进合唱,有极大的技术上的困难,这是可从贝多芬的稿本上看到的,他作过许多试验,想用别种方式,并在这件作品的别的段落引进合唱:在Adagio(柔板)的第二主题的稿本上,他写道:"也许合唱在此可以很适当地开始。"但他不能毅然决然地和他忠诚的乐队分手。他说:"当我发现一个乐思的时候,我总是听见乐器的声音,从未听见人声。"所以他把运用歌唱的时间尽量延宕;甚至先把主题交给器乐来奏出,不但终曲的吟诵体为然[①],连"欢乐"的主题亦是如此。

对于这些延缓和踌躇的解释,我们还得更进一步:它们还有更深刻的原因。这个不幸的人永远受着忧患磨折,永远想讴歌"欢乐"之美;然而年复一年,他延宕着这桩事业,因为他老是卷在热情与哀伤的旋涡内。直到生命的最后一日他才完成了心愿,可是完成的时候是何等的伟大!

当欢乐的主题初次出现时,乐队忽然中止;出其不意的一片静默;这使歌唱的开始带着一种神秘与神明的气概。而这是不错的:这个主题的确是一个神明。"欢乐"自天而降,包裹在非现实的宁静中间:它用柔和的气息抚慰着痛苦;而它溜滑到大病初愈的人的心坎中时,第一下的抚摩又是那么温柔,令人如贝多芬的那个朋友一样,禁不住因"看到他柔和的眼睛而为之下泪"。主题接着过渡到人声上去时,先由低音表现,带着一种严肃而受压迫的情调。慢慢地,"欢乐"抓住了生命。这是一种征服,一场对痛苦的斗争。然后是进行曲的节奏,浩浩荡荡的军队,男高音热烈急促的歌,在这些沸腾的乐章内,我们可以听到贝多芬的气息,他的呼吸,与他受着感应的呼喊的节奏,活现出他在

[①] 贝多芬说这一部分"完全好像有歌词在下面"。——原注

田野间奔驰,作着他的乐曲,受着如醉如狂的激情鼓动,宛如大雷雨中的老李尔王。在战争的欢乐之后,是宗教的醉意;随后又是神圣的宴会,又是爱的兴奋。整个的人类向天张着手臂,大声疾呼地扑向"欢乐",把它紧紧地搂在怀里。

巨人的巨著终于战胜了公众的庸俗。维也纳轻浮的风气,被它震撼了一刹那,这都城当时是完全在罗西尼与意大利歌剧的势力之下的。贝多芬颓丧忧郁之余,正想移居伦敦,到那边去演奏《第九交响曲》。像一八〇九年一样,几个高贵的朋友又来求他不要离开祖国。他们说:"我们知道您完成了一部新的圣乐,①表现着您深邃的信心感应给您的情操。渗透着您的心灵的超现实的光明,照耀着这件作品。我们也知道您的伟大的交响乐的王冠上,又添了一朵不朽的鲜花……您近几年来的沉默,使一切关注您的人为之凄然。② 大家都悲哀地想到,正当外国音乐移植到我们的土地上,令人遗忘德国艺术的产物之时,我们的天才,在人类中占有那么崇高的地位的,竟默无一言。……唯有在您身上,整个的民族期待着新生命,新光荣,不顾时下的风气而建立起真与美的新时代……但愿您能使我们的希望不久实现……但愿靠了您的天才,将来的春天,对于我们,对于人类,加倍的繁荣!"③这封慷慨陈辞的信,证明贝多芬在德国的优秀阶级中所享有的声威,不但是艺术方面的,而且是道德方面的。他的崇拜者称颂他的天才时,所想到的第一个字既非学术,亦非艺术,而是"信仰"。④

贝多芬被这些言辞感动了,决意留下。一八二四年五月七日,在维也纳举行《D调弥撒曲》和《第九交响曲》的第一次演奏会,获得空

---

① 译者按:系指《D调弥撒曲》。
② 贝多芬,为琐碎的烦恼,贫穷,以及各种的忧虑所困,在一八一六年至一八二一年的五年中间,只写了三支钢琴曲(作品第101、102、106号)。他的敌人说他才力已尽。一八二一年起他才重新工作。——原注
③ 这是一八二四年的事,署名的有C.李希诺夫斯基亲王等二十余人。——原注
④ 一八一九年二月一日,贝多芬要求对侄子的监护权时,在维也纳市政府高傲地声称:"我的道德品格是大家公认的。"——原注

前的成功。情况之热烈，几乎含有暴动的性质。贝多芬出场时，受到群众五次鼓掌的欢迎；在此讲究礼节的国家，对皇族的出场，习惯也只用三次的鼓掌礼。因此警察不得不出面干涉。交响曲引起狂热的骚动。许多人哭起来。贝多芬在终场以后感动得晕去；大家把他抬到申德勒家，他朦朦胧胧地和衣睡着，不饮不食，直到次日早上。可是胜利是暂时的，对贝多芬毫无盈利。音乐会不曾给他挣什么钱。物质生活的窘迫依然如故。他贫病交迫，①孤独无依，可是战胜了：②——战胜了人类的平庸，战胜了他自己的命运，战胜了他的痛苦。

"牺牲，永远把一切人生的愚昧为你的艺术去牺牲！艺术，这是高于一切的上帝！"

* * *

因此他已达到了终身想望的目标。他已抓住欢乐。但在这控制着暴风雨的心灵高峰上，他是否能长此逗留？——当然，他还得不时堕入往昔的怆痛里。当然，他最后的几部四重奏里充满着异样的阴影。可是《第九交响曲》的胜利，似乎在贝多芬心中已留下它光荣的标记。他未来的计划是：③《第十交响曲》、④《纪念巴赫的前奏曲》，为格

---

① 一八二四年秋，他很担心要在一场暴病中送命。"像我亲爱的祖父一样。我和他有多少地方相似。"——他胃病很厉害。一八二四至一八二五年间的冬天，他又重病。一八二五年五月，他吐血，流鼻血。同年六月九日他写信给侄儿说："我衰弱到了极点，长眠不起的日子快要临到了。"——原注

② 德国首次演奏《第九交响曲》，是一八二五年四月一日在法兰克福；伦敦是一八二五年三月二十五日；巴黎是一八三一年三月二十七日，在国立音乐院。十七岁的门德尔松，在柏林猎人大厅于一八二六年十一月十四日用钢琴演奏。瓦格纳在莱比锡大学读书时，全部手抄过；且在一八三○年十月六日致书出版商肖特，提议由他把交响曲改成钢琴曲。可说《第九交响曲》决定了瓦格纳的生涯。——原注

③ 一八二四年九月十七日致肖特兄弟信中，贝多芬写道："艺术之神还不愿死亡把我带走；因为我还负欠甚多！在我出发去天国之前，必得把精灵启示我而要我完成的东西留给后人，我觉得我才开始写了几个音符。"（见《书信集》第二七二）——原注

④ 一八二七年三月十八日贝多芬写信给莫舍勒斯说："初稿全部写成的一部（接下页）

里尔帕策的《曼吕西纳》谱的音乐,①为克尔纳的《奥德赛》,歌德的《浮士德》谱的音乐,②《大卫与扫罗的清唱剧》,这些都表示他的精神倾向于德国古代大师的清明恬静之境:巴赫与韩德尔——尤其是倾向于南方,法国南部,或他梦想要去游历的意大利。③

施皮勒医生于一八二六年看见他,说他气色变得快乐而旺盛了。同年,当格里尔帕策最后一次和他晤面时,倒是贝多芬来鼓励这颓丧的诗人:"啊,他说,要是我能有千分之一的你的体力和强毅的话!"时代是艰苦的。专制政治的反动,压迫着思想界。格里尔帕策呻吟道:"言论检查把我杀害了。倘使一个人要言论自由、思想自由,就得往北美洲去。"但没有一种权力能钳制贝多芬的思想。诗人库夫纳写信给他说:"文字是被束缚了;幸而声音还是自由的。"贝多芬是伟大的自由之声,也许是当时德意志思想界唯一的自由之声。他自己也感到。他时常提起,他的责任是把他的艺术来奉献于"可怜的人类","将来的人类",为他们造福,给他们勇气,唤醒他们的迷梦,斥责他们的懦怯。

交响曲和一支前奏曲放在我的书桌上。"但这部初稿从未发现。我们只在他的笔记上读到:"用 Andante(行板)写的 Cantique ——用古音阶写的宗教歌,或是用独立的形式,或是作为一首赋格曲的引子。这部交响曲的特点是引进歌唱,或者用在终曲,或从 Adagio(柔板)起就插入。乐队中小提琴……等等都当特别加强最后几段的力量。歌唱开始时一个一个地,或在最后几段中复唱 Adagio(柔板)——Adagio(柔板)的歌词用一个希腊神话或宗教颂歌,Allegro(快板)则用酒神庆祝的形式。"(以上见一八一八年笔记)由此可见以合唱终曲的计划是预备用在第十而非《第九交响曲》的。后来他又说要在《第十交响曲》中,把现代世界和古代世界调和起来,像歌德在第二部《浮士德》中所尝试的。——原注

① 诗人原作是叙述一个骑士,恋爱着一个女神而被她拘囚着;他念着家乡与自由。这首诗和《汤豪舍》(译者按:系瓦格纳的名歌剧)颇多相似之处。贝多芬在一八二三至一八二六年间曾经从事这一工作。

② 贝多芬从一八〇八年起就有意为《浮士德》写音乐。《浮士德》以悲剧的形式出现是一八〇七年秋。这是他一生最重视的计划之一。——原注

③ 贝多芬的笔记中有:"法国南部!对啦!对啦!"——"离开这里,只要办到这一着,你便能重新登上你艺术的高峰。……写一部交响曲,然后出发,出发,出发……夏天,为了旅费工作着,然后周游意大利,西西里,和几个旁的艺术家一起……"(出处同前)——原注

他写信给侄子说:"我们的时代,需要有力的心灵把这些可怜的人群加以鞭策。"一八二七年,米勒医生说"贝多芬对于政府、警察、贵族,永远自由发表意见,甚至在公众前面也是如此。① 警察当局明明知道,但对他的批评和嘲讽认为无害的梦呓,因此也就让这个光芒四射的天才太平无事"。②

因此,什么都不能使这股不可驯服的力量屈膝。如今它似乎玩弄痛苦了。在此最后几年中所写的音乐,虽然环境恶劣,③往往有一副簇新的面目,嘲弄的,睥睨一切的,快乐的。他逝世以前四个月,在一八二六年十一月完成的作品,作品第一三〇号的四重奏的新的结束是非常轻快的。实在这种快乐并非一般人所有的那种。时而是莫舍勒斯所说的嬉笑怒骂;时而是战胜了如许痛苦以后的动人的微笑。总之,他是战胜了。他不相信死。

然而死终于来了。一八二六年十一月终,他得着肋膜炎性的感

---

① 在谈话手册里。我们可以读到(一八一九年份的):"欧洲政治目前所走的路,令人没有金钱没有银行便什么事都不能做。"——"统治者的贵族,什么也不曾学得,什么也不曾忘记。"——"五十年内,世界上到处将有共和国。"——原注

② 一八一九年他几被警察当局起诉,因为他公然声言:"归根结蒂,基督不过是一个被钉死的犹太人。"那时他正写着《D 调弥撒曲》。由此可见他的宗教感应是极其自由的。——他在政治方面也是一样的毫无顾忌,很大胆地抨击他的政府之腐败。他特别指斥几件事情:法院组织的专制与依附权势,程序繁琐,完全妨害诉讼的进行;——警权的滥用;——官僚政治的腐化与无能;——颓废的贵族享有特权,霸占着国家最高的职位。——从一八一五年起,他在政治上是同情英国的。据申德勒说,他非常热烈地读着英国国会的记录。英国的乐队指挥西普里亚尼·波特,一八一七年到维也纳,说:"贝多芬用尽一切诅咒的字眼痛骂奥国政府。他一心要到英国来看看下院的情况。他说:'你们英国人,你们的脑袋的确在肩膀上。'"——原注按:一八一四年拿破仑失败,列强举行维也纳会议,重行瓜分欧洲。奥国首相梅特涅雄心勃勃,颇有只手左右天下之志。对于奥国内部,厉行压迫,言论自由剥夺殆尽。其时欧洲各国皆趋于反动政治,虐害共和党人。但法国大革命的精神早已弥漫全欧,到处有蠢动之象。一八二〇年的西班牙,葡萄牙,那不勒斯的革命开其端,一八二一年的希腊独立战争接踵而至,降至一八三〇年法国又有七月革命,一八四八年又有二月革命……贝多芬晚年的政治思想,正反映一八一四至一八三〇年间欧洲知识分子的反抗精神。读者于此,必须参考当时国际情势,方能对贝多芬的思想,有一估价准确之认识。

③ 例如侄子之自杀。

冒;为侄子奔走前程而旅行回来,他在维也纳病倒了,①朋友都在远方。他打发侄儿去找医生。据说这麻木不仁的家伙竟忘记了使命,两天之后才重新想起来。医生来得太迟,而且治疗得很恶劣。三个月内,他运动家般的体格和病魔挣扎着。一八二七年一月三日,他把至爱的侄儿立为正式的承继人。他想到莱茵河畔的亲爱的友人;写信给韦格勒说:"我多想和你谈谈!但我身体太弱了,除了在心里拥抱你和你的洛亨②以外,我什么都无能为力了。"要不是几个豪侠的英国朋友,贫穷的苦难几乎笼罩到他生命的最后一刻。他变得非常柔和,非常忍耐。③一八二七年二月十七日,躺在弥留的床上,经过了三次手术以后,等待着第四次。④他在等待期间还安详地说:"我耐着性子,想道:一切灾难都带来几分善。"

这个善,是解脱,是像他临终时所说的"喜剧的终场"——我们却说是他一生悲剧的终场。

他在大风雨中,大风雪中,一声响雷中,咽了最后一口气。一只陌生的手替他阖上了眼睛(1827年3月26日)。⑤

---

① 他的病有两个阶段:(一)肺部的感冒,那是六天就结束的。"第七天上,他觉得好了一些,从床上起来,走路,看书,写作。"——(二)消化病,外加循环系病。医生说:"第八天,我发现他脱了衣服,身体发黄色。剧烈的泄泻,外加呕吐,几乎使他那天晚上送命。"从那时起,水肿病开始加剧。这一次的复病,还有我们迄今不甚清楚的精神上的原因。华洛赫医生说:"一件使他愤慨的事,使他大发雷霆,非常苦恼,这就促成了病的爆发。打着寒噤,浑身战抖,因内脏的痛楚而起拘挛。"——关于贝多芬最后一次的病情,从一八四二年起就有医生详细的叙述公开发表。——原注
② 译者按:洛亨即韦格勒夫人埃莱奥诺雷的亲密的称呼。
③ 一个名叫路德维希·克拉莫利尼的歌唱家,说他最后一次看见病中的贝多芬,觉得他心地宁静,慈祥恺恻,达于极点。
④ 据格哈得·冯·布罗宁的信,说他在弥留时,在床上受着臭虫的骚扰。——他的四次手术是一八二六年十二月二十日,一八二七年正月八日,二月二日和二月二十七日。——原注
⑤ 这陌生人是青年音乐家安塞尔姆·许滕布伦纳。——布罗伊宁写道:"感谢上帝!感谢他结束了这长时期悲惨的受难。"——贝多芬的手稿,书籍,家具,全部拍卖掉,代价不过一百七十五弗洛令。拍卖目录上登记着二百五十二件的音乐手稿和音乐书籍,共售九百八十二弗洛令。谈话手册只售一弗洛令二十。——原注

* * *

亲爱的贝多芬！多少人已颂赞过他艺术上的伟大。但他远不止是音乐家中的第一人,更是近代艺术的最英勇的力。对于一般受苦而奋斗的人,他是最大而最好的朋友。我们对着世界的劫难感到忧伤时,他会到我们身旁来,好似坐在一个穿着丧服的母亲旁边,一言不发,在琴上唱着他隐忍的悲歌,安慰那哭泣的人。我们对德与恶的庸俗,斗争到疲惫的辰光,到此意志与信仰的海洋中浸润一下,将获得无可言喻的裨益。他分赠我们的是一股勇气,一种奋斗的欢乐,①一种感到与神同在的醉意。仿佛在他和大自然不息的沟通之下,②他竟感染了自然的深邃的力。格里尔帕策对贝多芬是钦佩之中含有惧意的,在提及他时说:"他所到达的那种境界,艺术竟和犷野与古怪的元素混合为一。"舒曼提到《第五交响曲》时也说:"尽管你时常听到它,它对你始终有一股不变的威力,有如自然界的现象,虽然时时发生,总教人充满着恐惧与惊异。"他的密友申德勒说:"他抓住了大自然的精神。"——这是不错的:贝多芬是自然界的一股力;一种原始的力和大自然其余的部分接战之下,便产生了荷马史诗般的壮观。

他的一生宛如一天雷雨的日子——先是一个明净如水的早晨,仅仅有几阵懒懒的微风,但在静止的空气中,已经有隐隐的威胁,沉重的预感。然后,突然之间,巨大的阴影卷过,悲壮的雷吼,充满着声响的、可怖的静默,一阵复一阵的狂风,《英雄交响曲》与《第五交响曲》。然而白日的清纯之气尚未受到损害。欢乐依然是欢乐,悲哀永远保存着一缕希望。但自一八一〇年后,心灵的均衡丧失了。日光变得异样。

---

① 他致"不朽的爱人"信中有言:"当我有所克服的时候,我总是快乐的。"一八〇一年十一月十六日致韦格勒信中又言:"我愿把生命活上千百次……我非生来过恬静的日子的。"——原注

② 申德勒有言:"贝多芬教了我大自然的学问,在这方面的研究,他给我的指导和在音乐方面没有分别。使他陶醉的并非自然的律令 Law,而是自然的基本威力。"——原注

最清楚的思想,也看来似乎水汽一般在升化:忽而四散,忽而凝聚,它们的又凄惊又古怪的骚动,罩住了心;往往乐思在薄雾之中浮沉了一两次以后,完全消失了,淹没了,直到曲终才在一阵狂飙中重新出现。即是快乐本身也蒙上苦涩与犷野的性质。所有的情操里都混和着一种热病,一种毒素①。"黄昏将临,雷雨也随着酝酿。然后是沉重的云,饱蓄着闪电,给黑夜染成乌黑,挟带着大风雨,那是《第九交响曲》的开始。——突然,当风狂雨骤之际,黑暗裂了缝,夜在天空给赶走,由于意志之力,白日的清明重又还给了我们。什么胜利可和这场胜利相比?波拿巴的哪一场战争,奥斯特利茨②哪一天的阳光,曾经达到这种超人的努力的光荣?曾经获得这种心灵从未获得的凯旋?一个不幸的人,贫穷,残疾,孤独,由痛苦造成的人,世界不给他欢乐,他却创造了欢乐来给予世界!他用他的苦难来铸成欢乐,好似他用那句豪语来说明的。——那是可以总结他一生,可以成为一切英勇心灵的箴言的:

"用痛苦换来欢乐。"③

---

① 贝多芬一八一〇年五月二日致韦格勒书中有言:"噢,人生多美,但我的是永远受着毒害……"——原注
② 译者按:系拿破仑一八〇五年十二月大获胜利之地。
③ 一八一五年十月十日贝多芬致埃尔德迪夫人书。

附录

贝多芬的作品及其精神

一、贝多芬与力

　　十八世纪是一个兵连祸结的时代，也是歌舞升平的时代，是古典主义没落的时代，也是新生运动萌芽的时代。——新陈代谢的作用在历史中从未停止：最混乱最秽浊的地方就有鲜艳的花朵在探出头来。法兰西大革命，展开了人类史上最惊心动魄的一页：十九世纪！多悲壮，多灿烂！仿佛所有的天才都降生在一时期……从拿破仑到俾斯麦，从康德到尼采，从歌德到左拉，从达维德到塞尚，从贝多芬到俄国五大家：北欧多了一个德意志，南欧多了一个意大利，民主和专制的搏斗方终，社会主义的殉难生活已经开始：人类几曾在一百年中走过这么长的路！而在此波澜壮阔，峰峦重叠的旅程的起点，照耀着一颗巨星：贝多芬。在音响的世界中，他预言了一个民族的复兴，——德意志联邦——他象征着一世纪中人类活动的基调——力！

　　一个古老的社会崩溃了，一个新的社会在酝酿中。在青黄不接的过程内，第一先得解放个人（这是文艺复兴发轫而未完成的基业）。反抗一切约束，争取一切自由的个人主义，是未来世界的先驱。各有各的时代。第一是：我！然后是：社会。

　　要肯定这个"我"，在帝王与贵族之前解放个人，使他们承认个个人都是帝王贵族,或个个帝王贵族都是平民,就须先肯定"力",把它栽培,抚养,提出,具体表现,使人不得不接受。每个自由的"我"要指挥。倘他不能在行动上,至少能在艺术上指挥。倘他不能征服王国像拿破仑,至少他要征服心灵、感觉和情操,像贝多芬。是的,贝多芬与力。这是一个天生就的题目。我们不在这个题目上作一番探讨,就难能了解他的作品及其久远的影响。

从罗曼·罗兰所作的传记里,我们已熟知他运动家般的体格。平时的生活除了过度艰苦以外,没有旁的过度足以摧毁他的健康。健康是他最珍视的财富,因为它是一切"力"的资源。当时见过他的人说"他是力的化身",当然这是含有肉体与精神双重的意义的。他的几件无关紧要的性的冒险,①既未减损他对于爱情的崇高的理想,也未减损他对于肉欲的控制力,他说:"要是我牺牲了我的生命力,还有什么可以留给高贵与优越?"力,是的,体格的力,道德的力,是贝多芬的口头禅。"力是那般与寻常人不同的人的道德,也便是我的道德。"②这种论调分明已是"超人"的口吻。而且在他三十岁前后,过于充溢的力未免有不公平的滥用。不必说他暴烈的性格对身份高贵的人要不时爆发,即对他平辈或下级的人也有枉用的时候。他胸中满是轻蔑:轻蔑弱者,轻蔑愚昧的人,轻蔑大众,③在他青年时代帮他不少忙的李希诺夫斯基公主的母亲,曾有次因为求他弹琴而下跪,他非但拒绝,甚至在沙发上立也不立起来。后来他和李希诺夫斯基亲王反目,临走时留下的条子是这样写的:"亲王,您之为您,是靠了偶然的出身;我之为我,是靠了我自己。亲王们现在有的是,将来也有的是。至于贝多芬,却只有一个。"这种骄傲的反抗,不独用来对另一阶级和同一阶级的人,且也用来对音乐上的规律:

---

① 这一点,我们毋须为他隐讳。传记里说他终生童贞的话是靠不住的,罗曼·罗兰自己就修正过,贝多芬一八一六年的日记内就有过性关系的记载。
② 一八〇〇年语。
③ 然而他又是热爱人类的人!甚至轻蔑他所爱好而崇拜他的人。在他致阿门达牧师信内,有两句说话便是诋蔑一个对他永远忠诚的朋友的。可参看书信录。

——"照规则是不许把这些和弦连用在一块的……"人家和他说。

——"可是我允许。"他回答。

然而读者切勿误会,印勿把常人的狂妄和天才的自信混为一谈,也切勿把力的过剩的表现和无理的傲慢视同一律。以上所述,不过是贝多芬内心蕴蓄的精力,因过于丰满之故而在行动上流露出来的一方面;而这一方面,——让我们说老实话——也并非最好的一方面。缺陷与过失,在伟人身上也仍然是缺陷与过失。而且贝多芬对世俗对旁人尽管傲岸不逊,对自己却竭尽谦卑。当他对车尔尼谈着自己的缺点和教育的不够时,叹道:"可是我并非没有音乐的才具!"二十岁时摒弃的大师,他四十岁上把一个一个的作品重新披读。晚年他更说:"我才开始学得一些东西……"青年时,朋友们向他提起他的声名,他回答说:"无聊!我从未想到为声名和荣誉而写作。我心坎里的东西要出来,所以我才写作!"①

可是他精神的力,还得我们进一步去探索。

大家说贝多芬是最后一个古典主义者,又是最先一个浪漫主义者。浪漫主义者,不错,在表现为先,形式其次上面,在不避剧烈的情绪流露上面,在极度的个人主义上面,他是的。但浪漫主义的感伤气氛与他完全无缘。他生平最厌恶女性的男子。和他性格最不相容的是没有逻辑和过分夸张的幻想。他是音乐家中最男性的。罗曼·罗兰甚至不大受得了女子弹奏贝多芬的作品,除了极少的例外。他的钢琴即兴,素来被认为具有神奇的魔力。当时极优秀的钢琴家里斯和车尔尼前辈都说:"除了思想的特异与优美之外,表情中间另有一种异乎寻常的成分。"他赛似狂风暴雨中的魔术师,会从"深渊里"把精灵呼召到"高峰上"。听众嚎啕大哭,他的朋友雷夏尔脱流了不少热泪,没有一双眼睛不湿……当他弹完以后看见这些泪人儿时,他耸耸肩,放声大笑道:"啊,疯子!你们真不是艺术家。艺术家是火,他是不哭

---

① 这是车尔尼的记载。——这一段希望读者,尤其是音乐青年,作为座右铭。

的。"①又有一次,他送一个朋友远行时,说:"别动感情。在一切事情上,坚毅和勇敢才是男儿本色。"这种控制感情的力,是大家很少认识的!"人家想把他这株橡树当作萧飒的白杨,不知萧飒的白杨是听众。他是力能控制感情的。"②

音乐家,光是做一个音乐家,就需要有对一个意念集中注意的力,需要西方人特有的那种控制与行动的铁腕:因为音乐是动的构造,所有的部分都得同时抓握。他的心灵必须在静止(immobilité)中作疾如闪电的动作,清明的目光,紧张的意志,全部的精神都该超临在整个梦境之上。那么,在这一点上,把思想抓握得如是紧密,如是恒久,如是超人式的,恐怕没有一个音乐家可和贝多芬相比。因为没有一个音乐家有他那样坚强的力。他一朝握住一个意念时,不到把它占有绝不放手。他自称为那是"对魔鬼的追逐"。——这种控制思想,左右精神的力,我们还可从一个较为浮表的方面获得引证。早年和他在维也纳同住过的赛弗烈特曾说:"他听人家一支乐曲时,要在他脸上去猜测赞成或反对是不可能的;他永远是冷冷的,一无动静。精神活动是内在的,而且是无时或息的;但躯壳只像一块没有灵魂的大理石。"

要是在此灵魂的探险上更往前去,我们还可发现更深邃更神化的面目。如罗曼·罗兰所说的:提起贝多芬,不能不提起上帝。③贝多芬的力不但要控制肉欲,控制感情,控制思想,控制作品,且竟与运命挑战,与上帝搏斗。"他可把神明视为平等,视为他生命中的伴侣,被他虐待的;视为磨难他的暴君,被他诅咒的;再不然把它认为他的自我之一部,或是一个冷酷的朋友,一个严厉的父亲……而且不论什么,只要敢和贝多芬对面,他就永不和它分离。一切都会消逝,他却永远在它面前。贝多芬向它哀诉,向它怨艾,向它威逼,向它追问。内心的独白

---

① 以上都见车尔尼记载。
② 罗曼·罗兰语。
③ 注意:此处所谓上帝系指十八世纪泛神论中的上帝。

永远是两个声音的。从他初期的作品起,①我们就听见这些两重灵魂的对白,时而协和,时而争执,时而扭殴,时而拥抱……但其中之一总是主子的声音,绝不会令你误会。"②倘没有这等持久不屈的"追逐魔鬼",挡住上帝的毅力,他哪还能在"海林根施塔特遗嘱"之后再写《英雄交响曲》和《命运交响曲》?哪还能战胜一切疾病中最致命的——耳聋?

耳聋,对平常人是一部分世界的死灭,对音乐家是整个世界的死灭。整个的世界死灭了而贝多芬不曾死!并且他还重造那已经死灭的世界,重造音响的王国,不但为他自己,而且为着人类,为着"可怜的人类"!这样一种超生和创造的力,只有自然界里那种无名的,原始的力可以相比。在死亡包裹着一切的大沙漠中间,唯有自然的力才能给你一片水草!

一八〇〇年,十九世纪第一页。那时的艺术界,正如行动界一样,是属于强者而非属于微妙的机智的。谁敢保存他本来面目,谁敢威严地主张和命令,社会就跟着他走。个人的强项,直有吞噬一切之势;并且有甚于此的是:个人还需要把自己溶化在大众里,溶化在宇宙里。所以罗曼·罗兰把贝多芬和上帝的关系写得如是壮烈,绝不是故弄玄妙的文章,而是窥透了个人主义的深邃的意识。艺术家站在"无意识界"的最高峰上,他说出自己的胸怀,结果是唱出了大众的情绪。贝多芬不曾下功夫去认识时代意识,时代意识就在他自己的思想里。拿破仑把自由、平等、博爱当作幌子踏遍了欧洲,实在还是替整个时代的"无意识界"做了代言人。感觉早已普遍散布在人们心坎间,虽有传统、盲目的偶像崇拜,竭力高压也是徒然,艺术家迟早会来揭幕!《英雄交响曲》!即在一八〇〇年以前,少年贝多芬的作品,对于当时的青年音乐界,也已不下于《少年维特之烦恼》那样的诱人。③然而《第三

---

① 作品第九号之三的三重奏的 Allegro,作品第十八号之四的四重奏的第一章,及《悲怆奏鸣曲》等。
② 以上引罗曼·罗兰语。
③ 莫舍勒斯说他少年时在音乐院里私下问同学借抄贝多芬的《悲怆奏鸣曲》,因为教师是绝对禁止"这种狂妄的作品"的。

交响曲》是第一声洪亮的信号。力解放了个人,个人解放了大众,——自然,这途程还长得很,有待于我们,或以后几代的努力,——但力的化身已经出现过,悲壮的例子写定在历史上,目前的问题不是否定或争辩,而是如何继续与完成……

当然,我不否认力是巨大无比的,巨大到可怕的东西。普罗米修斯的神话存在了已有二十余世纪。使大地上五谷丰登、果实累累的,是力;移山倒海,甚至使星球击撞的,也是力! 在人间如在自然界一样,力足以推动生命,也能促进死亡。两个极端摆在前面:一端是和平、幸福、进步、文明、美;一端是残杀、战争、混乱、野蛮、丑恶。具有"力"的人宛如执握着一个转捩乾坤的钟摆,在这两极之间摆动。往哪儿去?……瞧瞧先贤的足迹吧。贝多芬的力所推动的是什么?锻炼这股力的洪炉又是什么?——受苦,奋斗,为善。没有一个艺术家对道德的修积,像贝多芬那样的兢兢业业;也没有一个音乐家的生涯,像贝多芬这样的酷似一个圣徒的行述。天赋给他的犷野的力,他早替它定下了方向。它是应当奉献于同情、怜悯、自由的;它是应当教人隐忍、舍弃、欢乐的。对苦难,命运,应当用"力"去反抗和征服;对人类,应当用"力"去鼓励,去热烈地爱。——所以《弥撒曲》里的泛神气息,代卑微的人类呼吁,为受难者歌唱……《第九交响曲》里的欢乐颂歌,又从痛苦与斗争中解放了人,扩大了人。解放与扩大的结果,人与神明迫近,与神明合一。那时候,力就是神,力就是力,无所谓善恶,无所谓冲突,力的两极性消灭了。人已超临了世界,跳出了万劫,生命已经告终,同时已经不朽! 这才是欢乐,才是贝多芬式的欢乐!

二、贝多芬的音乐建树

现在,我们不妨从高远的世界中下来,看看这位大师在音乐艺术内的实际成就。

在这件工作内,最先仍须从回顾以往开始。一切的进步只能从比较上看出。十八世纪是讲究说话的时代,在无论何种艺术里,这是一致的色彩。上一代的古典精神至此变成纤巧与雕琢的形式主义,内容由微妙而流于空虚,由富丽而陷于贫弱。不论你表现什么,第一要"说得好",要巧妙,雅致。艺术品的要件是明白、对称、和谐、中庸;最忌狂热、真诚、固执,那是"趣味恶劣"的表现。海顿的宗教音乐也不容许有何种神秘的气氛,它是空洞的,世俗气极浓的作品。因为时尚所需求的弥撒曲,实际只是一个变相的音乐会;由歌剧曲调与悦耳的技巧表现混合起来的东西,才能引起听众的趣味。流行的观念把人生看作肥皂泡,只顾享受和鉴赏它的五光十色,而不愿参透生与死的神秘。所以海顿的旋律是天真地、结实地构成的,所有的乐句都很美妙和谐;它特别魅惑你的耳朵,满足你的智的要求,却从无深切动人的言语诉说。即使海顿是一个善良的,虔诚的"好爸爸",也逃不出时代感觉的束缚:缺乏热情。幸而音乐在当时还是后起的艺术,连当时那么浓厚的颓废色彩都阻遏不了它的生机。十八世纪最精彩的面目和最可爱的情调,还找到一个旷世的天才做代言人:莫扎特。他除了歌剧以外,在交响乐方面的贡献也不下于海顿,且在精神方面还更走前了一步。音乐之作为心理描写是从他开始的。他的《g 调交响曲》在当时批评界的心目中已是艰涩难解(!)之作。但他的温柔与妩媚,细腻入微的感觉,匀称有度的体裁,我们仍觉是旧时代的产物。

  而这是不足为奇的。时代精神既还有最后几朵鲜花需要开放,音乐曲体大半也还在摸索着路子。所谓古典奏鸣曲的形式,确定了不过半个世纪。最初,奏鸣曲的第一章只有一个主题(thème),后来才改用两个基调(tonalité)不同而互有关联的两个主题。古典奏鸣曲的形式确定以后,就成为三鼎足式的对称乐曲,主要以三个乐章构成,即:快——慢——快。第一章 Allegro 本身又含有三个步骤:(一)破题(exposition),即披露两个不同的主题;(二)发展(développement),把两个主题作种种复音的配合,作种种的分析或综合——这一节是全曲的重心;(三)复题(récapitulation),重行披露两个主题,而第二主题

(亦称副句,第一主题亦称主句)以和第一主题相同的基调出现,因为结论总以第一主题的基调为本①。第二章 Andante 或 Adagio,或 Larghetto,以歌(Lied)体或变奏曲(Variation)写成。第三章 Allegro 或 Presto,和第一章同样用两句三段组成;再不然是 Rondo,由许多复奏(répétition)组成,而用对比的次要乐句作穿插。这就是三鼎足式的对称。但第二与第三章间,时或插入 Menuet 舞曲。

这个格式可说完全适应着时代的趣味。当时的艺术家首先要使听众对一个乐曲的每一部分都感兴味,而不为单独的任何部分着迷。所以特别重视均衡。第一章 Allegro 的美的价值,特别在于明白,均衡,和有规律:不同的乐旨总是对比的,每个乐旨总在规定的地方出现,它们的发展全在典雅的形式中进行。第二章 Andante,则来抚慰一下听众微妙精炼的感觉,使全曲有些优美柔和的点缀,然而一切剧烈的表情是给庄严稳重的 Menuet 挡住去路的,——最后再来一个天真的 Rondo,用机械式的复奏和轻盈的爱娇,使听的人不致把艺术当真,而明白那不过是一场游戏。渊博而不迂腐,敏感而不着魔,在各种情绪的表皮上轻轻拂触,却从不停留在某一固定的感情上:这美妙的艺术组成时,所模仿的是沙龙里那些翩翩蛱蝶,组成以后所供奉的也仍是这般翩翩蛱蝶。

我所以冗长地叙述这段奏鸣曲史,因为奏鸣曲②是一切交响曲、四重奏等纯粹音乐的核心。贝多芬在音乐上的创新也是由此开始。而且我们了解了他的奏鸣曲组织,对他一切旁的曲体也就有了纲领。古典奏鸣曲虽有明白与构造结实之长,但有呆滞单调之弊。乐旨(motif)与破题之间,乐节(période)与复题之间,凡是专司联络之职的过板(conduit)总是无美感与表情可言的。乐曲之始,两个主题一经披露之后,未来的结论可以推想而知:起承转合的方式,宛如学院派的辩论一般有固定的线索,一言以蔽之,这是西洋音乐上的八股。

---

① 这第一章部分称为奏鸣曲典型——forme‐sonate。
② 尤其是其中奏鸣曲典型那部分。

贝多芬对奏鸣曲的第一件改革，便是推翻它刻板的规条，给以范围广大的自由与伸缩，使它施展雄辩的机能。他的三十二阕钢琴奏鸣曲中，十三阕有四章，十三阕只有三章，六阕只有两章，每阕各章的次序也不依"快——慢——快"的成法。两个主题在基调方面的关系，同一章内各个不同的乐旨间的关系，都变得自由了。即是奏鸣曲的骨干——奏鸣曲典型——也被修改。连接各个乐旨或各个小段落的过板，到贝多芬手里大为扩充，且有了生气，有了更大的和更独立的音乐价值，甚至有时把第二主题的出现大为延缓，而使它以不重要的插曲形式出现。前人作品中纯粹分立而仅有乐理关系①的两个主题，贝多芬使它们在风格上统一，或者出之以对照，或者出之以类似。所以我们在他作品中常常一开始便听到两个原则的争执，结果是其中之一获得了胜利；有时我们却听到两个类似的乐旨互相融和②，例如作品第七十一号之一的《告别奏鸣曲》，第一章内所有旋律的元素，都是从最初三音符上衍变出来的。奏鸣曲典型部分原由三个步骤组成，贝多芬又于最后加上一节结局（coda），把全章乐旨作一有力的总结。

贝多芬在即兴（improvisation）方面的胜长，一直影响到他奏鸣曲的曲体。据约翰·桑太伏阿纳③的分析，贝多芬在主句披露完后，常有无数的延音（point d'orgue），无数的休止，仿佛他在即兴时继续寻思，犹疑不决的神气。甚至他在一个主题的发展中间，会插入一大段自由的诉说，缥缈的梦境，宛似替声乐写的旋律一般。这种作风不但加浓了诗歌的成分，抑且加强了戏剧性。特别是他的 Adagio，往往受着德国歌谣的感应。——莫扎特的长句令人想起意大利风格的歌曲（Aria）；海顿的旋律令人想起节奏空灵的法国的歌（Romance）；贝多芬的 Adagio 却充满着德国歌谣（Lied）所特有的情操：简单纯朴，亲切动人。

---

① 即副句与主句互有关系，例如以主句基调的第五度音作为副句的主调音等等。
② 这就是上文所谓的两重灵魂的对白。
③ 近代法国音乐史家。

在贝多芬心目中,奏鸣曲典型并非不可动摇的格式,而是可以用作音响上的辩证法的:他提出一个主句,一个副句,然后获得一个结论,结论的性质或是一方面胜利,或是两方面调和。在此我们可以获得一个理由,来说明为何贝多芬晚年特别运用赋格曲。① 由于同一乐旨以音阶上不同的等级三四次地连续出现,由于参差不一的答句,由于这个曲体所特有的迅速而急促的演绎法,这赋格曲的风格能完满地适应作者的情绪,或者:原来孤立的一缕思想慢慢地渗透了心灵,终而至于占据全意识界;或者,凭着意志之力,精神必然而然地获得最后胜利。

总之,由于基调和主题的自由选择,由于发展形式的改变,贝多芬把硬性的奏鸣曲典型化为表白情绪的灵活的工具。他依旧保存着乐曲的统一性,但他所重视的不在于结构或基调之统一,而在于情调和口吻(accent)之统一;换言之,这统一是内在的而非外在的。他是把内容来确定形式的;所以当他觉得典雅庄重的 Menuet 束缚难忍时,他根本换上了更快捷、更欢欣、更富于诙谑性、更宜于表现放肆姿态的 Scherzo。② 当他感到原有的奏鸣曲体与他情绪的奔放相去太远时,他在题目下另加一个小标题:*Quasi una Fantasia*。③

此外,贝多芬还把另一个古老的曲体改换了一副新的面目。变奏曲在古典音乐内,不过是一个主题周围加上无数的装饰而已。但在五彩缤纷的衣饰之下,本体(即主题)的真相始终是清清楚楚的。贝多芬却把它加以更自由的运用,④甚至使主体改头换面,不复可辨。有时旋律的线条依旧存在,可是节奏完全异样。有时旋律之一部被作为另一个新的乐思的起点。有时,在不断地更新的探险中,单单主题的一部分节奏,或是主题的和声部分,仍和主题保持着渺茫的关系。贝多芬

---

① 这是巴赫以后在奏鸣曲中一向遭受摈弃的曲体。贝多芬中年时亦未采用。
② 按:此字在意大利语中意为 joke,贝多芬原有粗犷的滑稽气氛,故在此体中的表现尤为酣畅淋漓。
③ 意为"近于幻想曲"。作品第二十七号之一、之二——后者俗称《月光曲》。
④ 后人称贝多芬的变奏曲为大变奏曲,以别于纯属装饰味的古典变奏曲。

似乎想以一个题目为中心,把所有的音乐联想搜罗净尽。

至于贝多芬在配器法(orchestration)方面的创新,可以粗疏地归纳为三点:(一)乐队更庞大,乐器种类也更多①;(二)全部乐器的更自由的运用,——必要时每种乐器可有独立的效能②;(三)因为乐队的作用更富于戏剧性,更直接表现感情,故乐队的音色不独变化迅速,且臻于前所未有的富丽之境。

在归纳他的作风时,我们不妨从两方面来说:素材③与形式④。前者极端简单,后者极端复杂,而且有不断的演变。

以一般而论,贝多芬的旋律是非常单纯的;倘若用线来表现,那是没有多少波浪,也没有多大曲折的。往往他的旋律只是音阶中的一个片段(a fragment of scale),而他最美最知名的主题即属于这一类;如果旋律上行或下行,也是用自然音音程(diatonic interval)。所以音阶组成了旋律的骨干。他也常用完全和弦的主题和转位法(inverting)。但音阶,完全和弦,基调的基础,都是一个音乐家所能运用的最简单的元素。在旋律的主题(melodic theme)之外,他亦有交响的主题(symphonic theme)作为一个"发展"的材料,但仍是绝对的单纯:随便可举的例子,有《第五交响曲》最初的四音符(sol – sol – sol – mi^b),或《第九交响曲》开端的简单的下行五度音。因为这种简单,贝多芬才能在"发展"中间保存想象的自由,尽量利用想象的富藏。而听众因无需费力就能把握且记忆基本主题,所以也能追随作者最特殊最繁多的变化。

---

① 但庞大的程度最多不过六十八人:弦乐器五十四人,管乐、铜乐、敲击乐器十四人。这是从贝多芬手稿上——现存柏林国家图书馆——录下的数目。现代乐队演奏他的作品时,人数往往远过于此,致为批评家诟病。桑太伏阿纳有言:"扩大乐队并不使作品增加伟大。"
② 以《第五交响曲》为例,Andante 里有一段,basson 占着领导地位。在 Allegro 内有一段,大提琴与 doublebasse 又当着主要角色。素不被重视的鼓,在此交响曲内的作用,尤为人所共知。
③ 包括旋律与和声。
④ 即曲体,详见本文前段分析。

贝多芬的和声，虽然很单纯很古典，但较诸前代又有很大的进步。不和谐音的运用是更常见更自由了：在《第三交响曲》《第八交响曲》《告别奏鸣曲》等某些大胆的地方，曾引起当时人的毁谤(！)。他的和声最显著的特征，大抵在于转调(modulation)之自由。上面已经述及他在奏鸣曲中对基调间的关系，同一乐章内各个乐旨间的关系，并不遵守前人规律。这种情形不独见于大处，亦且见于小节。某些转调是由若干距离弯远的音符组成的，而且出之以突兀的方式，令人想起大画家所用的"节略"手法，色彩掩盖了素描，旋律的继续被遮蔽了。

至于他的形式，因繁多与演变的迅速，往往使分析的工作难于措手。十九世纪中叶，若干史家把贝多芬的作风分成三个时期，①这个观点至今非常流行，但时下的批评家均嫌其武断笼统。一八五二年十二月二日，李斯特答复主张三期说的史家兰兹时，曾有极精辟的议论，足资我们参考，他说：

"对于我们音乐家，贝多芬的作品仿佛云柱与火柱，领导着以色列人在沙漠中前行，——在白天领导我们的是云柱，——在黑夜中照耀我们的是火柱，使我们夜以继日地趱奔。他的阴暗与光明同样替我们划出应走的路；它们俩都是我们永久的领导，不断的启示。倘使要我把大师在作品里表现的题旨不同的思想，加以分类的话，我绝不采用现下流行②而为您采用的三期论法。我只直截了当地提出一个问题，那是音乐批评的轴心，即传统的、公认的形式，对于思想的机构的决定性，究竟到什么程度？

"用这个问题去考察贝多芬的作品，使我自然而然地把它们分作两类：第一类是传统的公认的形式包括而且控制作者的思想；第二类是作者的思想扩张到传统形式之外，依着他的需要与灵感而把形式与

---

① 大概是把《第三交响曲》以前的作品列为第一期，钢琴奏鸣曲至作品第二十二号为止，两部奏鸣曲至作品第三十号为止。第三至第八交响曲被列入第二期。又称为贝多芬盛年期，钢琴奏鸣曲至作品第九十号为止。作品第一百号以后至贝多芬死的作品为末期。

② 按：系指当时。

风格或是破坏,或是重造,或是修改。无疑的,这种观点将使我们涉及'权威'与'自由'这两个大题目,但我们毋需害怕。在美的国土内,只有天才才能建立权威,所以权威与自由的冲突,无形中消灭了,又回复了它们原始的一致,即权威与自由原是一件东西。"

这封美妙的信可以列入音乐批评史上最精彩的文章里。由于这个原则,我们可说贝多芬的一生是从事于以自由战胜传统而创造新的权威的。他所有的作品都依着这条路线进展。

贝多芬对整个十九世纪所发生的巨大的影响,也许至今还未告终。上一百年中面目各异的大师,门德尔松,舒曼,勃拉姆斯,李斯特,柏辽兹,瓦格纳,勃鲁克纳,弗兰克,全都沾着他的雨露。谁曾想到一个父亲能有如许精神如是分歧的儿子?其缘故就因为有些作家在贝多芬身上特别关切权威这个原则,例如门德尔松与勃拉姆斯;有些则特别注意自由这个原则,例如李斯特与瓦格纳。前者努力维持古典的结构,那是贝多芬在未曾完全摒弃古典形式以前留下最美的标本的。后者,尤其是李斯特,却继承着贝多芬在交响曲方面未完成的基业,而用着大胆和深刻的精神发现交响诗的新形体。自由诗人如舒曼,从贝多芬那里学会了可以表达一切情绪的弹性的音乐语言。最后,瓦格纳不但受着《菲岱里奥》的感应,且从他的奏鸣曲、四重奏、交响曲里提炼出"连续的旋律"(mélodie continue)和"领导乐旨"(leitmotiv),把纯粹音乐搬进了乐剧的领域。

由此可见,一个世纪的事业,都是由一个人撒下种子的。固然,我们并未遗忘十八世纪的大家所给予他的粮食,例如海顿老人的主题发展,莫扎特的旋律的广大与丰满。但在时代转捩之际?同时开下这许多道路,为后人树立这许多路标的,的确除贝多芬外无第二人。所以说贝多芬是古典时代与浪漫时代的过渡人物,实在是估低了他的价值,估低了他的艺术的独立性与特殊性。他的行为的光轮,照耀着整个世纪,孵育着多少不同的天才!音乐,由贝多芬从刻板严格的枷锁之下解放了出来,如今可自由地歌唱每个人的痛苦与欢乐了。由于他,音乐从死的学术一变而为活的意识。所有的来者,即使绝对不曾模仿他,即使精神与气质和他的相反,实际上也无异是他的门徒,因为他们享受着他用痛苦换来的自由!

三、重要作品浅释

为完成我这篇粗疏的研究起计,我将选择贝多芬最知名的作品加一些浅显的注解。当然,以作者的外行与浅学,既谈不到精密的技术分析,也谈不到微妙的心理解剖。我不过撷拾几个权威批评家的论见,加上我十余年来对贝多芬作品亲炙所得的观念,作一个概括的叙述而已。我的希望是:爱好音乐的人能在欣赏时有一些启蒙式的指南,在探宝山时稍有凭借;专学音乐的青年能从这些简单的引子里,悟到一件作品的内容是如何精深宏博,如何在手与眼的训练之外,需要加以深刻的体会,方能仰攀创造者的崇高的意境——我国的音乐研究,十余年来尚未走出幼稚园;向升堂入室的路出发,现在该是时候了吧!

一、钢琴奏鸣曲

作品第十三号:《悲怆奏鸣曲》Sonate "Pathétique" in C min.——这是贝多芬早年奏鸣曲中最重要的一阕,包括 Allegro – Adagio – Rondo 三章。第一章之前冠有一节悲壮严肃的引子,这一小节以后又出现了两次:一在破题之后,发展之前;一在复题之末,结论之前。更特殊的是,副句与主句同样以小调为基础。而在小调的 Adagio 之后,Rondo 仍以小调演出。——第一章表现青年的火焰,热烈的冲动;到第二章,情潮似乎安定下来,沐浴在宁静的气氛中,但在第三章泼辣的 Rondo 内,激情重又抬头。光与暗的对照,似乎象征着悲欢的交替。

作品第二十七号之二:《月光奏鸣曲》Sonate "quasi una fantasia" ["Moonlight"] in C# min.——奏鸣曲体制在此不适用了。原应位于第二章的 Adagio,占了最重要的第一章。开首便是单调的、冗长的、缠绵无尽的独白,赤裸裸地吐露出凄凉幽怨之情。紧接着的是 Allegretto,把前章痛苦的悲吟挤逼成紧张的热情。然后是激昂迫促的 Presto,以奏鸣曲典型的体裁,如古悲剧般作一强有力的结论:心灵的力终于镇服了痛苦。情操控制着全局,充满着诗情与戏剧式的波涛,一步紧似一步。①

作品第三十一号之二:《**d 暴风雨奏鸣曲**》Sonate "Tempest" in d min.)——一八〇二至一八〇三年间,贝多芬给友人的信中说:"从此我要走上一条新的路。"这支乐曲便可说是证据。音节,形式,风格,全有了新面目,全用着表情更直接的语言。第一章末戏剧式的吟诵体(récitatif),宛如庄重而激昂的歌唱。Adagio 尤其美妙,兰兹说:"它令人想起韵文体的神话;受了魅惑的蔷薇,不,不是蔷薇?而是被女巫的魅力催眠的公主……"那是一片天国的平和,柔和黝暗的光明。最后的 Allegretto 则是泼辣奔放的场面,一个"仲夏夜之梦",如罗曼·罗兰所说。

作品第五十三号:《**黎明奏鸣曲**》Sonate l' Aurore in C——黎明这个俗称,和月光曲一样,实在并无确切的根据。也许开始一章里的 crescendo,也许 Rondo 之前短短的 Adagio——那种曙色初现的气氛,莱茵河上舟子的歌声,约略可以唤起"黎明"的境界。然而可以肯定的是:在此毫无贝多芬悲壮的气质,他仿佛在田野里闲步,悠然欣赏着云影,鸟语,水色,怅惘地出神着。到了 Rondo,慵懒的幻梦又转入清明高远之境。罗曼·罗兰说这支奏鸣曲是《第六交响曲》之先声,也是田园曲。②

作品第五十七号:《**热情奏鸣曲**》Sonate "Appassionnate" in f min. ——壮烈的内心的悲剧,石破天惊的火山爆裂,莎士比亚的《暴风雨》式的气息,伟人的征服……在此我们看到了贝多芬最光荣的一次

---

① 十余年前国内就流传着一种浅薄的传说,说这曲奏鸣曲是即兴之作,而且在小说式的故事中组成的。这完全是荒诞不经之说。贝多芬作此曲时绝非出于即兴,而是经过苦心的经营而成。这有他遗下的稿本为证。

② 通常称为田园曲的奏鸣曲,是作品第十四号;但那是除了一段乡妇的舞蹈以外,实在并无旁的田园气息。

战争。——从一个乐旨上演化出来的两个主题：犷野而强有力的"我"，命令着，威镇着；战栗而怯弱的"我"，哀号着，乞求着。可是它不敢抗争，追随着前者，似乎坚忍地接受了运命（一段大调的旋律），然而精力不继，又倾倒了，在苦痛的小调上忽然停住……再起……再仆……一大段雄壮的"发展"，力的主题重又出现，滔滔滚滚地席卷着弱者。——它也不复中途蹉跌了。随后是英勇的结局（coda）。末了，主题如雷雨一般在辽远的天际消失，神秘的 pianissimo。第二章，单纯的 Andante，心灵获得须臾的休息，两片巨大的阴影①中间透露一道美丽的光。然而休战的时间很短，在变奏曲之末，一切重又骚乱，吹起终曲（Finale-Rondo）的旋风……在此，怯弱的"我"虽仍不时发出悲怆的呼吁，但终于被狂风暴雨②淹没了。最后的结论，无殊一片沸腾的海洋……人变了一颗原子，在吞噬一切的大自然里不复可辨。因为犷野而有力的"我"就代表着原始的自然。在第一章里犹图挣扎的弱小的"我"，此刻被贝多芬交给了原始的"力"。

作品第八十一号之 A：**《告别奏鸣曲》**Sonate "Les Adieux" in E^b③——第一乐章全部建筑在 sol-fa-mi 三个音符之上，所有的旋律都从这简单的乐旨出发（这一点加强了全曲情绪之统一）；复题之末的结论中，告别④更以最初的形式反复出现。——同一主题的演变，代表着同一情操的各种区别：在引子内，"告别"是凄凉的，但是镇静的，不无甘美的意味；在 Allegro 之初，⑤它又以击撞抵触的节奏与不和协弦重现：这是匆促的分手。末了，以对白方式再三重复的"告别"，几乎合为一体地以 diminuento 告终。两个朋友最后的扬巾示意，愈离愈远，消失了。——"留守"是短短的一章 Adagio，彷徨，问询，焦灼，朋友在

---

① 第一与第三章。
② 犷野的我。
③ 本曲印行时就刊有告别、留守、重叙这三个标题。所谓告别系指奥太子鲁道夫一八〇九年五月之远游。
④ 即前述的三音符。
⑤ 第一章开始时为一段迟缓的引子，然后继以 Allegro。

期待中。然后是 vivacissimamente，热烈轻快的篇章，两个朋友互相投在怀抱里。——自始至终，诗情画意笼罩着乐曲。

作品第九十号：《E 小调奏鸣曲》Sonate in E min.——这是题赠李希诺夫斯基伯爵的，他不顾家庭的反对，娶了一个女伶。贝多芬自言在这支乐曲内叙述这桩故事，第一章题作"头脑与心的交战"，第二章题作"与爱人的谈话"。故事至此告终，音乐也至此完了。而因为故事以吉庆终场，故音乐亦从小调开始，以大调结束。再以乐旨而论，在第一章内的戏剧情调和第二章内恬静的倾诉，也正好与标题相符。诗意左右着乐曲的成分，比《告别奏鸣曲》更浓厚。

作品第一〇六号：《降 B 大调奏鸣曲》Sonate in B^b——贝多芬写这支乐曲时是为了生活所迫；所以一开始使用二三个粗野的和弦，展开这首惨痛绝望的诗歌。"发展"部分是头绪万端的复音配合，象征着境遇与心绪的艰窘。① 发展中间两次运用赋格曲体式（Fugato）的作风，好似要寻觅一个有力的方案来解决这堆乱麻。一忽儿是光明，一忽儿是阴影。——随后是又古怪又粗犷的 Scherzo，噩梦中的幽灵。——意志的超人的努力，引起了痛苦的反省：这是 Adagio Appassionnato，慷慨的陈词，凄凉的哀吟。三个主题以大变奏曲的形式铺叙。当受难者悲痛欲绝之际，一段 Largo 引进了赋格曲，展开一个场面伟大、经纬错综的"发展"，运用一切对位与轮唱曲（Canon）的巧妙，来陈诉心灵的苦恼。接着是一段比较宁静的插曲，预先唱出了《D 调弥撒曲》内谢神的歌。——最后的结论，宣告患难已经克服，命运又被征服了一次。在贝多芬全部奏鸣曲中，悲哀的抒情成分，痛苦的反抗吼声，从没有像在这件作品里表现得那样惊心动魄。

二、提琴与钢琴奏鸣曲

在"两部奏鸣曲"（即提琴与钢琴，或大提琴与钢琴奏鸣曲）中，贝

---

① 作曲年代是一八一八，贝多芬正为了侄儿的事弄得焦头烂额。

多芬显然没有像钢琴奏鸣曲般的成功。软性与硬性的两种乐器,他很难觅得完善的驾驭方法。而且十阕提琴与钢琴奏鸣曲内,九阕是《第三交响曲》以前所作;九阕之内五阕又是《月光奏鸣曲》以前的作品。一八一二年后,他不再从事于此种乐曲。在此我只介绍最特出的两曲。

作品第三十号之二:《C 小调奏鸣曲》Sonate in C min.(题赠俄皇亚历山大二世)——在本曲内,贝多芬的面目较为显著。暴烈而阴沉的主题,在提琴上演出时,钢琴在下面怒吼。副句取着威武而兴奋的姿态,兼具柔媚与遒劲的气概。终曲的激昂奔放,尤其标明了贝多芬的特色。赫里欧①有言:"如果在这件作品里去寻找胜利者②的雄姿与战败者的哀号,未免穿凿的话,我们至少可认为它也是英雄式的乐曲,充满着力与欢畅,堪与《第五交响曲》相比。"

作品第四十七号:《克勒策奏鸣曲》Sonate à Kreutzer in A min.③——贝多芬一向无法安排的两种乐器,在此被他找到了一个解决的途径:它们俩既不能调和,就让它们冲突;既不能携手,就让它们争斗。全曲的第一与第三乐章,不啻钢琴与提琴的肉搏。在旁的"两部奏鸣曲"中,答句往往是轻易的、典雅的美;这里对白却一步紧似一步,宛如两个仇敌的短兵相接。在 Andante 的恬静的变奏曲后,争斗重新开始,愈加紧张了,钢琴与提琴一大段急流奔泻的对位,由钢琴洪亮的呼声结束。"发展"奔腾飞纵,忽然凝神屏息了一会,经过几节 Adagio,然后消没在目眩神迷的结论中间。——这是一场决斗,两种乐器的决斗,两种思想的决斗。

三、四重奏

弦乐四重奏是以奏鸣曲典型为基础的曲体,所以在贝多芬的四重

---

① 法国现代政治家兼音乐批评家。
② 译者按:系指俄皇。
③ 克勒策为法国人,为皇家教堂提琴手。曾随军至维也纳与贝多芬相遇。贝多芬待之甚善,以此曲题赠。但克氏始终不愿演奏,因他的音乐观念迂腐守旧,根本不了解贝多芬。

奏里,可以看到和他在奏鸣曲与交响曲内相同的演变,他的趋向是旋律的强化,发展与形式的自由;且在弦乐器上所能表现的复音配合,更为富丽更为独立,他一共制作十六阕四重奏,但在第十一与第十二阕之间,相隔有十四年之久(一八一〇至一八二四),故最后五阕形成了贝多芬作品中一个特殊面目,显示他最后的艺术成就。当第十二阕四重奏问世之时,《D 调弥撒曲》与《第九交响曲》都已诞生。他最后几年的生命是孤独①、疾病、困穷、烦恼②煎熬他最甚的时代。他慢慢地隐忍下去,一切悲苦深深地潜到心灵深处。他在乐艺上表现的是更为肯定的个性,他更求深入,更爱分析,尽量汲取悲欢的灵泉,打破形式的桎梏。音乐几乎变成歌词与语言一般,透明地传达着作者内在的情绪,以及起伏微妙的心理状态。一般人往往只知鉴赏贝多芬的交响曲与奏鸣曲;四重奏的价值,至近数十年方始被人赏识。因为这类纯粹表现内心的乐曲,必须内心生活丰富而深刻的人才能体验;而一般的音乐修养也须到相当的程度方不致在森林中迷路。

作品第一二七号:《降 E 大调四重奏》Quatuor in E^b(第十二阕)——第一章里的"发展",着重于两个原则:一是纯粹节奏的③,一是纯粹音阶的④,以静穆的徐缓的调子出现的 Adagio 包括六支连续的变奏曲,但即在节奏复杂的部分内,也仍保持默想的气息。奇谲的 Scherzo 以后的"终曲",含有多少大胆的和声,用节略手法的转调。最美妙的是那些 Adagio⑤,好似一株树上开满着不同的花,各有各的姿态。在那些吟诵体内,时而清明,时而绝望,——清明时不失激昂的情调,痛苦时并无疲倦的气色。作者在此的表情,比在钢琴上更自由;一方面传统的形式似乎依然存在,一方面给人的感应又极富于启迪性。

作品第一三〇号:《降 B 大调四重奏》Quatuor in B^b(第十三

---

① 尤其是艺术上的孤独,连亲近的友人都不了解他了……
② 侄子的不长进。
③ 一个强毅的节奏与另一个柔和的节奏对比。
④ 两重节奏从 E^b 转到明快的 G,再转到更加明快的 C。
⑤ 包括着 Adagio ma non troppo;Andante con motto;Adagio molto espressivo。

阕)——第一乐章开始时,两个主题重复演奏了四次,——两个在乐旨与节奏上都相反的主题:主句表现悲哀,副句①表现决心。两者的对白引入奏鸣曲典型的体制。在诙谑的 Presto 之后,接着一段插曲式的 Andante:凄凉的幻梦与温婉的惆怅,轮流控制着局面。此后是一段古老的 Menuet,予人以古风与现代风交错的韵味。然后是著名的 Cavatinte - Adagio molto espressivo,为贝多芬流着泪写的:第二小提琴似乎模仿着起伏不已的胸脯,因为它满贮着叹息;继以凄厉的悲歌,不时杂以断续的呼号……受着重创的心灵还想挣扎起来飞向光明。——这一段倘和终曲作对比,就愈显得惨恻。——以全体而论,这支四重奏和以前的同样含有繁多的场面,②但对照更强烈,更突兀,而且全部的光线也更神秘。

作品第一三一号:《升 C 小调四重奏》Quatuor in C# min.(第十四阕)——开始是凄凉的 Adagio,用赋格曲写成的,浓烈的哀伤气氛,似乎预告着一篇痛苦的诗歌。瓦格纳认为这段 Adagio 是音乐上从来未有的最忧郁的篇章。然而此后的 Allegro molto vivace 却又是典雅又是奔放,尽是出人不意的快乐情调。Andante 及变奏曲,则是特别富于抒情的段落,中心感动的,微微有些不安的情绪。此后是 Presto,Adagio,Allegro,章节繁多,曲折特甚的终曲——这是一支千绪万端的大曲,轮廓分明的插曲即已有十三四支之多,仿佛作者把手头所有的材料都集合在这里了。

作品第一三二号:《a 小调四重奏》Quatuor in a min.(第十五阕)——这是有名的"病愈者的感谢曲"。贝多芬在 Allegro 中先表现痛楚与骚乱,③然后阴沉的天边渐渐透露光明,一段乡村舞曲代替了沉闷的冥想,一个牧童送来柔和的笛声。接着是 Allegro,四种乐器合唱

---

① 由第二小提琴演出的。
② Allegro 里某些句子充满着欢乐与生机。Presto 富有滑稽意味,Andante 笼罩在柔和的微光中,Menuet 借用着古德国的民歌的调子,终曲则是波希米亚人放肆的欢乐。
③ 第一小提琴的兴奋,和对位部分的严肃。

着感谢神恩的颂歌。贝多芬自以为病愈了。他似乎跪在地下，合着双手。在赤裸的旋律之上（Andante），我们听见从徐缓到急促的言语，赛如大病初愈的人试着软弱的步子，逐渐恢复了精力。多兴奋！多快慰！合唱的歌声再起，一次热烈一次。虔诚的情意，预示瓦格纳的《帕西发尔》歌剧。接着是 Allegro alla marcia，激发着青春的冲动。之后是终曲。动作活泼，节奏明朗而均衡，但小调的旋律依旧很凄凉。病是痊愈了，创痕未曾忘记。直到旋律转入大调，低音部乐器繁杂的节奏慢慢隐灭之时，贝多芬的精力才重新获得了胜利。

作品第一三五号：《F 大调四重奏》 *Quatuor in f maj.*（第十六阕）——这是贝多芬一生最后的作品。① 第一章 Allegretto，天真，巧妙，充满着幻想与爱娇，年代久远的海顿似乎复活了一刹那：最后一朵蔷薇，在萎谢之前又开放了一次。Vivace 是一篇音响的游戏，一幅纵横无碍的素描。而后是著名的 Lento，原稿上注明着"甘美的休息之歌，或和平之歌"，这是贝多芬最后的祈祷，最后的颂歌，按照赫里欧的说法，是他精神的遗嘱。他那种特有的清明的心境，实在只是平复了的哀痛。单纯而肃穆，虔敬而和平的歌，可是其中仍有些急促的悲叹，最后更高远的和平之歌把它抚慰下去。——而这缕恬静的声音，不久也朦胧入梦了。终曲是两个乐句剧烈争执以后的单方面的结论，乐思的奔放，和声的大胆，是这一部分的特色。

四、协奏曲

贝多芬的钢琴与乐队合奏曲共有五支，重要的是第四与第五。提琴与乐队协奏曲共只一阕，在全部作品内不占何等地位，因为国人熟知，故亦选入。

作品第五十八号：《G 大调钢琴协奏曲》 *Concerto pour Piano et Orchestre in G maj.*（第四协奏曲，一八〇六年作）——单纯的主题先由钢

---

① 未定成的稿本不计在内。

琴提出，然后继以乐队的合奏，不独诗意浓郁，抑且气势雄伟，有交响曲之格局。"发展"部分由钢琴表现出一组轻盈而大胆的面目，再以飞舞的线条（arabesque）作为结束。——但全曲最精彩的当推短短的 Andante con molto，全无技术的炫耀，只有钢琴与乐队剧烈对垒的场面。乐队奏出威严的主题，肯定着强暴的意志；胆怯的琴声，柔弱地，孤独地，用着哀求的口吻对答。对话久久继续，钢琴的呼吁越来越迫切，终于获得了胜利。全场只有它的声音，乐队好似战败的敌人般，只在远方发出隐约叫吼的回声。不久琴声也在悠然神往的和弦中缄默。——此后是终曲，热闹的音响中杂有大胆的碎和声（arpeggio）。

作品第七十三号：《"皇帝"钢琴协奏曲》*Concerto "Empereur" in E# maj.*（第五协奏曲。一八〇九年作）①——滚滚长流的乐句，像瀑布一般，几乎与全乐队的和弦同时揭露了这件庄严的大作。一连串的碎和音，奔腾而下，停留在 A# 的转调上。浩荡的气势，雷霆万钧的力量，富丽的抒情成分，灿烂的荣光，把作者当时的勇敢、胸襟、怀抱、骚动，②全部宣泄了出来。谁听了这雄壮瑰丽的第一章不联想到《第三交响曲》里的 crescendo？——由弦乐低低唱起的 Adagio。庄严静穆，是一股宗教的情绪。而 Adagio 与 Finale 之间的过渡，尤令人惊叹。在终曲的 Rondo 内，豪华与温情，英武与风流，又奇妙地熔冶于一炉，完成了这部大曲。

作品第六十一号：《D 大调小提琴协奏曲》*Concerto pour Violon et Orchestre in D maj.*——第一章 Adagio，开首一段柔媚的乐队合奏，令人想起《第四钢琴协奏曲》的开端。两个主题的对比内，一个 C# 音的出现，在当时曾引起非难。Larghetto 的中段一个纯朴的主题唱着一支天真的歌，但奔放的热情不久替它展开了广大的场面，增加了表情的丰满。最后一章 Rondo 则是欢欣的驰骋，不时杂有柔情的倾诉。

---

① "皇帝"二字为后人所加的俗称。
② 一八〇九为拿破仑攻入维也纳之年。

五、交响曲

作品第二十一号:《第一交响曲》*in C maj.*①——年轻的贝多芬在引子里就用了 F 的不和协弦,与成法背驰。② 虽在今日看来,全曲很简单,只有第三章的 Menuet 及其三重奏部分较为特别;以 Allegro molto vivace 奏出来的 Menuet 实际已等于 Scherzo。但当时批评界觉得刺耳的,尤其是管乐器的运用大为推广。Timbale 在莫扎特与海顿,只用来产生节奏,贝多芬却用以加强戏剧情调。利用乐器各别的音色而强调它们的对比,可说是从此奠定的基业。

作品第三十六号:《第二交响曲》*in D maj.*③——制作本曲时,正是贝多芬初次的爱情失败,耳聋的痛苦开始严重地打击他的时候。然而作品的精力充溢饱满,全无颓丧之气。——引子比《第一交响曲》更有气魄:先由低音乐器演出的主题,逐渐上升,过渡到高音乐器,终于由整个乐队合奏。这种一步紧一步的手法,以后在《第九交响曲》的开端里简直达到超人的伟大。——Larghetto 显示清明恬静、胸襟宽广的意境。Scherzo 描写兴奋的对话,一方面是弦乐器,一方面是管乐和敲击乐器。终局与 Rondo 相仿,但主题之骚乱,情调之激昂,是与通常流畅的 Rondo 大相径庭的。

作品第五十五号:《第三交响曲》*in E^b maj.*(《英雄交响曲》)④——巨大的迷宫,深密的丛林,剧烈的对照,不但是音乐史上划时代的建筑,⑤亦且是空前绝后的史诗。可是当心啊,初步的听众多容易在无垠的原野中迷路!——控制全局的乐句,实在只是:

---

① 一八〇〇年作。一八〇〇年四月二日初次演奏。
② 照例这引子是应该肯定本曲的基调的。
③ 一八〇一至一八〇二年作。一八〇三年四月五日初次演奏。
④ 一八〇三年作。一八〇五年四月七日初次演奏。
⑤ 回想一下海顿和莫扎特吧。

不问次要的乐句有多少,它的巍峨的影子始终矗立在天空。罗曼·罗兰把它当作一个生灵,一缕思想,一个意志,一种本能。因为我们不能把英雄的故事过于看得现实,这并非叙事或描写的音乐。拿破仑也罢,无名英雄也罢,实际只是一个因子,一个象征。真正的英雄还是贝多芬自己。第一章通篇是他双重灵魂的决斗,经过三大回合①方始获得一个综合的结论:钟鼓齐鸣,号角长啸,狂热的群众拥着英雄欢呼。然而其间的经过是何等曲折:多少次的颠扑与多少次的奋起(多少次的 crescendo)。这是浪与浪的冲击,巨人式的战斗!发展部分的庞大,是本曲最显著的特征,而这庞大与繁复是适应作者当时的内心富藏的。——第二章,英雄死了!然而英雄的气息仍留在送葬者的行列间。谁不记得这幽怨而凄惶的主句:

它在大调上时,凄凉之中还有清明之气,酷似古希腊的《薤露歌》。但回到小调上时,变得阴沉,凄厉,激昂,竟是莎士比亚式的悲怆与郁闷了。挽歌又发展成史诗的格局。最后,在 pianissimo 的结论中,呜咽的葬曲在痛苦的深渊内静默。——Scherzo 开始时是远方隐约的波涛似的声音,继而渐渐宏大,继而又由朦胧的号角②吹出无限神秘的调子。——终曲是以富有舞曲风味的主题作成的变奏曲,仿佛是献给欢乐与自由的。但第一章的主句,英雄重又露面,而死亡也重现了一次:可是胜利之局已定。剩下的只有光荣的结束了。

作品第六十号:《第四交响曲》in B^b maj.③——是贝多芬和特雷泽·特·布伦瑞克订婚的一年,诞生了这件可爱的、满是笑意的作品。引子从 B^b 小调转到大调,遥远的哀伤淡忘了。活泼而有飞纵跳跃之态的主句,由大管(basson)、双簧管(hautbois)与长笛(flûte)高雅的对

---

① 第一章内的三大段。
② 通常的三重奏部分。
③ 一八〇六年作。一八〇七年三日初次演奏。

白构成的副句,流利自在的"发展",所传达的尽是快乐之情。一阵模糊的鼓声,把开朗的心情微微搅动了一下,但不久又回到主题上来,以强烈的欢乐结束。——至于 Adagio 的旋律,则是徐缓的,和悦的,好似一叶扁舟在平静的水上滑过。而后是 Menuet,保存着古称而加速了节拍。号角与木笛传达着缥缈的诗意。最后是 Allegro ma non troppo,愉快的情调重复控制全局,好似突然露脸的阳光;强烈的生机与意志,在乐队中间作了最后一次爆发。——在这首热烈的歌曲里,贝多芬泄露了他爱情的欢欣。

作品第六十七号:《第五交响曲》*in C min.* ①——开首的 sol－sol－sol－mi^b 是贝多芬特别爱好的乐旨,在《第五奏鸣曲》(作品第九号之一),《第三四重奏》(作品第十八号之三),《热情奏鸣曲》中,我们都曾见过它的轮廓。他曾对申德勒说:"命运便是这样地来叩门的。"②它统率着全部乐曲。渺小的人得凭着意志之力和它肉搏,——在运命连续呼召之下,回答永远是幽咽的问号。人挣扎着,抱着一腔的希望和毅力。但运命的口吻愈来愈威严,可怜的造物似乎战败了,只有悲叹之声。——之后,残酷的现实暂时隐灭了一下,Andante 从深远的梦境内传来一支和平的旋律。胜利的主题出现了三次。接着是行军的节奏,清楚而又坚定,扫荡了一切矛盾。希望抬头了,屈服的人恢复了自信。然而 Scherzo 使我们重新下地去面对阴影:运命再现,可是被粗野的舞曲与诙谐的 staccati 和 pizziccati 挡住。突然,一片黑暗,唯有隐约的鼓声,乐队延续奏着七度音程的和弦。然后迅速的 crescendo 唱起凯旋的调子③。运命虽再呼喊④,不过如噩梦的回忆,片刻即逝。胜利之歌再接再厉地响亮。意志之歌切实宣告了终篇。——在全部交响曲中,这是结构最谨严、部分最均衡、内容最凝练的一阕。批评家

---

① 俗称《命运交响曲》。一八○七至一八○八年间作。一八○八年十二月二十二日初次演奏。
② "命运"二字的俗称即渊源于此。
③ 这时已经到了终局。
④ scherzo 的主题又出现了一下。

说:"从未有人以这么少的材料表达过这么多的意思。"

作品第六十八号:《第六交响曲》*in F maj.*(《田园交响曲》)——这阕交响曲是献给自然的。原稿上写着:"纪念乡居生活的田园交响曲,注重情操的表现而非绘画式的描写。"由此可见作者在本曲内并不想模仿外界,而是表现一组印象。——第一章 Allegro,题为"下乡时快乐的印象"。在提琴上奏出的主句,轻快而天真,似乎从斯拉夫民歌上采来的。这个主题的冗长的"发展",始终保持着深邃的平和,恬静的节奏,平稳的转调,全无次要乐曲的羼入。同样的乐旨和面目来回不已。这是一个人面对着一幅固定的图画悠然神往的印象,——第二章 Andante,"溪畔小景",中音弦乐①象征着潺湲的流水,是"逝者如斯,往者如彼,而盈虚者未尝往也"的意境。林间传出夜莺(长笛表现)、鹌鹑(双簧管表现)、杜鹃(单簧管表现)的啼声,合成一组三重奏。——第三章 Scherzo,"乡人快乐的宴会"。先是三拍子的华尔兹——乡村舞曲,继以二拍子的粗野的蒲雷舞②。突然远处一阵隐雷(低音弦乐),一阵静默……几道闪电(小提琴上短短的碎和音)。俄而是暴雨和霹雳一齐发作。然后雨散云收,青天随着 C 大调的上行音阶(还有笛音点缀)重新显现。——而后是第四章 Allegretto,"牧歌,雷雨之后的快慰与感激"。——一切重归宁谧:潮湿的草原上发出清香,牧人们歌唱,互相应答,整个乐曲在平和与喜悦的空气中告终。——贝多芬在此忘记了忧患,心上反映着自然界的甘美与闲适,抱着泛神的观念,颂赞着田野和农夫牧子。

作品第九十二号:《第七交响曲》*in A maj.*③——开首一大段引子,平静的,庄严的,气势是向上的,但是有节度的。多少的和弦似乎推动着作品前进。用长笛奏出的主题,展开了第一乐章的中心:Vivace。活跃的节奏控制着全曲,所有的音域,所有的乐器,都由它来支配。这儿

---

① 第二小提琴,次高音提琴,两架大提琴。
② 法国一种地方舞。
③ 一八一二年作。一八一三年十二月八日初次演奏。

分不出主句或副句；参加着奔腾飞舞的运动的，可说有上百的乐旨，也可说只有一个。——Allegretto 却把我们突然带到另一个世界。基本主题和另一个忧郁的主题轮流出现，传出苦痛和失望之情。——然后是第三章，在戏剧化的 Scherzo 以后，紧接着美妙的三重奏，似乎均衡又恢复了一刹那。终曲则是快乐的醉意，急促的节奏，再加一个粗犷的旋律，最后达于 crescendo 这紧张狂乱的高潮。——这支乐曲的特点是：一些单纯而显著的节奏产生出无数的乐旨；而其兴奋动乱的气氛，恰如瓦格纳所说的，有如"祭献舞神"的乐曲。

作品第九十三号：《第八交响曲》in F maj.①——在贝多芬的交响曲内，这是一支小型的作品，宣泄着兴高采烈的心情。短短的 Allegro，纯是明快的喜悦、和谐而自在的游戏。——在 Scherzo 部分，作者故意采用过时的 Menuet，来表现端庄娴雅的古典美。——到了终曲的 Allegro vivace，则通篇充满着笑声与平民的幽默。有人说，是"笑"产生这部作品的。我们在此可发现贝多芬的另一副面目，像儿童一般，他作着音响的游戏。

作品第一二五号：《第九交响曲》Choral Symphony in D min.（《合唱交响曲》）②——《第八》之后十一年的作品，贝多芬把他过去的音乐方面的成就作了一个综合，同时走上了一条新路。——乐曲开始时（Allegero ma non troppo），la – mi 的和音，好似从远方传来的呻吟，也好似从深渊中浮起来的神秘的形象，直到第十七节，才响亮地停留在 D 小调的基调上。而后是许多次要的乐旨，而后是本章的副句③……《第二》《第五》《第六》《第七》《第八》各交响曲里的原子，迅速地露了一下脸，回溯着他一生的经历，把贝多芬完全笼盖住的阴影，在作品中间移过。现实的命运重新出现在他脑海里。巨大而阴郁的画面上，只有若干简短的插曲映入些微光明。——第二章 Molto vivace，实在便是

---

① 一八一二年作。一八一四年二月二十七日初次演奏。
② 一八二二至一八二四年间作。一八二四年五月七日初次演奏。
③ （B^b 大调）。

Scherzo。句读分明的节奏,在《弥撒曲》和《菲岱里奥序曲》内都曾应用过,表示欢畅的喜悦。在中段,clarinette 与 hautbois 引进一支细腻的牧歌,慢慢地传递给整个的乐队,使全章都蒙上明亮的色彩。——第三章 Adagio 似乎使心灵远离了一下现实,短短的引子只是一个梦。接着便是庄严的旋律,虔诚的祷告逐渐感染了热诚与平和的情调。另一旋律又出现了,凄凉的,惆怅的。然后远处,吹起号角,令你想起人生的战斗。可是热诚与平和未曾消灭,最后几节的 pianissimo 把我们留在甘美的凝想中。——但幻梦终于像水泡似的隐灭了,终曲最初七节的 Presto 又卷起激情与冲突的旋涡。全曲的元素一个一个再现,全溶解在此最后一章内。① 从此起,贝多芬在调整你的情绪,准备接受随后的合唱了。大提琴为首,渐渐领着全乐队唱起美妙精纯的乐句,铺陈了很久;于是犷野的引子又领出那句吟诵体,但如今非复最低音提琴,而是男中音的歌唱了:"噢,朋友,毋需这些声音,且来听更美更愉快的歌声"。②——接着,乐队与合唱同时唱起《欢乐颂》的"欢乐,神明的美丽的火花,天国的女儿……"——每节诗在合唱之前,先由乐队传出诗的意境。合唱是由四个独唱和四部男女合唱组成的。欢乐的节会由远而近,然后大众唱着:"拥抱啊,千千万万的生灵……"乐曲终了之时,乐器的演奏者和歌唱者赛似两条巨大的河流,汇合成一片音响的海。——在贝多芬的意念中,欢乐是神明在人间的化身,它的使命是把习俗和刀剑分隔的人群重行结合。它的口号是友谊与博爱。它的象征是酒,是予人精力的旨酒。由于欢乐,我们方始成为不朽。所以要对天上的神明致敬,对使我们入于更苦之域的痛苦致敬。在分裂的世界之上,——一个以爱为本的神。在分裂的人群之中,欢乐是唯一的现实。爱与欢乐合为一体。这是柏拉图式的又是基督教式的爱。——除此以外,席勒的《欢乐颂》,在十九世纪初期对青年界有着

---

① 先是第一章的神秘的影子,继而是 Scherzo 的主题,Adagio 的乐旨,但都被 double-basse 上吟诵体的问句阻住去路。
② 这是贝多芬自作的歌词,不在席勒原作之内。

特殊的影响。① 第一是诗中的民主与共和色彩在德国自由思想者的心目中,无殊《马赛曲》之于法国人。无疑的,这也是贝多芬的感应之一。其次,席勒诗中颂扬着欢乐,友爱,夫妇之爱,都是贝多芬一生渴望而未能实现的,所以尤有共鸣作用。——最后,我们更当注意,贝多芬在此把字句放在次要地位;他的用意是要使器乐和人声打成一片——而这人声既是他的,又是我们大众的——使音乐从此和我们的心融合为一,好似血肉一般不可分离。

六、宗教音乐

作品第一二三号:《D 调弥撒曲》*Missa Solemnis in D maj.* ——这件作品始于一八一七,成于一八二三。当初是为奥皇太子鲁道夫兼任大主教的典礼写的,结果非但失去了时效,作品的重要也远远地超过了酬应的性质。贝多芬自己说,这是他一生最完满的作品。——以他的宗教观而论,虽然生长在基督旧教的家庭里,他的信念可不完全合于基督教义。他心目之中的上帝是富有人间气息的。他相信精神不死须要凭着战斗、受苦与创造,和纯以皈依、服从、忏悔为主的基督教哲学相去甚远。在这一点上他与米开朗琪罗有些相似。他把人间与教会的篱垣撤去了,他要证明"音乐是比一切智慧与哲学更高的启示"。在写作这件作品时,他又说:"从我的心里流出来,流到大众的心里。"

全曲依照弥撒祭典礼的程序,②分成五大颂曲:(一)吾主怜我 *Kyrie*;(二)荣耀归主 *Gloria*;(三)我信我主 *Gredo*;(四)圣哉圣哉 *Sanctus*;(五)神之羔羊 *Agnus Dei*。③ ——第一部以热诚的祈祷开始,

---

① 贝多芬属意于此诗篇,前后共有二十年之久。
② 按:弥撒祭歌唱的词句,皆有经文——拉丁文的——规定,任何人不能更易一字。各段文字大同小异,而节目繁多,谱为音乐时部门尤为庞杂。凡不解经典及不知典礼的人较难领会。
③ 全曲以四部独唱与管弦乐队及大风琴演出。乐队的构成如下:2 flûtes;2 hautbois;2 clarinettes;2 bassons;1 contrebasse;4 cors(horns);2 trompettes;2 trombones;timbale,外加弦乐五重奏,人数之少非今人想象所及。

继以 Andante 奏出"怜我怜我"的悲叹之声,对基督的呼吁,在各部合唱上轮流唱出。①——第二部表示人类俯伏卑恭,颂赞上帝,歌颂主荣,感谢恩赐。——第三部,贝多芬流露出独有的口吻了。开始时的庄严巨大的主题,表现他坚决的信心。结实的节奏,特殊的色彩,trompette 的运用,作者把全部乐器的机能用来证实他的意念。他的神是胜利的英雄,是半世纪后尼采所宣扬的"力"的神。贝多芬在耶稣的苦难上发现了他自身的苦难。在受难、下葬等壮烈悲哀的曲调以后,接着是复活的呼声,英雄的神明胜利了!——第四部,贝多芬参见了神明,从天国回到人间,散布一片温柔的情绪。然后如《第九交响曲》一般,是欢乐与轻快的爆发。紧接着祈祷,苍茫的,神秘的。虔诚的信徒匍匐着,已经蒙到主的眷顾。——第五部,他又代表着遭劫的人类祈求着"神之羔羊",祈求"内的和平与外的和平",像他自己所说。

七、其他

作品第一三八号之三:《雷奥诺序曲第三》 *Ouverture de Leonore No. 3*②——脚本出于一极平庸的作家,贝多芬所根据的乃是原作的德译本。事述西班牙人弗洛雷斯当向法官唐·法尔南控告毕萨尔之罪,

---

① 五大部每部皆如奏鸣曲式分成数章,兹不详解。
② 贝多芬完全的歌剧只此一出,但从一八〇三年起到他死为止,二十四年间他一直断断续续地为这件作品花费着心血。一八〇五年十一月初次在维也纳上演时,剧名叫作《菲岱里奥》,演出的结果很坏。一八〇六年三月,经过修改后,换了《雷奥诺》的名字再度出演,仍未获得成功。一八一四年五月,又经一次大修改,仍用《菲岱里奥》之名上演,从此,本剧才算正式被列入剧院的戏目里。但一八二七年,贝多芬去世前数星期,还对朋友说他有一部《菲岱里奥》的手写稿压在纸堆下。可知他在一八一四年以后仍在修改。现存的《菲岱里奥》,共只二幕,为一八一四年稿本,目前戏院已不常贴演。在音乐会中不时可以听到的,只是片段的歌唱。至今仍为世人熟知的,乃是它的序曲。——因为名字屡次更易,故序曲与歌剧之名今日已不统一。普通于序曲多称《雷奥诺》,于歌剧多称《菲岱里奥》;但亦不一定如此。再本剧序曲共有四支,以后贝多芬每改一次,即另作一次序曲。至今最著名的为第三序曲。

而反被诬陷,蒙冤下狱。弗妻雷奥诺化名菲岱里奥。① 入狱救援,终获释放。故此剧初演时,戏名下另加小标题:"一对夫妇之爱"。——序曲开始时(Adagio),为弗洛雷斯当忧伤的怨叹。继而引入 Allegro。在 trompette 宣告释放的信号②之后,雷奥诺与弗洛雷斯当先后表示希望、感激、快慰等各阶段的情绪。结束一节,尤暗示全剧明快的空气。

在贝多芬之前,格鲁克与莫扎特,固已在序曲与歌剧之间建立密切的关系;但把戏剧的性格、发展的路线归纳起来,而把序曲构成交响曲式的作品,确从《雷奥诺》开始。以后韦伯、舒曼、瓦格纳等在歌剧方面,李斯特在交响诗方面,皆受到极大的影响,称《雷奥诺》为"近世抒情剧之父"。它在乐剧史上的重要,正不下于《第五交响曲》之于交响乐史。

附 录

(一)贝多芬另有两支迄今知名的序曲:一是 *Ouverture de Coriolan*《科里奥兰序曲》。③ 把两个主题作成强有力的对比:一方面是母亲的哀求,一方面是儿子的固执。同时描写这顽强的英雄在内心的争斗。

——另一支是 *Ouverture d'Egmont*《哀格蒙特序曲》④描写一个英雄与一个民族为自由而争战,而高歌胜利。

(二)在贝多芬所作的声乐内,当以歌(Lied)为最著名。如《悲哀的快感》,传达亲切深刻的诗意;如《吻》充满着幽默;如《鹌鹑之歌》,纯是写景之作。——至于《弥侬》⑤的热烈的情调,尤与诗人原作吻

---

① 西班牙文:忠贞。
② 法官登场一场。
③ 作品第六十二号。根据莎士比亚的本事,述一罗马英雄名科里奥兰者,因不得民众欢心,愤而率领异族攻掠罗马,及抵城下,母妻遮道泣谏,卒以罢兵。
④ 作品第八十五号。根据歌德的悲剧,述十六世纪荷兰贵族哀格蒙特伯爵,领导民众反抗西班牙统治之史实。
⑤ 歌德原作。

合。此外尚有《致久别的爱人》①,四部合唱的《挽歌》②,与以歌德的诗谱成的《平静的海》与《快乐的旅行》等,均为知名之作。

傅雷
一九四二年作

---

① 作品第九十八号。
② 作品第一一八号。

音乐笔记

傅 雷 编译

关于莫扎特

莫扎特的旋律简朴明净

That's why it is so difficult to interpret Mozart's music, which is extraordinarily simple in its melodic purity. This simplicity is beyond our reach, as the simplicity of La Fontaine's Fables is beyond Children's understanding.［莫扎特的音乐旋律明净,简洁非凡。这种简洁是我们无法企及的,正如拉封丹的寓言,其明洁之处,也是儿童所无法了解的。莫扎特音乐之所以难以演绎,正因如此。］要找到这种自然的境界,必须把我们的感觉(sensations)澄清到 immaterial［非物质的］的程度:这是极不容易的,因为勉强做出来的朴素一望而知,正如临画之于原作。表现快乐的时候,演奏家也往往过于"作态",以致歪曲了莫扎特的风格。例如断音(staccato)不一定都等于笑声,有时可能表示迟疑,有时可能表示遗憾;但小提琴家一看见有断音标记的音符(用弓来表现,断音的 nuance［层次］格外凸出)就把乐句表现为快乐(gay),这种例子实在太多了。钢琴家则出以机械的 run-ning［急奏］,而且速度如飞,把 arabesque［装饰乐句］中所含有的 grace［优雅］或 joy［欢愉］完全忘了。(一九五六年法国《欧罗巴》杂志莫扎特专号)

——法国音乐批评家(女)Hélène Jourdan-Morhange
［海兰娜·乔当-莫安琦］

莫扎特出现的时代及其历史意义①

那时在意大利,艺术歌曲还维持着最高的水平,在德国,自然的自发的歌曲(spontaneous song)正显出有变成艺术歌曲的可能。那时对于人声的感受还很强烈(the sensibility to human voice was still *vif*),但对于器乐的声音的感受已经在开始觉醒(but the sensibility to instrumental sound was already awaken)。那时正如民族语言〔即各国自己的语言已经长成,不再以拉丁语为正式语言。〕已经形成一种文化一样,音乐也有了民族的分支,但这些不同的民族音乐语言还能和平共处。那个时代是一个难得遇到的精神平衡(spiritual balance)的时代……莫扎特就是在那样一个时代出现的。〔以上是作者引 Paul Bekker〔保罗·贝克〕②的文字。〕

批评家 Paul Bekker〔保罗·贝克〕这段话特别是指抒情作品〔即歌剧〕。莫扎特诞生的时代正是"过去"与"未来"在抒情的领域中同时并存的时代,而莫扎特在这个领域中就有特殊的表现。他在德语戏剧〔按:他的德文歌剧的杰作就是《魔笛》。〕中,从十八世纪通俗的 Lied〔歌曲〕和天真的故事〔寓言童话〕出发,为德国歌剧构成大体的轮廓,预告 *Fidelio*〔《费黛里奥》〕③与 *Freischütz*〔《自由射手》〕④的来临。另一方面,莫扎特的意大利语戏剧〔按:他的意大利歌剧写的比德国歌剧多的多。〕综合了喜歌剧的线索,又把喜歌剧的题旨推进到在音乐方面未经开发的大型喜剧的阶段〔按:所谓 Grand Comedy〔大型喜剧〕是与十八世纪的 opera bouffon〔滑稽歌剧〕对立的,更进一步的发展。〕从而暗中侵入纯正歌剧(opera seria)的园地,甚至予纯正歌剧以致命的

---

① 原题 Mozart le classique〔古典大师莫扎特〕。一切接语与括弧〔〕内的注是译者附加的。
② 保罗·贝克(1882—1937),德国音乐评论家和作家。
③ 《费黛里奥》,又名《夫妇之爱》,贝多芬写的三幕歌剧。
④ 《自由射手》,一译《魔弹射手》,德国作曲家丰伯(1786—1862)写的三幕歌剧。

打击。十八世纪的歌剧用阉割的男声〔按:早期意大利盛行这种办法,将童子阉割,使他一直到长大以后都能唱女声。〕歌唱,既无性别可言,自然变为抽象的声音,不可能发展出一种戏剧的逻辑(dramatic dialectic)。反之,在《唐璜》和《费加罗的婚礼》中,所有不同的声部听来清清楚楚都是某些人物的化身(all voices, heard as the typical incarnation of definite characters),而且从心理的角度和社会的角度看都是现实的(realistic from the psychological and social point of view),所以歌唱的声音的确发挥出真正戏剧角色的作用;而各种人声所代表的各种特征,又是凭借声音之间相互的戏剧关系来确定的。因此莫扎特在意大利歌剧中的成就具有国际意义,就是说他给十九世纪歌剧中的人物提供了基础(supply the bases of 19th century's vocal personage)。他的完成这个事业是从 Paisiello[白赛罗,派赛罗](1740—1816),Guglielmi[古列尔米](1728—1804),Anfossi[安福西](1727—1797),Cimarosa[祈马罗沙](1749—1801)〔按:以上都是意大利歌剧作家。〕等等的滑稽风格(style bouffon)开始的,但丝毫没有损害 bel canto[美声唱法]的魅人的效果,同时又显然是最纯粹的十八世纪基调。

这一类的双重性〔按:这是指属于他的时代,同时又超过他的时代的双重性。〕也见之于莫扎特的交响乐与室内乐。在这个领域内,莫扎特陆续吸收了当时所有的风格,表现了最微妙的 nuance[层次],甚至也保留各该风格的怪僻的地方;他从童年起在欧洲各地旅行的时候,任何环境只要逗留三四天就能熟悉,就能写出与当地的口吻完全一致的音乐。所以他在器乐方面的作品是半个世纪的音乐的总和,尤其是意大利音乐的总和。〔按:总和一词在此亦可译作"概括"。〕但他的器乐还有别的因素:他所以能如此彻底的吸收,不仅由于他作各种实验的时候能专心一志的浑身投入,他与现实之间没有任何隔阂,并且还特别由于他用一种超过他的时代的观点,来对待所有那些实验。这个观点主要是在于组织的意识(sense of construction),在于建筑学的意识,而这种组织与这种建筑学已经是属于贝多芬式的了,属于浪漫派的了。这个意识不仅表现在莫扎特已用到控制整个十九世纪的形式（forms），并且也在于他有一个强烈的观念，不问采取何种风格，都维持辞藻的统一（unity of speech），也在于他把每个细节隶属于总体，而且出以 brilliant[卓越]与有机的方式。这在感应他的前辈作家中是找不到的。便是海顿吧，年纪比莫扎特大二十四岁，还比他多活了十八年，直到中年才能完全控制辞藻（master the speech），而且正是受了莫扎特的影响。十八世纪的一切酝酿，最后是达到朔拿大曲体的发现，更广泛的是达到多种主题（multiple themes），达到真正交响乐曲体的发现；酝酿期间有过无数零星的 incidents[事件]与 illuminations（启示），而后开出花来；但在莫扎特的前辈作家中，包括最富于幻想与生命力（fantasy and vitality）的意大利作曲家在内，极少遇到像莫扎特那样流畅无比的表现方式；这在莫扎特却是首先具备的特点，而且是构成他的力量（power）的因素。他的万无一失的嗅觉使他从来不写一个次要的装饰段落而不先在整体中叫人听到的；也就是得力于这种嗅觉，莫扎特才能毫不费力的运用任何"琢磨"的因素而仍不失其安详与自然。所以他尝试新的与复杂的和声时，始终保持一般谈吐的正常语调；反之，遇到他的节奏与和声极单纯的时候，那种"恰到好处"的运用使效果和苦心经营的作品没有分别。

由此可见莫扎特一方面表现当时的风格，另一方面又超过那些风格，按照超过他时代的原则来安排那些风格，而那原则正是后来贝多芬的雄心所在和浪漫派的雄心所在：就是要做到语言的绝对连贯；用别出心裁的步伐进行，即使采用纯属形式性质的主题（formal themes），也不使人感觉到。

莫扎特的全部作品建立在同时面对十八、十九两个世纪的基础上。这句话的含义不仅指一般历史和文化史上的那个过渡阶段（从君主政体到大革命，从神秘主义到浪漫主义），而尤其是指音乐史上的过渡阶段。莫扎特在音乐史上是个组成因素，而以上所论列的音乐界的过渡情况，其重要性并不减于一般文化史上的过渡情况。

关于莫扎特

我们在文学与诗歌方面的知识可以推溯到近三千年之久,在造型艺术中,巴德农神庙的楣梁雕塑已经代表一个高峰;但音乐的表现力和构造复杂的结构直到晚近才可能;因此音乐史有音乐史的特殊节奏。

* * *

差不多到文艺复兴的黎明期〔约指十三世纪〕为止,音乐的能力(possibilities of music)极其幼稚,只相当于内容狭隘,篇幅极短的单音曲(monody);便是两世纪古典的复调音乐,〔指十四、十五世纪的英、法,法兰德斯的复调音乐。〕在保持古代调式的范围之内,既不能从事于独立的〔即本身有一套法则的〕大的结构,也无法摆脱基本上无人格性〔impersonal 即抽象之意〕的表现方法。直到十六世纪末期,音乐才开始获得可与其他艺术相比的造句能力;但还要过二个世纪音乐才提出雄心更大的课题;向交响乐演变。莫扎特的地位不同于近代一般大作家、大画家、大雕塑家的地位:莫扎特可以说是背后没有菲狄阿斯(Phidias)的陶那丹罗(Donatello)①。在莫扎特的领域中,莫扎特处在历史上最重大的转捩关头。他不是"一个"古典作家,而是开宗立派的古典作家。(He is not *a* classic, but *the* classic.)〔按:这句话的意思是说在他以前根本没有古典作家,所以我译为开宗立派的古典作家。〕

他的古典气息使他在某些方面都代表那种双重性〔上面说过的那一种〕:例如 the fundamental polarities of music as we conceive it now;〔按:the fundamental polarities of……一句,照字面是:像我们今日所理解的那种音乐的两极性;但真正的意义我不了解。〕例如在有伴奏的单

---

① 按:陶那丹罗是米开朗琪罗的前辈,等于近代雕塑开宗立派的人;但他是从古代艺术中熏陶出来的,作为他的导师的有在他一千六百多年以前的菲狄阿斯,而菲狄阿斯已是登峰造极的雕塑家。莫扎特以前,音乐史上却不曾有过这样一个巨人式的作曲家。

音调（monody with accompaniment）之下，藏着含有对位性质的无数变化（thousands inflections），那是在莫扎特的笔下占着重要地位的；例如 a symphonism extremely nourished but prodigiously transparent resounds under the deliberate vocalism in his lyrical works［在他的抒情作品中，有一种极其丰盛而又无比明净的交响乐，经蓄意安排如声乐的处理，而激荡回响］。还有更重要的一点是：所有他的音乐都可以当作自然流露的 melody［旋律］（spontaneous melody），当作 a pure springing of natural song［自然歌曲的淙淙泉涌］来读（read）；也可以当作完全是"艺术的"表现（a completely "artistic" expression）。

……他的最伟大的作品既是纯粹的游戏（pure play），也表现感情的和精神的深度，仿佛是同一现实的两个不可分离的面目。

——意大利音乐批评家 Fedele d'Amico
［费代莱·达米科］①

莫扎特不让眼泪沾湿他的艺术

莫扎特的作品跟他的生活是相反的。他的生活只有痛苦，但他的作品差不多整个儿只叫人感到快乐。他的作品是他灵魂的小影②。这样，所有别的和谐都归纳到这个和谐，而且都融化在这个和谐中间。

后代的人听到莫扎特的作品，对于他的命运可能一点消息都得不到；但能够完全认识他的内心。你看他多么沉着，多么高贵，多么隐藏！他从来没有把他的艺术来作为倾吐心腹的对象，也没有用他的艺术给我们留下一个证据，让我们知道他的苦难；他的作品只表现他长时期的耐性和天使般的温柔。他把他的艺术保持着笑容可掬和清明平静的面貌，决不让人生的考验印上一个烙印，决不让眼泪把它沾湿。

---

① 原作载一九五六年四月《欧罗巴》杂志。
② 译者按：作品是灵魂的小影，便是一种和谐。下文所称"这种和谐"指此。

他从来没有把他的艺术当作愤怒的武器,来反攻上帝;他觉得从上帝那儿得来的艺术是应当用做安慰的,而不是用做报复的。一个反抗、愤怒、憎恨的天才固然值得钦佩,一个隐忍、宽恕、遗忘的天才,同样值得钦佩。遗忘?岂止是遗忘!**莫扎特的灵魂仿佛根本不知道莫扎特的痛苦;他的永远纯洁,永远平静的心灵的高峰,照临在他的痛苦之上。**一个悲壮的英雄会叫道:"我觉得我的斗争多么猛烈!"莫扎特对于自己所感到的斗争,从来没有在音乐上说过是猛烈的。在莫扎特最本色的音乐中,就是说不是代表他这个或那个人物的音乐,而是纯粹代表他自己的音乐中,你找不到愤怒或反抗,连一点儿口吻都听不见,连一点儿斗争的痕迹,或者只是一点儿挣扎的痕迹都找不到。G Min.〔G小调〕钢琴与弦乐四重奏的开场,C Min.〔C小调〕幻想曲的开场,甚至于安魂曲中的"哀哭"①的一段,比起贝多芬的 C Min.〔C小调〕交响乐来,又算得什么?可是在这位温和的大师的门上,跟在那位悲壮的大师门上,同样由命运来惊心动魄的敲过几下了。但这几下的回声并没传到他的作品里去,因为他心中并没去回答或抵抗那命运的叩门,而是向他屈服了。

  莫扎特既不知道什么暴力,也不知道什么叫作惶惑和怀疑,他不像贝多芬那样,尤其不像瓦格纳那样,对于"为什么"这个永久的问题,在音乐中寻求答案;他不想解答人生的谜。莫扎特的朴素,跟他的温和与纯洁都到了同样的程度。对他的心灵而论,便是在他心灵中间,根本无所谓谜,无所谓疑问。

  怎么!没有疑问没有痛苦吗?那末跟他的心灵发生关系的,跟他的心灵协和的,又是哪一种生命呢?那不是眼前的生命,而是另外一个生命,一个不会再有痛苦,一切都会解决了的生命。他与其说是"我们的现在"的音乐家,不如说是"我们的将来"的音乐家,莫扎特比瓦格纳更其是未来的音乐家。丹纳说得非常好:"他的本性爱好完全的

---

  ① 译者按:这是安魂曲中一个乐章的表情名称,叫作 lagrimoso。

美。"这种美只有在上帝身上才有,只能是上帝本身。只有在上帝旁边,在上帝身上,我们才能找到这种美,才会用那种不留余地的爱去爱这种美。但莫扎特在尘世上已经在爱那种美了。在许多原因中间,尤其是这个原因,使莫扎特有资格称为超凡入圣(divine)的。

——法国音乐学家嘉密·贝莱克

什么叫作古典的？

Classic[古典的]一字在古代文法学家笔下是指第一流的诗人，从字源上说就是从class[等级]衍化出来的，古人说classic[古典的]，等于今人说first class[头等]；在近代文法学家则是指可以作为典范的作家或作品，因此古代希腊拉丁的文学被称为classic[古典的]。我们译为"古典的"，实际即包括"古代的"与"典范的"两个意思。可是从文艺复兴以来，所谓古典的精神、古典的作品，其内容与含义远较原义为广大、具体。兹先引一段Cecil Gray[塞西尔·格雷]①批评勃拉姆斯的话：——

> 我们很难举出一个比勃拉姆斯的思想感情与古典精神距离更远的作曲家。勃拉姆斯对古典精神的实质抱着完全错误的见解，对于如何获得古典精神这一点，当然也是见解错误的。古典艺术并不古板（或者说严峻，原文是austere）；古典艺术的精神主要是重视感官[sensual一字很难译，我译作"重视感官"也不妥]，对事物的外表采取欣然享受的态度。莫扎特在整个音乐史中也许是唯一真正的古典作家(classicist)，他就是一个与禁欲主义者截然相反的人。没有一个作曲家像他那样为了声音而关心声音

---

① 塞西尔·格雷(1895—1951)，英国评论家和作曲家。

的，就是说追求纯粹属于声音的美。但一切伟大的古典艺术都是这样。现在许多自命为崇拜"希腊精神"的人假定能看到当年巴德农神庙的真面目，染着绚烂的色彩的雕像（注意：当时希腊建筑与雕像都涂彩色，有如佛教的庙宇与神像），用象牙与黄金镶嵌的巨神，〔按：雅典娜女神（相传为菲狄阿斯作）就是最显赫的代表作。〕或者在酒神庆祝大会的时候置身于雅典，一定会骇而却走。然而在勃拉姆斯的交响乐中，我们偏偏不断的听到所谓真正"古典的严肃"和"对于单纯 sensual beauty〔感官美〕的轻蔑"。固然他的作品中具备这些优点（或者说特点，原文是 qualities），但这些优点与古典精神正好背道而驰。指第四交响乐中的勃拉姆斯为古典主义者，无异把生活在荒野中的隐士称为希腊精神的崇拜者。勃拉姆斯的某些特别古板和严格的情绪 mood，往往令人想起阿那托尔·法朗士的名著《塔伊丝》（Thais）中的修士：那修士竭力与肉的诱惑作英勇的斗争，自以为就是与魔鬼斗争；殊不知上帝给他肉的诱惑，正是希望他回到一个更合理的精神状态中去，过一种更自然的生活。反之，修士认为虔诚苦修的行为，例如几天几夜坐在柱子顶上等等，倒是魔鬼引诱他做的荒唐勾当。勃拉姆斯始终努力压制自己，不让自己流露出刺激感官的美，殊不知他所压制的东西绝对不是魔道，而恰恰是古典精神。（Heritage of Music〔《音乐的遗产》〕第一八五至一八六页）

在此主要牵涉到"感官的"一词。近代人与古人〔特别是希腊人〕对这个名词所指的境界，观点大不相同。古希腊人〔还有近代意大利文艺复兴时期的人〕以为取悦感官是正当的、健康的，因此是人人需要的。欣赏一幅美丽的图画，一座美丽的雕像或建筑物，在他们正如面对着高山大海，春花秋月，呼吸到新鲜的空气，吹拂着纯净的海风一样身心舒畅，一样陶然欲醉，一样欢欣鼓舞。自从基督教的禁欲主义深入人心以后，两千年来，除了短时期的例外,一切取悦感官的东西都被认为危险的。(佛教强调色即是空,也是给人同样的警告,不过方式比较和缓,比较明智而已。我们中国人虽几千年受到礼教束缚,但礼教毕竟不同于宗教,所以后果不像西方严重。)其实真正的危险是在于近代人〔从中古时代已经开始,但到了近代换了一个方向。〕身心发展的畸形,而并不在于sensual〔感官的〕本身:先有了不正常的、庸俗的,以至于危险的刺激感官的心理要求,才会有这种刺激感官的〔即不正常的、庸俗的、危险的。〕东西产生。换言之,凡是悦目、悦耳的东西可能是低级的,甚至是危险的;也可能是高尚的,有益身心的。关键在于维持一个人的平衡,既不让肉压倒灵而沦于兽性,也不让灵压倒肉而老是趋于出神入定,甚至视肉体为赘疣,为不洁。这种偏向只能导人于病态而并不能使人圣洁。只有一个其大无比的头脑而四肢萎缩的人,和只知道饮酒食肉,贪欢纵欲,没有半点文化生活的人同样是怪物,同样对集体有害。避免灵肉任何一方的过度发展,原是古希腊人的理想,而他们在人类发展史上也正处于一个平衡的阶段,一切希腊盛期的艺术都可证明。那阶段为期极短,所以希腊黄金时代的艺术也只限于公纪元前五世纪至四世纪。

也许等新的社会制度完全巩固,人与人间完全出现一种新关系,思想完全改变,真正享到"乐生"的生活的时候,历史上会再出现一次新的更高级的精神平衡。

正因为希腊艺术所追求而实现的是健全的感官享受,所以整个希腊精神所包含的是乐观主义,所爱好的是健康,自然,活泼,安闲,恬静,清明,典雅,中庸,条理,秩序,包括孔子所谓乐而不淫,哀而不怨的一切属性。后世追求古典精神最成功的艺术家〔例如拉斐尔,也例如莫扎特。〕所达到的也就是这些境界。误解古典精神为古板,严厉,纯理智的人,实际是中了宗教与礼教的毒,中了禁欲主义与消极悲观的毒,无形中使古典主义变为一种清教徒主义，或是迂腐的学究气，即所谓学院派。真正的古典精神是富有朝气的、快乐的、天真的、活生生的，像行云流水一般自由自在，像清冽的空气一般新鲜；学院派却是枯索的，僵硬的，矫揉造作，空洞无物，停滞不前，纯属形式主义的，死气沉沉，闭塞不堪的。分不清这种区别，对任何艺术的领会与欣赏都要入于歧途，更不必说表达或创作了。

不辨明古典精神的实际，自以为走古典路子的艺术家很可能成为迂腐的学院派。不辨明"感官的"一字在希腊人心目中代表什么，艺术家也会堕入另外一个陷阱：小而言之是甜俗、平庸；更进一步便是颓废，法国十八世纪的一部分文学与绘画，英国同时代的文艺，都是这方面的例子。由此可见，艺术家要提防两个方面：一是僵死的学院主义，一是低级趣味的刺激感官。为了防第一个危险，需要开拓精神视野，保持对事物的新鲜感；为了预防第二个危险，需要不断培养、更新、提高鉴别力(taste)，而两者都要靠多方面的修养和持续的警惕。而且只有真正纯洁的心灵才能保证艺术的纯洁。因为我上面忘记提到，纯洁也是古典精神的理想之一。

论舒伯特
——舒伯特与贝多芬的比较研究——

要了解舒伯特,不能以他平易的外表为准。在妩媚的帷幕之下,往往包裹着非常深刻的烙印。那个儿童般的心灵藏着可惊可怖的内容,骇人而怪异的幻象,无边无际的悲哀,心碎肠断的沉痛。

我们必须深入这个伟大的浪漫派作家的心坎,把他一刻不能去怀的梦境亲自体验一番。在他的梦里,多少阴森森的魅影同温柔可爱的形象混和在一起。

*　　*　　*

舒伯特首先是快乐,风雅,感伤的维也纳人。——但不仅仅是这样。

舒伯特虽则温婉亲切,但很胆小,不容易倾吐真情。在他的快活与机智中间始终保留一部分心事,那就是他不断追求的幻梦,不大肯告诉人的,除非在音乐中。

他心灵深处有抑郁的念头,有悲哀,有绝望,甚至有种悲剧的成分。这颗高尚、纯洁、富于理想的灵魂不能以现世的幸福为满足；就因为此，他有一种想望"他世界"的惆怅（nostalgy），使他所有的感情都染上特殊的色调。

他对于人间的幸福所抱的洒脱（detached）的态度，的确有悲剧意味，可并非贝多芬式的悲剧意味。

贝多芬首先在尘世追求幸福，而且只追求幸福。他相信只要有朝一日天下为一家，幸福就会在世界上实现。相反，舒伯特首先预感到另外一个世界，这个神秘的幻象立即使他不相信他的深切的要求能在这个生命〔按：这是按西方基督徒的观点与死后的另一生命对立的眼前的生命。〕中获得满足。他只是一个过客：他知道对旅途上所遇到的一切都不能十分当真。——就因为此，舒伯特一生没有强烈的热情。

这又是他与贝多芬不同的地方。因为贝多芬在现世的生活中渴望把所有人间的幸福来充实生活，因为他真正爱过好几个女子，为了得不到她们的爱而感到剧烈的痛苦，他在自己的内心生活中有充分的养料培养他的灵感。他不需要借别人的诗歌作为写作的依傍。他的朔拿大和交响乐的心理内容就具备在他自己身上。舒伯特的现实生活那么空虚，不能常常给他以引起音乐情绪的机会。他必须向诗人借取意境（images），使他不断做梦的需要能有一个更明确的形式。舒伯特不是天生能适应纯粹音乐（pure music）的，而是天生来写歌（lied）的。——他一共写了六百支以上。

舒伯特在歌曲中和贝多芬同样有力同样伟大，但是有区别。舒伯特的心灵更细腻，因为更富于诗的气质，或者说更善于捕捉诗人的思想。贝多芬主要表达一首诗的凸出的感情（dominant sentiment）。这是把诗表达得正确而完全的基本条件。舒伯特除了达到这个条件之外，还用各式各种不同的印象和中心情绪结合。他的更灵活的头脑更留恋细节，能烘托出每个意境的作用（value of every image）。

另一方面,贝多芬非惨淡经营写不成作品,他反复修改,删削,必要时还重起炉灶,总而言之他没有一挥而就的才具。相反,舒伯特最擅长即兴,他几乎从不修改。有些即兴确是完美无疵的神品。这一种才具确定了他的命运:像"歌"那样短小的曲子本来最宜于即兴。可是你不能用即兴的方法写朔拿大或交响乐。舒伯特写室内乐或交响乐往往信笔所之,一口气完成。因此那些作品即使很好,仍不免冗长拖沓,充满了重复与废话。无聊的段落与出神入化的段落杂然并存。也有两三件兴往神来的杰作无懈可击,那是例外。——所以要认识舒伯特首先要认识他的歌。

贝多芬的一生是不断更新的努力。他完成了一件作品,急于摆脱那件作品,唯恐受那件作品束缚。他不愿意重复:一朝克服了某种方法,就不愿再被那个方法限制,他不能让习惯控制他。他始终在摸索新路,钻研新的技巧,实现新的理想。——在舒伯特身上绝对没有更新,没有演变(evolution)。从第一天起舒伯特就是舒伯特,死的时候和十七岁的时候(写《玛葛丽德纺纱》的时代)一样。在他最后的作品中也感觉不到他经历过更长期的痛苦。但在《玛葛丽德》中所流露的已经是何等样的痛苦!

在他短短的生涯中,他来不及把他自然倾泻出来的丰富的宝藏尽量泄露;而且即使他老是那几个面目,我们也不觉得厌倦。他大力从事于歌曲制作正是用其所长。舒伯特单单取材于自己内心的音乐,表情不免单调;以诗歌为蓝本,诗人供给的材料使他能避免那种单调。

* * *

舒伯特的浪漫气息不减于贝多芬,但不完全相同。贝多芬的浪漫气息,从感情出发的远过于从想象出发的。在舒伯特的心灵中,形象(image)占的地位不亚于感情。因此,舒伯特的画家成分千百倍于贝多芬。当然谁都会提到田园交响乐,但未必能举出更多的例子。

贝多芬有对大自然的感情,否则也不成其为真正的浪漫派了。但他的爱田野特别是为了能够孤独,也为了在田野中他觉得有一种生理方面的快感;他觉得自由自在,呼吸通畅。他对万物之爱是有一些空泛的(a little vague),他并不能辨别每个地方的特殊的美。舒伯特的感受却更细致。海洋,河流,山丘,在他作品中有不同的表现,不但如此,还表现出是平静的海还是汹涌的海,是波涛澎湃的大江还是喁喁细语的小溪,是雄伟的高山还是妩媚的岗峦。在他歌曲的旋律之下,有生动如画的伴奏作为一个框子或者散布一股微妙的气氛。

贝多芬并不超越自然界:浩瀚的天地对他已经足够。可是舒伯特还嫌狭小。他要逃到一些光怪陆离的领域(fantastic regions)中去:他具有最高度的超自然的感觉(he possesses in highest degree the supernatural sense)。

贝多芬留下一支 Erl – king(歌)的草稿,我们用来和舒伯特的 Erl – king〔Erl – king 在日耳曼传说中是个狡猾的妖怪,矮鬼之王,常在黑森林中诱拐人,尤其是儿童。歌德以此为题材写过一首诗。舒伯特又以歌德的诗谱为歌曲。(黑森林是德国有名的大森林,在莱茵河以东。)〕作比较极有意思。贝多芬只关心其中的戏剧成分(dramatic elements),而且表现得极动人;但歌德描绘幻象的全部诗意,贝多芬都不曾感觉到。舒伯特的戏剧成分不减贝多芬,还更着重原诗所描写的细节:马的奔驰,树林中的风声,狂风暴雨,一切背景与一切行动在他的音乐中都有表现。此外,他的歌的口吻(vocal accent)与伴奏的音色还有一种神秘意味,有他世界的暗示,在贝多芬的作品中那是完全没有的。舒伯特的音乐的确把我们送进一个鬼出现的世界,其中有仙女,有恶煞,就像那个病中的儿童在恶梦里所见到的幻象一样。贝多芬的艺术不论如何动人，对这一类的境界是完全无缘的。

* * *

倘使只从音乐着眼，只从技术着眼，贝多芬与舒伯特虽有许多相似之处，也有极大的差别！同样的有力，同样的激动人心，同样的悲壮，但用的是不同的方法，有时竟近于相反的方法。

贝多芬的不同凡响与独一无二的特点在于动的力量（dynamic power）和节奏。旋律本身往往不大吸引人；和声往往贫弱，或者说贝多芬不认为和声有其独特的表现价值（expressive value）。在他手中，和声只用以支持旋律，从主调音到第五度音（from tonic to dominant）的不断来回主要是为了节奏。

在舒伯特的作品中，节奏往往疲软无力，旋律却极其丰富、丰美，和声具有特殊的表情，预告舒曼、李斯特、瓦格纳与法朗克的音乐。他为了和弦而追求和弦，——还不是像德彪西那样为了和弦的风味，——而是为了和弦在旋律之外另有一种动人的内容。此外，舒伯特的转调又何等大胆！已经有多么强烈的不协和音（弦）！多么强烈的明暗的对比！

在贝多芬身上我们还只发见古典作家的浪漫气息。——纯粹的浪漫气息是从舒伯特开始的，比如渴求梦境，逃避现实世界，遁入另一个能安慰我们拯救我们的天地：这种种需要是一切伟大的浪漫派所共有的，可不是贝多芬的。贝多芬根牢固实的置身于现实中，决不走出现实。他在现实中受尽他的一切苦楚，建造他的一切欢乐。但贝多芬永远不会写《流浪者》那样的曲子。我们不妨重复说一遍：贝多芬缺少某种诗意，某种烦恼，某种惆怅。一切情感方面的伟大，贝多芬应有尽有。但另有一种想象方面的伟大，或者说一种幻想的特质（a quality of fantasy），使舒伯特超过贝多芬。

* * *

  在舒伯特身上，所谓领悟（intelligence）几乎纯是想象（imagination）。贝多芬虽非哲学家，却有思想家气质。他喜欢观念（ideas）。他有坚决的主张，肯定的信念。他常常独自考虑道德与政治问题。他相信共和是最纯洁的政治体制，能保证人类幸福。他相信德行。便是形而上学的问题也引起他的兴趣。他对待那些问题固然是头脑简单了一些，但只要有人帮助，他不难了解，可惜当时没有那样的人。舒伯特比他更有修养，却不及他胸襟阔大。他不像贝多芬对事物取批判态度。他不喜欢作抽象的思考。他对诗人的作品表达得更好，但纯用情感与想象去表达。纯粹的观念（pure ideas）使他害怕。世界的和平，人类的幸福，与他有什么相干呢？政治与他有什么相干呢？对于德行，他也难得关心。在他心目中，人生只是一连串情绪的波动（a series of emotions），一连串的形象（images），他只希望那些情绪那些形象尽可能的愉快。他的全部优点在于他的温厚，在于他有一颗亲切的，能爱人的心，也在于他有丰富的幻想。

  在贝多芬身上充沛无比而为舒伯特所绝无的，是意志。贝多芬既是英雄精神的显赫的歌手，在他与命运的斗争中自己也就是一个英雄。舒伯特的天性中可绝无英雄气息。他主要是女性性格。他缺乏刚强，浑身都是情感。他不知道深思熟虑，样样只凭本能。他的成功是出于偶然。〔按：这句话未免过分，舒伯特其实是很用功的。〕他并不主动支配自己的行为，只是被支配。〔就是说随波逐流，在人生中处处被动。〕他的音乐很少显出思想，或者只发表一些低级的思想，就是情感与想象。在生活中像在艺术中一样，他不做主张，不论对待快乐还是对待痛苦，都是如此，——他只忍受痛苦，而非控制痛苦，克服痛苦。命运对他不公平的时候，你不能希望他挺身而起，在幸福的废墟之上凭着高于一切的意志自己造出一种极乐的境界来。但他忍受痛苦的能耐奇大无比。对一切痛苦,他都能领会,都能分担。他从极年轻的时候起已经体验到那些痛苦,例如那支精彩的歌《玛葛丽德纺纱》。他尽情流露,他对一切都寄与同情,对一切都推心置腹。他无穷无尽的需要宣泄感情。他的心隐隐约约的与一切心灵密切相连。他不能缺少人与人间的交接。这一点正与贝多芬相反:贝多芬是个伟大的孤独者,只看着自己的内心,绝对不愿受社会约束,他要摆脱肉体的连系,摆脱痛苦,摆脱个人,以便上升到思考中去,到宇宙中去,进入无挂无碍的自由境界。舒伯特却不断的向自然〔按:这里的自然包括整个客观世界,连自己的肉体与性格在内。〕屈服,而不会建造"观念"(原文是大写的 Idea)来拯救自己。他的牺牲自有一种动人肺腑的肉的伟大,而非予人以信仰与勇气的灵的伟大,那是贫穷的伟大,宽恕的伟大,怜悯的伟大。他是堕入浩劫的可怜的阿特拉斯(Atlas)[1]。阿特拉斯背着一个世界,痛苦的世界。阿特拉斯是战败者,只能哀哭而不会反抗的战败者,丢不掉肩上的重负的战败者,忍受刑罚的战败者,而那刑罚正是罚他的软弱。我们尽可责备他不够坚强,责备他只有背负世界的力量而没有把世界老远丢开去的力量。可是我们仍不能不同情他的苦难,不能不佩服他浪费于无用之地的巨大的力量。

不幸的舒伯特就是这样。我们因为看到自己的肉体与精神的软弱而同情他,我们和他一同洒着辛酸之泪,因为他堕入了人间苦难的深渊而没有爬起来。

(法)保尔·朗陶尔米 著

---

[1] 阿特拉斯是古希腊传说中的国王,因为与巨人一同反抗宙斯,宙斯罚他永远作一个擎天之柱。雕塑把他表现为肩负大球(象征天体)的大力士。

罗丹艺术论

[法]罗 丹 述　葛赛尔 记

Auguste RODIN

l'ART

Entreriers réunis par Paul Gsel

Bernard Grasset, 1919

傅雷译《罗丹艺术论》序

在西欧历史的黎明时期,古希腊的雕刻竭力将神人化,反映出人对神的怀疑、亲近和畏惧,恰好说明神的威力难以摆脱,同对人的歌颂发生了矛盾。菲狄阿斯在矛盾中寻求幸福、宁静、和谐,形成欧洲雕刻史上第一座高峰。可惜他的"著作"全都"写在"雕像之中,并无文字流传,他思想发展的脉络虽可从石像里去探求,总不免使我们遗憾。不是所有的人都能懂得达摩老祖不立文字这一遗训的丰富内涵。厌弃言筌的禅宗也要通过语言促成顿悟,顿悟之后才可以抛开语言文字。雄鹰在天,双翅不动,那是很高的境地;公鸡斗架时翅膀乱动,羽毛纷纷扬扬,其实并不会飞。可见妙悟之难。这已是题外话。

昏迷与觉醒,束缚与挣扎,对立并存,失去一方,另一方也不存在。文艺复兴时期,人们痛恨宗教裁判草菅人命,僧侣贵族的一切罪恶言行,无不归之于神的意志;为奴隶主贵族卖命冠以"爱国"雅誉,掠夺兄弟国家打上"吊民水火"的金字招牌。奄奄一息的宫廷艺术,依仗贵族富商残羹点缀太平,弘扬教义,麻醉同胞。以人的觉醒与挣扎为重要主题的米开朗琪罗,刻出许多杰作,人的力量强大,侧面反映出神权愚昧专横的事实。古希腊雕刻,渊穆静伟的调子发展为心灵的暴风雨,由内敛而外张,表现了力和狂怒;某些作品也有阴柔静谧之美,并传不朽。米开朗琪罗留有十四行诗和一些书信,没有论证雕塑的专著。米氏作品肌肉具有强烈的情感色彩,但还不完全达到自觉的追求。

罗丹的作品，代表西方雕塑史上第三个高峰。在他之后的布尔德、马约尔、康宁柯夫（前苏联雕塑家，1874—1971）、摩尔等大家的雕刻丰富了人类文化宝库，但就总体的博大精深和历史影响而论，还没有全面超越罗丹而形成第四个高峰。

　　罗丹的创作，思考人间的疾苦，歌颂人的创造力、人的尊严和为维护它而付出的代价。神的形象消失了，他在表现丑得惊心动魄的对象如《丑之美》时，所用的手段仍然是美的。他抄袭甚至剽窃过克洛岱尔小姐的佳作，始乱而终弃，人格上比米开朗琪罗要差，但没有人否定他是一流大师。

　　三位雕塑巨匠都是人，把他们想象得完美无瑕，是我们造神意识的残余在作怪，发现神的缺点才使我们痛苦，至于人无完人，这是革命导师也不否认的。对菲狄阿斯，年代久远，难以发现什么史料。米开朗琪罗也是古人。罗丹离我们稍近，作品比较容易理解，缺点也容易发现。

　　发现前人缺点并不难，论莎士比亚、巴尔扎克、托尔斯泰等巨人缺点的文字何止千种，但大多数已经为时间所扬弃。而超过巨匠艺术成就的人，比指责他们的人要少得多。我们无意于为大师辩护，靠他人辩护过日子的不会是真大师。添上一块石头，去掉一筐土，都不会改变山峰的高度。我只讲超越前哲们长处之难，不是宣扬他们永远不可企及。绝对化与辩证法是绝缘的。

　　罗丹首先是创造家，其次才是理论家。

　　没有一系列雕刻，他谈不出《艺术论》。

　　退一万步讲，即使没有雕塑作品，能谈出一部《艺术论》，也足以不朽。此书是对欧洲雕塑史的科学总结，又是个人经验的精练概括，其中贯串着对前人的崇敬，有对许多名作的卓见，有劳动的喜悦、沉思的刻痕、点滴的自省。他对雕塑语言的创新上，强调自觉地体现肌肉本身的节奏与表情，对前人学术有所发展，启悟来者，开示法门。

　　原子中子时代，时间宝贵，此书以少胜多，反复咀嚼而不厌，从这口"井"里可以汲上不竭的"水"，那便是睿智、平易近人、更新自我的渴望,帮助我们去思考艺坛之内的群花,艺坛之外的事理。在深邃上或有不及柏拉图对话集之处,却可以与《歌德谈话录》《同时代人回忆托尔斯泰》具有同等价值。

世界文化史上的巨人很多,被作家、批评家、学者记录下来的对话集却很少。中国先秦时代许多子书,多为门人记载,此后仅宋儒语录、明清两代个别和尚有语录外,此类著作寥寥,艺术家谈话则多随风吹散,损失极多。

读完此书,我们深感罗丹难得,而葛赛尔更难得。盖谈艺者不乏其人;能将吉光片羽聚腋成裘,有创见、有情感、有色彩、渊博精淳的散文家,百年无几。这一点值得深思!

艺术家成就愈高,享受光荣愈多,周围谄媚者也随之增多。廉价恭维几句不要学问,创造一本学术著作,不仅仅要才,还要有德,有放弃自己著作甘为他人作嫁衣的牺牲精神,要淡于名利,善于发现,心胸博大,不怕流言,坚韧不拔,甚至处于清客幕僚地位,完成大业,难处远非文字可以尽述。即使伟大的艺术家,也不是各方面都伟大。奴才听话无用,才人傲物,未必俯首帖耳。容人与容于人都难。掌握老艺术家思维方式、语言风格,本身就是创造。主仆关系非合作关系,宽松、容忍、尊重个性,才有平等的成功的合作。把作家批评家看成录音机是愚蠢的偏见。要重视、理解这种特殊行业——无能的干不了,有能者不愿干的工作。这样,我们的学术会进一步繁荣。一些体力好的人,可以创作为主,口述书稿为辅,一些体力差而思维能力好的老专家,可以在学术上后继有人,死后有书。抢救知识与史料,是战略性、时间性很强的大事,抓迟了要后悔。

怒安于一九三一年"九一八"前夕,与我同船自巴黎回到上海,住在我家,始译此书,次年春天竣稿,油印过三十多册,发给毕业班学生作课外参考读物。他善于教书,讲美术史课时,墙上放有名画幻灯,学生又发给明信片或小画片,互相对照,条分缕析,鞭辟入里,使学生听得入迷。他讲罗丹的代表作,将此书主要精神介绍给学生,不搞死背硬记,希望发挥主观能动性,思考作品的精神实质。

当时也有人劝他:"坊间已有精装道林纸印的《美术论》译本流传,何必重译费事而又费时间?"

怒安说他迻译为自学一遍,方便后生,无意出版。这种治学态度,多么难得!后来他在翻译上的成功是冰冻三尺,非一日之寒!

历经浩劫,孤本译稿奇迹般地保存下来了。袁志煌弟好学,恭楷抄录一遍,文辉见而称赞不已,告知故宫博物院彭炎副院长,彭老转告傅敏,傅敏请不忘怒安教泽、精于法国文学的罗新璋先生搜罗原文及有关资料,反复校勘,保存译文风格,纠正誊抄中的笔误及排列不当,用心良苦,使这颗明珠拭去尘翳,射出精光。出版社为之精印,对我和怒安亲友来说,都是平生一大快事!预计此书将在信、达、雅三方面不逊于怒安其他名译而见重学林。

一本外国名著,多出几个译本,读者可以从比较中体味原作的风神。译者们各显身手,精益求精,各逞瑰艳,是大好事。钱锺书夫人杨绛自西班牙文译出《堂吉诃德》,体现塞万提斯文采,犹若唐临晋帖,风骨劲健,没有女作家驱词用语的纤秀之气,固然足珍,而林琴南文言译本,傅东华(伍实)白话旧译本,传神或有欠缺,尺有所短,寸有所长,不必偏废,读书也要有点气度,不能褊狭。

一九八六年,我和伊乔同游巴黎,看过很多博物馆与美术馆,在罗丹与布尔德故居,二公许多杰作经高手放大,陈列在露天草坪上,供游客与市民欣赏,这和在室内观摩不同,又添一番新意。我还到当年和怒安一起参观过的卢浮宫,重睹名画芳华,顷刻之间,忆起在埃菲尔铁塔上的同游,在威尼斯、日内瓦、罗马等地的快谈和争论(争论也是巨大的享受,从不伤害友情),想到漫长而又短促的一生中,有这样一位好兄弟相濡以沫,实在幸运。而今书在人亡,是悲伤,是怀念,是欣慰,是兼而有之,我也茫茫然难以言喻了。

刘海粟　述
柯文辉　整理

罗丹美学

美学讲义
二十年第一学期
上海美术专科学校

  本学期美学讲义暂行采用法国雕刻家罗丹《艺术论》(傅雷译本)。

  盖以在未曾涉及纯粹哲学之美学之前,先当对于美术上之各种实际问题(如形式与精神之论辩等)有一确切之认识与探讨也。

《罗丹自画像》,炭笔画,1898 年

嘱　词

　　罗丹一生，热爱艺术，垂暮之年，犹以忠诚恳切之言作此嘱词，为一般青年艺术家作一详明之指导。

愿做"美"的使者的青年们啊，你们或许会欢喜在这里找到一些深长的经验之谈吧。

虔诚地爱你们的前辈大师吧。

在菲狄阿斯与米开朗琪罗的前面，你们应该俯首顶礼。瞻仰激赏前者的神圣清明之气，与后者狂乱悲痛之性吧。瞻仰激赏是一杯慷慨的祭酒，是出于高贵的心灵的奉献。

　　可是留神不要去模仿前人。尊敬传统，而要会辨别它的永垂不朽的宝藏：即对于自然的挚爱与人格的忠诚。这是天才们的两股热情，他们都崇拜自然，实在，他们从没有撒谎过。传统是这样地授给你钥匙，用了它你可以跳出因袭的樊笼。这便是传统自己教你永远要探求现实，禁止你盲从任何大师。

　　奉自然为你唯一的女神吧。

　　把绝对的信心付托与她，相信她始终不会丑的，收敛你的雄心来效忠于她。

在艺者的眼中,一切都是美的,因为他的锐利的慧眼,注视到一切众生万物之核心,如能发现其品性,就是透入外形,触到它内在的"真"。这"真",也即是"美"。虔敬地研究吧,你一定会找到"美",因为你遇见了"真"。

奋发努力啊!

你们,雕刻家,锻炼你们的感觉,往深处去。

一般人不容易体会到这个"深"的意义。他们只会用平面来明晰地表现自己。要从深厚方面去想象形式,于他们是太难了。可是你们的苦功就在这里。

首先,把你雕像的初稿大体建立起来。严密地标明对于各部的倾向:头上、肩下、胸部、腿部。艺术是需要果断的。能把线条推向远处的时光,你才沉浸入空间,抓到了"深"的感觉。当你的稿子完成,一切都寻到了。你的雕像已经有了生命,细微之处,它自己会安排就的。

你雕塑时,切不要从平面着想,而要从高凸面着想。

你对于平面的观念,要想象它如一个立体的周缘,它是折向后面去的。把形式想作向着你的尖瓣。生命之泉,是由中心飞涌的;生命之花,是自内而外开放的。同样,在美丽的雕塑中,常潜伏着强烈的内心的颤动。这是古艺术的秘密。

你们,画家,也一样从深处去观察现实吧。譬如,看一张拉斐尔画的肖像,他画正面的人时,他把胸部曲折地推远了,就显出第三元的空间了。

伟大的画家深入空间。他们的"力",就蕴蓄在深厚之中。

牢记吧:只有体积,没有线条。你描绘时,绝对不要注意轮廓,而要着眼于高凸面。是高凸面支配着轮廓的。

不断地磨练吧。把你整个地融化在工作里。

艺术只是情操,但没有体积、比例、颜色的知识,没有灵敏的手腕,最活跃的情感也要僵死。一个大诗人到一个不懂言语的外邦去,他将如何是好呢?不幸,年轻的艺者群中多少诗人不愿学话,只知张口结舌。

要有耐性啊!不要向往什么"灵感"(inspiration),它是不存在的。艺者的德性只是智慧、专注、真诚、意志。如诚实的工人一般,努力你的工作吧。

青年们,要真实啊!但这并非说要平凡的准确,那就成照相与塑铸了。艺术之源,是在于内在的真。你的形,你的色,都要能传达情感。

只以悦目为务,只知奴隶般再现没有价值的局部的艺者,是永不能成为大师的。如你曾访过意大利的公墓,你一定注意到那些艺匠,曾如何幼稚地去装饰坟墓,竭力要在雕像上面,模仿绣件、花边与发辫,这些东西或许是准确的,但绝非真实的,因为它们并不激动心灵。

我们的雕刻家,几乎全体令人想起这些意大利的坟墓雕匠。在我们广场上的纪念像上,我们只看见礼服、桌子、独脚圆桌、椅子、机器、气球、电报。绝无内在的真,故绝非艺术。深恶痛绝这些古墓吧。

要彻底的桀骜的真实。要毫不踌躇地表白你的感觉,哪怕你的感觉与固有思想是冲突的。也许你不会马上被人了解,但你的孤独的时间是很短促的,朋友们不久会来归向你,因为对于你是绝对真实的东西,对于大家也必绝对真实的。

可是不要装腔作势故意去勾引群众。要单纯,要天真!

最美的题材在你的面前,便是你最熟知稔悉的对象。

我至爱的伟大的欧仁·卡里埃(Eugène Carrière)，不幸早死。他在画他的妻子儿女的时候，我们已看到他的天才了。只在歌颂母爱这一点上，便足成就他的崇高与伟大了。大家望着的东西，大师是用了自己的眼睛去看的。常人以为习见的事物，大师能窥见它的美来。

拙劣的艺者，常戴着别人的眼镜。

最主要的是要感动、爱憎、希望、呻吟、生活。要做艺术家，先要做起人来。帕斯卡尔(Pascal)有言："真善言辞的人，蔑视巧鼓簧舌的佞人。"真的艺术一定痛恶技巧。我又说回到欧仁·卡里埃了。在一切画展中，大家的图画，只是图画罢了，他的却似一扇开向人生的天窗。

领受公正的批评吧。你将不难辨识它们。是它们把使你惶惑的疑团打破，使你更有定见。不要任凭那些为你良心所不许的人们支配。

也不用怕那褊枉之论。它会激怒你的朋友，他们会省察他们对于你的诚意，当他们仔细认清之后，将更坚持他们对你的信心。

如果你的才具是簇新的，最初只能有少数的同情者，而仇敌倒可赢得不少。不要灰心。同情者会占胜利的；因为他们知道为何爱你，你之仇敌，则不知因何憎你。前者是热心真理的，会不断地替你征集爱真理的新同志，后者则对于他们自己的谬误的见解，永远没有坚持的勇气。前者是坚定不拔的，后者则望风而靡。真理可操必胜之券。

不要荒废你的光阴于社交政治中。你将看到你的同伴中途得了荣誉富贵，但他们绝非真艺术家。他们之中也有聪慧之士，如果你去和他们角逐名利，你将和他们一起牺牲，你再无一分钟的余暇去做艺术家了。

热爱你的使命吧。再没有更美满的了。它的崇高是为庸俗的人们所意想不到的。

艺术家自身就是一个好例。

他醉心他的事业：他最宝贵的酬劳，便是成功的喜悦。可叹今日的人们，教工人们憎恶工作、怠工、滥造，这是工人们的不幸。要世界幸福，只有教人人有艺者心魂，就是人人爱好他自己的工作。

艺术还是一个忠诚的教训。

真正的艺者不惮干犯一切既成偏见，诚实地表现他的感觉。他是这般地把坦白的榜样给他的同伴。

哦，当绝对的真实统治全人类的时候，将有何等神奇的进化会实现了啊！人们向往不？

社会真要赶快改革它的错误与丑态才好。那么，我们恶浊的尘世，就可立刻变为幸福的天堂了。

奥古斯特·罗丹

罗丹站在默东的工作室的石膏雕像群中

热普卡:默东工作室全貌,摄影

序

默东治下的瓦弗勒里村的高处,山岗上簇拥着几间明媚秀丽的华屋,乔丽堂皇,可以令人臆想是艺者之家。

这正是奥古斯特·罗丹卜居之所。

这是红砖巨石、屋顶特高的路易十三式的楼阁,旁边还有环以圆柱的回廊的广厅一所;一九〇〇年时,他曾开个人展于巴黎阿尔马桥畔,此圆柱的广厅,即在那时从巴黎移此,改建为工作室。

远处崖畔,有一座十八世纪的官邸,在此只能望到它的前部与美丽的三角门框及铁栅大门。

这些屋舍,浮现于花果遍野的田园中。这种景色确可说是巴黎近郊胜地之一了。自然把它装饰得清幽。复经这位名雕刻家二十年来,把惨淡经营的作品,点缀得更为壮丽了。

去年五月里一个晴朗的傍晚,我和罗丹在绿荫夹道的山坡上漫步,我诉说我记述他关于艺术的论见的愿望。他微笑了。

"真是怪事!"他说,"你对于艺术还感到这样浓厚的兴趣吗?这已不是我们这时代的爱好了。

"今日的艺术家及爱艺术家的人们都被视为地层下的化石。我们给予人家的印象,恰似一个陈腐的木乃伊在巴黎街上行走。

"我们的时代,是工程师、实业家的时代,绝非艺术家的了。

"现代生活所需求的,只是'实用',人们唯想用物质来改善生活:科学天天在发明新的营养、衣饰、交通的利器;用经济的方法大量制造粗滥的货品,固然它对于人类的需求的确改进不少,然而精神、思想、幻梦,却无立足地。艺术是死亡了。

"艺术就是默想。洞察自然,而触到自然运行的精神,瞩视宇宙,而在方寸之中别创出自己的天地:真是心灵的莫大愉快。艺术是人类最崇高、最卓越的使命,既然它是磨练思想去了解宇宙万物,并使宇宙万物为众生所了解的工具。

"但是今日的人类以为可以无需艺术。他不再愿冥思、默想、幻梦,他只要物质享受。高超的、深邃的真理于他是漠然了,他只求肉体的满足。现在的人群沦为兽类,无所求于艺人。

"艺术,并也是一种趣味,经过艺人之手的东西,都反映着他的心,房屋家具上也浮现着人类心魂的微笑……这是实用生活中的思想的美、感情的美。但今日还有几人感到居住陈设之美化的需求?从前,在古法兰西,艺术则到处皆是。一个中产者,甚至一个乡下人,都喜欢要美丽的家具。他们的椅桌、釜锅,都是悦目的。今日则艺术是被放逐于日常生活之外了,说是有用的东西不必要美观。一切都是丑的,都是蠢笨的机器在急急忙忙中赶制出来的。艺术成为仇敌了。

"啊,我的葛赛尔,你要记录我一个艺者的默想吗?让我仔细来端详你一下,你倒真是一个非凡的人物。"

"我知道,"我回答他说,"艺术是现代人最忽视的东西。但我希望这册书成为对谬误思想的抗议。我视为你的晨钟暮鼓唤醒一般迷梦昏聩的人,使他们觉悟绝对不应抛弃我国传统中的精华,即我们祖传的爱美、爱艺术的热情。"

"让神明来谛听你的说法吧!"罗丹说。

罗丹:《地狱之门》,铜,1890—1917 年

《地狱之门》局部

第一章 艺术之写实

在大学长街的梢头，尚特马尔斯左近，荒凉静寂，有内地风的街道的一隅，有所"白石存栈"。一个广阔的天井中，蔓草丛生中洒满了灰白的石屑。这是国家专备委托艺术家造像时所用的白石存放之处。

院子的一边，十几间工作室，分住着雕刻家。这寂静的艺者之村，宛似一所修院。

罗丹占据了两间小屋，一间内放着他的大作《地狱之门》的泥塑，另外一间就是他工作的地方。

我常是在薄暮时分去访他，那时他正结束着一天高贵的劳作。我拿了一张椅子，坐待着黑夜来催他休息，一面又凝神鉴赏他的动作，他趁着黄昏的微光，兴奋地舞动着刀笔。

我这次又见他捏着泥团，迅急地做几种雏形，这是他寻思时的消遣。一块塑上大模型的泥团，要费他几番踌躇，因为这是要抓住稍纵即逝的美丽的姿态，如果研究过深，动作稍慢，那就很易放过这昙花般的"真"的浮现。

他的工作法是很奇特的。

工作室好几个裸体的男女模特儿踱蹀着，罗丹特地雇用他们，要他们不断地呈露着肉体，映出人体在自由活动中的形象，他长期观察他们，故能熟知动作时的筋肉状态。现代人之能见裸体，已是极端例外的了,就是雕塑家们,也只能在 pose[①] 时见到。然于罗丹,却成为视觉中最习见的东西了。这种对于人体的深切的认识,原为古希腊人于角力竞技中所习见,而为当时的艺者所完满地表现出来的,罗丹竟恢复了与裸体相习见的古风,因此他终能抓住全部肉体所表现的情感。

面貌是通常被认为唯一的心灵之镜的,面部线条之动作,我们以为是精神生活的唯一的外在的表现。然实际上全身没有一根筋不传达内心之变化,快乐或忧愁、热情或失望、清明或郁怒……一切都表露于人体全部。两臂伸张、身躯无力的姿势,是和眼睛与口唇同样表示微笑的心情的。但要传达各种肉的表象时,一定要耐心地去研究这部"美之书"[②]。这便是往昔的大师沐同化之惠,罗丹在今日凭意志之力所培养完成的。

他目光注射在模特儿身上,默默地体味着生命之美,他鉴赏着一个少妇在地下俯拾刀笔时的柔媚,手挽发髻时的爱娇,或是一个男子行走时的烦躁的情态。他遇到一个满意的姿势时,就叫模特儿保留他的动作,他立刻抓起黄土动手。

某一个晚上,在夜幕甫降、黑暗方临的时光,模特儿在屏后更衣,我便和他论到他的工作法。

"使我惊异的,"我说,"是你的与一般人迥然不同的工作法。我认识不少雕刻家,也见过他们工作。他们叫模特儿站在座上,叫他做某种某种的姿势。不时还要依了他们的意思把模特儿的胳膊和腿或拉长些、或弯曲些,叫他把身躯挺直,或把头倾侧,完全系一架有关节的木偶。

"你呢?截然相反,你等待模特儿有好姿势时才动手。不是他们来由你摆布,倒是你去听从他们了。"

罗丹正在用湿布包裹他的泥塑,和婉地答道:

[①] pose 即模特儿在台上摆定某种姿势。
[②] 美之书,意指人体。

罗丹模特速写:《背后倾并跪着的女人》

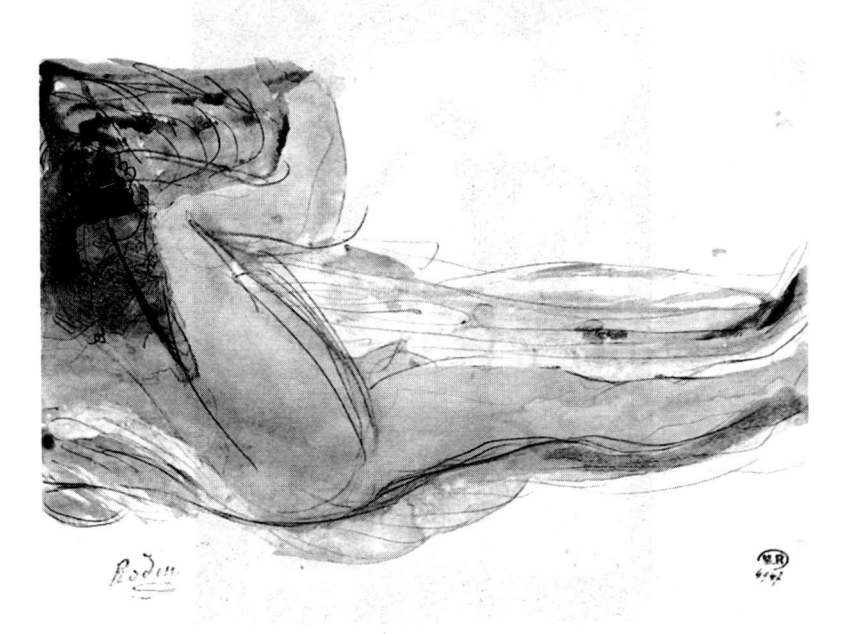

罗丹模特速写:《横卧的女裸体》

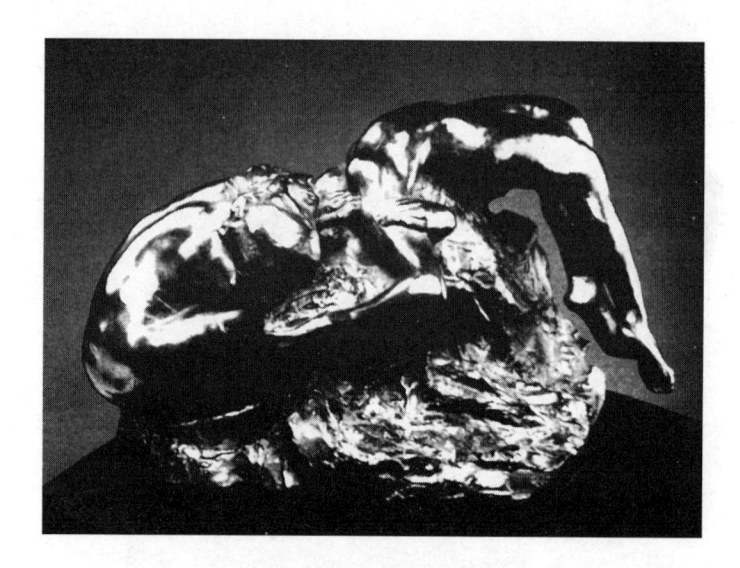

罗丹:《坠落的天使》,铜,1895年

《坠落的天使》另一视角

"我不是听从他们,我是听从自然。

"我的同年们像你刚才所说一般地工作,自然也有他们的理由。不过,这样去勉强自然,把人与泥娃一样看待,不免要犯造作与僵死的毛病。

"至于我,真实的猎人,生命的侦察者,我不愿学他们的榜样。我在观察所得的活跃的姿态上取材,但我绝不去造作材料。

"就是我处理某一题材,要模特儿做出某一姿势,我只是指示他,而谨防去支配他,因我只顾表现现实可自然地供给我的形式。

"总之,我完全服从自然,从没想去支配自然。我唯一的野心,就是对于自然的卑顺忠实。"

"可是,"我狡黠地说道,"你作品中所表现的,绝非自然的本来面目啊。"

他突然放下他手里整理着的湿布:

"确是自然的本来面目!"他蹙着眉毛回答。

"但你不得已已改变过了……"

"没有这回事!如果我去改变它,我要诅咒我自己!"

"然而你改变自然的证据,便是从面上塑下来的形象,与你雕塑的面貌绝不相侔。"

他思索了一会,说道:

"这是真的,因为塑铸①不及我雕刻的真。

---

① 塑铸在此意谓直接在人面上拓下模型,再浇铸成像之工作。此系通常用以为死者留影,作为纪念。

"一个模特儿要在人家替他塑铸时保存其生动的表情是不可能的。而我却在记忆中保留着他的全部姿态,使模特儿不断地合于我记忆中的第一个印象。

"更进一步说,塑铸只是再现外表;我却在外表之外,兼表内心,这当然也是自然之一部分。

"我看到的是全部的'真',不只是外表的'真'。

"我把能使精神生活更明显地传达出来的线条,格外有力地表出。"

说罢,他指给我看圆座上的他的最美的雕像之一:一个跪着的少年,两臂高举,仰天呼号。忧苦笼罩着他的心魂。身躯危然,如将崩颓,胸部饱胀,头颈绝望地伸长着,双手如伸向某个神秘的主宰,求天援手一般。

"瞧,"罗丹向我说,"我特别表明筋肉的紧张,以表现他的苦闷。这里,这里,瞧……我把表示祈求的狂乱的筋肉的分裂之处,夸张了一些……"

他又做着手势指出作品中姿势最兴奋的部分。

"你给抓住了,吾师!"我俏皮地说,"你自己说你'格外有力地表出',你'特别表明',你'夸张了一些',你不是明明改变了自然吗?"

他看我顽强的态度笑起来了:

"然而不!"他回答说,"我并不改变自然,至少在当时,我自己绝对没有意识到。情感——它是能影响我的视觉的——所显示我的自然,我便照样再现出来。

"如果我想改变我所见的事物,使它变得更美,我将绝对做不出好东西了。"

一会儿之后,他又说:

"既然艺者的激情能使他在外形下面觉察到内在的'真',那么,艺者眼里所看出来的自然,和庸家眼里看出来的自然,当然不同了。

"但艺者的唯一条件,即是实缘他所见的形象。不要被那般美学商人①所惑,其他的方法,都是不可靠的。天下没有方法可以使自然变得更美。

"只要睁开眼睛看好了。

"喔,无疑的,一个庸人抄录自然的时候,永不能产生一件艺术品:因为实际上他'视'而不'见',故他徒然描画种种琐屑之处。结果是平板呆滞,没有生命。艺者的事业本与庸俗无缘,最高明的教训也造不出天才来的。

"反之,艺人则'视'而有所'见',他心底的慧眼能深深地洞烛到自然的奥秘。

"所以艺人只要相信他的眼睛就是。"

---

① 美学商人,系骂一般无聊文人,以文学来为艺术作画蛇添足的注解之笔。

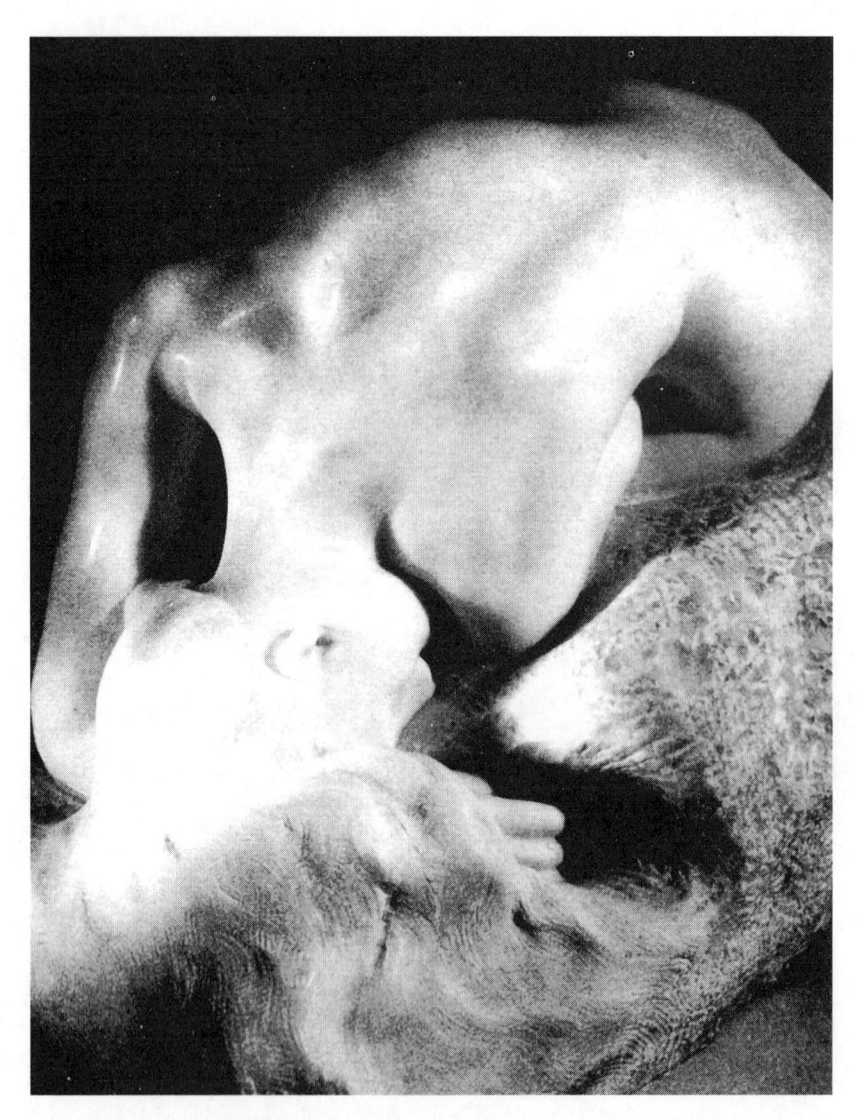

罗丹:《达那厄》,大理石,1889—1892年

第二章　在艺人的眼中,自然中的一切都是美的

有一天,在罗丹的默东工作室中,我看到一个泥塑,他的《丑之美》是取材于维庸①的《美丽的老宫女》Belle Heaulmière 一诗。

这个绮年玉貌、倾倒一世的宫女,现在是到了色衰貌减、不堪回首的暮年。她愈是想到过去的美丽而骄傲,愈是感到现在的丑恶而羞惭。

啊,残酷的衰老,
你为何把我凋零得这般地早?
教我怎不悲哀!
现在啊,教我怎能苟延残喘!

雕刻家步步紧跟着诗人。

他的比木乃伊还要皱缩的老宫女,对着自己衰颓的体格叹息。她俯身望视着胸口,可怜的干枯的乳房,皱纹满布的腹部,比葡萄根还要干枯的四肢:

想当年,唉,往日荣华,

---

① 维庸,法国十五世纪著名的盗贼诗人。生于一四三一年,殁年约在一四八九年前后。

罗丹艺术论

看我轻盈玉体,
一变至此!
衰弱了,瘠瘦了,干枯了,
我真欲发狂:
何处去了,我的蛾眉蟪颈?
何处去了,我的红颜金发?

这柔脂般的双肩,
这丰满的乳头,
这肥润的小腹,
当年啊,曾经是百战情场。

现在是人世的美姿离我远去,
手臂短了,手指僵了,
双肩也驼起,
乳房,唉,早已瘪了,
腰肢,唉,棉般的腰肢,
只剩下一段腐折的枯根!

罗丹:《丑之美》/《美丽的老宫女》,铜,1885年

    雕刻家的表现并不在诗人之下,他的作品,恐比维庸的诗更有力量。在皮肤紧附在瘦骨嶙峋的躯壳上,似乎全体的枯骨在震撼、战栗、枯索下去。
    在这幅粗犷而黯淡的幕后,映现着深切的悲痛。
    梦想着永久的青春和美貌,醉心于无穷的幸福与爱情,眼见着这副枯骨衰败零落下去,骸骨无存,雄心犹在,真是刻骨铭心之痛啊!
    这便是罗丹所要倾吐的隐情。
    实在,从没有一个艺术家把衰老表现得如是残酷,如此惨痛的。

也许，在翡冷翠①的寺院中有一座多那太罗②的奇怪的雕像可以相比。一个全身裸露的女子，丑陋的身体，从头到脚包裹在披散的头发中，这是隐居河汉的圣马德莱娜③在年老时光，把半生刻苦修行的苦功，献纳上帝，期望能补赎以前的罪愆。

艺者之虔敬之心，自不在罗丹之下，但两件作品的情调，根本是不同的。圣马德莱娜是有意毁坏她的肉体，拒绝物质的享用与奢侈，故她的肉体愈是摧残得厉害，她的心愈是安慰喜悦，与老宫女之见她如僵尸般的肉体而害怕哀伤的情绪，决然不同。

罗丹的雕像，比这古艺人的作品是更为悲剧的。

我对着雕像默想了一会：

"吾师，"我向着罗丹说，"没有人比我更能鉴赏你这件可惊的作品了。但你希望我不要追问这雕像在卢森堡（Musée du Luxembourg）④所给予群众的印象，尤其是妇女们的……"

"你这么一说，我们非要知道不可了。"

"那么，惯常是人们一见便旋转身去，说着：哟，这样的丑。且我常见妇女们掩目而过，唯恐这可怖的印象，久留在她的脑海中一般。"

罗丹莞尔而笑了。

"要知我的作品所以能引起这般生动的印象，"他说，"是因为它极富表情的缘故，无疑的，在太严酷的真理面前，一般人是站不住的。

"但是我所注意的，只是识者们的意见，他们对于我这作品的

---

① 翡冷翠，即佛罗伦萨。意大利名城，以艺术著名。文艺复兴期之绘画雕刻有名翡冷翠派。
② 多那太罗（1386—1466），米开朗琪罗画派的大雕刻家，作品以单纯写实著。
③ 圣马德莱娜，受基督感化的堕落女子。其节日在七月二十二日。
④ Musée du Luxembourg，巴黎国立美术馆之一。在参政院旁。

委拉斯开兹:《侏儒雷斯坎诺》，油画,1636—1644年

委拉斯开兹:《坐在地板上的矮子》，油画,1645年

赞许，使我很高兴。我真欲如罗马的歌女一般，对着嘘叱的群众喊道'Equitibus cano！'（我只唱给骑士们听的①！）

"庸众们以为他们在现实中认为丑的东西不是艺术的材料，他们想禁止我们表现自然中使他们不快的现象。

"这是他们的大错，

"自然中公认为丑的事物在艺术中可以成为至美。

"在现实中，人们认为丑的东西，是变形的，破相的，不健全的，引起病的、孱弱的、痛苦的感觉的，不正则的，有反乎康健与有力的原则的；故驼背是丑的，跛足是丑的，衣衫褴褛是丑的。

"还有不道德的人格是丑的，有害社会的罪人囚犯、乱臣贼子

---

① 骑士在当时为封建社会中的优秀阶级，故言。

在艺人的眼中，自然中的一切都是美的

米勒:《持锹的男子》,油画,1860—1862年

是丑的。

"故凡是罪恶的或丑陋的——人——物,都应加上一个贬抑的头衔。

"但一个伟大的艺人文士,神笔一挥,立刻可以化丑为美,这是一种最神奇的炼金术。

"委拉斯开兹①在塞巴斯蒂安·腓力四世的侏儒的肖像中②,画出痛苦的残废者的眼神,他因为要苟全生命,不得不摧损人体的尊严,成为一具怪物……这废人的精神的痛苦愈是活跃,艺术

---

① 委拉斯开兹(1599—1660),西班牙画派中最杰出的大师,作品以深刻、写实的肖像画著称。
② 塞巴斯蒂安·腓力四世,在一六二一至一六六五时代为西班牙王,以短小畸形之奇丑著名,史称 le Nain de Philippe IV。Nain 即侏儒之意。

品愈是美丽。

"弗朗索瓦·米勒画一个可怜的乡人倚在铲上叹息的情景①,疲劳侵蚀,赤日熏蒸,宛如一头浑身受创的动物。米勒只表现这可怜的生物屈服于运命的峻刑下的苦痛,便成为全人类的象征。

"波德莱尔描写一具臭秽的死尸②。满身都是虫蛆,而他在这副怕人的骸骨下,设想是他的一个心爱的情妇。人们总是愿望好花永寿、美貌长存。然而残酷的生离死别,早在前途等待着他了。天下还有比这种对照更悲壮哀艳的吗?

可是你将和不洁的秽物同朽,
将和恶浊的病菌为伍,
我眼中的星星,我天地中的太阳,
啊,我的夫人,我的爱者!

是的,你将变成那样,啊,恩宠的后,
在临终的圣礼之后,
你将在落英所化的泥尘之下,
和髑髅做伴,与骸骨同游。

啊,我美丽的夫人,
给虫蛆喋食了的红唇,
告诉这虫蛆:我永留着,
我零落的爱情!

---

① 弗朗索瓦·米勒(1813—1875),法国十九世纪风景画家。
② 波德莱尔(1821—1864),法国十九世纪大诗人,名著有《恶之花》,世人称其为恶魔派领袖。

在艺人的眼中，自然中的一切都是美的

"同样，莎士比亚之描写伊阿古或查理三世①，拉辛②之描写内龙与纳西斯③，用明澈深入的思想所表现的'精神的丑'，都成为无上的美的表白。

"因为艺术所认为美的，只是有特性的事物。

"特性是任何自然景色中之最强烈的'真实性'：美的或丑的，也即所谓'两重真'。因为外表的真，传达内心的真。人类的面容脸色，举止动作，及天空的色调，与天际的线条，都是表现心灵、情绪及思想的。

"可是在艺人的眼中，一切都是露着特性，因为在他中正坦白的视察之下，一切隐秘，无从逃遁。

"且在自然中被认为丑的事物，较之被认为美的事物，呈露着更多的特性。一个病态的紧张的面容，一个罪人的局促情态，或是破相，或是蒙垢的脸上，比着正则而健全的形象更容易显露它内在的真。

"既然只有性格的力量能成就艺术之美，故我们常见愈是在自然中丑的东西，在艺术上愈是美。

"艺术所认为丑的，只是绝无品格的事物，就是既无外表真，更无内心真的东西。

"还有于艺术认为丑的：是假的，造作的，不求表情，只图悦目的，强作轻佻，充为贵伊，作欢容而无中心之喜悦，装腔作势、故意眩人，或胁肩谄笑，或高视阔步，却无真情，徒具外表。总之，一切欺诳，都是丑恶。

"一个艺术家有意装点自然，想使它更美的时候，春天则加些绿色，曙光则加些紫色，口唇则染些殷红，那么，其结果一定是丑恶的作品，因为他在作假。

---

① 伊阿古与查理三世，均为莎士比亚之戏剧人物。
② 拉辛(1639—1699)，法国著名悲剧诗人。
③ 内龙与纳西斯，为拉辛名剧 Britannicus 中之人物，系采自罗马史实。

"他想把痛苦的情调消减,想把老年的衰颓隐藏,为取悦庸众计,想安排自然,使它变相,使它柔和,那么,他一定创造出丑来,因为他惧怕真。

"在一个名副其实的艺人面前,自然中的一切都是美的,因为他的眼睛能接受所有的外表的真,并能如在一本开展的画卷中,读到它所有的内在的真。

"他只要一望人的脸孔,便可看到一个灵魂,没有一种神情可以蒙蔽他,矫伪或真诚,他都看得一样明白。蹙额、皱眉、凝神、怅惘,立刻使他觉察到整个心灵的秘密。

"他探到动物的隐秘的心灵,他触着各种情感的萌动,幽默的智慧,与柔情的滋长,他在兽类的瞩视与动作中,体验到它们微贱的生命。

"他对于自然界也是同样的亲切,花草树木可如知友一般和他谈心。

"蟠根虬结的橡树,诉述它对于浓荫庇翼下的人类的好恶与友情。

"群花媚人地舞动着枝干,瓣叶飘摇,如在欢唱,每根草心每个花蕊,于他都是传达自然的热情的言语。

"为他——艺术家——生命是无穷的享乐,是永恒的喜悦,是醉人的沉醪。

"并非他觉得一切都是善的,因为他自己与他所爱者所受的痛苦,常在残酷地震撼这乐天主义。

"然而他觉得一切都是美的,因为他永远踏在光明的路上,迎着真前进。

"是的,就是痛苦,就是所爱者的死亡,甚至朋友的欺诳,伟大的艺人——其中包括着一切诗人、画家或雕刻家——对着这酸辛的悲剧,也是感到无限的惊讶、叹赏。

"他也有柔肠百转、心肝寸裂的时光,然而他于苦恼之外,却

在艺人的眼中,自然中的一切都是美的

梅塞施密特:《猥亵》,大理石,1770 年

毕加索:《费尔南德·奥利维尔》,铜,1909 年

更感到'彻悟'与'表白'的苦中之乐。他在见闻的经历中,明白地懂得运命之推移。他用着猜测运命的热烈的眼光,凝视着他自己的苦闷与哀伤。例如他为朋友所卖,他始而惶惑,继而确信,终于把这件罪恶看作卑鄙的一例,使他的人生经验更加丰富的教训。他的惆怅,他的苦闷,有时是惊心动魄的,然而他到底还感到幸福,因为他永远追逐着崇拜着真理。

"他看到生灵残杀,少年夭亡,天才凋谢,执行着这些黯淡的律令的意志,面对着他的时候,他发现自己抓住了真理,悟透了真理:他得到了意想不到的慰安。"

第三章　论　模　塑[*]

一个傍晚,我到罗丹的工作室中去访他,天色很快地黑暗下来,我们尽自在谈话。

忽然,主人问道：

"你有没有在灯光下看过古代雕像？"

"没有。"我错愕地回答。

"你觉得奇怪吧,且你将以为不在白日下去赏鉴雕像的念头有些异想天开吧？

"固然,在自然的光亮之下,我们是能鉴赏一件艺术品的全部……但是,且慢,我要使你多一些经验,广广你的眼界。"

一面说,一面就点起灯来。

他拿了灯,领我走向放在工作室一隅的一座雕像面前去。

这是《梅迪契的维纳斯》*Vénus de Medicis* 的小小的临本,罗丹把它放在这里,以备在工作时,可以激动灵感。

---

[*] 模塑是一座雕像上的凹凸的形体。罗丹在本章中讨论如何表现雕塑的形体。

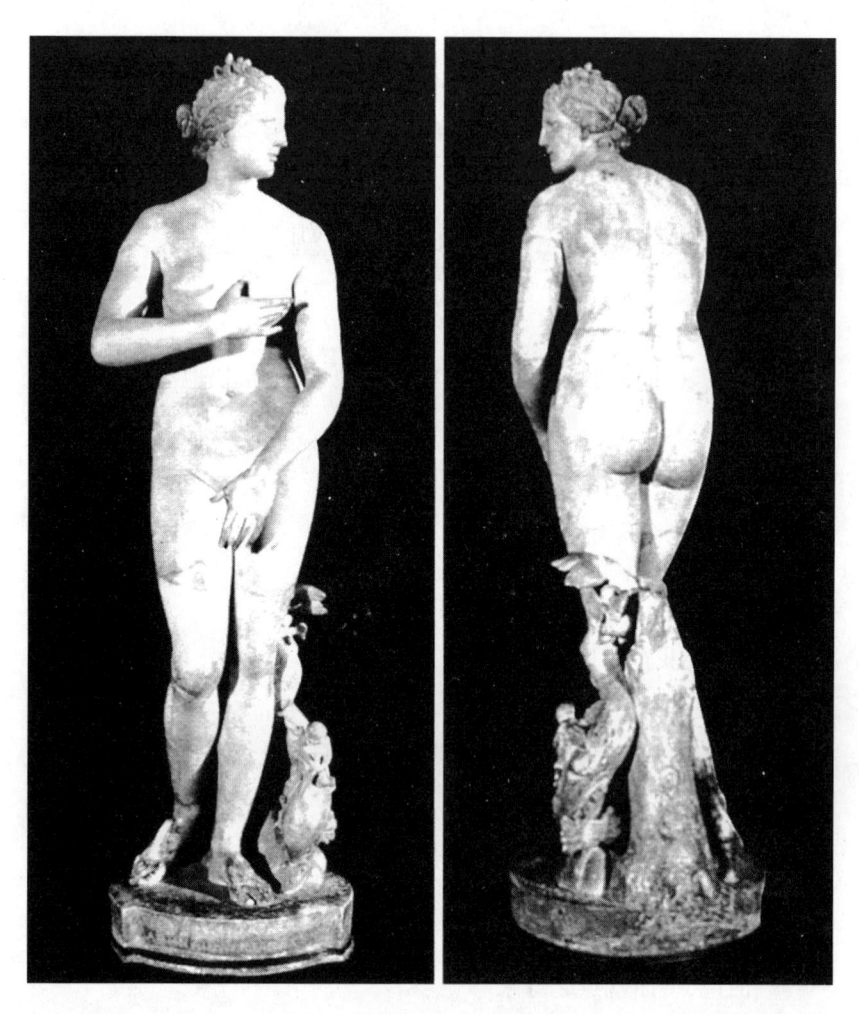

《梅迪契的维纳斯》(左:正面,右,反面),公元前四世纪(仿古希腊风格复制品)

罗丹:《亚当》,铜,1880年 　　　　罗丹:《夏娃》,铜,1881年

"走近来!"他和我说。

他把灯从侧面最逼近的地方照着雕像的腹部。

"你注意到什么东西?"他问我。

一眼望去,我就被吸引住了。在这样安置的光线之下,使我看到在白石的面上,有无数的细微的凹凸,为我从来没有梦想到的。我把这发现告诉了罗丹。

"对啊!"他首肯着回答。

接着,又说:

"看仔细!"

同时,他把承托维纳斯的座子缓缓地转动。在这当儿,我继续留意到在全个腹部的形体上,有着不知多少为感觉捉摸不到的凹凸。最初看来似乎是简单的东西,实际上是复杂无比。我又把这观察告诉了这位大师。

他微笑颔首:

"不是神奇吗?"他重复着说,"你当初一定想不到会发现这些隐秘吧?照!……照这些从腹部到大腿间的无穷的波纹,与臀部的富有肉感的曲折。还有,那边,腰部的可爱的小窝。"

他讲话的声音很低,充满着虔敬之情。他俯身在白石上,如依倚着他的爱人一般。

"这是真正的肉呢!"他说,"几可说是受尽了亲吻与爱抚。"

他又突然把手掌平放在像的臀部:

"在抚摩这半身像时①竟觉得它的温暖。"

一会儿之后:

"那么,你现在觉得一般人对于希腊艺术的见解和批判是如何?

"他们说——尤其是学院派专在鼓吹,古人在注重理想的探求中,蔑视肉体,以其为粗鄙的、卑下的,故他们不准把现实的各种精微之处尽情表现。

"他们以用简洁的形式,创造抽象的美为口实,而改变自然。这抽象的美只与精神相通而与感官则绝不激动。

"唱这种调子的人,自以为在古艺术中就有他们的根据,于是改变自然,剪削自然,把他归纳于枯索的轮廓之中,冰冷的,单调的,与'真实'毫无关系的形式。

"你刚才目击的情形,就足以证明他们是如何谬误了。

"无疑的,具有特别的论理的头脑的希腊人,本能的就把主要特点标明出来,他们把统辖人体的主要线条勾画了,但同时,他们也从不省略生动的局部,他们要把局部熔冶于全体中。因为他们爱好沉静的节奏,故他们不知不觉地把次要的起伏凹凸删减了,唯恐这些次要的部分破坏整个动作的平和清明的调子,然而他们并不完全抹杀局部。

"他们从没有把欺诈的手段当作一种方法。

---

① 半身像(toile)是雕像中从头到膝盖上部为止的像,通常是连头与手臂都没有的。胸像(tuite)是人的肖像,至胸部为止,手臂只有一节。

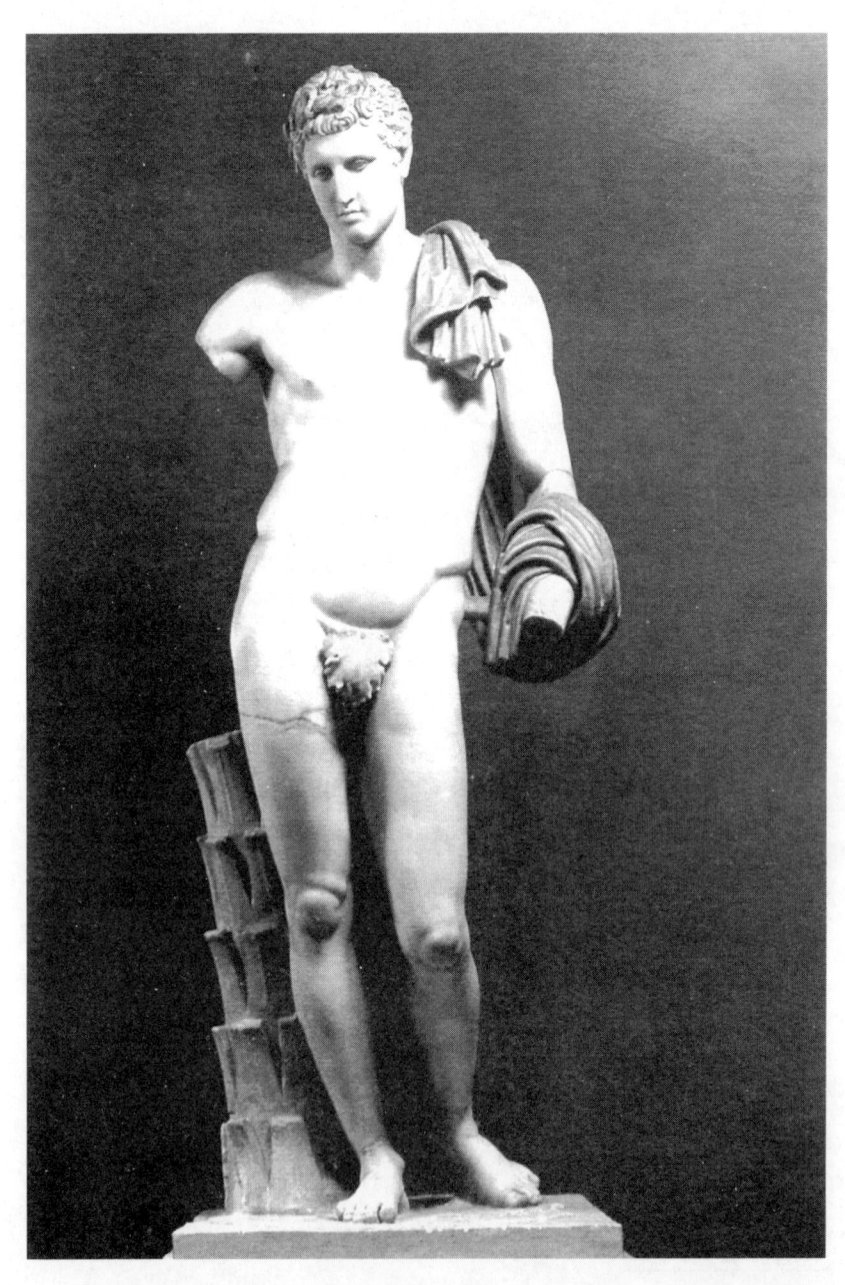

《赫尔墨斯》(古罗马哈德良时代复制品),大理石,希腊,公元前四世纪

"充满着对于自然的锺爱和尊敬,他们只表现他们所见到的自然。到处他们表示着对于肉体的崇拜。说他们轻蔑肉体,岂非笑话。任何民族,都没有对于肉体的美引起同样温柔的感觉。他们的作品,即是浮沉在这种肉的沉醉之中。

"希腊艺术之别于矫伪的学院派者即在此。

"古艺术中之线条的概括是一种归纳,是无数局部的综合。至于学院派之所谓简洁,却是贫乏、空疏与松懈。

"生命之血在希腊雕像的筋肉中横流奔腾;学院派的作品只是冰冷的木偶,它是死的。"

他沉默了一会,又说:

"我告诉你一桩秘密吧。

"刚才你在维纳斯面前所感到的生命活跃的印象,你道是怎样来的?

"是靠了模塑的方法得来的。

"这句话你初听也许觉得平凡,觉得是老生常谈,但你得知道它的重要。

"模塑的学问,是一个叫作公斯当的教我的,他当时和我在一个工作室里正开始学雕塑。

"一天,他看我做一个饰有树叶的帽子的泥塑:

"'罗丹,'他和我说,'你做坏了。你的树叶都是平扁的,故看来就觉得是假的。把它们塑得使尖瓣正向着你,要令人看了有深厚感觉。'

"我依了他的劝告做,我对着这工作的结果,不胜惊喜。

"'牢记我的话吧,'公斯当接着说,'你以后雕塑的时候,切不要从广处着眼,而要从深处着眼……要永远把一个平面当作是一个体积的边线看,当作向着你的一个尖端看。这样你便可悟得

卡诺瓦:《维纳斯与战神玛斯》,大理石,1816—1822年

模塑的学问了。'

"这个教训使我得到丰富的收获。

"我把这方法应用于人体,我的观察人体各部,并不把它看成一片或低陷、或平坦的面,而专心去表现它的体积的凹凸,在臀部或四肢的饱满处,我务使它有筋肉在皮下潜伏伸张的感觉。

"于是我的人体不但是表面的真实,而是由内而外的真实,有如我们的生命一般……

"而我发现古艺人正是用的同样的模塑法。他们作品之有力而又柔和,即得力于此。"

罗丹重新观察着他的希腊的维纳斯,突然的:

"葛赛尔,你以为色彩是画家的技巧呢,还是雕刻家也有的?"

"自然是画家的啰。"

"那么请观察这座像。"

他说完便高举着灯,使光从上面照到雕像上。

"你瞧这胸部的强烈的光,皮肤褶叠处的深暗的影,还有那褐色,那布满于这神圣的躯体上的颤动着的半明的雾霁,这是沐浴于空气中而像溶解一般的部分。你怎么说?这里,岂不是一阕奇妙的黑与白的交响乐么?"

我只有表示同意。

"说来似乎有些大胆,然而大雕刻家确和大画家大镂刻师①一样富有色感。

　　"他们深悟一切色阶之旋律,他们把强烈的光明与微弱的阴影配置得如是奇妙,以至他们的雕像可与最动人的镂版有同样深厚的韵味。

　　"可是色彩——我特别要提出这一点——有如美的模塑之花。模塑与色彩两者是不可分离的。而一切雕塑的杰作,其动人的肉感,也即是由这两个条件造成的。"

---

① 镂刻师(giaueui),即在木版或金属版上刻出风景人物的专门技师。这是应用强烈的光暗之美的艺术品。

第四章　艺术中之动作

在卢森堡美术馆中，有两个罗丹的雕像特别吸引我：《青铜时代》与《圣-扬-巴蒂斯特》。它们比其余的格外生动。在周廊中的这位作家的别的作品自然都充满着真，它们也有肉感，也有呼吸的气息，然而上述的两个像却是动的。

有一天，在大师的默东工作室中，我把对于这两个像的钦佩之忱告诉了他。

"是的，"他和我说，"它们原来可以算在我最有表情的几个雕像之中。而且我还创作了别的几个，如《加莱市民》《行走的人》《巴尔扎克》①。它们的动作都一样地显明。

"就是我没有十分着重动作的作品中，我终想表现几分姿态的倾向，我极少表现完全的休息。我常想用筋肉的活动来表出内部的情绪。

"甚至在胸像中，我也给予它几分内部倾向的表情，以使面貌的神气更有意义。

"没有生命，即没有艺术。一个雕刻家不论是表现快乐或悲

----

① 《青铜时代》*L'Age d'Airain*,《圣-扬-巴蒂斯特》*St - Jean - Baptlste*,《加莱市民》*Bourgeois de Calais*,《行走的人》*Homme qui marche*,《巴尔扎克》*Balzac*，都是罗丹的名作。

罗丹艺术论

哀,或某种情绪,他只有在他的作品有生命的时候,才能感动我们。否则一草一木的喜怒哀乐,与我们又有何干?可是艺术中生命的憧憬是全靠模塑与动作两个条件的。这两样好像是一切美丽的作品中的血与气。"

"吾师,"我向他说,"你已和我谈过模塑了,而自此我觉得更能领会雕塑上的杰作。我现在想请你谈一谈动作,我想这也是一个很重要的问题。

罗丹:《行走的人》,铜,1878年

"当我看见你的《青铜时代》的那初醒的人物,肺叶中充塞了新鲜的空气,举起臂来,或是你的《圣-扬-巴蒂斯特》,似乎要离开他的底座,到世间去宣传福音的光景。那时我才不胜惊讶叹赏。我觉得你好像有一种魔术,会使你的古铜如此生动。此外我常在鉴赏你前辈的大作,如吕德的《纳将军》与《战歌》①、卡尔波的《舞》与巴里的《野兽》②,我却从没有找到一个充分的理由来解释,为何这些雕像有如是感动我的魔力。我常自想为何这些黄铜白石栩栩欲生,为何实际上是死的形象,看来都有表情,甚至有强烈的激动。"

---

① 吕德(1784—1855),法国浪漫派大雕刻家。《纳将军》Maréchal Ney 是他的著名雕像之一。《战歌》是巴黎凯旋门上的一座浮雕之名。
② 卡尔波(1827—1878),法国大雕刻家。《舞》la Danse 是他为巴黎国立歌剧院所做的雕像之一,巴里(1795—1875),法国动物雕刻家,作品以生动著称。《野兽》les Fauves 为其杰作之一。

罗丹:《巴尔扎克》,石膏,1892—1895 年

"既然你当我是魔术家,那么,我将很荣幸来解释这迷人的秘诀,不过要来解释怎样才能达到这种目的,比要我实地工作更难。

"第一要知道动作是这一个姿态到另一个姿态的过渡。

"这句简单的话似乎是一种术语或口诀,但实际上的确是这种神秘的钥匙。

"你一定读过奥维德的诗中歌咏的达佛涅怎样变成月桂树、波罗岩和燕子的神话①。这可爱的作家描写达佛涅身上盖满了树叶和树枝,波罗岩的四肢都长满了羽毛,使我们一方面看到是已经变胎的妇人之身,一方面是将要变成的树或鸟。你当也记得但丁描写地狱中的一个缠住罪人的蛇,蛇变人身,人化蛇形。这大诗人的天真的叙述,使读者一步一步紧跟着这战斗与变化的过程。

"画家或雕刻家之使他的人物有动作,正是这一类的变化。他描写这一个姿势到另一个姿势的变化的过程。他指出第一个姿势不知不觉地转移到第二个姿势的程序。在他的作品中,人们可以看出一部分已经过去的动作,同时又可认出一部分将要实现的动作。

"举个例吧。

"你刚才说到吕德的《纳将军》像,你还记得那像的大概吗?"

"是的,我还记得,那位英雄正举起腰刀,向着军队大声喊着'前进'。"

"很对,那么你下次经过时,可再看清楚些。

"你要注意:将军的两腿与握着剑鞘的手是他拔剑的姿势,故左腿后退,因为要使右手便于拔刀,至于左手仍还举着,好像他擎

---

① 奥维德,有名的拉丁诗人,生于公元前四十三年,殁于公元十八年。达佛涅是他诗中取用希腊神话的人物。

着刀鞘,便于把刀拔出的样子。

"现在来研究他的上半身吧。当他拔刀时,他是应该微向左侧,然而他即刻挺起腰来,鼓着饱满的胸部,头旋向着兵士发攻击的命令,右手在空中扬着刀。

"你可以在此证实我以前的话,这雕像的动作,只是第一个拔刀的姿势到第二个呼号杀贼的姿势的中间的变化。

"艺术表现姿态的秘密全在于此了。我们可以说,一个雕刻家令人跟随一个人物的动作的发展。在我们刚才所取的例子中,眼睛一定从两腿看到高举的手臂,在这样一段过程中,我们可看到雕像的各部分表现着先后衔接的时间,而就有看到一个动作完成的印象。"

吕德:《纳将军》,大理石

在室中一隅正放着《青铜时代》与《圣-扬-巴蒂斯特》的两个泥塑。罗丹请我去看。

立刻,我悟到他解释得有理。

在第一个泥塑《青铜时代》中,我注意到有与《纳将军》像的自下而上的动作。这没有完全觉醒的青年的两腿还是软软的,几乎是站不住的样子,当我们的目光渐渐移向上面时,我们看到他的神情渐渐镇定起来,肋骨在皮下挺起,胸部也膨胀,脸向着天,两臂欠伸,有如在驱除睡魔。

这样是表示一个人从朦胧到觉醒、到行动中间的过程。

这个迟缓的觉醒的姿势并有象征的意义,正如作品中题目所昭示:

罗丹:《青铜时代》,铜,1876 年

罗丹:《圣-扬-巴蒂斯特》,铜,1878年

这是苍茫太初的人类的第一次的心灵震撼,这是由史前浑噩时代转到开化后的第一次的理性的觉醒。

我接着又同样地去研究《圣－扬－巴蒂斯特》①这样的节奏,正是罗丹所说的两个姿态中间的进化。他的人先是着重在用全力踏在地上的左足,像要把大地踢向后去的神气;但当我们慢慢看到右面的时候,觉得右足正有走路时摇摆的模样。在这种倾向的全身,接着把右腿用力跫向前去。同时,微微高起的左肩,好像要提起上身的重量,而留在后方的左足,也正有拔起来走向前去的情景。作者的奇巧,是要使观客的目光跟着我所讲的次序,使过程的先后,给人以"动"的印象。

且《圣－扬－巴蒂斯特》亦与《青铜时代》一样含有道德的意义。先知者的行动简直是庄严的仪式。我们如那《纳将军》像一样可以听到他的足音。神秘的,无上的力在激动我们。这通常是最平庸的步履的姿势,在此却变为庄严伟大了。因为这是完成他神圣的使命的动作。

忽然罗丹问我:"你有没有仔细观察过照相中用快镜所摄的走路的人?"

在听着我肯定的答句后,他又问道:

"那么你看到他们是在何种情状之下?"

"他们从来没有向前走的样子,通常他们站在一只脚上不动,或者是一只脚吊起在空中。"

"很对!可是我的《圣－扬－巴蒂斯特》是两脚都站在地上

---

① saint－Jean－Baptiste 是耶稣之前的先知者,他预言耶稣的诞生,也是他为耶稣行洗礼的。故罗丹此像即以之代表神使者的象征。

的,如用快镜去摄一个同样姿势的人,其结果也许是后脚已经提起而举向前面了。再不是,如照相中的后脚和我雕像中的后脚在同一的姿势中,那么,他的前脚一定还没有落地。

"然而,正因为这个道理,故照相中的行动的人物,有这般奇怪的形象,好像一个人在走路时突然风瘫了。正如佩罗的童话中所讲《睡美人》的仆人,突然在侍奉的当儿僵直了的故事一样①。

"且这也和我刚才所说的艺术的动作的话相合。如果,用快镜摄下的人物,确是在人所行动时摄下的,但看来总像吊起在空中一般。因为无论你用二十分之一秒,甚至四十分之一秒摄下的动作,总不能有像艺术中所表现的姿势的渐进的程序。"

"我很明白,吾师,但是似乎——恕我冒昧——你自己矛盾了。"

"怎么矛盾?"

"你不是几次三番说艺术家永远应该用了最大的忠诚去临摹自然吗?"

"无疑的,我还是坚持着这条定律。"

"那么,在再现动作这一点上,就与照相发生了绝对的龃龉,既然照相是一架机械,一个科学的证人,那么艺术家在此不是改变了真理?"

"不,"罗丹答道,"艺术在此是真确的,而照相是错误的,因为实际上时间是不定歇的!如果艺者要表现一个在几分钟内经

---

① 佩罗(1628—1703),法国十七世纪之文学家,以童话著名。

麦布利基:《奔驰的马》,连续摄影,1872 年

过的姿势,他的作品一定不会如科学的机械,把时间突然割断了以后所发生的那种形象。

"而且正因为这个道理,故现代画家以快镜所摄的奔马作为参考而画的《奔马》是不真确的。

"人们批评热里科①,因为他在罗浮的《埃普松赛马》图上,把马画成后脚向后,前脚向前,人们说照相上永没有这种奔马的姿势。实际上,快镜所摄的奔马,当前脚投向前去之时,后脚在给予全身一种推进之力之后,已有充分的时间重新提回到腹下,再做第二个推进的准备,故四条腿在空中是保持着同一个方向。因此在照相上看来,这动物好像从平地跳起,而就在这姿势中僵死了一般。

"然而,我想的确是热里科有理。观客眼中的奔马,先看到它的后脚才完成了推进的动作,再看到全身的向前投射,最后是前

---

① 热里科(1791—1824),法国浪漫派的先驱画家。《埃普松赛马》Course d' Epsom 与《梅底士之筏》Radeau de Méduse,并称杰作。

脚的往前飞奔。这全体的形象在瞬间内,即同一时间内,是谬误的,在时间的先后上却是真确的,而也就是这唯一的真确,我看得重要,因为我们不能在一刹那间看到各种先后不同的动作,而只能依了在先后不同的时间,看到各种演进的姿态。

"更要知道画家或雕刻家在每个形象中表现着一个动作的先后的次序之时,他们并不是用了理智,意识地做的。他们全然天真地表白他们的感觉。他们的心灵与手也是跟了这姿势的自然趋向而活动,故他们是本能地再现动作之发展。

"在此,如在整个艺术的领域一样,忠诚是唯一的规律。"

我沉默了一会,体味着他的话。

"你还不完全相信我的话吗?"他问。

"不,我承认你的话有理……不过,在叹赏画家与雕刻家能在一个形象中表现出好几个时间的这奇迹时,我要问在时间的表现上,艺术与文字——尤其是戏剧,能够媲美到若何程度?

"老实说,我想这个比较是不一定能成立,在表现时间的境界内,执着画笔与捏着泥团的先生们一定要让运用动词的先生们一步。"

他答道:

"我们的劣势并不如你所说的那么厉害。如果绘画与雕刻能使它们的人物有动作,那你也不能禁止它们作进一步的试探。且有时竟可与戏剧的艺术分庭抗衡。例如在一幅画面上或一组人物中,表现几幕先后发生的事实。"

"是的,"我和他说,"但这是一种变相的鱼目混珠而已。因为我想你意思中是指那古代的构图,把一个人的故事,在一幅画面上,用几

华托:《发舟西苔岛》,油画,1718—1719 年

幕不同的情景再现出来。

"例如,在罗浮有一幅小小的十五世纪的意大利画,叙述欧洲的传说。我们先是看到一个年轻的公主在百花争妍的草地上嬉戏,同伴们挟着她上朱庇特的公牛,远处,这位女英雄骑上神畜在波涛中露着惊惶之色。"

"这是,"罗丹说,"一种十分原始的画法,然而这就是被大师们所采用的,这同一个欧洲的寓言,即经韦罗内塞在威尼斯爵村中用同样的方法描写过的①。

"虽然有这个缺点,《加利阿利》这幅画仍不失为杰作,况我原意也不是指这种幼稚的画法,你也想得到我是不赞成的。

"为使你易于明了计,举一个例吧。我先问你脑海中有没

---

① 韦罗内塞(1528—1588),意大利威尼斯派大家,以明媚鲜艳的色彩著名。

华托①的《发舟西苔岛》这幅画的印象?"

"我觉得它如在目前呢。"

"那我不难解释了。在这杰作中,只要你稍为留神,便可看到它的动作自右端的前景一直到左端的远景。

"在画的前景,我们先看到在树荫下,一座簇拥着玫瑰的雕像旁边的一对情侣。男子披着一件斗篷,上面绣着一个破碎的心,象征他的远行的情绪。

"他长跪着在求她,她却淡然地终自不理——也许是故意装得这样子——神气似乎专属在她的扇子的图案上。"

"在他们旁边,"我说,"一个小爱神裸着臀部坐在箭筒上。他觉得那少妇太作难了,故拉着她的裙角,叫她不要再这般执拗下去。"

"正是这样。但此刻,旅行的杖和爱情的经典还丢在地下。
"这是第一幕。
"第二幕看来像在这一对的左面,又是另外的一对。情妇握着男子的手在地下站起。"

"是的。我们只看到她的后影,她的玉色的颈窝,是华托用了极富肉感的色彩所描画的。"

"稍远处是第三幕:男子挽着他的情人的腰,她回首望着女伴们还在延宕的情景,不禁怅惘起来。但她却任着男人扶着向前。
"现在大家都同意下滩了,他们你挽我扶地走向小船,男子们

---

① 华托(1684—1721),法国十七世纪末期大画家,以描写牧歌式的爱情为特长。

也不用祈求了,此刻反而被女人们牵掣着。

"末了,征人扶着他们的女伴,踏上在水中飘荡的小舟,桅上的花球与纱幕在风中飞舞。舟子靠在桨上预备出发了,微风中已有爱神在盘旋着,引领征人们向着天涯一角的蔚蓝的仙岛上去。"

"我看你真爱这幅画,最微细的地方也记得那么清楚。"

"这是令人不能遗忘的喜悦。

"但你有没有注意到这幕哑剧的演进的程序?真的,这是戏剧呢还是画?竟有些难说了。只要他欢喜,一个艺术家不特能表现瞬间的举动,且能表现——照戏剧的术语说来——一个长时间的动作。

"他只要把他的人物配置得令人先从动作的开场看起,接着,动作的继续,末了是它的完成。

"你要不要我再举一个雕刻上的例子?"

他打开纸夹,找出一张照片来。

"瞧,"他说,"这《战歌》,这是强有力的吕德为凯旋门所作的柱脚雕塑之一。

"同胞们,杀敌!戴着铜盔,两翼飞张的自由神呼号着。她的左臂,在空中高举着,仿佛在勇气百倍地鼓励着兵士,右手把剑端指向敌人。

"无疑的,人们第一先看到她,她笼罩着全作品,像准备飞奔的胯裂的两腿,是这篇悲壮的战歌的主要音调。

"我们真像听到她的热狂的呼喊,如欲震破我们的耳鼓一般。

"她振臂一呼,战士们立刻蜂拥而前。

"这是第二段了:一个长发如狮首的高卢人扬着头盔如向这

吕德:《战歌》——1792年志愿军出发,灰石浮雕,1183—1836年

位女神致敬。他的年幼的儿子请求要跟随他出发,他握着剑似乎在说:'我已有力了,我也成人了;我必须一同出发!'他的父亲用着又骄傲又慈爱的眼光望着道:'来吧!'

"动作的第三段:一个伛着背的老兵在拥挤的人群下挣扎着赶上大众。因为凡是有勇力的人都得效死疆场。另外一个想同走而已衰颓的老兵做着手势,以他的经验指导他们。

"第四段:一个箭手俯在地下弯弓,号手向着全军吹响激昂的军调。狂风震撼着军旗,刀枪剑戟一齐射向前面,军令已下,争斗开始了。

"这里又是一个真正戏剧的构图在我们面前映演。《发舟西苔岛》令人想到华美细腻的喜剧,《战歌》却是高乃依式的伟大的悲剧①。我也不知到底偏爱哪一个,因为在两件不同的作品中,有着同样而等量的天才。"

他带着几分狡黠的神气望着我,说道:

"我想你不再说雕刻与绘画不能和戏剧相比了吧?"

"当然不了。"

这时候,在他把《战歌》的相片重放到纸夹中去的当儿,我瞥见一张他的可惊的大作——《加莱市民》的照片②。

"为证实我确已领会你的教诲起见,请允许我把你的理论应用于

---

① 高乃依(1606—1684),是法国十七世纪拉辛的前辈大悲剧家。他的作品与拉辛的并为近世古典悲剧之宗.故有近似他们作风的作品,即称为高乃依式的或拉辛式的。
② 《加莱市民》Bourgeois de Calais,加莱为法国北方布洛涅省之商埠,与今荷兰为邻,地临英吉利海峡。英法百年战争中(1337—1453),加莱城为英王爱德华三世军队所迫,市民坚守待援,城中粮尽,欲请降,英王以市民推举六人为代表受绞刑为条件,否则全城焚毁。加莱市民即此代全城受刑之英雄。旋蒙英后特赦免死(1347),罗丹所作雕像,系加莱市政府为此六人所建之纪念像。

罗丹:《加莱市民》,铜,1884—1889 年

你的大作上去吧。因为我觉得你的主张，你自己已实际应用了。

"在你的《加莱市民》中，可以看出与华托及吕德的杰作有同样的戏剧的程序。

"你的站在中间的人最先引起我的注意，这自然是圣皮埃尔的尤斯塔斯（Eustache de St – Pierre）。他的郑重虔敬的披着头发的头颅低着，他绝不犹疑地、果敢地向前，眼睛向内，省察他的心魂。如果他有些迷蒙的气色，那是因为他在围城中久挨饥饿之故。感应其余的人的是他，第一个投效为牺牲者的也是他，因为只有依了敌人的这个条件，才能免屠城的惨杀。

"在他旁边的市民并不是缺少勇气，他不为自己痛哭，不为自己怜恤，只是悲痛城邦的乞降。手里拿着要去送给英国人的钥匙，想在这种令人寒栗的情景中鼓起勇气，浑身都僵直了。

"在他同列的左方，我们看到比他们较为颓丧的人，他似乎走得太快了，可说他在决心就义之后，竭力希望行刑的时间快些临到。

"他们之后，一个两手捧着脑袋的人，表现完全绝望的情调，也许他在想到他的妻子儿女，以及他死后一切穷茕无靠的亲人。

"第五个人在搓着眼睛，像要驱遣一个骇人的噩梦一般，他给死威吓得步履蹒跚了。

"末了，第六个市民比诸人特别年轻，他更显得仓皇失措、重忧的脸色，也许是他的情人的印象在把他煎熬吧……但同伴们在向前，他也只得跟着，颈子伸长着，如等待着运命之斧。

"虽然后三个加莱人没有前三个加莱人那么勇敢，但也一样值得我们敬重，因为他们的代价愈是大，他们的牺牲精神愈是可佩。

"在你的《市民》中，人们是这样地紧随了他们或紧张、或镇静的动作。而他们的动作，是以圣皮埃尔的尤斯塔斯的态度为中心，且是依了他影响于别个同伴的精神的程度如何而定。他们渐渐为圣皮埃尔的精神感动了，镇静下来，终于大家果敢地向前去。

"也就在这里，是你应用艺术上的戏剧的价值最为成功的地方。"

"假使你对于我的作品的夸奖不是太过分的话,我可以承认,亲爱的葛赛尔,你完全领会我的用意了。

"你尤其懂得我的市民的排列,是依了他们的牺牲精神的程度而配置。为使得这用意格外显明计,我本想把我的雕像一个一个依着先后,排立在加莱市政厅前面,好像一串代表痛苦与牺牲的生动的念珠。

"我的人物将从市政厅出发,向着到爱德华三世的行营的道上。这样,今日在雕像旁肩摩踵接的加莱人,可更加感到这些英雄的义烈的可佩。这才将是一个动人的印象。但人们拒绝了我的计划,只把他们放在一个石座上,又平凡又浅薄。"

"艺人,"我和他说,"是永远为流俗的见解所拘束。太幸福了,如果他能实现其美梦之万一!"

第五章　素描与色彩

罗丹的素描,画得很多,有时用钢笔,有时用铅笔。以前,他用钢笔画轮廓,再用画笔染上明暗。这样素描像是阴雕的拓本,或一组阳雕的人物,是纯粹雕刻家的视觉①。

以后,他又用铅笔来画人体,加上一层肉色。这种素描比第一种更为活泼,其姿态没有那么呆滞而更为飘渺。这比较是画家的视觉了。其线条有时是十分奔放,甚至一个人体可以一笔勾成,于此可以看出艺人的躁急,唯恐要放过稍纵即逝的印象。皮肤的颜色只是三四下急促的笔端在上身与四肢上扫过,等到浓淡的颜色干燥之时,便简略地显出模型的痕迹。他的笔是这么犷野地舒卷过去,也无暇顾及落笔时所滴下的点点的颜色。这速写是记录最快的姿势,一个在半秒钟内仅能抓住的全体的动作。这已不再是线条或色彩了,而是动作,而是生命。

最近,罗丹继续用他的铅笔,而废止画笔。他欲表示阴影,只以手指揩摩轮廓线而出。这银灰色如云雾般包围着形体,他把它变成轻灵淡泊,如非现实的一般:他把它化溶于诗意与神秘之中。我觉得这最后的习作为最美,它们是光耀、生动、充满着爱娇。

我好几次在罗丹面前赏鉴他的素描,我就和他说它们与那些诗人

---

① 阴雕(Bas‑relief),阳雕(Haut‑relief),总称为浮雕。

欢喜的细腻的素描如何不同。

"的确,"他答道,"庸众所欢喜的是毫无表情的纤巧,与矫伪自命为高雅的姿态。他们全不懂大胆的省略,因为要抓住全体的真相,故删去一切无关紧要的琐细。他们也不知真诚的观察是轻视如戏上扮演出来的死板的姿势,而只注意现实生活的简单、动人的形态。

"他们在素描方面,造成了许多难以纠正的错误。

"人们以为素描本身就是一种美,殊不知它的美是全靠着它所传达的'真理'与'情操'。人们赞美那些艺术家,因为他们苦心勾描轮廓,把他的人物安插得十分巧妙。人们对着并非从自然中研究出来的姿势出神,称之为'艺术的',只因为这些姿势可以令人回想起意大利模特儿所装出来的娇媚。人们所谓'美的素描',其实只是娱乐庸众的矫饰的技巧。

"素描之于艺术有如风格之于文学。凡是装腔作势,搔首弄姿以炫人的风格,必是最坏的;只有使读者完全沉浸到文中所讨论的问题中去,激动他们的感情而忘记文字的风格,才是上品。

"以素描为装点的艺术家,想使人称誉他的风格的文人,正如穿了军装在街上高视阔步而不肯上战场的兵士,与整天摩擦着犁铧而不去耕田的农夫一样。

"真正的美的素描与风格是令人为它所表现的内容所吸引,而无暇去称颂它们本身。色彩也是如此。实际上无所谓美的风格,正如无所谓美的素描或色彩。唯一的美,即蕴藏的真。当一件艺术品或一部文学作品映现出真,表达深刻的思想,激起强烈的情绪时,它的风格或色彩与素描显然是美的了。但这'美'只在作品反映出来的'真'上。

"人们叹赏拉斐尔的素描,那是应该的,但足以叹赏的并非素描本身,并非几条巧妙地勾勒的均衡的线条,而是它所包含的意义,是拉斐尔眼里所看到、手中所表出的柔美的精神,是从心底流出的对于自然的爱。凡是没有这种温婉的情操的人,只想从乌尔比诺大师①那里学一些线条的韵律,结果徒然成为枯索浅薄的赝鼎。

"我们应该叹赏米开朗琪罗的素描,但也并不是叹赏几条线的本身,并不是他的大胆的省略与精确的解剖,而是这巨人的悲号与失望的热情。米氏的模仿者没有他的心魂而徒然想窃取一些半弧形的姿势与紧张的筋肉,终于是画虎不成反类犬。

"我们的鉴赏提香②的色彩并非单在它的美丽的和谐,而是色彩所代表的意义:只因它能给予我们以统辖一切的富丽的观念,所以它才美。韦罗内塞的色彩之美,是因为他闪闪的银色,引起高贵华丽的纯真之感。鲁本斯③的颜色本身绝无价值可言,如果他的火红色不能令人有生命、幸福、肉感的印象,即将变成空疏了。

"世上恐怕没有一件艺术品,是单靠着线条的均衡,或美丽的色彩的。如果,十二三世纪时的花玻璃的深蓝的天鹅绒的感觉,柔和的紫光与热烈的绯红能感动我们,就是因为这些色调是传达当时人士的对于天国的想望与神秘的默想之故。如果着宝蓝色的安逸花的波斯古瓶是可爱的珍品,那是因为它们的多变的颜色,把我们催眠着,引我们到一个不可思议的神仙的境界中去之故。

"故一切素描、颜色,都是贡献一种意义,失掉了这意义,它们根本就无美之可言了。"

"但你不想,轻视技巧,可使艺术家流于……?"

---

① 乌尔比诺,意大利城名,拉斐尔的故乡。乌尔比诺大师即指拉斐尔。
② 提香(1477—1576),威尼斯画派领袖。
③ 鲁本斯(1577—1646),荷兰画家,以色彩富丽著。

鲁本斯:《帕里斯的审判》,油画,1635—1638 年

拉斐尔:《帕尔维索斯》,梵蒂冈教皇壁画之一

素描与色彩

"谁说轻视技巧?无疑的,技巧只是方法。但艺人如忽略了它,将永远达不到他的目的,永远传达不出情操与思想。这种艺术家将无异于欲奔驰而忘记喂他牲口的骑主一样。

"这是极明显的,如果有了素描,弄错了颜色,则最强烈的情感也将无从表现。解剖的错误将令人发笑,而艺者初意却是想令人感动的。这样的弄巧成拙,是今日年轻艺术家的通病。他们从没下过深刻的研究功夫,故时时刻刻感着力不从心的苦闷。他们的心愿是良好的,然而一只太短的手,一条太粗的腿,一个错误的远景,定要令观众失望。

"要对于形式与比例有深切的认识,要把各种情绪都能得心应手地加以具体表现,这是任何灵感不能替代的苦功。

"我说应该使人不觉察他的技巧,我意中绝非谓艺术家可以不用技巧。

"正是相反,必具有纯熟的手腕,才能表白其所知。自然,在庸众眼里,那些把铅笔或颜色涂得红红绿绿的悦目的画匠,或是专用些奇怪古奥的字眼的文人是世上最伶俐的人物。然而艺术的顶点及其难处,无论是作油画、绘素描,还是写作,都要力求自然,简洁。

"你看一张画,读一篇文章,你全没注意到它的素描、色彩或风格,但你是真被感动到心坎里。那时你可以确信,这素描、色彩、风格,一切技巧都已到了完满的地步。"

"可是,吾师,十分动人的作品有时能不能为某一部分的技巧的瑕疵所累?譬如,人们不是说,拉斐尔的色彩不好,伦勃朗[①]的素描是很可批评的吗?

---

① 伦勃朗(1606—1669),荷兰画派大师,其作风悲哀沉着,与鲁本斯的明媚秀丽的喜悦的调子正是相反的对照。

"人们是错的,相信我吧。

"假如拉斐尔的杰作怡悦我们的心魂,那是由它的全部(素描与色彩都在内)技巧造成的优美。

"看那卢浮宫的小幅《圣乔治》St–Georges、教皇宫的《帕尔纳索斯》Parnasse、南肯辛顿①美术馆的地毯:这些作品的颜色是可爱的。拉斐尔的色彩与伦勃朗的决然不同,但也就是这与众不同的颜色,才能表白他的灵感,是光明鲜艳的调子,才能表白清新、丰盛与幸福的情操。拉斐尔的色彩就是拉斐尔心灵中的永远的青春。它似乎是幻想的,因为乌尔比诺大师所观察的'真'绝非纯粹的物,而是感情的境界:在此,形与色皆为爱的光热所幻变了。

"当然,一个客观的写实者可以批评这种色彩为不准确,然而诗人们却觉得是对的。且如把伦勃朗或鲁本斯的颜色配到拉斐尔的素描上去,一定要变成可笑的怪现象。

"同样,伦勃朗的素描异于拉斐尔,但并不比他逊色。

"愈是拉斐尔的线条柔和简洁,愈是伦勃朗的线条严肃、冲突。

"这位荷兰大师的视觉,着重于衣服的褶皱,老人脸上的凹凸,平民手上的粗糙的硬块:因为伦勃朗所认为美的,只是平凡丑陋的肉体与光明高洁的内心的反映。所以,伦勃朗以外表的丑恶及伟大的道德所造成的美,怎么能与以高雅华丽为本的拉斐尔的美相提并论?

"伦勃朗的素描是完美的,因为完全与作者的思想吻合。"

"这样说来,相信一个艺人不能同时兼具素描与色彩两者之长的念头是谬误的吗?"

---

① 南肯辛顿,伦敦市之一区。

"当然。且我殊不解为何这种偏见在今日会得到多数人的信仰。

"假使一个艺术家能感动我们,那显然是因为他具有一切必需的条件,以表白他自己之故。

"我刚才以拉斐尔与伦勃朗来证明,其实同样的解释可应用于一切伟大的艺者身上。

"例如,人们责备德拉克鲁瓦①不知素描其实是完全相反。他的素描与他的色彩神妙地结合起来,他的素描有时与他的色彩一样的骚动、热烈、激昂,它有活泼的生命,狂乱的情绪;故它是最美的。色彩与素描,不能单独着赏鉴。这是一而二,二而一,原来是一件东西。

"那些一知半解的人的错误,因为他们只承认有一种素描,就是拉斐尔的,或甚至并非拉斐尔而是他的模仿者的,如达维德的,安格尔的……殊不知认真地说来,有多少艺术家,即有多少种素描②。

"人家说阿尔布雷希特·丢勒③的颜色枯索、冷酷。哪里是呢?这是一个德国人,一个普通主义者,他的构图有如论理的结构一般的结实,因为他描绘深刻的人物,故他的素描才有这样坚炼,他的色彩才充实着本人的意志。

"同派的霍尔拜因④,他的素描绝无翡冷翠派的柔和,颜色亦无威尼斯派的明媚,然而他的色与线自有其坚强的力量与严重的感觉,还有他固有的内心的意义。

"大体说来,这般内省甚深的艺术家,素描特别紧凑,颜色也非常严肃,有如数学般真确。

---

① 德拉克鲁瓦(1798—1863),法国最大画家之一,为浪漫派首领。
② 达维德(1748—1825),法国十八世纪末十九世纪初古典派大师。安格尔(1780—1867),达维德弟子,十九世纪大家,与德拉克鲁瓦异派齐名。
③ 阿尔布雷希特·丢勒(1471—1528),德国大画家,以精细刻画著称。
④ 霍尔拜因(1497—1543),德国画家,其肖像画尤为名贵,画风重写实。

"反之,另一般具有诗人之心的画家,如拉斐尔,如柯勒乔①,如安德烈亚·德尔·萨尔托②,他们的线条更为柔婉,颜色也较为温和。

"还有那一辈通常被认为写实者的艺人,意即他们感觉比较外表的,如鲁本斯,如委拉斯开兹③,如伦勃朗,他们的线条格外生动,有时是突进的飞跃,有时是沉着的休息,时而如朝阳的胜利之歌,时而如浓雾般的悠默的低唱。

"因此,天才们表现方法之不同,全视他们的心灵倾向而定。我绝不能说某个画家的素描或色彩较之别一个的为优为劣。"

"好极了,吾师。但是通常习用的艺术家分类,就这般是素描家,那般是色彩家,你将使可怜的艺术批评者受窘了。

"幸而,在你的谈话中,似乎鉴赏者可以得到一个新的分类的标准。

"你说素描与色彩只是方法,应该认识的却是艺人之心,那么我想可以依了他们心灵的倾向,把画家分组。"

"对的。"

"那么人们可以把阿尔布雷希特·丢勒与霍尔拜因当作理论家。另外,以情操为主的画家:拉斐尔、柯勒乔、安德烈亚·德尔·萨尔托作为抒情画家的代表者。另外可以组成一群注意现实生活与活跃的生命的大师:委拉斯开兹、伦勃朗、鲁本斯三杰,可以组成一个最亮的

---

① 柯勒乔(1489—1534),意大利文艺复兴末期画家,画风以温柔细腻富肉感的诗情著称。
② 安德烈亚·德尔·萨尔托(1486—1530),翡冷翠画派大师,其构图与色彩均负盛名。
③ 委拉斯开兹(1599—1660),西班牙画家,以鲜明多样的笔触和微妙和谐的色彩,描绘出物象的质感、光线、空间和意境,成为十九世纪法国印象主义的主要先驱。

柯勒乔:《马格达莱纳》,油画

星系。

"末了,第四组可以聚合如洛兰、透讷①,把自然看作变幻的光的形象的艺人。"

"无疑的,我的朋友,这种分法不失为一种聪明的治学法,它至少要比素描家色彩家的分法高明得多。

"然而,艺术是如是复杂,或可说是以艺术为喉舌的人类心灵是如是复杂,任何区别与分类都不免无聊虚妄。例如伦勃朗有时

---

① 洛兰(1600—1682),法国风景派画家。透讷(1775—1851),英国大色彩画家。

透纳:《兰贝雷斯湖》,油画

是一个卓越细致的诗人,而拉斐尔亦有时为一个严格的写实者。

"努力了解大师,热爱他们,亲接他们的天才;但是留神不要把他们高张为旗帜,如标签之于药瓶一样。"

第六章　女　性　美

比隆庐(Hôtel de Biron)的前身是圣心院,今日则分租给人家作为住房了,其中房客之一便是雕塑家罗丹。他在默东与巴黎都有工作室,但他尤其喜欢这一个。

这实在是艺术家梦想中的最好的居处,《思想者》的作者在此布置着好几间高敞的大厅,壁是白垩的,周围的剜线是金色的。他工作的一间是圆顶的房子,窗子开向美丽的家园。

几年以来,这场地日渐荒芜,然而从蔓草中还可辨认以前围着走道的矮冬青,在虬结的葡萄藤下,还可看到当日油漆支架的遗迹。每届春令,花坛中盛开着鲜艳的花。再没有比人类的劳作在自然中消磨毁灭的沧桑之感更为凄凉的了。

罗丹在比隆庐里终日画着素描。

在这修道院式的隐者生涯中,罗丹每喜独对着年轻少妇的裸体,用铅笔勾勒她们的姿势。

昔日是女修士们教养闺女的地方,今日则是伟大的雕刻家在此表现裸体美:他对于艺术的热情,并不下于当时圣心院修女教育少女们的虔敬。

一晚,我和他一同看他许多的习作,我鉴赏他在纸上再现的各种人体的和谐的韵律。

一笔勾成的轮廓,等于动作的兴奋或弛缓,而他用来揩摩线条的大指,更传出云雾般的模塑之美。

他一面给我看他的素描,同时又回忆起当时的模特儿,他说:

"喔,这一个肩膀真是醉人啊!这条曲线是十全的美,我的素描太呆滞了……我努力尝试……然而!……瞧,我用同一模特儿所作的第二张习作,比较要肖似些……可是还差得远呢!

"再看这一个颈脖,可爱的凹凸,真有飘渺出尘之致。

"这另外一个的臀部,又是如何美妙的波褶!包裹着筋肉的皮肤的温柔之感,真是令人拜倒!"

他的目光沉入回忆的遐想中去了;好像一个东方的隐士在穆罕默德的园中默想。

"吾师,"我问他道,"美丽的模特儿容易找到吗?"

"容易。"

"那么,今日世上的'美'并不稀少?"

"不稀少,我和你说。"

"这美能保存长久吗?"

"它变迁极速。我不说女性美如风景般跟了阳光而转变,但是譬喻却很近似。

"真正的青春,就是成熟的处女时代,洋溢着清新的生命力,全体却显着骄矜之概,同时又似乎畏缩,似乎求爱的羞怯的心理,这个时期只有几个月。

"且不说母性的变形,情热过度的疲劳,足以使身上的纤维与线条很快地宽弛。即少女成为妇人之后,已是另一种美了,还有相当的爱娇,但已没有那么纯洁了。"

"但是,请告诉我,你不以为古代的美超过今日的美吗?你不想现代的女子不能和站在菲狄阿斯前面的媲美吗?"

"绝对不!"

"可是希腊的维纳斯那般完美的……"

"那时的艺人具有慧眼能识得美,今日的艺者

华托:《帕里斯的审判》,木板画,1869年

则是盲人,所谓分别就是这里。希腊的女性固然是美的,但她的美尤其蕴藏在表现她的雕塑家的思想里。

"今日还有同样完美的女性,尤其在南欧,譬如,现代的意大利女子,是属于与菲狄阿斯的模特儿同样的地中海型,这种人的特点是肩膀和盘骨一样宽阔。"

"但是当野蛮民族侵略罗马帝国时,没有因血统暗合而改变古代的美吗?"

"不。假定野蛮民族没有地中海民族那样美,那样的均衡,然而时间也早把这两种血统混合后的缺陷消磨掉,而重新产生古代的和谐,这是很可能的事。

"当美与丑交接时,总是美战胜的。自然依着神圣的律令,永向着优越的路上前进,不息地向着完美的境界走去。

"在地中海型的女性之外,还有北方型的女性,如许多法国女子,及日耳曼、斯拉夫族的女子。

"这类型中的女性,盘骨发达,而肩胛稍狭。扬·古戎的《水神》、华托的《帕里斯的审判》中的维纳斯、乌东的《狄安娜》,便是这类体格①。

"而且胸部前俯,正与古代地中海型的妇人相反。

"总而言之,一切人体,一切人种,都有他们的美,只要你去发现就是。

"我曾很高兴地画过柬埔寨的舞女,当她们随了国王来巴黎的时候。她们细长的四肢,实具有奇异的诱惑力。

"我也研究过日本女伶花子(Hanako)。她绝无过剩的脂肪,她的肌肉结实如狐犬(Fox-terrier)的筋一样。她的腿筋极粗,以至她的骨节亦和四肢一样的粗。她是那么强壮,可以一足举起成直角,一足长久地站在地上,如一棵生根在泥土中的大树。她的解剖全然和欧洲人的不同,但在奇特的力量中是至美的。"

一会儿之后,他又想起一个亲切的念头,说道:

"总之,美是到处有的,并非美在我们的眼目之前付之阙如,而是我们的眼目看不见美。所谓美,便是性格与表情。而在自然中,再没有比人体更多性格的事物。人体或以其力或以其妩媚,幻出多变的形象。有时,像一朵花,曲折的背脊,好比花梗,丰满

---

① 扬·古戎(1510?—1568),法国文艺复兴期大雕刻家,作风近古希腊艺术,精神则为近代的。乌东(1741—1828),法国大雕刻家,所作胸像极多,其中服尔德像尤著。

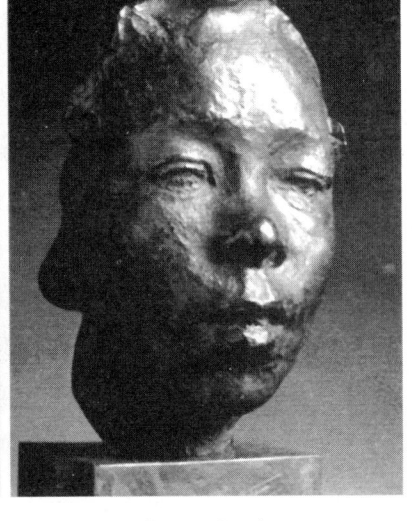

罗丹:《女伶花子》,石膏,1907—1908年

罗丹:《女伶花子》,铜,1907—1908年

的乳房,巍峨的头颅,蓬松的长发,恰似盛开的花瓣。有时,令人想到是婀娜的蔓藤,如一枝细长的蔷薇。你记得尤利西斯对纳西卡说的话么?'看到你,我终感感到是看见了在台罗斯,在阿波罗的宫殿旁边的棕树,从地下一直冲上天去。'①

"古时,微向后弯的人体好似一个美丽的弹弓,如爱神用来射他无形的箭的神弓一般。

"有时,它还像一座瓷瓶。我常常使模特儿坐在地下,背向着我,手臂与腿伸向前面。在这种姿势中,腰部较为瘦削,到臂部又宽阔起来的背影,令人想到颈间充满着未来的生命的双耳尖底罐的轮廓。

"人体尤其是心灵之境,就是这一点造成了它的至美。"

---

① 尤利西斯(Ulysses)是荷马史诗中的英雄,他在特洛伊(Troyes)战胜回来,在海中飘流到纳西卡(Nausicca)女王的国土里,由纳西卡款待他。此系尤利西斯颂赞女主人的诗。

第七章　古代精神与现代精神

日前,我陪罗丹到卢浮宫去,他要去看乌东的雕像。刚站在服尔德的前面:

"多么神妙,这副狡相!"罗丹喊道。
"斜睨的目光,似在窥伺敌人。鼻子尖得如狐狸,像在嗅他周围的可嘲可叹的事物;我们看来这鼻子真是在嗅动。还有那张嘴,真是杰作,它镶在两条幽默的皱痕中间,不知在咀嚼着什么讥讽之辞。
"这生动、单薄、丈夫气很少的服尔德所给予我们的印象,竟是一个狡狯的老妇。"

他默想了一会,又说:

"这副眼睛,真是透明的,发光的。
"而且乌东全体的作品都是这样。这位雕刻家比任何画家或粉画家都更懂得使眼珠透明的秘密。他把它们削凿、割裁,使映现出或澄明、或阴悒的精神的憧憬。在这些人像中,不知有多少种的目光:服尔德之狡黠;富兰克林之爽直;米拉波之威严;华盛顿之严肃;乌东夫人之温柔;他的儿女之天真。

"对于这位雕刻家,目光是占据他表情的大半。他从眼睛里看到人的精神,这精神对他保守不了任何秘密。因此,自不必问他的雕像之肖似与否了。"

在这一句上,我打断了罗丹的话:
"依你的意思,肖似是一个重要的优点吗?"

"当然……必不可少的!"

"可是许多艺术家说,并不肖似的肖像可以是十分美丽。我记得埃内尔①的一段故事。一位太太指摘埃内尔替她画的像不肖似,'唉,夫人,'埃内尔用着阿尔萨斯的口音说,'你死后,你的子孙将以得埃内尔的手笔为荣,更无暇问及它的像不像了。'"

"也许这画家竟说过这样的话,但这种傲慢任性的话不足为训。我不相信这一位天分很高的艺人对于艺术竟有如是谬误的见解。

"且也须明白肖像之应该肖似,是在哪一点上。

"假使艺术家只图再现外表的形象,如照相师一般只把脸上的线条准确地临摹起来,而绝无性格之表现,那么他绝对不配人家的赞赏。他应得探求的肖似是灵魂的肖似,只有这个是重要的,也就是这个为艺术家所应参透外表的脸相而到内心寻找的。

"一言以蔽之,一切线条都要能表白,就是要能起到内心的传达。"

"但脸容有时不会与精神抵触么?"

---

① 埃内尔(1829—1905),法国画家。

乌东:《坐着的服尔德》,陶塑,1795年

"从来不会。"

"可是你不记得拉封丹①的教训吗？'切勿以貌取人'。"

"这句格言，我以为只是对浮浅的观察者说的。因为外表只能欺骗匆遽的观察。拉封丹写一只鼹鼠把猫当作和善的动物；但他讲的是鼹鼠，是没有头脑的蠢物。任是谁，只要仔细研究猫的相貌，便知在装着瞌睡的神气之下，隐藏着残暴的本性。一个善观气色之人，能立辨这是假意逢迎或是真诚的好意。这正是艺者的责任：揭发真理，当真理被外表蒙蔽之时。

"老实说，艺术的领土中，更无比肖像或半身像更深入人之内心的了。有人想艺术家的事业，手技比智慧更为重要。只要看一个上品的胸像，便可证此言之虚妄。一个完美的作品，足与一部传记相等。例如乌东的半身像，犹如一章的回忆文字，有着时代、种族、职业、个性等等的明白的记载。

"瞧，服尔德对面的卢梭。目光中含有无限精微的气息，那是十八世纪诸人物的共同性格。他们都是怀疑者，他们批评从古以来认为天经地义的'道理'；他们都有监视的目光。

"现在看他的出身，这是一个日内瓦的平民。服尔德愈是贵族文雅，卢梭愈是粗野，而简直可说是鄙俗。前突的颧骨，短鼻，方腮，可以看出他是一个钟表匠的儿子，曾当过仆役的人。

"他的职业是哲学家。额角前俯，深思的标记。头上围着古典式的头巾，是追怀往古的精神，一副不修边幅的容貌，头发蓬乱，有些像希腊哲人第欧根尼或迈尼普斯②，这是一个'回返自

---

① 拉封丹(1621—1695)，法国古典派作家代表。著作以寓言为主。
② 第欧根尼(前413？—前320)，古希腊自然主义哲学家。迈尼普斯亦为同派希腊哲学家。

然'与提倡原始生活的宣教者。

"至于他的个性,在全部皱缩的面孔上,显出是个憎恶人间的人,虬结的眉毛,额角上忧郁的皱痕,表示是一个被虐视而多怨愤的人。

"我问你这是不是《忏悔录》的最好的注解?

"再看米拉波:

"[时代]态度烦躁,头发凌乱,衣饰不正,革命的气息在这跃跃欲动的志士身上吹过。

"[出身]一副统治者的相貌,弯弯的眉毛,高爽的额角;这是过去的贵族。但颊上无数的痉瘝,埋在肩胛中间的颈项,那种德谟克拉西的气味,表示他对于第三等级的同情。

乌东:《服尔德胸像》,大理石,1781年

"[职业]立法议员。向前就着扬声筒,且为广布他的演词起见,米拉波的头微微举起,因为他如大半的演说家一样,身材是很短小的,因为他是演说家,故胸部特别发达。目光不注射一人,而在群众身上。这是不确定而又极威严的目光。告诉我,在一个头部的雕像上,具有引起全场群众,甚至全国百姓谛听他的那种力量,不是可惊吗?

"[个性]那肉感的唇,双叠的下巴,颤动的鼻孔,你可以看出此公的道德的缺陷:放浪的习惯与享乐的需求。

"一切都完备了,我和你说。

"乌东的全部胸像,都可用同样的方法来解剖。

"瞧,这富兰克林像,凝视的神情,向下微宕的面颊。这是一个工人出身的人。使徒式的长发,宽和的态度:这是一个民众道德家,这便是《善良的理查》①。倔强的头角,微向前俯,这证明富兰克林这力学致身的博学者,终竟解放他的国家的大无畏的精神。在眼角与唇边落着诡谲的神情。在此,乌东不受制于整体的厚重,能用速记式的写法来揣摩制胜英国殖民政策的精明的'外交家富兰克林'。

"瞧,这是活灵活现的近代美国始祖之一。

"在这些美妙的雕像中,半世纪来的史实,不是都宛然如在目前吗?"

我首肯着。
罗丹又接下去说:

"如上品的记叙文一样,这些黄土、白石、紫铜的'回忆文字',是用了活泼的风格、轻灵的手腕编辑就的,是用了伟大、坦白的心灵组织成的,乌东是一个没有贵族偏见的圣西蒙②,与圣西门有同样的超脱,而比他更为大度。神圣的艺人!"

我很热情地在面前的雕像上证实罗丹的箴言。
"这不是很容易的吧,"我和他说,"要这样透人心灵之深处。"

"自然啰。"罗丹答道。接着,带着嘲弄的口气说:

---

① 富兰克林(1706—1790),为美国对英独立运动中的重要人物。他著有《善良的理查的学问》*Licence du Bonhomme Richard* 一书,极为流行。
② 圣西蒙(1675—1755),法国路易十四朝的大史家。

"可是一个艺人在塑像或画像时的最大难处并不在他的作品本身,倒是在叫他工作的主顾。

"真是奇特而又无可奈何的事,叫人替他画像的人,总欢喜抑制画家的天才。

"很少的人能认识自己的本来面目,且就是认识了,艺术家真诚地予以表现出来,他又老是不满意。

"他要艺术家把他表现得最中性最一般。他要成为有官阶的或上流社会的偶像,要把他的自我完全抹杀而专去表彰他在社会上的身份和地位。这样,他才欢喜,做法官的要有黑袍子,做将军的要有金线的制服。

"人们看到他的内心与否,他简直不理会。

"因此一般庸俗的画工,或制作胸像的雕匠,所专事描绘的那些主顾们的毫无个性的外表,和官气十足的举止形态,倒是受群众的欢迎,因为他们替他们的模特儿,加上富贵尊荣的面具。雕像或画像愈是做作得厉害,愈像一个呆板的泥娃,而主顾却愈是满意。

"也许并不总是如此。

"有些十五世纪的诸侯,却很愿意给皮萨内洛在勋章上雕着或如古代东方的哺乳动物,或似一只大鹏的模样①。无疑的,他们觉得不与任何人相似是很可骄傲的事,或是爱艺术,尊重艺术,故他们接受艺者的坦白的精神,如接受祭司所赐的惩罚一般。

"提香也毫不迟疑地画出教皇保罗三世的松鼠似的面相,查理五世的统治者的威严,弗朗索瓦一世的荡逸,然而提香的声名较之那些帝王的有增无减。委拉斯开兹把他的君主腓力四世画得很漂亮,但极无用,且也不掩饰他的下垂的鸟喙,然而腓力待他仍是十分宠幸。是这样,西班牙的这位君主,才在后世被称颂为'天才的保护者'。

---

① 皮萨内洛(1395?—1455),意大利画家与镌章家(镌章即在金属的圆片上刻上人物,法文名叫 Médaille,有时可译作勋章)。

"但今日的人,生来就畏惧真理而崇拜谎言。

"甚至当代贤明之士,亦有反对艺术的真诚者。

"似乎在雕像中表现了他们的真面目,会使他们发气,他们只求像一个理发匠的神气。

"同样,最美的妇人(就是她的线条最有风格的),也不愿一个能干的雕塑家把她真正的美表现出来。她只要有一副无意义无表情的泥娃似的面貌。

"所以要做成一个好的胸像,必得经过一场艰苦的奋斗。最要紧的是不能示弱,要对得住自己。如果作品被拒绝了也无妨,也许是更好,因为在这等不讨人欢喜的作品中,常藏有特别优越的美点。

"至于主顾,虽然快快地接受了一件成功的作品,但他的快快之意不久也会消灭,因为识者自会来称贺他的胸像,而他自己也不禁赞美起来。于是他用着最自然的态度宣称,他是一向觉得这雕像是至美的。

"此外,友谊的为亲戚朋友所作的胸像是最好的。不但因为这模特儿是你认识的,最亲切最挚爱的人,而且因为这件工作是义务的,故你更能放胆做去,无所顾忌。

"而且就是你把一座名人的雕像以捐赠性质送给他,至美的胸像也要被拒绝,而且这杰作还要被接受的人认为是一种侮辱。在这时候,艺术家当有自信心,只在自己的工作的成功中,去找他的喜悦与酬报。"

这个与艺人有关的群众心理是一个极有趣味的问题,然而,老实说,在罗丹的幽默的语气中,含有无限苦味。

"吾师,"我和他说,"在雕塑家的各种烦恼中,似乎你删去了一桩。

"我要说是为一个绝无表情的人作像,或是他的愚蠢遮掩了他的一切。"

罗丹笑着说：

"这不能算作一桩烦恼，不要忘记我那句格言：在自然中，一切都是美的。只要去了解在我们面前的事物就是。你讲到一个绝无表情的脸孔，然而对于一个艺术家，从没有这一回事，对他是一切人类的头颅都是有意味的。雕塑家表出一个脸上的呆滞无生气之容貌，或是故意做作的憨态，瞧，这已经是一座美丽的胸像了。

"而且，一般人所认为'鄙陋的头脑'，常是一颗美丽的心灵，只因缺少相当的教育而不能显示出来。在这种情形中，他的脸上便有神秘坚强的情态，好像是为薄纱障蔽的智慧的憧憬。

"总之，——还有什么话可说呢？就在一个最无意义的头上，也藏着生命与力量，为艺人产生杰作时所汲取不尽的材料。"

数日后，我在罗丹的默东工作室中看见好几个最美的胸像泥塑，我便乘机问他关于这些雕像的回忆。

他的《默想的雨果》也在那里，奇怪的凹凸的额角，暴风般的头发，如火山似的头颅中喷出来的火焰。这便是沸腾而又沉着的近代抒情诗的面目。

"这是我友巴齐尔（Bazire），"罗丹说，"把我介绍见雨果。巴齐尔初为《马赛曲报》*La Marseillaise* 的秘书，后任《不妥协报》*L'Intransigeant* 的记者。他非常崇敬雨果。就是他发起，由民众为这位八十岁的伟人祝寿。这庆祝，你是知道的，是如何庄严而动人。诗人在住宅前的阳台上向群众致礼答谢，真如一个老祖父祝福他儿孙满堂的家庭。雨果对这庆祝的发起人怀着温婉的感激。就在这个机会中，巴齐尔把我引见雨果。

"不幸，雨果那时正给一个庸俗的雕刻家，叫作维兰（Villain）

罗丹:《雨果胸像》,铜,1897年

的弄烦了,他为做一个坏透的雕像,叫雨果 pose 了三十八次,所以当我胆怯地说出我想替他塑像的意思时,这《默想集》①的作者蹙着他奥林匹亚式的睫毛。

"'我不阻止你的工作,'他说,'但先告诉你,我是不再 pose 的了。我不会为你而改变我的日常习惯,请照你的意思安排吧。'

"我于是就用铅笔迅速地勾了许多速写,以备模塑时的参考。我接着把我的座子和泥土搬了来,但这是雨果接待友人的精致的客厅,这些肮脏的家什只能放在一个玻璃棚下面。你可以想见我工作的困难了。我仔细观察诗人,试把他的容貌铭刻在我的记忆上,于是,突然跑回工作室,把我新得的印象模塑下来。但常常在路上,我的印象渐渐淡漠了,以至到了我的雕塑的座子面前,不能下笔,只好重新回到我的模特儿那里去。

"当我正要完工的时候,达卢②要我领他去见雨果,不幸这老人不久谢世,达卢只能用在死者脸上拓下的塑本来做他的胸像。"

罗丹领我到一个玻璃橱前面,内放着一块奇怪的石头,这是一个穹庐的柱子。依着这石块的形式,罗丹雕着一个人的脸颊与太阳穴成为直角的部分,我认出是雨果的面相。

他问我道:

"你试把我这座像想作是放在一座奉献给诗神的庙堂里的石柱。"

"的确,我不难想见这美丽的感觉。支撑着'诗国'的雨果的额角,是一个时代思想、时代运动的领袖的天才的象征。"

---

① 《默想集》*Contemplations* 是雨果有名的诗集。
② 达卢(1838—1902),与罗丹同时的法国雕刻家,因参加巴黎公社活动获罪,逃亡英国,于一八七九年遇大赦返国。

罗丹说：

"我将把这个意思告诉愿兴建这纪念堂的建筑家。"

近旁，在罗丹的工作室内，有一座亨利·罗什福尔的泥塑。这是一个革命的头脑，凸出的额角如一个好勇斗狠，专和他的同伴们争斗的孩子。前额的头发，如火舌般直往上冲，紧张的嘴边浮着冷笑，上唇的短髭虬结着：这是永恒的革命，也即是批评和斗争的思想。神奇的脸上映现着整个时代精神。

"这也是由巴齐尔的介绍，我才结识亨利·罗什福尔。那时他是巴齐尔任职的报馆的总编。这位著名的文豪竟答应在我面前 pose：听他愉快的言辞，真是感动。但他不能有一刻的安静。他开玩笑地埋怨我对于雕塑的苛求，他说我一次一次的工作，只是在这里加上一块泥，那里刮掉一块泥。

"若干时后，他的胸像得了许多识者的赞赏时，他自己也不禁加入夸奖的谀辞。然而他久不肯相信我的作品就和当日从他家里拿走的时候一样。他不时问我：'你不是大大地改过了吗？'其实，我连指甲都没有碰过一下。"

于是罗丹一手按在胸像的头发上面，一手放在下巴旁边，问我道：

"这样，你感到何种印象？"

"可说是一个罗马皇帝。"

"这正是我要你说的话，我从没遇到过比罗什福尔更古典的拉丁民族。"

古代精神与现代精神

罗丹:《达卢像》,铜,1882 年

假使这位帝政的仇敌①认出他的侧影与凯撒相像②,那真要使他微笑了。

罗丹在几分钟前和我谈及达卢的时候,我脑中就转到罗丹替达卢所塑的(现在卢森堡美术馆)胸像。这是一个高傲顽强的头,细小的颈,如近郊乡村中的儿童,一团艺人的胡子,额上露着不安之色,其革命党的犷野的睫毛,一副民主党的傲慢、狂热的神气。此外,他高贵巨

---

① 罗什福尔是鼓吹第三共和国的重要革命分子,故此言"帝政的仇敌",盖隐指"革命家"之意。
② 恺撒,古罗马大将。

195

大的眼睛,和太阳穴处细微的曲折凹凸,显出他是美的崇拜者。

罗丹告诉我,这个像是他在达卢趁着大赦的机会,从英国回来时作的。

"他从没有把这像拿到手,因为我们的关系在我介绍他见雨果之后变断绝了。

"达卢是一个大艺术家,他的许多雕像,都富有装饰美,可与我们十七世纪的杰作相比。

"如果他没有政治的野心,他所有的创作将尽成杰作了。但他希望成为我们共和时代的勒勃伦,为现代艺术家的领袖,终于没有达到这愿望,他便死了①。

"一个人不能同时兼顾两种事业。你的一切社会上的活动就是你在艺术上的损失。那些政客也并非傻子,当艺术家要和他们抗衡,必得以全力对付政客;而再没有时间去从事艺术创作了。

"谁知道?假使达卢终生安分地在工作室里用功,他也许可以创造神奇的美,举世钦仰的呼声也将在艺术的国土里响亮起来,较之他用尽毕生心计去干政治的结果,相去不啻天壤了。

"但他的野心,也并非全无裨益,因为他在市政厅的权力就替我们这时代争得一件杰作。是他,不惮干犯了当局的意志,叫皮维斯·特·沙瓦纳担任市政厅大梯的装饰②。你是知道的,这位伟大的画家是用了怎样恬淡的诗意来表彰市政厅的壁画。"

这最后的几句话,把我们的会话引到罗丹为皮维斯·特·沙瓦纳作像的故事上去。

认识沙瓦纳的人,一定都感到这样的肖似。

---

① 勒勃伦(1619—1690),法国路易十四朝宫廷画家,与尼古拉·普桑同时。
② 皮维斯·特·沙瓦纳(1824—1898),法国大装饰画家,画风以宁静淡泊的诗意哲理为主。

古代精神与现代精神

"他头角很高,"罗丹说,"他的脑壳坚实而圆满,好像是生来预备戴头盔的。他饱满的胸脯,又似穿惯甲胄的模样。人们一见便会想到弗朗索瓦一世身旁的武士帕维耶。"

在他的胸像中,的确可以看出他是世家望族,宽阔的前额与威严的睫毛,显出他是哲学家,在广阔的颧骨上面闪耀的沉静的目光,表示他是伟大的装饰画家与风景画家。

在许多近代艺人中,罗丹最赞美最敬重这个《圣热纳维耶芙》的作者①。

"说他是生在我们群中,"他喊道,"说这位配站在艺术史上光荣的地位的天才与我们谈过话,我见过他而握过他的手,呵,这真像是握过了尼古拉·普桑的手一样②。"

啊,美丽的赞辞!把现代的人物放到往古,放到历史上最伟大的一列名字中去,而想起自己曾与交接的回忆,觉得无限的欣幸崇拜,这不是对于大师的最动人最虔诚的敬礼吗?

罗丹接着说:

"皮维斯·特·沙瓦纳不欢喜我的胸像,这是我毕生的苦闷。他断言我把他漫画化了,其实我的确把我对于他的热诚与崇拜尽量表现在雕刻中了。"

由皮维斯的胸像,我想到那个置在卢森堡美术馆的保罗·洛朗斯③。

---

① 《圣热纳维耶芙》Ste Geneviéve,系沙氏为先贤祠所作之大壁画。
② 尼古拉·普桑(1594—1665),法国十六世纪初期最大的画家。
③ 保罗·洛朗斯(1836—1921),法国近代最大的历史画家。

圆圆的头,脸肉波动如飞舞,这是一个南方人的气息,古貌岸然,但表情中露着几分粗糙气,双目前瞩,如在远眺:这是民族犷野时代的画家。

罗丹说:

"洛朗斯是我的旧友之一,我曾在他的先贤祠①的壁画中,替他扮过在圣女日纳维耶芙②葬礼中的墨洛温王朝的许多战士中之一。

"他对我的热诚始终如一。是他使我得那《加莱市民》那雕像的委托。自然,这件工作于我物质上是没有什么好处,因为人家付出一个像的代价,而我替他们做了六个铜像。但对于促成我最美的作品之一的我友洛朗斯,我永远保持着深切的感激。

"我非常高兴地塑他的像,他温和地责备我把他的口塑得张开了。我答说依他的头盖骨的构成,他应是古代西班牙维西戈特斯(Wisigoths)种的后裔,这民族的特征是下腭外突。但我不知他是否信服民族学的根据。"

这时候,我瞥见一个法尔吉埃的胸像的泥塑③。

强烈的性格,脸上尽是皱痕与臃肿的皮肉,好比大雨冲刷后的泥土,老兵一般的胡髭,一头短短的浓发。

"这是一头小公牛。"罗丹说。

真是,我留意到他颈项的粗,以至褶皱的肉,如牛颈下面垂着的臃肿的肉一样。方额,顽强地向前俯的头,如准备往前冲撞的模样。

---

① 先贤祠,指法国先贤祠公墓,内有著名雕刻及壁画。
② 圣女日纳维耶芙,法国五世纪抵御蛮族之女杰,如其后百年战争时之贞德。
③ 法尔吉埃(1831—1900),法国雕刻家。

古代精神与现代精神

一头小公牛！罗丹常拿动物来作比。某个长颈呆木的人,则说他如一只东啄西啄的鸟,另一个太作爱娇的人,则说他如一头叭儿狗……的确,这是可以帮助工作的便利,因为我们的思想,常在把所见的事物分门别类。

罗丹告诉我与法尔吉埃发生友谊的经过。

"当文人会①拒绝了我的巴尔扎克的雕像之后,"罗丹说,"法尔吉埃就被委托继续我去担任这工作。但他对我特别表示好感,申说他绝不因此有何骄矜之气。为答谢他这好意计,我提议替他塑像,完工时他评论说是杰作,而且,我知道,他还在人前为我辩护。他呢,也为我塑了一个很美的像。"

末了,我在罗丹那里还看到一个贝特洛的铜像②。

他做这个像,恰在大化学家逝世之前年,这位学者的功业完成了,他想着,他面对着自己,他独自站在给他摧毁了的往古的信仰前面,独自对着他窥破了若干秘密而还保藏着无穷的神秘的宇宙前面,独自临着无垠的天际……深思的额角,低垂的双目,满是悲怆的情调。这个美丽的头,便是近代智慧的影子,求知欲是餍足了,思想也困惫了,终于自问道:怎么好?

我看到的以及罗丹使我回忆到的许多雕像在我脑中渐渐集中起来,我觉得这正是近时代的最宝贵的史料。

"如果,"我和罗丹说,"乌东写了十八世纪的掌故,那么,你编集了十九世纪末的回忆录了。

"你的风格比你前人的更为激昂,更为强烈:表情没有他的飘逸多姿,但更为自然、更为戏剧的。

"崇高雅、尚清淡的十八世纪的怀疑主义,到了你一变而为悲壮的

---

① 文人会,法国最大的文学家团体。
② 贝特洛(1827—1907),法国近代大化学家及大政治家。

绝调。乌东的人物较为和蔼可亲，你的却更为含蓄而深沉。乌东的人物是对着他们的时代制度下批评，你的竟以人生的价值作为问题，而感着不能实现的愿望欲的苦闷。"

于是罗丹说：

"我只想尽我的力。我从未说谎，我也从未想取悦当代的人物。我的胸像常令人不快，因为它老是十分真诚之故。当然，它们自有其值得称颂之点，即是真实。颂赞这真实所促成的美吧！"

第八章　艺术之思想

一个星期日的早上，在罗丹的工作室里，我又站在他最动人的作品中的一个泥塑前面。

这是一个身体苦闷的弯折着的少妇。她好像幽禁在一种神秘的烦恼中。头深深地下垂着，眼皮与口唇紧锁着，说她是睡着吧，然而这愁苦的神情明明是内心的隐痛。

尤其令人奇怪的是她没有臂，也没有腿。好像是雕刻家在不满意他的作品时，把它摔坏了的。我们也不禁为这座有力的雕像竟是残缺而惋惜。谁也要为她这种残酷的断伤呼冤吧。

我不由自主地把这意见告诉了主人。

"你责备我这个，"他诧异地和我说，"这是有意的。她是代表'默想'，故既无手来动作，亦无脚来行走。你难道没有注意到当反省深思到极点，在矛盾中彷徨不决的时候，竟会有寂灭的想望吗？"

这几句话把我引回到最初的印象上去，从此我更能领略这幅图像的高远的象征。

这个妇人是象征人类的智慧遇到了不能解决的问题，为无法实现的理想所苦，对着抓握不住的"永恒"烦恼的情景。腰的弯折是表示思

罗丹:《冥想》,铜,1883—1884 年

想对着无从解决的问题的奋斗与挣扎。四肢的残废是表示爱好默想的心灵之厌恶现实生活。

我忽然想到人们对于罗丹的作品惯有的批评，我就此告诉了大师，看他如何解答。

"一般文学家，"我和他说，"只能赞赏你全部雕刻中所表现的永恒的、不变的真理。

"但有几个批评家正说你文学的感应成分较雕塑感应的更多。他们说你巧妙地赢得文人的称誉，因为你在作品中供给他们很好的资料，使他们得以运用辞令。他们还说艺术是不能容纳这样大的哲学野心的。"

"假使我的模塑不好，"罗丹兴奋地回答，"假使我犯了解剖的错误，假使我曲解动作的含义，假使我不懂如何给白石以生命的学问，那么，这些批评是十二分有理。

"但如果我的雕塑是准确而又生动，他们还有什么话说？而且，如果我在职业的工作之外，再贡献某些思想；如果我在悦目的形式上面，再加上某种意义，他们又能抱怨些什么？

"人们想真正的艺术家可以只为巧匠而不需要智慧的时候，他们真是大错特错了。

"相反，智慧之于他们正是必不可少的条件，即令是画一幅或雕一座用以悦目为务的形象。

"无论一个雕刻家塑什么像，第一先要深切地蕴蓄着大体的动作，第二便须自始至终把中心思想在明白觉醒的心地中维持着；这样才可使作品中最微细的地方，也永远与中心思想有密切的联络。而这个并非不需要很大的思想上的努力。

"有人相信艺术家可以无需智慧，这一定因为有许多艺者对于日常生活隔膜之故。画家雕刻家的传略或轶事告诉我们不少关于某几个大师的天真的故事。但要知道，一息不停地凝视着他们的作品的伟大，常有对于物质生活不甚了然的情形。更要知道，许多聪慧过人的艺者的思想，似乎很狭隘，只因他们拙于辞令，不善应对；而辞令应对，在一般浅薄的观察者眼中，正是文雅灵秀的标记。"

"真是，"我说，"要叫一般人去细心领会画家或雕刻家的头脑的精微及伟大是不可能的。

"但是，回到一个更专门的问题上讲，在文学与艺术中间是否有一条明显的鸿沟，为艺术家所绝对不该逾越的。"

"老实对你说，"罗丹答道，"在这一点上，任何禁止，我都不能忍受。

"我以为，绝没有什么规则可以阻止一个雕塑家依了他自己的意志去创造一件美的作品。而且只有使群众懂得其中的意义，领略到精神的愉悦便是，又何必去问它是文学还是雕塑？绘画、雕刻、文学、音乐，它们中间的关系，有为一般人所想不到的密切。它们都是对着自然唱出人类各种情绪的诗歌；所不同者，只是表白的方法而已。

"如果一个雕刻家用了他自己的艺术手腕达到表现出通常为文学或音乐所能引起的情绪，人们为什么要非难他呢？最近一个记者批评我的 Palais Royal 里面的《雨果》，说已不是雕塑而是音乐了。他天真地说这件作品令人联想到贝多芬的某一阕交响乐曲。天晓得他说的对不对。

"其实，我也并不说，辨别文学与艺术的方法上的异同是毫无价值的事。

"第一，文学有一种特别的长处，可以不必追溯事物之形象就能表白它的思想。譬如说'十分深刻的反省常令人达到无为的境界'，说这句话时，他并不一定要想象一个女子沉入深思默想之中

罗丹:《雨果纪念像》,石膏,1890年

的情境。

"这种巧妙的官能或即是文学在精神领域中比别种艺术占优势的地方,因为它能用了字句直接表白抽象的情绪。

"还有应当注意的,是文学的职务是在于发展某件故事或史实,故有头有尾,有内容。它把各种事物罗织起来而得到一个结论。它必使它的人物有行动、动作,而再记录其行为、动作的结果。它的布局、铺陈,是跟了情节剧的演进而紧凑起来,而它们的价值,要看促进情节的转钮到如何程度而定。

"在造型艺术上就不同了。它永远只表现某种行为中的一阶段。就因为这一点,也许画家与雕刻家之取材于文人的作品是不应当的。艺术家可以表演一件故事之一段落,但必须设想他是知道全个故事的。在此,艺术家的作品要靠了文人的作品才能成立,必须要知道这段落的前后的关键,才能显出这段落本身的价值和意义。

"画家德拉罗什①,依据了莎士比亚或只是根据了莎氏的平凡的模仿者卡西米·德拉维涅(Casimir Delavigne)所作的《爱多亚的孩子们》互相挨挤的一幕。要对于这幅画感到兴味,一定要知道这是皇子们被囚于牢狱之中,而正当谋害的凶手逼近行刺之时的情景。

"德拉克鲁瓦,恕我把这位天才与平庸的德拉罗什相提并论,曾借助于拜伦的一诗,作唐璜的覆舟。图上是表现一只小舟漂浮于怒涛汹涌的海面上,水手们在一只帽子中抽纸签。要懂得这幕悲剧,必得知道这些不幸的溺者,正是请问命运,在他们之中,谁应该牺牲给大家做粮食。

"在取用这些文学的题材上,这两位画家都犯了同样的错误,即他们作品的意义,主要靠了文学的解释才能明白。

---

① 德拉罗什(1797—1859),法国十九世纪浪漫派画家。多作历史画,而偏重文学色彩,为浪漫派衰颓之端。

德拉克鲁瓦:《唐璜覆舟》,油画,1840年

"然而德拉罗什的那幅画的不高明,还是因为它的冷酷的素描,生硬的色彩,与强烈的戏剧情调;至于德拉克鲁瓦的仍不失为杰作,只因为那小舟的确是真实地浮沉于青绿的海浪之上,溺者的脸上,印着饥饿与困倦的痕迹,深沉阴郁的色调预告惨剧之将临。且如果拜伦的诗情好像已被剪削过,那么,在别方面,画家的狂热、粗野、卓越的精神却完全充塞于画面之上。

"在这两个例子上,我们可以得到一个结论,你尽可经过周密的考虑之后,把艺术的取材加以合理的限制,你尽可责备平庸的艺者之不肯循规蹈矩,然而当你看到天才们摧毁一切樊篱的时候,你也要吃惊呢。"

罗丹和我谈话的时候,我的目光忽然移到他工作室中的一座《乌果林》Ugolin 的泥塑上去。

这是一座伟大的写实的像。它与卡尔波的那座决然不同,它也许

罗丹:《乌果林和子孙们》,石膏,1882年

罗丹:《乌果林和子孙们》,画稿

是更为悲怆。在卡氏的作品中,饥寒交迫的比萨大公,看着他将死的儿女们,自己紧咬着手指。罗丹却把这幕悲剧设想得更为深切。乌果林的孩子们已经死在地下,父亲为饥饿所迫,变成野兽一样,匍匐在尸身上,同时又把头猛然回首向着他方。这是饿狼觅食般的兽性,与为父的慈爱的天性,不能设想人相食的情绪在胸中争斗。再没有比这种痛苦更为惊心动魄的了①。

"瞧,"我和大师说,"唐璜的覆舟之外,又是一个好例,足以证明你刚才的话。"

"固然,先要念过但丁的神曲,才能理解你的乌果林所处的困境,但就是不知道但丁的名著的人,见了你的人物在动作上、在线条上所表现的内心的苦闷,也不禁要深深地感动。"

"其实,"罗丹接着说,"像这种著名的文学作品,艺术家取为题材,也不必怕人家不懂了。

"然而我以为画家与雕刻家的作品,最好还是有其独立的意义,因为艺术原可不必借助于文学,即能刺激观众的想象与幻梦。与其作说明诗章的插画,还不如径取不须任何典故解释的,意义极明显的象征。这就是我常用的方法而得到完满的结果的。"

主人这样地指示我,在我们周围的他的作品,就以无声的言语证实他的理论。我看到好几座雕像,都浴着最有光辉的思想。

我一座一座地看着。

我叹赏那座放在卢森堡美术馆中的《思》的复制。

谁不记得那座奇特的作品呢?

---

① 乌果林是意大利古比萨王国的专制君主(十三世纪)。后为人与其儿女同囚禁塔中,任其饿死。但丁在神曲中亦曾描写此悲剧。法国雕塑家卡尔波塑过此像,最后罗丹亦以此为题材,唯描写得更为深刻。表示比萨大公为饥饿所迫,想吃自己儿女的死尸,因人性尚未泯灭而不能遽下毒手。

罗丹:《思》,大理石,1886 年

这是一个秀丽的女性的头像,她线条之高雅与细腻,直臻神妙之境。她的头微微倾侧着,幻想的光辉笼罩着她,有超离人世之概。头巾的边缘仿佛是梦幻的翅翼,可是她的颈项就陷在大块的白石中像一座枷,使她摆脱不得。

这个象征是很易明了的。超现实的"思想",在僵冷的"物质"中飞舞活跃,她的壮丽与崇高,即在"物质"中反映出她的光彩。然而她要想从现实的羁绊中解脱出来,却又不可能。

我又玩味那座《幻想——依加之女》①。

这是一个妙龄的天使。她正欲鼓翅翱翔之际,忽然被一阵风吹落下来,她可爱的脸庞在岩石上砸得粉碎。然而她的翅翼还在空中鼓动:因为她是不死的,故我们猜到她振翼再飞,再飞再跌,永远受着残酷的命运的拨弄。这永远遭劫的"幻想",人类的继续无尽的希望。

我的注意又移到第三个雕塑上去,这是马身人首的 Centauresse②。

这理想之兽的人身,绝望地扑向一个为它伸长的两臂所抓握不到的目标;但它的后足,在土中不能超拔出来,几乎完全陷在泥里的笨重的后部竭力支撑着。这是可怜的野兽的两重不同的天性(半人半兽)的争斗。也即是灵魂的影子,高洁的行动为尘浊的肉体所拘囚!

> "我想,"罗丹说,"在这等作品中,人们很容易体会其精神了。它们不用任何解释,即能直接唤醒观众的想象,然而并不限制想象于一个狭隘的范围中。这些作品所引起的感觉,尽够观众们活跃的心灵自由活动了。艺术的能事即在此。艺术所创造出

---

① 《幻想——依加之女》Illusion, glluion, gill d 'gcie fille d' Icare,依加在神话中,从克列尔岛上的迷阵中用了蜡制的翅翼飞出来。因为太迫近太阳之故,蜡翼熔化了,依加从天空中翻落下来,跌在海里。通常以依加譬喻野心的人。所谓依加之女——幻想,意谓幻想即由野心而来。
② Centaure(阳性),Centauresse(阴性),住在希腊塞萨利亚岛上的半人半兽的野蛮民族,传说谓其常扰乱拉庇泰王国的安宁,后为拉庇泰王庇里托俄斯所击败。罗丹取为题材,盖言此种动物中有人性与兽性各半的心理冲突,以比人的灵肉冲突。

罗丹:《皮格马利翁及其雕像》,大理石

来的形,只是给予情绪一个引子,由此引子,情绪可以由觉醒而扩大,而幻出无穷的变化。"

此时我正站在一组代表《皮格马利翁及其雕像》的白石雕塑前①,这太古时代的雕刻家正紧抱着在他热情压迫下神采飞扬的他那件雕像。

忽然,罗丹说:

"我有一件使你出惊的事,我将把这张构图的初稿给你看。"

说完便领我到一座石膏的塑像前面。

出惊,的确,我有些出惊。他指给我看的作品与皮格马利翁的神话全无关系。这是一个牧神(Faune)疯狂地拥抱着河神(Nymphe)。大体上差不多是相同的,但主题却完全改变了。

我惊奇到沉默出神的情景,不禁使罗丹见了笑起来。

这个发现真有些使我失望:因为和我刚才所看到,所听见的全然相反,这位大师有时竟会如此忽视主题⋯⋯

他简直用着俏皮的神气望着我了。

"总之,"他终于开口了,"我们不必把我们所要表现的题材看得太重。无疑的,题材也有其价值,且能吸引群众,但艺者的思虑却在运用,安置那生动的肌肉。其余的都是小节,可以不论。"

说着,他似乎猜到了我疑虑的焦虑,又忽然接着说:

"你不要以为,我亲爱的葛赛尔,我最后的几句话和我以前的

---

① 《皮格马利翁及其雕像》,神话中,上古雕刻家皮格马利翁恋爱他自己的名叫加拉提的雕像。后经维纳斯赋予雕像以生命,遂与皮格马利翁结为夫妇。

罗丹:《牧神的拥抱》,大理石

论调有所矛盾。

"如果我说一个雕刻家可以只管表现活跃的皮肉,而不必考虑主题,这意思并非说在他的工作中,可以不用思想:如果我声明他不必去寻求什么象征,那也不是说我赞成绝无内心的灵感的艺术。

"实际上,一切都是思想,都是象征。故人的外形与姿态,必然地暗示他心魂的情绪。肉体永远是传达精神的。肉体者,躯壳耳。故在识者的眼中,裸体最富意义。在庄严的轮廓的节奏中,一个大雕刻家,一个菲狄阿斯,能辨出为神的智慧所播满宇宙的澄明与谐和,一个简单的半身像,平静、均衡,充满着康健与喜悦,能令他想到主宰全世界的威权与理智。

"一幅美的风景,其动人处并不只在它呈现的舒适的感觉,而尤其在它隐示的思想上。线条与色彩,其本身并不足以感人,只是藉以寄托深远的意义,方能震撼我们的心魂。在树的侧影中,在林隙间漏出的天空,那般大风景画家,如勒伊斯达尔①,如克伊普②,如柯罗③,如卢梭④,或窥到它的微笑的心境,或严肃的情绪,或勇武或颓丧,或平静或悲戚的境界,各以个人的精神状态而异。

"因为胸中洋溢着情操的艺者,他的想象中从无缺乏天机之事物。在整个宇宙中,他体验到与他的良知相似的灵机,没有一样生物,没有一块化石,没有一朵天上的云彩,没有一片平原的绿草,不把隐藏在万千事物之下的秘密倾诉给他听的。

"你只要看艺术上的杰作,它们的美都是由于艺者自以为在宇宙中探到的神秘及思想之美。

"为何我们的哥特式大教堂这样的美?只因为在一切人生的表现中,在装饰大门的人像上,甚至在柱头饰物上的草木的图案中,都能窥到爱慕天国之情。我们中世纪的画家到处看到'无穷的慈悲',他们天真得把魔鬼的相貌,也画得和蔼可亲,在机诈的面容上,存留着好像与天使同宗的神气。

"你看无论哪一张大师的名画,例如提香、伦勃朗。

"在提香画的所有诸侯的肖像上,那种高傲坚强之概,就是他自己人格的特性。他的富丽的裸妇令人爱好,如见了统治太平盛世的女神一般。他风景画中庄严的古木与绚烂夕照,其高傲处也不下于他的人物。在他全部创作中,都有着贵族的骄矜,这便是他天才的中心思想。

"另一种高傲,在伦勃朗所画的老人的皱缩枯萎的脸上映现

---

① 勒伊斯达尔(1628?—1682),荷兰大风景画家。
② 克伊普(1605—1691),荷兰风景画家。
③ 柯罗(1796—1875),法国近代大风景画家,以富诗意、多情绪的作品为法国十九世纪的风景画别造蹊径。
④ 卢梭(1812—1867),法国大风景画家之一,为巴尔比宗派领袖。风景画自卢梭起方脱离人物画而独立,从此品为绘画上之正宗,开近世风景画大成之端。

着,煤烟熏黑的屋檐,瓶底做的窗扇,都显着高贵的样子,他平凡单调的风景,鄙陋的茅屋,也自有他的光彩:这是微贱的人物在人间奋斗的勇气,这是庸俗而虔诚的被敬爱的事物之圣洁,是人类负起运命的重载而能有充实的生命的表现。

"且大艺人的思想是这般鲜明、这般深刻,他简直无须用整个的面貌来表白。你不论取名作中的任何小部分,你都能认出作者的伟大的心灵。你试把提香与伦勃朗所画的肖像中的手来比拟一下,提香画的手是统治者的手、权威的手,伦勃朗画的却是微贱而勤劳的手、勇者的手。在画面这等微细之处,都有艺者的整个的理想。"

我热心地静听这对于"艺术的精神"的论见的雄辩,但我心中另有一番意见,急待诉说出来。

"吾师,"我说,"固然没有人否认一张画或一件雕塑之能唤起观众的深刻的思想,但许多抱怀疑态度的人说画家与雕刻家自己从来没有这些思想;而是我们把它放进他们的作品中去。他们说艺术家是全靠本能的,有如那些女巫之预言休咎,她们自己却不知在说些什么。

"你的话证明至少在你,你的手确是不息的受命于精神的,但对于一切大师,是否都是如此?在工作的时光,他们是否有思想?他们的意识中,是否明白地感到他们叹赏者所发现的精神的美?"

"我们不用争了!"罗丹笑着说。"有些头脑复杂的鉴赏家常把他们转到牛角尖里的幻想加诸艺者的身上;对于这些人,我们简直不必睬。

"但你可确信,大师们的意识是觉醒的,他们明白自己所经营的事业。"

他耸了一耸肩:

"其实，如果你所说的那些怀疑者，知道艺术家有时是要费了多少心力，才能把他所思、所感，贫弱地表出其万一，那么，他们也不会再疑惑在画面上或雕塑上所明白表现的精神，是否为艺者的良知所要表现的东西了。"

歇了一会，他又说：

"总之，所谓杰作是一件作品，其中再没有浪费的、无意义的部分，它的形、它的色、它的线，一切一切都归纳到大师的心魂的表现上。

"当大师们以活跃的生命赋予自然之时，他们很可能沉醉到自己的幻想中去。

"而且也可能是一种力，一种超乎智慧的意志在指挥他们。

"但，至少，一个艺人在表现他意想中的自然的时光，把他个人的幻梦形成了。

"是这样的，他使人类的心魂更增富丽。

"因为，以他的理想去染色物质的世界之时，他在观众的心中，唤起万千的情绪。他使他们在自己心中，发现从未觉察到的精神的宝藏。他教他们以新的理由去爱人生，以新的内在的光明去烛照他们立身行道的大路。

"他是，如但丁说起维吉尔时所说，他是他们的指导者，他们的师，他们的主！"

第九章　艺术中之神秘

一天早上,我到默东去访罗丹,在走廊里,他的家人告诉我说他病了,在房里休息。

我正预备转身出门,忽然楼梯上面的一扇门开了,我听见主人喊道:

"请上楼啊,我欢迎你呢!"

我立刻接受了这邀请,罗丹穿着睡衣,蓬着头发,趿着拖鞋,坐在炉火前面,这正是十一月里初冬的气候。

"这是,"他和我说,"我一年可以生病的时节。"

"???"

"正是呢!因为其余的时间,我工作既多,杂务又繁,思虑亦不少,真是连呼一口气都不可能。但平日积聚的疲劳,我终无法战胜,每当年终,我必须停止几天工作。"

一面听着他的谈话,一面我看到壁上挂着一个大十字架,上面钉着四分之三裸露的基督。

这是很有美的特征的一个着色的雕像。神的身躯好像一堆圣灵

米开朗琪罗:《十字架》,木雕,1494年

的破衣挂在磔刑的木架上;凌迟了的皮肉,没有一些血色,只变成青紫了,头是无抵抗地、痛苦地下垂着。这样死了的神,好像永不会复活了,神秘的牺牲的终局啊!

"你鉴赏我的十字架吗?"罗丹问我道,"它真神妙,是不是?它的写实的部分,令人想起西班牙布尔戈斯(Burgos)城中 del Santisimo Cristo 寺中的那十字架,那个动人的、可惊可怖的作品,简直像一具真的尸首的标本……

"实际上,这一个基督远没有那般粗野。这身体的与手臂的线条真是如何简洁而调和啊!"

看着我的主人出神的情景,我忽然想起问他信不信宗教的问题。

"这是要看你把宗教这字如何解释而定,"他回答说,"假使人们说信教是循规蹈矩地遵守教规,恪从教义,那自然我是不信教了,而且今日还有谁真是这般信教的呢?还有谁能抹杀自己的理智与批评精神呢?

"但是,我的意思以为宗教并不是一个教徒喃喃诵经的那回事。这是世间一切不可解而又不能解的一种情操。这是对于维持宇宙间自然的律令,及保存生物的种族形象的不可知的'力'的崇拜;这是对于自然中超乎我们的感觉、为我们的耳目所不能闻见的事物的大千世界的猜测,亦即是我们的心魂与智慧对着无穷与永恒的憧憬，对着这智与爱的想望。——这一切也许都是幻影，但是即在此世间，它鼓动我们的思想，使她觉得有如生了翅翼，可以腾天而飞的境界。

"在这种意义下，我是信教的。"

罗丹此时的目光，注视着炉中熊熊的火光，他接着道：

"假使没有宗教，我将感到发明宗教的需要。

"真正的艺人其实是世间最有信仰的人。

罗皮阿:《圣母赞美圣子》，釉陶，1480年

"人家以为我们的生命只在感觉，故外在世界于我们已够。他们当我们如儿童般摆弄着灿烂的颜色或美丽的形象，如玩泥娃一样……我们是被误解了。线条与色彩之于我们，只是隐藏的现实的象征。在外表之外，我们的目光一直射到精神上，我们把轮廓再现出来的时候，我们已以精神的内涵充实它们了。

"名副其实的艺术家应当把自然的真理全个表现出来，不仅是外在的真，而且也要——尤其要内在的真。

"一个高明的雕塑家塑一个人体的时候，他表现的并不只是几根筋肉，而是弹拨筋肉的生命……还不止是生命……而是一种支配的'力'，这'力'把或是妩媚、或是暴烈、或是爱的柔情、或是力的紧张传达给肉体。

"米开朗琪罗的作品中是一种创造力在活的人体中奔腾

罗皮阿:《两天使护佑圣母子》,釉陶,1475—1480 年

着……而罗皮阿①却使人感受着神明的微笑。这样地每个雕塑家依了他的性格,赋予自然以或柔和或强烈的灵魂。

"风景画家也许走得更远。这不但是在活的生物中,他看到宇宙之魂;而是在丛树灌木之间,平原高岗之上。常人看来只是草木或泥土,在大风景画家的眼底,便好像是一个伟大的心灵的面容,柯罗在树巅林隙,在青葱绿草之间,在明净如镜的湖上,看到无穷的仁慈,米勒却发现痛苦与忍耐。

"艺术家到处听到他的心灵与万物的心灵对语,你还从哪里找得到比他更虔诚的人?

"雕刻家在看到他所研究的外形中包孕的伟大的性格时,在飘忽迅疾的线条中把每个生物的永恒性表彰出来时,在神明的方

---

① 罗皮阿(1399/1400—1482),意大利翡冷翠派的雕刻家,其风格之明媚温柔,为拉斐尔天才之前锋。

寸间辨识了万物由以诞生的不变的模型时，他不是对宇宙表示了他的最高崇拜吗？试以埃及的雕塑为例，那些人或兽的形象，你说，他们把主要的轮廓特别表彰出来的结果，不是令人感到如歌唱圣灵的颂赞吗？一切能运匠心于形式的天才的艺人，就是说在保留生动的现实之外，能特别表彰内在精神的艺术家，均能给人以同样的宗教的激情，因为他把他自己在万劫不死的真理面前所感到的震颤传达给了我们。"

"如浮士德在巡游这'母之王国'之时，"我说，"当他和大诗人们所歌唱的女英雄们接谈，当他在她们无比的尊严之下，对着尘世的现实而概括一切生生不息的思想之时，他真是感到如何惊心动魄的情绪。"

"这在歌德，"罗丹喊起来，"是如何庄严的景色，如何伟大的视觉！"

他又接下去说：

"而神秘，即是至美的艺术品所浸浴其间的氛围。美的艺术品的确表示一个天才对着自然所感到的一切情绪。它们以竭尽人的智力所能发现的光明与壮丽来表白。但是它们必得要遇到这包围着'渺小的已知世界'的无穷的不可知。因为我们在此世界只能感到事物的最微细的，为我们的知觉与灵魂所能感受的一部分，其余的都沉浸入无垠的黑暗之中。且即在我们周围，也有万千的事物隐藏，只因我们的机能无力抓握得住。"

罗丹静默的一会儿，我念出雨果的一首诗来：

> 我们只见到事物的一面,
> 另一面沉浸于可怖的神秘的黑暗中,
> 人身受其果,不知其因,
> 他所能见的是怎样短促、无益与迅暂。

"诗人比我说得更好,"罗丹微笑着说,"美的作品是人的智慧与真诚的最高表白,它们把我们能歌唱人类与世界的情绪尽量诉出,而同时又叫我们懂得还有无穷的为我们所不能认识的事物。

"所有的名作都有这神秘性。我们对着这些作品常感到迷惘的情绪。你只要想永远留在达·芬奇的画上的那问号。其实我不该以这个伟大的神秘者为例,因为在他作品上,我的理论太易证实了。试以乔尔乔内的《乡间乐会》为例吧①,这完全是人生的柔和的欢乐的情趣,但在这上面就有着悲愁的醉意;人生的欢乐究为何物?从何处来?往何处去?生存之谜啊!

"请更以米勒的《拾穗者》为例吧。其中的一个妇人,在赤日熏蒸的劳作中,起身遥瞩,望着无垠的天际。我们由此可以想见在此粗鲁的头颅中,盘旋着一个由中心激发的问题——究为何来?

"这是在整个画面上缭绕的神秘。

"究为何来,那束缚造物于生存中使他受苦的律令?究为何来,这永远的幻觉令人去爱那痛苦的人生?苦闷的问题啊?

"且也不尽在基督教文化中的杰作上才有这种印象。即在古雕刻中亦充满了这神秘的气息。譬如巴德农神庙②的三个 Pargues,

---

① 乔尔乔内(1478—1511),意大利威尼斯画派初期的大家。
② 巴德农神庙是公元前四六〇至前四三五年间的希腊奉献给贞女的大寺。全寺由最大的希腊雕塑家菲狄阿斯装饰。三个 Pargues 是神话中地狱之神,她们是人生的情妇,在织着人生的网。此三女神的像是在巴德农神庙的柱头顶梁下的雕像。现存大不列颠博物馆。

艺术中之神秘

乔尔乔内:《田园音乐会》,油画,1510—1511年

我把她们叫作 Pargues,因为这是神的名字,虽然有些学者以为这三个雕像是代表别的女神……其实这都没有关系。这是三个坐着的女像,她们的姿态是这般庄严,这般清明平和,似乎她们在参与着什么不可见的大典。在她们之上,笼罩着一股神秘之光:这是全宇宙俯从听命的、永恒的、非物质的理智,而这三个女像,便是天国的智慧之神。

"这样的艺术家迈步前进,一直碰到'不可知'的金门上,有的惨痛地碰破了额角;有的,想象比较乐观的人,以为听到在金门之外,有群鸟在茂密的果园中欢唱。"

我静静地听着主人说法,他启发我不少对于他的艺术的可贵的思想。禁锢他的肉体的疲劳,似乎更使他的心灵有自由活动的余地,有去幻梦中遨游的精神。

我把谈话转到他自己的作品上去。

"吾师,"我和他说,"你讲那别的艺术家,但没有讲起你自己。可是你是作品的神秘色彩最浓的艺人之一。在你最微小的雕塑中,人们辨出对于'不可见''不可解'的苦恼。"

"哦,亲爱的葛赛尔,"他用着幽默的目光瞧着我说,"如果我在作品中表白某种情操,我自毋庸为之作详细的解释,我并非诗人而是雕塑家;人们应该极明白地在我的雕塑上读到我的思想,否则我也不必来表现什么情绪了。"

"你说得有理,这是应该由群众来发现的。我现在来说一说我以为在你作品中所观察到的神秘。你等一会告诉我说得对不对。

"我看来,你在人类中最注意的,似乎是羁囚于肉体中的灵魂的莫名的烦躁。

"在你全体的雕塑中,都是同样的精神不顾肉体的滞重烦腻的羁绊,向着幻梦超越飞扬。

"你的《圣-扬-巴蒂斯特》,一个笨重的、几乎是粗俗的躯体,被神的使命把他升华了。你的《加莱市民》,渴望不死的灵魂把那犹疑的肉体,引上断头台时,好像在喊那名句:'你发抖,这贱骨!'你的《思想者》,他的默想徒然想去拥抱那'绝对',在极大的努力之下,和那竞技者式的肉体支撑着,他把肉体磨折、煎熬……就是你的《吻》,两个急喘着的肉体似乎已预感到他们的心魂所要求的结合在事实上的不可能。你的《巴尔扎克》,被伟大的景象所激动着的天才,在抖擞破衣般地震撼他的病体,把它困顿得入于迷茫昏昧的睡态,而判罚它一生劳作不休。

"是不是如此,吾师?"

"我并不否认。"罗丹深思地抚弄着他的长须说。

"而在你的胸像中,也许把心灵摆脱物质的锁链的烦躁表现得更为明显。

"几乎人人都能忆起那诗人的名句:

这样的,飞鸟触着树枝,
他的灵魂摔坏了他的肉体!

"你做的作家雕像,头部都在他们的思想的重载着倾俯着。至于你塑的艺术家,双目却直注着自然——如何威严深远的目光!因为幻梦把他们引领到目光以外的世界,超乎他们表白的能力的境地。

"那个在卢森堡美术馆的女胸像,也许是你最美的胸像,微侧的头颅,惘然的凝视,表现她的灵魂正游移于思想的深渊之上。

"总而言之,你的胸像常令我忆起伦勃朗的肖像:因为这位荷兰大师,他也把人物的额角,用上方来的彩光映射着,以表出对着'无穷'的追怀与遐想。"

"把我与伦勃朗相比,"罗丹大声说,"真是大不敬!与伦勃朗,这艺术上的巨匠相比!你想怎么配,我的朋友!伦勃朗,我们绝不能以任何人去和他比拟。

"可是,你把我作品中的心灵活动的倾向确是看准了,心魂的追念想望那梦幻的王国,与无边的自由的境界,这确是感念我最深的神秘。"

歇了一会,他问我道:

"你现在信不信艺术是一种宗教?"

"无疑的。"我回答。

于是,他俏皮地:

"然而那班愿意信从这宗教的人们,应当知道这宗教的第一要件,是要能善于模塑一条手臂,一个半身,或一条腿!"

第十章　菲狄阿斯与米开朗琪罗

一个星期六的晚上，罗丹和我说：

"明天早上请到默东来，我们来谈一谈菲狄阿斯与米开朗琪罗，我并将在你面前，按照了他们两人的原则来做几个小的雕像。这样你可以完全明了这两种感应的主要的不同点，或可说是他们两个相反的地方。"

罗丹来批判、解释菲狄阿斯与米开朗琪罗！你们定会想到我不会失约的了。

罗丹坐在一只白石的桌子前面，人家替他搬来黄土。这还是冬天，他的工作室里并没生火，我很怕他会受寒，我把这意思暗暗地告诉他的助手——"喔！他工作时从不会受寒的！"助手微笑着回答。

等我看到大师搬起黄土、舞动刀笔的那种精神抖擞的情景，我方始放下心来。

他叫我坐在他的旁边，他在桌上搓着泥条，很快地打了一个草稿。同时他和我谈着话。

"这第一个像，"他说，"将是依了菲狄阿斯的方法做的。

"当我说出这个名字，我不禁想起全部的希腊雕刻，菲狄阿斯的天才便是其中的最高最美的表白。"

泥塑的像慢慢地成形,有姿势了。罗丹的手来来往往,抓着泥土,一大把一大把地塑上去,没有一个浪费的动作。其后再用大指食指去压平小部,一个大腿有一压便完成了;砌起腰肢,把肩胛连脑袋稍稍倾侧些,这一切都是出之以惊人的迅速,如一个魔术师的敏捷神速的手法。有的,大师稍稍停一下,凝视作品,思想着,一会儿他得到了新的决定,即果敢地重新下手做去。

我从没有见过这样快的工作。自然,大艺术家的智慧之敏锐,及眼光之准确,使他的手能如最巧妙的魔术家,或如最高明的外科医士。而且,这便捷的技巧,并不足以损害它的准确与结实。相反,这些长处正包括在他纯熟的手法之中,与一般庸俗的琴师徒以技巧眩人的迥然不同。

现在罗丹的小雕像生动了,它有美妙的婀娜的姿势,一只手握着拳插在腰间,另一只则柔顺地垂在大腿旁边,头爱娇地微俯着。

"我全无以我这样稿本媲美于古代雕刻的妄念,"罗丹笑着说,"但你不觉得它给人以隐约的古艺的余韵吗?"

"人家竟会说是希腊石像的临本。"我回答。

"那么,我们来研究这肖似之所从来。

"我的小像从头到脚有四个不同的部位,互相对称着。自肩至腰是倾向着左肩的趋势,腰至大腿望着右膝的方向,双膝重又转着左足,因为微屈的右膝折向左膝之前;末了,右足又缩向左足之后,偏于右方。

"这样,你可以注意到我这人物中的四个部位,经过全个身躯所形成的十分柔和的波折。

菲狄阿斯与米开朗琪罗

"这个平静的美的印象也是由于面部的均衡与垂直。身躯的垂直线自颈项中间穿过全身而至右足踝,全身的重量完全放在左足上。另一足是自由的,它只有足尖着地,当作一种辅助的支点,它可以举起而不牵动全身的重心之均衡:这是轻盈明快的姿势。

"还有一点应注意。上身的高处倾向于支持身重的一足,故左肩较右肩为低;反之,上半身的重量,完全歇在左腰上,故左腰提高而外凸。这样,上身的左半肩与腰接近,而右半,则提高的右肩与下坠的右腰相距甚远。这可以令人想起手风琴的运动,当一面压紧时,另一面却涨大起来。

"这个肩与腰的双重的平匀造成了全体的典雅之美。

"现在试看雕像的侧面。

"它是往后弯曲,背心微凹,臀部微凸,总之,它是凸形的。

"这个形体受到温静的光,照射于上身及四肢上,以助成全体的谐和。

"我们在这个模塑中所记录出来的特点,差不多在全体的古代雕塑中都可以寻到。当然有无穷的变化,也有与根本原则相反的作品,但在希腊雕塑中,你可找到我刚才所说的特性的大半。

"如把这种技巧、方法,用文学的辞藻写出来,你立刻会辨识古代艺术是表示生活的幸福、安定、轻快、均衡、理智。"

罗丹一眼凝视着他的小模塑的全部。

"我们还可以,"他说,"把它做得完善些,但这只是聊以自娱而已,既然照这样子,已很够我的解剖与分析。

"而且一件艺术品的局部实是无足重轻。说到这里,我又想起一桩重要的事:一个形象的部位,以坚决的态度与敏捷的智慧配制就绪时,一切都成功了,主要的结果已经得到,以后的琐屑之处,只是取悦群众,但几乎是无所谓的了。这个部位的学问,各时代都有发展，独于今日被人忽视了。"

说着，他把泥塑推向一边：

"此刻，我又依米开朗琪罗的方法来做一个。"

他同前一个全然两样做法，他把人物的两足都转向一面，与身体的部位处于反对的方向。他把上身折向前面，一只手臂紧贴着身体，另一只弯向头后。
这种姿势呈现竭力挣扎的奇特的情景。
罗丹做这泥塑和前一个一样的快，但更激动地搓泥，更热烈地运用他的手指。

"瞧，"他说，"你觉得它像什么？"

"竟似米氏的仿作，或更准确的说来，是米氏作品中的某一件的复制品。怎样的力，怎样紧张的肌肉！"

"那么，请听我解释。这里，并非是四个部位而是两个了，一个在像的上部，一个在像的下部。这给予动作以强烈冲突的特性，与古代的平静的风貌正是大异其趣。

"两条腿都拳曲着，故全身的重量并不单在一条腿上，而为两腿所平分着，故没有休息，而是两腿在使劲。

"此外，与那条受重较轻的腿相协调的臀部微微高举而侧向外方，这是表明这方面正在预备一个推进的动作。

"上半身的动态也并不稍逊。它并不如古代雕塑似的歇在较高的、前凸的一方面的腰部，相反，它即在腰部高起的一面，提起肩头以延长腰部的动作。

"还得注意,力的集中的结果,使两腿互相撑拒,两臂紧贴着头和身体。这样,四肢与胸部之间全无空隙了。而且在希腊雕塑中,以四肢的自由的安放而采取的光在此也消失了。米氏的艺术是从大块石头上创造出来的。他自己说过只有从山顶滚到平地不会破损的雕塑才是上品;依他的意思,凡是在这下坠中有所损伤的,都是功夫欠缺的作品。

"当然,他的人物好像是做来经得起这试验的;但是没有一件古艺术品能受得住,即菲狄阿斯,波利克里托斯,斯科帕斯,普拉克西泰莱斯,利西波斯们①的最美的作品,等从山巅滚到地下时,也一定跌成粉碎。

"你瞧,对于一个艺术宗派的一句极其确实的话,移到别一宗派上,就会变成妄言。

"我这稿本的最后的要点,是在于它的涡卷形托柱式的形式②。两膝是下部的支撑者,胸部由此形成一个凹窿。在古艺上是倾向后方的上身,在此是俯向前面了。因此,在胸窝及两腿的凹处,笼罩着黝暗的阴影。

"总之,近代的最大的天才善写阴影,而古代的却爱好阳面。

"现在,如我们刚才分析希腊的技巧般来分析米开朗琪罗的作品,我们可立刻断定它的表情是生命的对于自己的磨折,是烦躁的意志;是有活动的意志而无成功的希望,是为不可实现的想望所苦闷着的牺牲者。

"你知道拉斐尔有一时期想模仿米开朗琪罗的作品而没有成功。这个狂热的艺人的秘密,拉氏始终窥探不到。因为拉氏一向受着古希腊的熏陶,有如在尚蒂伊(Chantilly)的《美惠三女神》

---

① 波利克里托斯,公元前五世纪时的希腊大雕刻家,与菲狄阿斯齐名。斯科帕斯,公元前四世纪时的希腊雕塑家。普拉克西泰莱斯,公元前四世纪时的希腊大雕刻家,作风以女性美及秀丽著称。利西波斯,公元前四世纪时代的希腊雕刻家。
② 涡卷形托柱式,原文为Console,系建筑上一种附托正梁的柱头,即涡卷形托柱。

拉斐尔:《美惠三女神》,油画,1504 年

Trois Grâces 一画所证明的,他是在临摹谢纳城一座古雕塑的名作。他不知不觉地常常回到他癖爱的大师的主义上去。凡他的人物中最有光彩的模型,都有些希腊名作中的那股均衡的美与明快的节奏。

"我到意大利去的时候,脑子里充满着在卢浮宫所热心研究的希腊模型,一看到米开朗琪罗的雕塑时,不禁大大失望了。它们把我以前肯定的真理都推翻了。我自己问着自己,'为何这胸部要如是凹或如是凸,这腰肢隆起,这肩头旁侧?'我真有些惶惑了……

"然而米开朗琪罗是不会有错误的!应该要懂得他。我便用功研究,终于明白了。

"实在的说起来,米氏并不如一般所说的是一个孤独的艺人。他是哥特思想①的殿军,文艺复兴普通是被认为异教思想的主智说的复活,及其对于中世纪神秘主义的胜利。这种论调实在只说对了一半。在文艺复兴期许多艺术家中,基督教精神仍然继续地感应着伟大的心灵,如多那太罗,如米氏之师吉兰达约(Ghirlandajo)及米氏自己。

"米氏是显然为十三四世纪的神像艺术家的继承者。在中世纪的许多雕塑中,我们不断地遇到涡卷形托柱式的形式,关于这,我刚才正和你解释过,有同样的胸部的凹凸,四肢紧贴于上身及竭力挣扎的姿势。我们尤其感到一种悲愁的情绪,拥抱着人生。"

我谢了他可贵的教诲。

"稍迟几天,"他又说,"我们应当去一次卢浮,以补足今日的谈话。你得提醒我,不要使我忘了。"

这时候,一个仆人引进阿纳托尔·法朗士(Anatole France)来。罗丹是约他来参观他的古代收藏的。

我十分庆幸有机会参与这两位"法兰西之荣光"的大师的叙会。他们互相表示着敬仰,以谦逊的态度握手寒暄。他们已经在友人家里会面几次,但从没如今日般数小时的会晤。

他们两个人形成一个奇妙的对称。

---

① 哥特思想 gothique 一字系从十二三世纪时的建筑风格之名而来,此处用以代表一切中古时代的热情、宗教、灵肉斗争的思想。

阿纳托尔·法朗士修长清癯，他的脸庞也是狭长、细腻，乌黑的眼珠隐在深陷的眼眶底里；双手细长柔软；他的举动轻快，果断，出以幽默的态度。

罗丹矮胖，肩头很宽，脸庞也阔大：梦想者的眼睛常是半开半阖着，有时睁大的辰光，显出蔚蓝的眼珠。他的丛须宛似米开朗琪罗雕塑中的一个预言者。他的行动迟缓稳重。他的大手与短指，却异常的坚实而灵活。

一个是深刻而灵敏的分析者的人格。一个是大胆、热情的象征。

雕塑家领我们去鉴赏他收藏的古物，谈话也自然而然，回到刚才他和我讨论的问题上去。

一个希腊的墓碑式的雕像引起了法朗士的赞赏。它是代表一个坐着的少妇，一个男子温柔地望着她，后面有一个女仆倚在主妇肩上。

"这些希腊人真是如何地热爱人生啊！"泰依丝的作者说①。

"瞧，在这墓碑上，一些也不令人想起那临终的悲恸。死者在生者的中间，好像还与他们过着共同的生活，她只是变成十分疲乏了，不能自持，故她只得坐着。这是古代墓碑的重要标识之一：他们的双腿无力，故必须扶着杖或倚得墙头，或竟坐下。

"还有一点，通常用以区别死者的：环绕他们的生人用柔情的目光望着他们的时候，死者的目光，却只游移于无定的太空，他们再也看不到望着他们的人了。他们如残废者，仍旧在亲爱的人中继续生活。这种天涯咫尺的觌面，实是死者对于生命的留恋与惜别的最动人的表现。"

我们这样地看了许多别的古物。罗丹收藏宏富，且多精品。他尤

---

① 泰依丝，是阿纳托尔·法朗士的著名小说。此言泰依丝的作者（le Père de Thaïs，原文为"泰依丝之父"），盖即指法朗士也。

《大力神》（来自奥林匹亚的宙斯神殿），大理石，公元前470—前460年

《法尔内塞大力神》（古罗马复制品），大理石，公元前五世纪

其得意一座赫尔克里斯（Hercules）①之像，他的柔婉轻盈的体态，令我们叹赏不置。这座像与通常所见的《法尔内塞（Farnèse）大力神》迥然不同。他的典雅美妙，实非凡品。这少年英雄的大力士，其四肢与肌肉却如是细腻。

"这便是，"我们的主人说，"与铜足的牝鹿竞走的英雄。那利西波斯的迟笨的运动家，一定不能参与这种勇武的表现。力常是从轻盈中来的，而真正轻盈的体格是最壮健的：像这个赫尔克里斯才有资格去证实这理论。像你们所见的这阿尔克墨涅的儿子看来格外有力，只因他的身体有和谐的均匀之美。"

阿纳托尔·法朗士在一个小的女神像前站了许久。

"这是，"他说，"无数的 Aphrodite Pudiques 之一，是古代依据了普拉克西泰莱斯的杰作《尼多的维纳斯》*Vénus de Cnide* 所做的临本。所谓《朱庇特神殿的维纳斯》*Vénus de Capitole*，《梅迪契的维纳斯》*Vénus de Médicis*，也就是这临本中的变相的别名②。

"希腊的许多高明的雕塑家常常用功去临摹前人的杰作。大体的内容都无变动，临摹者的个性也只在模塑的学问上看到。

"此外，好像因为宗教的信仰不准雕刻家自由变动神像。在每个神像的模塑固定之后，轻易不得更易。我们看到有那么多的《贞洁的维纳斯》*Vénus Pudique*，《蹲着的维纳斯》*Vénus Accroupie*，

---

① 赫尔克里斯，神话中宙斯与阿尔克墨涅之子，为神话中最大的大力士。他小时就在摇篮中拧死毒蛇，长大后又做了十二件惊天动地的大业。《法尔内塞大力神》是希腊雕刻家 Glycon 所做。
② Aphrodite Pudique = Vénus Pudique；Aphrodite，即维纳斯之希腊名。最初大雕刻家普拉克西泰莱斯的《尼多的维纳斯》*Aphrodite de Vénus*（= *Vénus di Cnide*）表现的是一个裸体的女神入海的情景，此像久置于尼多城（在小亚细亚），古希腊以此城奉献于维纳斯，故名。其后临摹此作者极多，一切的"Vénus de…"皆从此出。

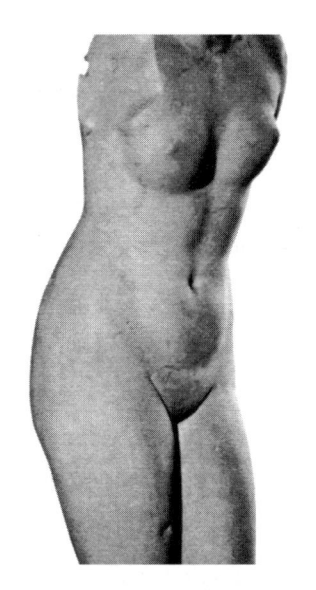

普拉克西泰莱斯:《尼多的维纳斯》(正面)(古罗马复制品),大理石,希腊,公元前350年

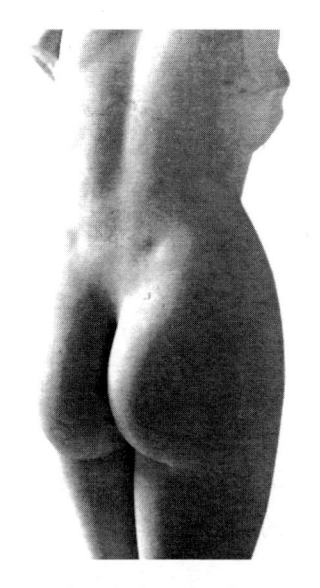

《尼多的维纳斯》(背面)

觉得奇怪,我们忘记了这是神圣的雕像:人们在两千年之后,也会发掘无数的《卢尔德之圣母》①,大概都是相同的,白的长袍,一串念珠,一条蓝带。"

"她真是如何温和可爱,"我说,"这希腊的宗教!她使忠诚的信徒,得以鉴赏体味那富丽的形式。

"这宗教是美的,"法朗士答道,"既然她留给我们如许动人的维纳斯;但温和可爱却未见得。她当时是和一切虔诚的信仰一样,是专制的、严厉的。

---

① 卢尔德是法国一个城名,相传为圣母显灵之地,每年病人前往求治者无虑千万。《卢尔德之圣母》,即专制以售给朝山进香的信徒的神像。

"因了 Aphrodite 的艳丽的肉体,多少高贵的心灵为之苦闷。以奥林匹亚之名,雅典人民赐苏格拉底以死。且你记得卢克莱修(Lucrètius)①那首诗吗?

Tantum religio potuit suadere malorum!

"你看,如果我们今日觉得古代之神的温和可爱,那是因为他们的神权已倒,不复能为害我们之故。"

那时已午刻了,罗丹请我们进食堂去,我们都抱着遗憾离开他的美丽的收藏。

在卢浮宫

过了几天,罗丹践约邀我和他同去卢浮宫。
我们一到古代雕刻的陈列室,罗丹立刻显出如逢故友般的高兴。

"当我十五六岁时,"他说,"我不知来过这里多少次!最初我热望做一个画家,色彩特别吸引我。我常常到楼上去赏鉴提香与伦勃朗。但是可怜我没有钱买画布与颜色。如来楼下临摹古雕刻,则一支铅笔,一张白纸就够。因此我不得不在下面这几间陈列室里工作,而不久雕刻的热情占据了我全个心魂,再无他念了。"

我听着罗丹这样叙述他对于古雕刻的研究,想起那班虚伪的古典派妄说罗丹轻蔑传统的诳言。传统!哼!这个被认为离经叛道的大师恐怕在今日比任何人都要认识它而知敬仰它呢!

---

① 卢克莱修,拉丁诗人,于公元前九十三年生于罗马,死于约公元前五十年。

菲狄阿斯与米开朗琪罗

他领我到模塑陈列室,他指着波利克里托斯的 Diadumène 一像和我说:

"你可以在此看出我前日所说的四个方向。先研究这像的左方,肩头微微向前,臀部稍稍向后,膝盖往前,双足则又退向后去,这四个方向给予全身以柔和的波动。

"再注意各个部位的对称:左肩比右肩低,右臀比左臀高,垂直线自颈间直至右足踝,左足是自由的。

"末了,你更注意他的侧影,雕像上部都是凸出的。"

就在这第一个例子上,我给说服了,罗丹又以别的雕像作同样的解剖。

从模塑陈列室出来,他领我一直走向一座普拉克西泰莱斯的 Pribotos 前面:

"如何的典雅?"他喊道,"这个没有头的少年半身像,如在春光中微笑;虽然没有眼睛和口唇,但这欢乐的心情,宛然如在目前。"

接着,在《米洛的维纳斯》 *Vénus de Milo* 前面停住了[①]。

"瞧!这是神品中之神品!美妙的节奏有如我们刚才看到的那雕像,但这个还有思索的情态。因为这个女神的上身有如基督教雕刻家的微向前俯,可是绝无不安、烦闷的情调。这件作品全然得之于古艺术的感应:这是中正和平的肉感,经理智熏染过的生之喜悦。

---

① 米洛是希腊的一岛,在爱琴海中,一八二〇年岛中掘得维纳斯,赞美为诸维纳斯像冠,人即以《米洛的维纳斯》名之。

《米洛的维纳斯》,帕罗斯大理石,公元前 130—前 120 年

"这些杰作不禁令我想起它们诞生的国家与民族,及其精神的氛围。

"我看到希腊的青年,棕发之上戴着紫罗兰的花冠,霓裳翩跹的少女在白石的寺中祭献神明;我更联想到郊外闲步的哲人,在古寺废刹之中,追怀神明在人世之浪游,群鸟在茑萝藤下欢唱,枫叶飘摇,丛桂生香;在肉感的宁静的天色之下,湖山如镜,小溪在蜿蜒中细语……"

一会儿之后,我们走到《萨莫色雷斯的胜利女神像》*Victoire de Samothrace* 前面①:

"试设想这座像放在南国的海滨,在橄榄林下,可以远眺雪白的岛屿在地中海里闪着金光的地方。

"古艺是需要光明的,在我们黝暗的美术馆中,它们都给阴影变得呆滞了。如果把它放回到它的故乡去,在蔚蓝的天光水色之下,浴着绚烂的阳光,它一定会完全改观,其壮丽华美,有不可言喻者!

"他们的胜利(Victoire),即是自由……和我们的真是不同呢!

"她(胜利)要飞越,用不到曳起她的长裙,她穿的并非是厚重的布帛,而是轻薄的蝉衣。她的美丽的体格,并非生来为任日常的劳作的,她的动作虽然猛烈,但仍保有其均衡与调和。

"实际上,她并非是一切人众之自由,而是高贵的心灵之自由。哲人以怡然的目光对着她深思,那些被征服者,那些因之受鞭笞的奴隶绝不会感到她的温柔。

"希腊理想之缺陷即在此。

---

① 《萨莫色雷斯的胜利女神像》,萨莫色雷斯是希腊的一岛名。此像代表立在船首吹号之人。为纪念 Démétriols Poliocrète 的舰队战胜埃及的 Ptolémée 的战绩。

《萨莫色雷斯的胜利女神像》,大理石,公元前190年

菲狄阿斯与米开朗琪罗

"希腊人意想中的美是理想的秩序与智慧,但这只与修学之士有缘,他们根本就蔑视微贱的心灵,他们对于弱者的坚强的意志毫无温存的同情,而且也不知道在每颗心中都有着天国的灵光。

"希腊之美对于一切不能理会高远的思想的东西,都显得专横残暴,故亚里士多德才有反对奴隶之倡议。她只知赞赏完美的形式,而不知一个丑陋的造物,也是崇高的美,她把残废的儿童残酷地丢向深谷。

"这种秩序,经当时一般哲学家竭力提倡的结果,把世界变成有限而渺小。哲学家们意想中的世界,是根据了他们个人的意欲,而忘却了无垠的宇宙的真精神。他们按照人的几何学来安排一切,他们认为世界是包围在一个有限的水晶体中。他们惧怕'无穷',亦惧怕'进步'。依了他们,世界的黄金时代是在混沌初开的黎明,一切原始的均衡尚未破灭之时。从此只有变坏,宇宙的秩序每天都给搅乱一些。我们在天际窥到的黄金时代是在未来,他们的却在过去。

"这样,爱好秩序与规则的热情把他们催眠了。固然,偌大的宇宙中自有相当的秩序统治着,但它的繁复远非我们人类的智慧所能悟其万一,且这秩序是永远在变易着。

"可是在雕塑的历史上,从未遇到过像这样以狭隘的秩序为宗的灿烂的时期。因为清明平和之美恰能于晶莹纯洁的白石上表现无遗,因为思想与物质(即艺术上所用的各种材料)在此遇到了完美的协调。近代精神则反是,它把它自己所寄托的物质推翻、破坏。

"不,永没有一个艺术家能超过菲狄阿斯。万物有进步,独艺术无之。以庙堂上的横碑①已可包容整个人类之梦的时代的最大雕塑家是空前绝后的天才。"

---

① 庙堂上的横碑叫作 fronton,是建筑上的三角形或半圆形的装饰物,以希腊巴德农神庙上面的横碑为最著。其上即有最著名之浮雕。此宫庙堂上之横碑,盖即指希腊古雕刻而言。

我们接着到米开朗琪罗的陈列室去。
先经过扬·古戎与皮隆①的陈列室。
"这是你的长兄们。"我和罗丹说。

"我很愿做他们的小兄弟呢。"他叹着气回答。

我们此刻到了米氏的《俘虏》前面②。
我们先从右边那个表示侧影的看起。

"你瞧！只有两个大的方向：腿倾向我们这一面，上身侧向着对方。这使姿态有强力的表现。绝对没有部位的均衡。右臀较高，右肩也较高，因此动作更显得有幅度。再看他的垂直线，它落在两腿之中，而不单落在一足上：两腿同时担荷着身体的重量而好像完成了支撑的努力。

"再看全部，这是涡卷形托柱式(Console)的形状：屈着的腿突出在前，而凹着的胸部引起一窟洞。

"这是与我在工作室中以泥塑为例的解剖完全相符。"

接着转身向另一个《俘虏》。

"涡卷形托柱式的形式在此并非由于胸部的凹曲，而是在于举起的肘子的前突。

"这个特别的形体，我以前已说过，是整个中世纪雕塑的共通的形式。

---

① 皮隆(1535—1590)，法国大雕刻家之一，与古戎齐名。
② 《俘虏》Capture，米氏为教皇尤利乌斯二世的墓所做的雕像，以代表尤利乌斯生前征服的城市。

米开朗琪罗:《有胡须的俘虏》,大理石,1532?年

米开朗琪罗:《年轻的俘虏》,大理石,1532?年

米开朗琪罗:《初醒的俘虏》,大理石,1532?年

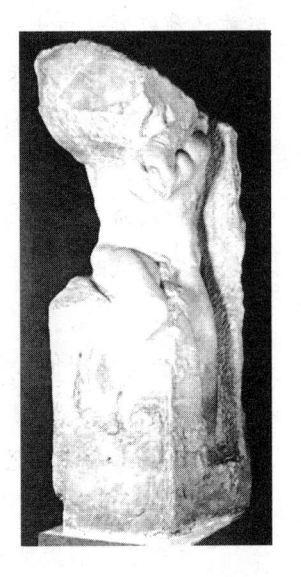

米开朗琪罗:《俘虏阿特拉斯》,大理石,1532?年

"圣母俯向着她的儿子,这是涡卷形托柱式的形式。钉在十字架上的基督,屈曲的腿,倾侧的上身,俯向着他为之赎罪的人类的姿态,是涡卷形托柱式。Mater dolorosa 俯在他儿子的尸身上面,这也是涡卷形托柱式。

"再说一遍吧:米开朗琪罗是哥特式(Gothique)艺术家中最后最大的代表。

"灵魂的反省的痛苦、生之厌恶、对于物质束缚的争斗,这是他的灵感的元素。

"这些'俘虏'的束缚似乎是很易摆脱。但雕塑家所欲表示他们羁囚的意义,尤其是道德的。因为虽然他把这些人像代表尤利乌斯二世教皇征服的省份,但他也同时给它以象征的价值。这些囚房便是困缚于肉的躯壳中的人类之魂,想摆脱物质的约束而得到精神的自由。

"你看右面的一个俘虏,他真有贝多芬的面相。米氏在数世纪前已预感到这位大音乐家的苦闷的心灵。

"且他的传记告诉我们,他自己也即是最痛苦颠离的人物。他在一首美丽的十四行诗中说:

为何人希冀长寿与欢娱?我们愈被尘世的快乐所眩惑,即我们愈被它所戕贼。

"另一首诗中他又说:

这个得着命运的恩宠的人,他的生与死亦距离不远呵!

"他的全部雕塑都表示着冲突、斗争,似乎白石会自己破裂一般。她们(雕塑)在失望与烦闷的煎熬中,再经不起感情的激动了。当米氏年老,他真想毁掉他的作品。艺术已不能满足他了,

菲狄阿斯与米开朗琪罗

他需要'无穷'。他写道:

这扑向着十字架上张开的臂抱中去的灵魂,绘画与雕塑俱不足以抚慰她了。

"这正是 Imitation de Jésus – Christ 的作者的话:

最高的智慧是把尘世的厌憎奉献天国。
恋着那无常的人生而遗弃永恒的幸福,才是愚昧!

罗丹在此忽然插入一段他自己的回忆:

"我记得在翡冷翠寺中,看到米开朗琪罗的墓像①十分感动。通常沉没入阴影中的这座名雕,那天忽然给一个银白的火球照耀着。一个美丽的祭童,手持着与他等身的火球,凑近口去吹熄,黑暗重又来临,我再看不见这神奇的雕塑了。这个儿童于我是好像死神吹熄人生的象征。这宝贵的回忆,至今还保留在我的心头。"

他又说:

"如果我敢说起我自己,那么,我的一生,是在雕塑上的两大倾向——菲狄阿斯与米开朗琪罗中间彷徨着。

"我从古艺出发,到意大利一见翡冷翠大师名作,顿时感动了②。我的作品自然也受到了这热情的影响。

"从此,尤其是最近,我重又回到古艺中去了。

---

① 墓像,Pinta 是指圣母哭耶稣的像的意大利语。此像作在画与雕塑上,不知凡几,而以米氏之作为最著。
② 米氏故乡在托斯卡纳省,而托斯卡纳之首府,即为翡冷翠(法文作佛罗伦萨 Florence),文艺复兴期有翡冷翠派。此言翡冷翠大师,即指米氏而言。

"米开朗琪罗的调子,深刻的人类精神,努力与痛苦的挣扎,这是最崇高最伟大的思想。

"但我不能赞成他的'生之厌恶'。

"尘世的活动,不论它怎样残缺,总还是美善的。

"爱我们的人生吧,就因为我们能用全副精力去生活。

"我现在竭力以宁静的手法表现我对于自然的观感。我们应该走向清明平静的境界。在神秘的面前,我们并不会缺少基督教徒的苦闷与烦躁。"

第十一章　艺术家之效用

一

在开幕的前日，我在沙龙（Salon de la Société Nationale des Artistes Français）里遇到罗丹，现在也成了大师的他的两个学生陪着他：一个是今年出品粗野的赫尔克里斯（Héraclés）射着斯蒂姆法罗斯（Stymphale）湖中飞鸟的布尔德①，一个是善于雕塑秀丽的胸像的德斯皮奥②。

三个人都站在一座牧神前面，这是布尔德借以罗丹的面相做的雕塑。作者向老师表示在他头上放了两只小角的歉意。罗丹笑着说：

"你有权利这样做，既然你要代表牧神。且米开朗琪罗也曾以同样的角加之他的《摩西》③。这是威权与智慧的象征，我承你这般推崇，真不胜荣幸呢。"

那时已正午，罗丹提议到附近的饭店中去吃饭。

---

① Héraclés 即 Hercules，射 Stymphale（即 Stymphalus）斯蒂姆法罗斯湖中飞鸟，即 Hercules 生平十二大业中之一。布尔德（1861—1929），法国近代最大的雕像家，出罗丹门下。
② 德斯皮奥（1874—1946），法国现代最大的雕刻家之一。
③ 摩西为旧约中人物。他是先知者，战士，政治家，历史学家……米氏雕此像，为尤利乌斯二世墓上人物之一。

米开朗琪罗:《摩西》,大理石,1513—1516 年,少部分完成于 1542—1545 年

我们走出沙龙,便是爱丽舍大街。

栗树方发着青翠的嫩叶,车马如流水般在路上滑过。这是巴黎最繁华最壮丽的场所。

"到哪里去吃饭呢?"布尔德烦躁地问,他的不安的神气,令人发噱,"在这些阔饭店里,我真怕那些穿着礼服的侍者,他使我拘束得厉害。我的意思还是到随便些的地方去。"

于是德斯皮奥说:

"的确,在普通饭店里也许比阔气的地方吃得好。这是布尔德的本意,因为他表面上像是很俭省,其实很馋嘴的。"

没有成见的罗丹,就让他们领到爱丽舍附近小路上的一家小店里去,我们找到了一个舒适的地位,大家坐下。

德斯皮奥诙谐横生,他把菜传给布尔德,打趣他说:

"你拿菜吧,布尔德,虽则你是艺术家——无用的人——不配吃饭。"

"我宽恕你这种无礼的话,"布尔德说,"因为你说我无用,你把你自己也骂着一半了。"

无疑的,那时的布尔德正抱着悲观,故接着说:

"而且我也不否认你的话,我们确是社会上的废物。

"当我记起我的父亲是锯木匠,我想这才是一个服务社会的有用之人。他锯着木材,预备给人家造

布尔德:《罗丹雕像》,石膏,1909 年

屋。他在四面通风的木厂里工作,不避寒暑,数十年如一日。这是一个现代少见的勤恳的工人。

"至于我……我们,我们究竟为人群尽了什么力?我们是魔术师,是卖技者,浪游江湖,以娱民众。要人家肯来赏识我们的工作,真是奢望,很少的人能理解我们的职业,且我不知道配不配领受他们的好意。即使世界上没有我们,也不至缺少了什么。"

二

说到这里,罗丹开口了:

"我想,我们的布尔德没有仔细想过他所说的话。我却另有一番和他相反的意见。我认为艺术家是人群中最有用的人。"

布尔德笑着说:
"这是你对于你职业的爱好把你蒙蔽了。"

"决然不是,因为我的判断是根据了许多理由来的,我可以细细说给你们听。"

"吾师,"我说,"我极愿一聆高见。"

"请先来尝一尝这缸美酒(刚才店主对我们盛赞其醇醪之味),来助助谈话的兴致。"

他替我们斟着酒:

"第一,你们曾否注意,在现代社会中,只有艺术家——我说的是真正的艺术家,是能在工作中找到他的快乐的。"

"那是一定的,"布尔德说,"工作是我们全部的幸福,是我们整个的生命,但这并不足以……"

"且慢!现代人所最欠缺的是对于他们业务的爱好。他们抱着无可奈何的心情在工作,故特意潦草从事。全社会中的各阶级都是这样。政治家干政治,只因为自己可以从中取利,从前那班伟人在为国服务、予民福利之中得到的喜悦,他们是领略不到的。

"实业家不再想保持他们牌子的名誉,只想掺假作弊,以多多赚钱为目的。对着资本家抱怨愤的工人也只敷衍塞责。今日的人,几乎全体都视工作为畏途,当它为强迫的苦役;却不知工作即是我们生存的意义与幸福。

"我们不要以为在往昔也是如此。古代的遗物,如家具、木器、布帛,都留下制造人对于他的作品的极大的信心。

"人有时工作得好,有时工作得坏;但我相信还是好的工作使他喜悦,因为这更合乎他的天性。但他有时听从善良的忠告,有时相信恶意的诳言;今日的人更乐于听后者的坏话。

"可是,如果不以工作为生存的苦役,而易之为生存的目标,人类将怎样的更增幸福!

"要实现这美妙的变化,只要人人学艺术家的榜样,简言之,即学做艺术家。因为'艺术家'这个字,广义言之,即是以工作为乐事的人。我们曾希望各种职业中都有艺术家;木工以对准榫头自娱,垩匠以削砖为乐,御者以善驾车马自傲,这样的社会不是可羡吗?

"你们看,艺术家给予人类的教训,不是最可宝贵的吗。"

"有理有理,"德斯皮奥说,"我收回我刚才的意思。布尔德,我承认你有吃饭的资格,再吃些芦笋吧,我请你。"

三

我向罗丹说：

"吾师，你的雄辩，的确令人佩服。

"但艺术家的用处，究竟在什么地方可以证明？自然，如你所说，他们对于艺术的爱好，可以感奋群众，使人人爱其职业。但艺术家所做的工作，不是根本就无用的么？而且不是正因为这一点，艺术才有其价值吗？"

"怎么说？"

"我是说，幸而艺术不算入有用之物之内，即不是如食粮、衣着、居住，满足我们肉体的需求的东西。反之，艺术品是把我们从日常生活的羁囚中解放出来，而替我们另外打出一个幻梦与默想的世界。"

"亲爱的朋友，在有用无用这一点上，人们常常弄错了。

"说能满足我们物质的需求之事物为有用，我也承认。

"但今日，人们把财产、富贵，也都称为有用之物，而不知它们只能助长我们的虚荣，刺激我们的欲望，非但无益，而且有害。

"至于我，我称为有用的，是世上一切能增进我们的幸福的事物。可是世上再没有比幻梦与默想更能使人幸福的了。这是今日的人们所遗忘的真理。一个生活无匮乏的人，能赏鉴、体味他耳目与精神所遇到的无数的神奇，他在尘世亦不啻为天仙了。他沉醉于他周围的美丽的生物，满含着热情与生意的飞舞的筋肉，他的快乐就在和煦的春天，徜徉于山岗田野，杂花生树，群莺乱飞，听着蜜蜂们嗡嗡地唱着它们的情歌，他神游于晴光荡漾的涟波之上，颂赞着金神阿波罗轻拨云雾，照临着黎明拂晓时宿梦未醒的大地。

"还有比他更荣幸的人吗？且既然是艺术教人懂得去享受这

些清福，谁还能否认艺术所赐予人类的无穷的福利呢？

"且这也并不限于精神的享乐。艺术并予人以生命的意义：它使人懂得他的运命，换言之，即悟到生命之来源。

"提香画中的贵族社会，他们的脸色、容貌、举止、服装，都表出他们的权威与富贵，及对于智慧的骄矜。他向威尼斯的贵族指明应该实现的理想。

"普桑的风景画中，理智与威严驾临着一切；普杰鼓动他少年英雄的筋肉①。华托描写林中的痴情男女；乌东镌出服尔德的幽默的微笑，猎神狄安娜（Diana）的轻快的飞跑；吕德在《战歌》中唤醒爱国的男女老幼：这班法兰西的大师，一个个都把我们的国魂民气表白无遗：理智、勇武、典雅、文秀，总之是：'生'与'动'的欢欣。

"我们这时代的最大的艺人，皮维斯·特·沙瓦纳，他不是努力想以清明之气感应我们吗？他的高逸的风景画中，神圣的自然在胸抱中慰抚着可爱、单纯而又庄严的人类，这对我们不是绝好的教诲吗？同情弱老、爱好劳作、尊敬崇高的思想，这无比的天才说尽一切了。这是我们这时代的一道灵光。只要看他的杰作，如先贤祠的《圣热纳维耶芙》，巴黎大学的《圣林》与市政厅的《献雨果》，就能感到他的崇高。

"艺术与思想家有如一架精细无比的古琴，他们弹奏的时代之曲，能使一切有情者感到共鸣。

"无疑的，能体味至美的艺术品的人是不多的，即在美术馆中或广场上，它们也只被极少数的识者所鉴赏。但它们永远在飞涌的情操，终究会渗入群众的心灵。在天才之下，智力微薄的艺术家也承继着大师的意志，故伟大的感应，也会不久普遍起来。文人画士相互影响：在一时代的各种头脑中，思想不断地交换着，新

---

① 普杰（1620—1694），法国雕塑家兼画家。

普吕东:《诱拐爱神》,油画,1808 年

闻记者、通俗作家、插画家、素描家,把伟大的心灵所发现的真理,宣传到一般民众中去。这有如无数的溪流瀑布,汇成江湖般的集时代思想之大观。

"一般人说艺人只反映周围的情操;当然,授一面明镜给人类,使他愈能认清自己的面目,是极有益的事;但艺者的事业当有远过于此者。他们在传统中汲取宝藏,但他们使这宝藏日增宏富。他们确是发明家、指导者。

"如要证实这意见,只请注意大半的艺人,都是时代的先驱者这事实。他们与他们以灵感战胜的时代,常是相距甚远。普桑在路易十三治下制作的杰作,已告知未来的路易十四时代的高贵典雅的特性。描画路易十五朝的沉湎豪华的享乐的华托是生在路易十四朝的人物。夏尔丹(Chardin,1699—1779)与格勒兹(Greuze,1725—1805),描绘的中产阶级的家庭生活,虽在君主专制的王朝,却已表现着民主社会的气息。神秘、柔和、颓废的普吕东(Prud'hon,1758—1823),在皇政时代的雄壮威武的乐声中,诉出他的求爱、自怜及梦的情绪,他是浪漫主义的先驱者……近代则更有库尔贝与米勒在第二帝政之下,激起那平民的劳苦与尊严,这平民阶级即在第三共和后,在社会上获得重要的地位。

"我不说是这些艺人把精神上的感应确定了时代的大潮流。我只说他们是无意识地形成未来的时代,他们是创造潮流的优秀阶层中的一分子。当然,这优秀阶层中,除了艺术家之外,还有文人、哲学家、小说家、新闻记者等等。

"还有足以证明大师们给予他们的时代以新思想、新倾向者,是他们的思想不为当时的民众所接受。有时,他们整个的生涯,都花费在与因袭战斗之中。他们的天才愈高,即愈不被人了解。柯罗、库尔贝、米勒、皮维斯·特·沙瓦纳,只说这几个,已都是到了生命之终途,才获得民众之同情与认识的人。

"但造福人类的行为,必有其伟大的后果。至少对于这班大

夏尔丹:《打水》,油画

师以坚毅的精神,思有所充实人类的心魂的劳绩,他们的名字应该传之身后。

"朋友们,这就是我对于'艺术家之效用'所欲发的言论了。"

四

我表示我对于这番高论的折服。

"我也只求如此,"布尔德说,"因为我热爱我的工作,我刚才的愤懑语,也许还是一时的悲愁的意气,或者是,因为要听一番热烈的辩护,如有的女子撒娇说自己丑,只为引发人家赞美之辞。"

大家都静默了一会,思索着刚才的言语。一方面,我们的胃口也并不稍减,在热烈的谈话中,刀叉尽自在桌上掠食。

我俄而想起罗丹在指出大师们的影响之时,把他自己谦逊地忘了。

"你自己呢,"我和他说,"你对于你的时代的活动,其影响也一定远及于后世。

"你用这样的力量来歌唱内在的生命,你是在助长现代生活的进化。

"你告诉我们,今日的人类应如何关切他的思想、他的温情、他的幻梦、他的热情的留恋。你在石头上刻出爱的沉醉、处女的梦、欲望的强烈、默想的境界、希望的魔力、烦闷的痛苦。

"你不息地发掘着个人意识中的神秘的国土,而你把它永远扩大起来。

"你使我们注意,在我们的时代里,再没有比我们的自己的情操、幽密的思想更为重要的事物。你看到的人群,无论思想家、活动家、慈母、少女、情人,各以自己的心魂作为宇宙的中心。而这种对于人类几乎是在无意识中产生的情境,你作为题材显示给了我们。

"在雨果以诗词来表白个人的欢乐与悲哀,唱出摇篮旁边的母亲的慈爱,墓旁哭女的老人的哀情,与追怀美丽的往日的情郎的幻梦之后,你在雕塑中表现出最深刻、最幽密的情绪。

"无疑的,冲击着旧社会的个人主义的思潮会渐渐地改变人心。无疑的,以大艺术家大思想家努力的结果,使我们感到人人自足、从心所欲的生活意义,人类必有一日能扫尽压迫个人、造成社会上贫富不均、强凌弱、众暴寡的专制。

"你的工作正无穷尽呢,你,用了你艺术的至诚要达到你这新使命的完成。"

说到这里,布尔德说:

"从来没有人说得更彻底、更痛快了!"

罗丹微笑着答道:

"你们可感的友谊赐予我一个太美的现代思想的锦标。

"但这至少是真的,我在尽我所能把我视觉中所看到的事物表白出来的时候,我力求有所贡献于人类。"

德斯皮奥尝着那杯酒赞好。

"我要记下这饭店的地址来。"他说。

"我吗?"我和他说,"我很愿在此包饭,如果我们的老师罗丹愿意每天来和他的弟子们谈话。"

等了一会,罗丹又说:

"如果我尽说着——我将来还一直要说——艺术家之效用,那是因为只有这种崇敬的心思,才能使我们享得在社会上应有的同情。

"今日的人只知注意他的利益,我要使这实用主义的社会知道,颂赞艺人至少与颂赞实业家或工程师于他有同样的利益。"

读 后 记

本书大概是傅雷先生生前唯一未曾正式发表的译作。

两年前,有出版社征求意见问到我,敝意认为罗丹这部《艺术论》已出有几种译本,按通例,晚出的译著更接近今日读者的语言习惯,当更受欢迎,而这部译稿,成于三十年代初,距今已有半个多世纪,一些美术术语的译法,当时尚处摸索阶段,难得精确,况傅雷先生的译家声誉已有其解放后的大量优秀译作所奠定,在译本一般是后来居上的情况下,这部旧译未必能领先居首,故不出也罢。

出版社征询各方意见之后,认为先生这份劳绩不应埋没,决定付梓出版。傅敏兄嘱我与法文原著校读一遍,以不更动译文为原则,凡誊抄时文字有讹夺之处,则据以校正或填补;人名地名,为方便阅读,可适当与《艺术哲学》的译名统一。

根据上述原则,前后花了半个月工夫,把全书对照阅读一遍。有些画家雕塑家的名字,现还维持原译未动,虽略异于今译,好在译者附注里都列有原文,不难识别。这部译稿,当年作为教学参考资料只油印了几十本,但基本上是全译文,只有一处脱漏,一处删节。脱漏在"序"里,现只有前半篇的译稿,未见后半篇的踪影,也有原稿散佚的可能,但估计多半是傅雷当年所据原版就是如此,未译文字,可能是葛赛尔后加的补记;如大段补译,语言风格必难相称,只得暂付阙如,以免狗尾续貂之讥。删节则在第六章末,原著引有雨果诗一节,理由大概和《米开朗琪罗传》所附诗作一样,以译者自谦不善译诗,径行删去。

对照阅读之下,觉得译笔不乏高明之处,后来独树一帜的傅译个其某些特点于此已略见端倪,当然也常有解放前傅译的无庸讳言的通病。先说优点,是文字不干枯,有华采,颇具文艺性。试举一例说明之。第八章里论及罗丹《思想》这件雕塑时,原文为:

C'est une tête féminine toute jeune, toute fine, aux traits d'une délicatesse, d'une subtilité miraculeuse. Elle est penchée et s'auréole d'une rêverie qui la fait paraître immatérielle.

傅译为:

这是一个秀丽的女性的头像,她线条之高雅与细腻,直臻神妙之境。她的头微微倾侧着,幻想的光辉笼罩着她,有超离人世之概。

晚近一译本作:

这是一个非常年轻、神秀、面目俊美的女性头像。她低着头,周围萦绕着梦想的气氛,显得她是非物质的。

句中个别词语的处理,出手不凡,使人难以相信是出于一位年仅二十四岁的青年学子之手。

据刘海粟先生介绍,傅译此书,是为了把罗丹美学温理一遍,无意出版,不存功利之心,不为形役,故译笔能放开。如:

Mais moi... mais nous, quels services rendons-nous à nos semblables? Nous sommes des jongleurs, des bateleurs, des personnages chimériques, qui amusent le public sur les places foraines.

傅译为：

> 至于我……我们，我们究竟为人群尽了什么力？我们是魔术师，是卖技者，浪游江湖，以娱民众。

另本作：

> 但是我……但是我们，对于人类做出什么贡献呢？我们不过是市集上娱乐群众的江湖术士、卖艺者和怪谈的人罢了。

严谨的译作，对于原文，还应亦步亦趋，把所有的字句都译出。对上引例子，"师其意，不师其辞"可也。有时译笔不必太实，得放开处且放开，不妨适当变通，辞达而已。朱生豪评议各种莎译本时说："失之于粗疏草率者尚少，失之于拘泥生硬者实繁有徒。"读傅雷先生这份译稿，比之于他生前出版的其他译著，或许于领会精神、不拘形迹、脱略生硬方面，说不定能予人更多启悟。

《罗丹艺术论》，先生译于三一、三二年冬春之际，距"五四"新文化运动十二年，当时白话文尚处于形成时期。以今天眼光来看，译稿文字带有白话由是脱胎而来的文言痕迹：个别字眼显得老旧，文白夹杂，有不够和谐之弊，行文也不及后期傅译那样流畅，朗朗上口。但尽管有这些不足，拭去尘翳，仍不失为刘老所称颂的"明珠"，看出一代译界巨匠在很年轻时已显露的不凡译才。由是有所感矣。李白说，"天生我材必有用"；各人的才，方面不同，只要用得对头，一进入自己的天地，即使是后生新秀，初出茅庐，也会显得很"灵"，具有某种优势，如傅雷之于翻译。谓予不信，请读这部译作！

罗新璋谨识
一九八七年七月十八日

艺术哲学

[法]丹 纳 著

H. A. Taine

PHILOSOPHIE DE L'ART

Librairie Hachette

Paris 1928

译 者 序

法国史学家兼批评家丹纳(Hippolyte Adolphe Taine,1828—1893)自幼博闻强记,长于抽象思维,老师预言他是"为思想而生活"的人。中学时代成绩卓越,文理各科都名列第一;一八四八年又以第一名考入国立高等师范,专攻哲学。一八五一年毕业后任中学教员,不久即以政见与当局不合而辞职,以写作为专业。他和许多学者一样,不仅长于希腊文,拉丁文,并且很早精通英文,德文,意大利文。一八五八至七一年间游历英,比,荷,意,德诸国。一八六四年起应巴黎美术学校之聘,担任美术史讲座,一八七一年在英国牛津大学讲学一年。他一生没有遭遇重大事故,完全过着书斋生活,便是旅行也是为研究学问,搜集材料;但一八七〇年的普法战争对他刺激很大,成为他研究"现代法兰西渊源"的主要原因。

他的重要著作,在文学史及文学批评方面有《拉封丹及其寓言》〔1854〕,《英国文学史》〔1864—1869〕,《评论集》,《评论续集》,《评论后集》〔1858、1865、1894〕;在哲学方面有《十九世纪法国哲学家研究》〔1857〕,《论智力》〔1870〕;在历史方面有《现代法兰西的渊源》十二卷〔1871—1894〕;在艺术批评方面有《意大利游记》〔1864—1866〕及《艺术哲学》〔1865—1869〕。列在计划中而没有写成的作品有《论意志》及《现代法兰西的渊源》的其他各卷,专论法国社会与法国家庭的部分。

《艺术哲学》一书原系按讲课进程陆续印行,次序及标题也与定稿稍有出入：一八六五年先出《艺术哲学》（即今第一编），一八六六年续出《意大利的艺术哲学》（今第二编），一八六七年出《艺术中的理想》（今第五编），一八六八至六九年续出《尼德兰的艺术哲学》和《希腊的艺术哲学》（今第三、四编）。

丹纳受十九世纪自然科学界的影响极深，特别是达尔文的进化论。他在哲学家中服膺德国的黑格尔和法国十八世纪的孔提亚克。他认为世界上一切事物，无论物质方面的或精神方面的，都可以解释；一切事物的产生，发展，演变，消灭，都有规律可寻。他的治学方法是"从事实出发，不从主义出发；不是提出教训而是探求规律，证明规律"①；换句话说，他研究学问的目的是解释事物。他在本书中说："科学同情各种艺术形式和各种艺术流派，对完全相反的形式与派别一视同仁，把它们看作人类精神的不同的表现，认为形式与派别越多越相反，人类的精神面貌就表现得越多越新颖。植物学用同样的兴趣时而研究橘树和棕树，时而研究松树和桦树；美学的态度也一样，美学本身便是一种实用植物学。"他这个说法似乎是取的纯客观态度，把一切事物等量齐观；但事实上这仅仅指他做学问的方法，而并不代表他的人生观。他承认"幻想世界中的事物像现实世界中的一样有不同的等级，因为有不同的价值"。他提出艺术品表现事物特征的重要程度，有益程度，效果的集中程度，作为衡量艺术品价值的尺度；特别值得注意的是特征的有益程度，因为他所谓有益的特征是指帮助个体与集体生存与发展的特征。可见他仍然有他的道德观点与社会观点。

在他看来，物质文明与精神文明的性质面貌都取决于种族，环境，时代三大因素。这个理论早在十八世纪的孟德斯鸠，近至十九世纪丹纳的前辈圣伯夫，都曾经提到；但到了丹纳手中才发展为一个严密与完整的学说，并以大量的史实为论证。他关于文学史，艺术史，政治史的著作，都以这个学说为中心思想；而他一切涉及批评与理论的著作，

---

① 见本书第一编第一章。

又无处不提供丰富的史料做证明。英国有位批评家说:"丹纳的作品好比一幅图画,历史就是镶嵌这幅图画的框子。"因为这个缘故,他的《艺术哲学》同时就是一部艺术史。

从种族,环境,时代三个原则出发,丹纳举出许多显著的例子说明伟大的艺术家不是孤立的,而只是一个艺术家家族的杰出的代表,有如百花盛开的园林中的一朵更美艳的花,一株茂盛的植物的"一根最高的枝条"。而在艺术家家族背后还有更广大的群众:"我们隔了几世纪只听到艺术家的声音;但在传到我们耳边来的响亮的声音之下,还能辨别出群众的复杂而无穷无尽的歌声,在艺术家四周齐声合唱。只因为有了这一片和声,艺术家才成其为伟大。"他又以每种植物只能在适当的天时地利中生长为例,说明每种艺术的品种和流派只能在特殊的精神气候中产生,从而指出艺术家必须适应社会的环境,满足社会的要求,否则就要被淘汰。

另一方面,他不承认艺术欣赏是一个见仁见智的问题,没有客观标准可言。因为"每个人在趣味方面的缺陷,由别人的不同的趣味加以补足;许多成见在互相冲突之下获得平衡,这种连续而相互的补充,逐渐使最后的意见更接近事实"。所以与艺术家同时代人的批评即使参差不一,或者赞成与反对各趋极端,也不过是暂时的现象,最后仍会归于一致,得出一个相当客观的结论。何况一个时代以后,还有别的时代"把悬案重新审查;每个时代都根据它的观点审查;倘若有所修正,便是彻底的修正,倘若加以证实,便是有力的证实……即使各个时代各个民族所特有的思想感情都有局限性,因为大众像个人一样有时会有错误的判断,错误的理解,但也像个人一样,分歧的见解互相纠正,摇摆的观点互相抵消以后,会逐渐趋于固定,确实,得出一个相当可靠相当合理的意见,使我们能很有根据很有信心的接受"。

丹纳不仅是长于分析的理论家,也是一个富于幻想的艺术家;所以被称为"逻辑家兼诗人……能把抽象事物戏剧化"。他的行文不但条分缕析,明白晓畅,而且富有热情,充满形象,色彩富丽;他随时运用具体的事例说明抽象的东西,以现代与古代作比较,以今人与古人作比较,使过去的历史显得格外生动,绝无一般理论文章的枯索沉闷之弊。有人批评他只采用有利于他理论的材料,摈弃一切抵触的材料。这是事实,而在一个建立某种学说的人尤其难于避免。要把正反双方的史实全部考虑到,把所有的例外与变格都解释清楚,绝不是一个学者所能办到,而有待于几个世代的人的努力,或者把研究的题目与范围缩减到最小限度,也许能少犯一些这一类的错误。

我们在今日看来,丹纳更大的缺点倒是在另一方面:他虽则竭力挖掘精神文化的构成因素,但所揭露的时代与环境,只限于思想感情,道德宗教,政治法律,风俗人情,总之是一切属于上层建筑的东西。他没有接触到社会的基础;他考察了人类生活的各个方面,却忽略了或是不够强调最基本的一面——经济生活。《艺术哲学》尽管材料如此丰富,论证如此详尽,仍不免予人以不全面的感觉,原因就在于此。古代的希腊,中世纪的欧洲,十五世纪的意大利,十六世纪的佛兰德斯,十七世纪的荷兰,上层建筑与社会基础的关系在这部书里没有说明。作者所提到的繁荣与衰落只描绘了社会的表面现象,他还认为这些现象只是政治,法律,宗教和民族性的混合产物;他完全没有认识社会的基本动力是在于生产力与生产关系。

但除了这些片面性与不彻底性以外,丹纳在上层建筑这个小范围内所做的研究工作,仍然可供我们做进一步探讨的根据。从历史出发与从科学出发的美学固然还得在原则上加以重大的修正与补充,但丹纳至少已经走了第一步,用他的话来说,已经做了第一个实验,使后人知道将来的工作应当从哪几点上着手,他的经验有哪些部分可以接受,有哪些缺点需要改正。我们也不能忘记,丹纳在他的时代毕竟把批评这门科学推进了一大步,使批评获得一个比较客观而稳固的基础;证据是他在欧洲学术界的影响至今还没有完全消失,多数的批评家即使不明白标榜种族,环境,时代三大原则,实际上还是多多少少应用这个理论的。

第一编　艺术品的本质及其产生

诸位先生:①

我开始讲课的时候,先向你们提出两点要求,第一是集中注意,第二是你们的好意:这都是我极需要的。你们接待我的盛意使我相信你们一定会答应我的要求。我为此预先向你们致以热烈的和诚恳的谢意。

今年我预备讲的题目是艺术史,主要是<u>意大利</u>绘画史。未入正文以前,我想先说明我讲课的方法和旨趣。

第一章　艺术品的本质

一

我的方法的出发点是在于认定一件艺术品不是孤立的,在于找出艺术品所从属的,并且能解释艺术品的总体。

第一步毫不困难。一件艺术品,无论是一幅画,一出悲剧,一座雕像,显而易见属于一个总体,就是说属于作者的全部作品。这一点很简单。人人知道一个艺术家的许多不同的作品都是亲属,好像一父所生的几个女儿,彼此有显著的相像之处。你们也知道每个艺术家都有

---

① <u>法国</u>高等学校教授上课,每次都以"诸位先生"开始,作者在此保存讲课形式。

他的风格，见之于他所有的作品。倘是画家，他有他的色调，或鲜明或暗淡；他有他特别喜爱的典型，或高尚或通俗；他有他的姿态，他的构图，他的制作方法，他的用油的厚薄，他的写实方式，他的色彩，他的手法。倘是作家，他有他的人物，或激烈或和平；他有他的情节，或复杂或简单；他有他的结局，或悲壮或滑稽；他有他风格的效果，他的句法，他的字汇。这是千真万确的事，只要拿一个相当优秀的艺术家的一件没有签名的作品给内行去看，他差不多一定能说出作家来；如果他经验相当丰富，感觉相当灵敏，还能说出作品属于那位作家的哪一个时期，属于作家的哪一个发展阶段。

这是一件艺术品所从属的第一个总体。下面要说到第二个。

艺术家本身，连同他所产生的全部作品，也不是孤立的。有一个包括艺术家在内的总体，比艺术家更广大，就是他所隶属的同时同地的艺术宗派或艺术家家族。例如莎士比亚，初看似乎是从天上掉下来的奇迹，从别个星球上来的陨石，但在他的周围，我们发现十来个优秀的剧作家，如韦伯斯特，福特，马辛杰，马洛，本·琼森，弗莱彻，博蒙特，都用同样的风格，同样的思想感情写作。他们的戏剧的特征和莎士比亚的特征一样；你们可以看到同样暴烈与可怕的人物，同样的凶杀和离奇的结局，同样突如其来和放纵的情欲，同样混乱、奇特、过火而又辉煌的文体，同样对田野与风景抱着诗意浓郁的感情，同样写一般敏感而爱情深厚的妇女。——在画家方面，鲁本斯好像也是独一无二的人物，前无师承，后无来者。但只要到比利时去参观根特，布鲁塞尔，布鲁日，安特卫普各地的教堂，就发觉有整批的画家才具都和鲁本斯相仿：先是当时与他齐名的克雷耶，还有亚当·凡·诺尔特，赫兰德·泽赫斯，龙布茨，亚伯拉罕·扬森斯，凡·罗斯，凡·蒂尔登，扬·凡·奥斯德，以及你们所熟悉的约尔丹斯，凡·代克，都用同样的思想感情理解绘画，在各人特有的差别中始终保持同一家族的面貌。和鲁本斯一样，他们喜欢表现壮健的人体，生命的丰满与颤动，血液充沛，感觉灵敏，在人身上充分透露出来的充血的软肉，现实的，往往还是粗

鲁本斯:《抬起十字架》,木板画,1620—1621 年

野的人物,活泼放肆的动作,铺绣盘花,光艳照人的衣料,绸缎与红布的反光,或是飘荡或是团皱的帐帷帘幔。到了今日,他们同时代的大宗师的荣名似乎把他们湮没了;但要了解那位大师,仍然需要把这些有才能的作家集中在他周围,因为他只是其中最高的一根枝条,只是这个艺术家庭中最显赫的一个代表。

这是第二步。现在要走第三步了。这个艺术家庭本身还包括在一个更广大的总体之内,就是在它周围而趣味和它一致的社会。因为风俗习惯与时代精神①对于群众和对于艺术家是相同的;艺术家不是孤立的人。我们隔了几世纪只听到艺术家的声音;但在传到我们耳边

---

① 作者一再提到时代精神或精神状态,都是指某个时代大多数人的思想感情。

来的响亮的声音之下，还能辨别出群众的复杂而无穷无尽的歌声，像一大片低沉的嗡嗡声一样，在艺术家四周齐声合唱。只因为有了这一片和声，艺术家才成其为伟大。而且这是必然之事：菲狄阿斯，伊克蒂诺，一般建筑巴德农神庙和塑造奥林匹亚的朱庇特的人，跟别的雅典人一样是异教徒，是自由的公民，在练身场上教养长大，参加搏斗，光着身子参加运动，惯于在广场上辩论，表决；他们都有同样的习惯，同样的利益，同样的信仰，种族相同，教育相同，语言相同，所以在生活的一切重要方面，艺术家与观众完全相像。

　　这种两相一致的情形还更显明，倘若考察一个离我们更近的时代，例如西班牙的盛世，从十六世纪到十七世纪中叶为止。那是大画家的时代，出的人才有委拉斯开兹，牟利罗，苏巴朗，弗朗西斯科·特·埃雷拉，阿隆索·卡诺，莫拉莱斯；也是大诗人的时代，出的人才有洛佩·特·维加，卡尔德龙，塞万提斯，蒂尔索·特·莫利纳，路易斯·特·莱昂，纪廉·特·卡斯特－罗贝尔维斯，还有许多别的。你们知道，那时西班牙纯粹是君主专制和笃信旧教的国家，在勒班陀打败了土耳其人，插足到非洲去建立殖民地，镇压日耳曼的新教徒，还到法国去追击，到英国去攻打，制服崇拜偶像的美洲土著，要他们改宗；在西班牙本土赶走犹太人和摩尔人；用火刑与迫害的手段肃清国内宗教上的异派；滥用战舰与军队，挥霍从美洲掠取得来的金银，虚掷最优秀的子弟的热血，攸关国家命脉的热血，消耗在穷兵黩武，一次又一次的十字军上面；那种固执，那种风魔，使西班牙在一个半世纪以后民穷财尽，倒在欧罗巴脚下。但是那股热诚，那种不可一世的声威，那种举国若狂的热情，使西班牙的臣民醉心于君主政体，为之而集中他们的精力，醉心于国家的事业，为之而鞠躬尽瘁；他们一心一意用服从来发扬宗教与王权，只想把信徒，战士，崇拜者，团结在教会与王座的周围。异教裁判所的法官和十字军的战士，都保存着中世纪的骑士思想，神秘气息，阴沉激烈的脾气，残暴与褊狭的性格。在这样一个君主国家之内，最大的艺术家是富有群众的才能，意识，情感而达到最高度的人。

约尔丹斯:《圣家庭》,木板画

凡·代克:《贵夫人》,油画,1622?—1638年

委拉斯开兹:《西班牙国王腓力四世之幼女》,油画,1650?年

最知名的诗人,洛佩·特·维加和卡尔德龙,当过闯江湖的大兵,"无畏舰队"的义勇军,喜欢决斗,谈恋爱;对爱情的疯魔与神秘的观念不亚于封建时代的诗人和堂吉诃德一流的人物。他们信奉旧教如醉若狂,其中一个甚至在晚年加入异教裁判所,另外几人也当了教士①;最知名的一位,大诗人洛佩,做弥撒的时候想到耶稣的受难与牺牲,竟然晕倒。诸如此类的事例到处都有,说明艺术家与群众息息相通,密切一致。所以我们可以肯定的说:要了解艺术家的趣味与才能,要了解他为什么在绘画或戏剧中选择某个部门,为什么特别喜爱某种典型某种色彩,表现某种感情,就应当到群众的思想感情和风俗习惯中去探求。

由此我们可以定下一条规则:要了解一件艺术品,一个艺术家,一群艺术家,必须正确的设想他们所属的时代的精神和风俗概况。这是艺术品最后的解释,也是决定一切的基本原因。这一点已经由经验证实;只要翻一下艺术史上各个重要的时代,就可看到某种艺术是和某些时代精神与风俗情况同时出现,同时消灭的。——例如希腊悲剧:埃斯库罗斯,索福克勒斯,欧里庇得斯的作品诞生的时代,正是希腊人战胜波斯人的时代,小小的共和城邦从事于壮烈斗争的时代,以极大

---

① 上文提到的六个诗人,四人进了修道院。

牟利罗:《卖水果的孩童》,油画,1670?—1675年

牟利罗:《圣母领报》,油画,1665?年

的努力争得独立,在文明世界中取得领袖地位的时代。等到民气的消沉与马其顿的入侵使希腊受到异族统治,民族的独立与元气一齐丧失的时候,悲剧也就跟着消灭。——同样,哥特式建筑在封建制度正式建立的时期发展起来,正当十一世纪的黎明时期,社会摆脱了诺曼人与盗匪的骚扰,开始稳定的时候。到十五世纪末叶,近代君主政体诞生,促使独立的小诸侯割据的制度,以及与之有关的全部风俗趋于瓦解的时候,哥特式建筑也跟着消灭。——同样,荷兰绘画的勃兴,正是荷兰凭着顽强与勇敢推翻西班牙的统治,与英国势均力敌的作战,在欧洲成为最富庶,最自由,最繁荣,最发达的国家的时候。十八世纪初期荷兰绘画衰落的时候,正是荷兰的国势趋于颓唐,让英国占了第一位,国家缩成一个组织严密,管理完善的商号与银行,人民过着安分守己的小康生活,不再有什么壮志雄心,也不再有激动的情绪的时代。——同样,法国悲剧的出现,恰好是正规的君主政体在路易十四治下确定了规矩礼法。提倡宫廷生活,讲究优美的仪表和文雅的起居习惯的时候。而法国悲剧的消灭,又正好是贵族社会和宫廷风气被大革命一扫而空的时候。

  我想做一个比较,使风俗和时代精神对美术的作用更明显。假定你们从南方向北方出发,可以发觉进到某一地带就有某种特殊的种植,特殊的植物。先是芦荟和橘树,往后是橄榄树或葡萄藤,往后是橡树和燕麦,再过去是松树,最后是薛苔。每个地域有它特殊的作物和草木,两者跟着地域一同开始,一同告终;植物与地域相连。地域是某些作物与草木存在的条件,地域的存在与否,决定某些植物的出现与否。而所谓地域不过是某种温度,湿度,某些主要形势,相当于我们在另一方面所说的时代精神与风俗概况。自然界有它的气候,气候的变化决定这种那种植物的出现;精神方面也有它的气候,它的变化决定这种那种艺术的出现。我们研究自然界的气候,以便了解某种植物的出现,了解玉蜀黍或燕麦,芦荟或松树;同样我们应当研究精神上的气候,以便了解某种艺术的出现,了解异教的雕塑或写实派的绘画,充满神秘气息的建筑或古典派的文学,柔媚的音乐或理想派的诗歌。精神文明的产物和动植物界的产物一样,只能用各自的环境来解释。

今年我就预备用这种方法跟你们研究意大利绘画史。我要把产生乔托和贝多·安吉利科的神秘的环境,重新组织起来给你们看;为此我要引用诗人与作家们的材料,让你们看到当时的人对于幸福,灾难,爱情,信仰,天堂,地狱,人生的一切重大利益,抱些什么观念。这些材料的来源,有但丁,圭多·卡瓦尔坎蒂和圣方济各会修士的诗歌,有《圣徒行述》《仿效基督》《圣方济各的小花》[①],有迪诺·孔帕尼等史家的著作,有穆拉托里所收集的各家编年史,这部大书很天真的描写各个小共和邦之间嫉视残杀的事迹。——接着我要把一个半世纪以后充满异教气息的环境,产生莱奥纳多·达·芬奇,米开朗琪罗,拉斐尔,提香的社会给你们重新组织起来。我或者引用当时人的回忆录,例如贝韦努托·切利尼的《自传》,或者引用某些史家在罗马和意大利其他重要城市所写的日记,或者引用外交使节的报告,或者有关庆祝会,面具游行,入城式等等的描写,摘出其中的重要段落,使你们看到社会风俗的粗暴,放纵的肉欲,充沛的元气,同时也看到当时人对诗歌与文学的强烈的感受,爱好绚烂夺目的形象,喜欢装饰的本能,讲究外表的华丽;这些倾向存在于贵族与文人之间,也存在于平民与无知识的群众之间。

诸位先生,假定我们这个研究能成功,能把促使意大利绘画诞生,发展,繁荣,变化,衰落的各种不同的时代精神,清清楚楚的指出来;假定对别的时代,别的国家,别的艺术,对建筑,绘画,雕塑,诗歌,音乐,我们这种研究也能成功;假定由于这些发现,我们能确定每种艺术的性质,指出每种艺术生存的条件;那么我们不但对于美术,而且对于一

[①] 《圣徒行述》是十三世纪一个多米尼克会修士所著。《仿效基督》的作者与年代,至今众说纷纭,未有定论;内容系教人如何修持,如何敦品,以期灵魂得救。《圣方济各的小花》是十四世纪时无名氏作,叙述圣方济各生平及早期圣方济各会修士的故事。以上三书原著均为拉丁文,译成各国文字,为虔诚的旧教徒的主要读物。

般的艺术,都能有一个完美的解释,就是说能够有一种关于美术的哲学,就是所谓美学。诸位先生,我们求的是这种美学,而不是另外一种。我们的美学是现代的,和旧美学不同的地方是从历史出发而不从主义出发,不提出一套法则叫人接受,只是证明一些规律。过去的美学先下一个美的定义,比如说美是道德理想的表现,或者说美是抽象的表现,或者说美是强烈的感情的表现;然后按照定义,像按照法典上的条文一样表示态度:或是宽容,或是批判,或是告诫,或是指导。我很欣幸不需要担任这样繁重的任务;我没有什么可指导你们,要我指导可就为难了。并且我私下想,所谓教训归根结蒂只有两条:第一条是劝人要有天分,这是你们父母的事,与我无关;第二条是劝人努力用功,掌握技术,这是你们自己的事,也与我无关。我唯一的责任是罗列事实,说明这些事实如何产生。我想应用而已经为一切精神科学开始采用的近代方法,不过是把人类的事业,特别是艺术品,看作事实和产品,指出它们的特征,探求它们的原因。科学抱着这样的观点,既不禁止什么,也不宽恕什么,它只是鉴定与说明。科学不对你说:"荷兰艺术太粗俗,不应当重视,只应当欣赏意大利艺术。"也不对你说:"哥特式艺术是病态的,不应当重视;你只应该欣赏希腊艺术。"科学让各人按照各人的嗜好去喜爱合乎他气质的东西,特别用心研究与他精神最投机的东西。科学同情各种艺术形式和各种艺术流派,对完全相反的形式与派别一视同仁,把它们看作人类精神的不同的表现,认为形式与派别越多越相反,人类的精神面貌就表现得越多越新颖。植物学用同样的兴趣时而研究橘树和棕树,时而研究松树和桦树;美学的态度也一样;美学本身便是一种实用植物学,不过对象不是植物,而是人的作品。因此,美学跟着目前精神科学与自然科学日益接近的潮流前进。精神科学采用了自然科学的原则,方向与谨严的态度,就能有同样稳固的基础,同样的进步。

二

美学的第一个和主要的问题是艺术的定义。什么叫作艺术?本质是什么？我想把我的方法立刻应用在这个问题上。——我不提出什么公式,只让你们接触事实。这里和旁的地方一样,有许多确切的事实可以观察,就是按照派别陈列在美术馆中的"艺术品",如同标本室里的植物和博物馆里的动物一般。艺术品和动植物,我们都可加以分析;既可以探求动植物的大概情形,也可以探求艺术品的大概情形。研究后者和研究前者一样,毋需越出我们的经验;全部工作只是用许多比较和逐步淘汰的方法,揭露一切艺术品的共同点,同时揭露艺术品与人类其他产物的显著的不同点。

在诗歌,雕塑,绘画,建筑,音乐五大艺术中,后面两种解释比较困难,留待以后讨论;现在先考察前面三种。你们都看到这三种有一个共同的特征,就是多多少少是"模仿的"艺术。

初看之下,好像这个特征便是三种艺术的本质,它们的目的便是尽量正确的模仿,显而易见,一座雕像的目的是要逼真的模仿一个生动的人,一幅画的目的是要刻画真实的人物与真实的姿态,按照现实所提供的形象描写室内的景物或野外的风光。同样清楚的是,一出戏,一部小说,都企图很正确的表现一些真实的人物,行动,说话,尽可能的给人一个最明确最忠实的形象。假如形象表现不充分或不正确,我们会对雕塑家说:"一个胸脯或者一条腿不是这样塑造的。"我们会对画家说:"你的第二景的人物太大了,树木的色调不真实。"我们会对作家说:"一个人的感受和思想,从来不像你所假定的那样。"

可是还有更有力的证据,首先是日常经验。只消看看艺术家的生平,就发觉通常都分作两个部分。第一部分是青年期与成熟期:艺术家注意事物,很仔细很热心的研究,把事物放在眼前;他花尽心血要表现事物,忠实的程度不但到家,甚至于过分。到了一生的某一时期,艺术家以为对事物认识够了,没有新东西可发现了,就离开活生生的模型,依靠从经验中搜集来的诀窍写戏,写小说,作画,塑像。第一个时期是真情实感的时期;第二个时期是墨守成法与衰退的时期。便是最了不起的大作家,几乎生平都有这样两个部分。——米开朗琪罗的第

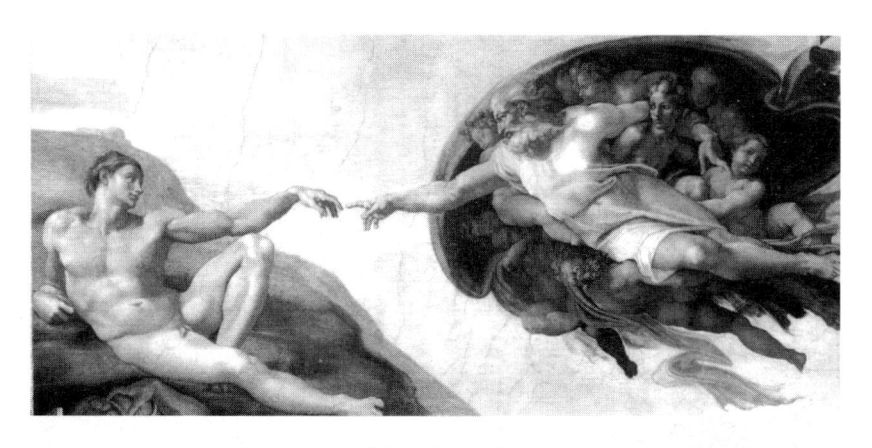

米开朗琪罗:《神创造亚当》,天顶画局部

米开朗琪罗:《原罪》,天顶画局部

一阶段很长,不下六十年之久;那个阶段中的全部作品充满着力的感觉和英雄气概。艺术家整个儿浸在这些感情中间,没有别的念头。他做的许多解剖,画的无数的素描,经常对自己做的内心分析,对悲壮的情感和反映在肉体上的表情的研究,在他不过是手段,目的是要表达他所热爱的那股勇于斗争的力。西斯廷礼拜堂的整个天顶和每个屋

米开朗琪罗:《神创造太阳和月亮》,天顶画局部

米开朗琪罗:《洪水》,天顶画局部

角〔三十三至三十七岁间的作品〕①,给你们的印象就是这样。然后你们不妨走进紧邻的波里纳教堂,考察一下他晚年的〔六十七至七十五

---

① 凡是六角号〔〕内的文字,都是译者附加的简短说明。——西斯廷天顶画的题材是《圣经》上的《创世记》与许多男女先知;米开朗琪罗在三十年后又为西斯廷教堂作大壁画,即《最后之审判》。

岁间]作品:《圣保罗的改宗》与《圣彼得上十字架》;也不妨看看他六十七岁时在西斯廷所作的壁画:《最后之审判》。不但内行,连外行也会注意到:那两张壁画①是按照一定的程式画的;艺术家掌握了相当数量的形式,凭着成见运用,惊人的姿势越来越多,缩短距离的透视技术越来越巧妙;但在滥用成法,技巧高于一切的情形之下,早期作品所有的生动的创造,表现的自然,热情奔放,绝对真实等等的优点,这里都不见了,至少丧失了一部分;米开朗琪罗虽则还胜过别人,但和他过去的成就相比已经大为逊色了。

  同样的评语对另外一个人,对我们法国的米开朗琪罗也适用。高乃依②早期也受着力的感觉和英雄精神的吸引。新建的君主国[十七世纪时的法国]继承了宗教战争的强烈的感情,动辄决斗的人做出许多大胆的行动,封建意识尚未消灭的心中充满着高傲的荣誉感,宫廷中尽是皇亲国戚的阴谋与黎塞留的镇压所造成的血腥的悲剧。高乃依耳濡目染,创造了希曼纳和熙德,包里欧克德和波里纳,高乃莉,赛多吕斯,爱弥丽和荷拉斯一类的人物。后来,他写了《班大里德》《阿提拉》和许多失败的戏,情节甚至于骇人听闻,浮夸的辞藻湮没了豪侠精神。那时,他过去观察到的活生生的模型在上流社会的舞台上不再触目皆是。至少作者不再去找活的模型,不更新他创作的灵感。他只凭诀窍写作,只记得以前热情奋发的时期所找到的方法,只依赖文学理论,只讲究情节的变化和大胆的手法。他抄袭自己,夸大自己。他不再直接观察激昂的情绪与英勇的行动,而用技巧,计划,成规来代替。他不再创作而是制造了。

  不但这个或那个大师的生平,便是每个大的艺术宗派的历史,也证明模仿活生生的模型和密切注视现实的必要。一切宗派,我认为没有例外,都是在忘掉正确的模仿,抛弃活的模型时候衰落的。在绘画方面,这种情形见之于米开朗琪罗以后制造紧张的肌肉与过火的姿

---

① 指波里纳教堂中的《圣保罗之改宗》与《圣彼得上十字架》。
② 大家知道高乃依是悲剧作家,所谓"法国的米开朗琪罗"是指精神上的气质相近。

米开朗琪罗:《最后之审判》
——圣徒彼得

米开朗琪罗:《最后之审判》——一个有自尊的人

米开朗琪罗:《圣彼得上十字架》,壁画,1546—1550年

态的画家,见之于威尼斯诸大家以后醉心舞台装饰与滚圆的肉体的人,见之于十八世纪法国绘画消歇的时候的学院派画家和闺房画家。文学方面的例子是颓废时代的拉丁诗人和拙劣的辞章家;是结束英国戏剧的专讲刺激,华而不实的剧作家;是意大利衰落时期制造十四行诗,卖弄警句,一味浮夸的作家。在这些例子中,我只举出两个,但是很显著的两个。——第一是古代的雕塑与绘画的没落。只要参观庞贝和拉韦纳两地,我们就有一个鲜明的印象。庞贝的雕塑与绘画是公元一世纪的作品;拉韦纳的宝石镶嵌是六世纪的作品,最早的可以追溯到查士丁尼皇帝的时代〔六世纪前半期〕。这五百年中间,艺术败坏到不可救药的地步,而这败坏完全是由于忘记了活生生的模型。第一世纪时,练身场的风俗和异教趣味都还留存,男子还穿着便于脱卸的宽大的衣服,经常进公共浴场,裸着身体锻炼,观看圆场中的搏斗,心领神会的欣赏肉体的活泼的姿势。他们的雕塑家,画家,艺术家,周围尽是裸体的或半裸体的模型,尽可加以复制。所以在庞贝的壁上,狭小的家庭神堂里,天井里,我们能看到许多美丽的跳舞女子,英俊活泼的青年英雄,胸脯结实,腿脚轻健,所有的举动和肉体的形式都表现得那么正确,那么自在,我们今日便是下了最细致的功夫也望尘莫及。以后五百年间,情形逐渐变化。异教的风俗,锻炼身体的习惯,对裸体的爱

《祭神舞》,庞贝壁画(局部),公元前二世纪至前一世纪

《于斯蒂尼安皇帝出巡》，拉韦纳的宝石镶嵌，公元前六世纪

好，一一消失。身体不再暴露而用复杂的衣着隐蔽，加上绣件，红布，东方式的华丽的装饰。社会重视的不是技击手和青少年了，而是太监，书记，妇女，僧侣；禁欲主义开始传布，跟着来的是颓废的幻想，空洞的争论，舞文弄墨，无事生非的风气。<u>拜占庭</u>帝国的无聊的饶舌家，代替了英勇的<u>希腊</u>运动员和顽强的<u>罗马</u>战士。关于人体的知识与研究逐渐禁止。人体看不见了；眼睛所接触的只有前代大师的作品，艺术家只能临摹这些作品；不久只能临摹临本的临本。辗转相传，越来越间接；每一代的人都和原来的模型远离一步。艺术家不再有个人的思想，个人的情感，不过是一架印版式的机器。教士们[①]自称绝不创新，只照抄传统所指示而为当局所认可的面貌。作者与现实分离的结果，艺术就变成你们在<u>拉韦纳</u>看到的情形。到五个世纪之末，艺术家

[①] 中世纪的艺术像其他学术一样为教会垄断，故当时艺术家大都是教士；且作者此言已越出五六世纪的范围而泛指整个中世纪。

表现的人只有坐与立两种姿势,别的姿势太难了,无法表现。画上手脚僵硬,仿佛是断裂的;衣褶像木头的裂痕,人物像傀儡,一双眼睛占满整个的脸。艺术到了这个田地,真是病入膏肓,行将就木了。

上一世纪我国另一种艺术的衰落,情形相仿,原因也差不多。路易十四时代,法国文学产生了一种完美的风格,纯粹,精雅,朴素,无与伦比,尤其是戏剧语言和戏剧诗,全欧洲都认为是人类的杰作。因为作家四周全是活生生的模型,而且作家不断的加以观察。路易十四说话的艺术极高,庄重,严肃,动听,不愧帝皇风度。从朝臣的书信,文件,杂记上面,我们知道贵族的口吻,从头至尾的风雅,用字的恰当,态度的庄严,长于辞令的艺术,在出入宫廷的近臣之间像王侯之间一样普遍,所以和他们来往的作家只消在记忆与经验中搜索一下,就能为他的艺术找到极好的材料。

到一个世纪之末,在拉辛与德利尔之间①,情形大变。古典时代的谈吐与诗句所引起的钦佩,使人不再观察活的人物,而只研究描写那些人物的悲剧。用做模型的不是人而是作家了。社会上形成一套刻板的语言,学院派的文体,装点门面的神话,矫揉造作的诗句,字汇都经过审定,认可,采自优秀的作家。上一世纪〔十八世纪〕末期,本世纪〔十九世纪〕初期,就盛行那种可厌的文风和莫名其妙的语言,前后换韵有一定,对事物不敢直呼其名,说到大炮要用一句转弯抹角的话代替,提到海洋一定说是安菲特里特女神。重重束缚之下的思想谈不到什么个性,真实性和生命。那种文学可以说是老冬烘学会的出品,而那种学会只配办一个拉丁诗制造所。

由此所得的结论似乎艺术家应当全神贯注的看着现实世界,才能尽量逼真的模仿,而整个艺术就在于正确与完全的模仿。

三

这个结论是否从各方面看都正确呢?应不应该就肯定说,绝对正

---

① 拉辛与德利尔之间的年代大约等于整个十八世纪。

确的模仿是艺术的目的呢？

倘是这样，诸位先生，那么绝对正确的模仿必定产生最美的作品。然而事实并不如此。以雕塑而论，用模子浇铸是复制实物最忠实最到家的办法，可是一件好的浇铸品当然不如一个好的雕塑。——在另一部门内，摄影是艺术，能在平面上靠了线条与浓淡把实物的轮廓与形体复制出来，而且极其完全，绝不错误。毫无疑问，摄影对绘画是很好的助手；在某些有修养的聪明人手里，摄影有时也处理得很有风趣；但绝没有人拿摄影与绘画相提并论。——再举一个最后的例子，假定正确的模仿真是艺术的最高目的，那么你们知道什么是最好的悲剧，最好的喜剧，最好的杂剧呢？应该是重罪庭上的速记，那是把所有的话都记下来的。可是事情很清楚，即使偶尔在法院的速记中找到自然的句子，奔放的感情，也只是沙里淘金。速记能供给作家材料，但速记本身并非艺术品。

或许有人说，摄影，浇铸，速记，都是用的机械方法，应当撇开机械，用人的作品来比较。那么就以最工细最正确的艺术品来说吧。卢浮美术馆有一幅登纳的画。登纳用放大镜工作，一幅肖像要画四年；他画出皮肤的纹缕，颧骨上细微莫辨的血筋，散在鼻子上的黑斑，逶迤曲折，伏在表皮底下的细小至极的淡蓝的血管；他把脸上的一切都包罗尽了，眼珠的明亮甚至把周围的东西都反射出来。你看了简直会发愣：好像是一个真人的头，大有脱框而出的神气；这样成功这样耐性的作品从来没见过。可是凡·代克的一张笔致豪放的速写就比登纳的肖像有力百倍；而且不论是绘画是别的艺术，哄骗眼睛的东西都不受重视。

还有第二个更有力的证据说明正确的模仿并非艺术的目的，就是事实上某些艺术有心与实物不符，首先是雕塑。一座雕像通常只有一个色调，或是青铜的颜色，或是云石①的颜色；雕像的眼睛没有眼珠；但

---

① 云石即大理石，因大理为我国地名，不宜出之于西欧作家之口，故改译为云石，且雕塑用的云石多半是全白的，与大理石尚有区别。

艺术品的本质及其产生

凡·代克:《林边》,速写,1631?年

正是色调的单纯和表情的淡薄构成雕像的美。我们不妨看看逼真到极点的作品。那不勒斯和西班牙的教堂里有些着色穿衣的雕像,圣者披着真正的道袍,面黄肌瘦,正合乎苦行僧的皮色,血迹斑斑的手和洞穿的腰部确是钉过十字架的标记;周围的圣母衣着华丽,打扮得像过节一般,穿着闪光的绸缎,头上戴着冠冕,挂着贵重的项链,鲜明的缎带,美丽的花边,皮肤

凡·代克:《抓捕基督》,速写

红润,双目炯炯,眼珠用宝石嵌成。艺术家这种过分正确的模仿不是给人快感,而是引起反感,憎厌,甚至令人作恶。

在文学方面亦然如此。半数最好的戏剧诗,全部希腊和法国的古典剧,绝大部分的西班牙和英国的戏剧,非但不模仿普通的谈话,反而故意改变人的语言。每个戏剧诗人都叫他的人物用韵文讲话,台词有节奏,往往还押韵。这种作假是否损害作品呢?绝对不损害。现代有一部杰作在这方面做的试验极有意义:歌德的《伊菲姬尼》先用散文写成,后来又改写为诗剧。散文的《伊菲姬尼》固然很美,但变了诗歌更了不起。显然因为改变了日常的语言,用了节奏和音律,作品才有那种无可比拟的声调,高远的境界,从头至尾气势壮阔,慷慨激昂的歌声,使读者超临在庸俗生活之上,看到古代的英雄,浑朴的原始民族,那个庄严的处女〔伊菲姬尼〕既是神明的代言人,又是法律的守卫者,又是人类的保护人;诗人把人性中所有仁爱与高尚的成分集中在她身上,赞美我们的族类,鼓舞我们的精神。

四

由此可见,艺术应当力求形似的是对象的某些东西而非全部。我们要辨别出这个需要模仿的部分;我可以预先回答,那是"各个部分之间的关系与相互依赖"。原谅我用这个抽象的定义,你们听了下文就会明白。

比如你面前有一个活的模型,或是男子,或是女人,你用来临摹的工具只有一支铅笔,一张比手掌大两倍的纸;当然不能要求你把四肢的大小照样复制,你的纸太小了;也不能要你画出四肢的色调,你手头只有黑白两色。所要求你的只是把对象的"关系",首先是比例,就是大小的关系,复制出来。头有多少长,身体的长度就应该若干倍于头,手臂与腿的长度也应该以头为标准,其余的部分都是这样。——其次,你还得把姿势的形式或关系复制出来,对象身上的某种曲线,某种椭圆形,某种三角形,某种曲折,都要用性质相同的线条描画。总而言之,需要复制的不是别的,而是连接各个部分的关系;需要表达的不是肉体的单纯的外表,而是肉体的逻辑。

同样,你面前有一群活动的人,或是平民生活的一景,或是上流社会的一景,要你描写。你有你的眼睛,你的耳朵,你的记忆,或许还有一支铅笔可以临时写五六条笔记:工具很少,可是够了。因为人家不要求你报告十来二十个人的全部谈话,全部动作,全部行为。在这里像刚才一样,只要求你记录比例,关系,首先是正确保持行为的比例:倘若人物所表现的是野心,你的描写就得以野心为主;倘是吝啬,就以吝啬为主;倘是激烈,就以激烈为主。其次要注意这些行为之间的相互关系,就是要表现出一句话是另外一句引起的,一种感情,一种思想,一种决定,是另一种感情,另一种思想,另一种决定促发的,也是人物当时的处境促发的,也是你认为他所具备的总的性格促发的。总之,文学作品像绘画一样,不是要写人物和事故的外部表象,而是要写人物与事故的整个关系和主客的性质,就是说逻辑。因此,一般而论,我们在实物中感到兴趣而要求艺术家摘录和表现的,无非是实物内部外部的逻辑,换句话说,是事物的结构,组织与配合。

你们看,我们在哪一点上修正了我们的第一个定义;这并非推翻第一个定义,而是加以澄清。我们现在发现的是艺术的更高级的特征,有了这个特征,艺术才成为理智的产物而不仅是手工的出品。

五

以上的解释是不是够了? 我们所看见的艺术品是否以单单复制各个部分的关系为限? 绝对不是。因为最大的艺术宗派正是把真实的关系改变最多的。

比如考察意大利派,以其中最大的艺术家米开朗琪罗为例;为了有个明确的观念,你们不妨回想一下他的杰作,放在佛罗伦萨梅迪契墓上的四个云石雕像。你们之中没有见过原作的人,至少熟悉复制品。在两个男人身上,尤其在一个睡着,一个正在醒来的女人身上,各个部分的比例毫无问题与真人的比例不同。便是在意大利也找不到那样的人物。你可以看见衣着华丽,年轻貌美的女子,眼睛发亮,蛮气十足的乡下人,肌肉结实,举止大方的画院中的模特儿;可是不论在乡村中,在庆祝会上,在画室里,不论在意大利还是在旁的地方,不论是现在还是十六世纪,没有一个真正的男人女人,和米开朗琪罗陈列在梅迪契庙堂中的愤激的英雄,心情悲痛的巨人式的处女相像。米开朗琪罗的典型是在他自己心中,在他自己的性格中找到的。要在心中找到这样的典型,艺术家必须是个生性孤独,好深思,爱正义的人,是个慷慨豪放,容易激动的人,流落在萎靡与腐化的群众之间,周围尽是欺诈与压迫,专制与不义,自由与乡土都受到摧残,连自己的生命也受着威胁,觉得活着不过是苟延残喘,既不甘屈服,只有整个儿逃避在艺术中间,但在备受奴役的缄默之下,他的伟大的心灵和悲痛的情绪还是在艺术上尽情倾诉。米开朗琪罗在那个睡着的雕像的座子上写着:"只要世上还有苦难和羞辱,睡眠是甜蜜的,要能成为顽石,那就更好。一无所见,一无所感,便是我的福气;因此别惊醒我。啊! 说话轻些吧!"他受着这样的情绪鼓动,才会创造那些形体;为了表现这情绪,他才改变正常的比例,把躯干与四肢加长,把上半身弯向前面,眼眶特别凹陷,额上的皱痕像攒眉怒目的狮子,肩膀上堆着重重叠叠的肌肉,背上的筋和脊骨扭做一团,像一条拉得太紧,快要折断的铁索一般紧张。

同样,我们来考察佛兰德斯画派;在这个画派中以大师鲁本斯为例,在鲁本斯的作品中以最触目的一幅《甘尔迈斯》①为例。这幅画不比米开朗琪罗的四座雕像更接近普通的比例,你们不妨到佛兰德斯看看真实的人物。即使在他们高高兴兴,大吃大喝的时候,在安特卫普和别处的巨人节上,也只有一些酒醉饭饱的老百姓,心平气和的抽着烟,冷静,懂事,神色黯淡,脸上的粗线条很不规则,颇像特尼斯笔下的人物;至于《甘尔迈斯》画上那批精壮的粗汉,你可绝对找不到,鲁本

---

① "甘尔迈斯"(即《乡村节庆》)是佛兰德斯民族特有的宗教节日。巨人节则是另一种为传说中的巨人举行的庆祝会。两种节会每年都举行。

米开朗琪罗:《晨》,梅迪契墓上之大理石雕塑,1520—1534年

米开朗琪罗:《晨》,局部

米开朗琪罗:《暮》,梅迪契墓上之大理石雕塑,1520—1534年

米开朗琪罗:《暮》,局部

鲁本斯:《甘尔迈斯》,木板画,1635?—1638年

斯是在别处搜罗来的。在残酷的宗教战争以后,肥沃的佛兰德斯①受了长时期的蹂躏,终于重享太平;土地那么富饶,人民那么安分,社会的繁荣安乐一下子就恢复过来。个个人体会到丰衣足食的新兴气象;现在和过去对比之下,粗野的本能不再抑制而尽量要求享受,正如长期挨饿的牛马遇到青葱的草原,满坑满谷的刍秣。鲁本斯自己就体会到这个境界,所以在他大批描绘的鲜艳洁白的裸体上面,在肉欲旺盛的血色上面,在毫无顾忌的放荡中间,尽量炫耀生活的富裕,肉的满足,尽情发泄的粗野的快乐。为了表现这种感觉,鲁本斯画的《甘尔迈斯》才把躯干加阔,大腿加粗,腰部扭曲;人物才画得满面红光,披头散发,眼中有一团粗犷的火气流露出漫无节制的欲望;还有狼吞虎咽的喧哗,打烂的酒壶,翻倒的桌子,叫嚷,接吻,闹酒,总之是从来没有一

---

① 十七世纪以前,今之荷兰及比利时均未独立。法国的北方州,阿多阿州。今比利时之一半,荷兰滨海的齐兰德一省,统称为佛兰德斯,历受勃艮第公国,日耳曼帝国及西班牙的统治。美术史对于该地区的艺术,至鲁本斯在世时为止(十七世纪中叶)均称佛兰德斯派。十七世纪中始分出荷兰画派,但在十六世纪末叶显然带着独特面目的北方画家,美术史家亦已归入荷兰画派。

个画家描写过的兽性大发的场面。

以上两个例子给你们说明，艺术家改变各个部分的关系，一定是向同一方向改变，而且是有意改变的，目的在于使对象的某一个"主要特征"，也就是艺术家对那个对象所抱的主要观念，显得特别清楚。诸位先生，我们要记住"主要特征"这个名词。这特征便是哲学家说的事物的"本质"，所以他们说艺术的目的是表现事物的本质。"本质"是专门名词，可以不用，我们只说艺术的目的是表现事物的主要特征，表现事物的某个突出而显著的属性，某个重要观点，某种主要状态。

这儿我们接触到艺术的真正的定义了，这个定义应当理解得很清楚；我们要强调并且明确的指出，什么叫作主要特征。我可以马上回答说：主要特征是一种属性；所有别的属性，或至少是许多别的属性，都是根据一定的关系从主要特征引申出来的。原谅我又来一次抽象的解释，等会有了例子就会明白。

狮子的主要特征，生物学上据以分类的特征，是大型的肉食兽。所有的特点，不论是属于体格方面的还是属于性格方面的，几乎都从这一点上引申出来。先看身体：牙齿像剪刀，上下颚的构造正好磨碎食物；而且这也是必需的，因为是肉食兽，需要吃活的动物。为了运用上下颚这两把大钳子，需要极其巨大的肌肉；为了安放这些肌肉，又需要比例相当的太阳穴。狮子脚上也有钳子，就是伸缩自如的利爪，它走路脚尖着力，所以行动轻捷；粗壮的大腿能像弹簧一般把身体抛掷出去；眼睛在黑夜里看得很清楚，因为黑夜是猎食最好的时间。一位生物学家给我看一副狮子的骨骼，对我说："这简直是一架活动钳床。"一切性格上的特点也完全一致：先是嗜血的本能，除了鲜肉，不吃别的东西；其次是神经特别坚强，使它一刹那间能集中大量的气力来攻击或防卫；另一方面有昏昏欲睡的习惯，空闲的时间神气迟钝，严肃，阴沉，为了猎食而紧张过后大打呵欠。所有这些性格都是从肉食兽的特征上来的，所以我们把肉食兽叫作狮子的主要特征。

再研究一个比较困难的例子，研究一个地区，连同它的结构、外形、耕作、植物、动物、居民、城市等等的无数细节在内,比如尼德兰①。尼德兰的主要特征是"冲积土",就是河流把淤泥带到出口的地方,积聚为陆地。单单从"冲积土"这个名词上就产生无数的特点构成地区的全部外形,不仅构成地理的外貌和本质,并且构成居民及其事业的特色,精神与物质方面的性质。第一,那里的自然界是潮湿而肥沃的平原。那是必然的,因为河流又多又宽,有大量的腐殖土。平原上四季常青;因为那些懒洋洋的平静的江河,以及在平坦与潮湿的地上很容易开凿的无数的运河,使空气永远滋润。你们单凭推想就能知道当地的景色:灰白的天空经常有暴雨掠过,便是晴天也像笼着轻纱一般,因为湿漉漉的泥地上飘起一阵阵稀薄的水汽,织成一个透明的天幕,一匹雪花般的绝细的纱罗,罩在一望无际,满眼青绿的大地上。再看那个区域的生物:品种极多与数量丰富的饲料,招来成群结队的牲畜,或是蹲伏在草上,或是满口嚼着草料,把茫无边际的青葱的平原布满了黄的,白的,黑的斑点。由此产生的大量乳类和肉类,加上肥沃的土地所生产的谷物和菜蔬,使居民有充足而廉价的食物。可以说那个地方是水生草,草生牛羊,牛羊生乳饼,生奶油,生鲜肉;而就是乳饼,奶油,鲜肉,加上啤酒,养活了居民。你们可以看到,佛兰德斯人的气质的确是在富足的生活与饱和水汽的自然界中养成的:例如冷静的性格,有规律的习惯,心情脾气的安定,稳健的人生观,永远知足,喜欢过安乐的生活,讲究清洁和舒服。——主要特征后果深远,连城市的面貌都受到影响。冲积土的地区没有建筑用的石头,只有窑里烧出来的黏土和砖瓦;因为雨水多,雨势猛,所以屋面极度倾斜;因为终年潮湿,所以门面都用油漆。在一个佛兰德斯的城市里,纵横交错的尽是尖顶的屋子,颜色不是土红便是棕色,老是很干净,往往还发亮;东一处西一处的古老的教堂或者用水底的卵石筑成,或者用碎石子叠起来,再用

---

① 尼德兰一字的意义就是"低地",今荷兰即称为"尼德兰王国"。但这里所指的尼德兰是一个区域更广的地理名称,包括今荷兰、比利时及卢森堡的全部,也即包括除法国各州以外的全部佛兰德斯地区。

三合土黏合；市街保养极好，两边的台阶清洁无比。荷兰的人行道都用砖砌，往往还嵌瓷砖；清早五点，家家户户的女佣拿着抹布跪在地上擦洗。玻璃窗擦得雪亮；俱乐部的大门口摆着常绿树，里面地板上铺着经常更换的细沙；小酒店漆着浅淡柔和的颜色，摆着一排棕色的圆桶，黄澄澄的泡沫在式样别致的玻璃杯中漫出来。所有这些日常生活的细节，心满意足与繁荣日久的标志，都显出基本特征的作用；而气候与土地，植物与动物，人民与事业，社会与个人，无一不留着基本特征的痕迹。

从这些数不清的作用上面可以想见基本特征的重要。艺术的目的就是要把这个特征表现得彰明较著；而艺术所以要担负这个任务，是因为现实不能胜任。在现实界，特征不过居于主要地位；艺术却要使特征支配一切。特征在现实生活中固然把实物加工，但是不充分。特征的行动受着牵制，受着别的因素阻碍，不能深入事物之内留下一个充分深刻充分显明的印记。人感觉到这个缺陷，才发明艺术加以弥补。

我们仍以鲁本斯的《甘尔迈斯》为例。那些强健的女人，精壮的醉汉，结实的胸脯，肥头胖耳的嘴脸，狼吞虎咽的放肆的野人，在当时大吃大喝的集会上也许有几个类似的形象。富足有余，饮食过度的生活，会产生那样粗野的风俗与人物，但只能做到一半。另外有些因素使肉体的精力和兴致不能尽量发泄。先是贫穷：即使在最美好的时代，最兴旺的国家，也有许多人得不到充足的食物，即使不忍饥挨饿，至少是半饥半饱；由于生活艰难，空气恶劣，和一切随贫穷而俱来的苦处，天生的野性与蛮劲难以发展；吃过苦的人总比较软弱，拘束。宗教，法律，警察的管束，刻板的工作养成的习惯，都起着抑制作用；此外还有教育的影响。在适当的生活条件之下，鲁本斯的模特儿可能有一百个，事实上对他真正有用的也许不过五六个。在画家能见到的真正过节的场合，可能这五六个还被一大堆普通的人湮没；也可能在画家实地观察的时候，这五六个人并没有那种姿态，表情，手势，兴致，服装，袒胸露腹的狂态，足以表现粗野与过剩的快乐。由于这许多缺陷，现实才求助于艺术；现实不能充分表现特征，必须由艺术家来补足。

一切上乘的艺术品都是如此。拉斐尔画林泉女神《迦拉丹》的时候,在书信中说,美丽的妇女太少了,他不能不按照"自己心目中的形象"来画。这说明他对于人性,对于恬静的心境,幸福,英俊而妩媚的风度,都有某种特殊的体会,可是找不到充分表现这些意境的模特儿。给他做模型的乡下姑娘,双手因为劳动而变了样子,脚被鞋子磨坏了,因为羞涩或者因为做这个职业的屈辱,眼中还有惊惶的神气。便是他的福尔纳里尼①双肩也太削,手臂的上半部太瘦,神气太严厉,过于拘谨;固然他把福尔纳里尼放在法尔内塞别墅的壁画上②,但已经完全改变过,为了改变,他才把真人身上只有一些痕迹和片段的特征尽量发挥。

可见艺术品的本质在于把一个对象的基本特征,至少是重要的特征,表现得越占主导地位越好,越显明越好;艺术家为此特别删节那些遮盖特征的东西,挑出那些表明特征的东西,对于特征变质的部分都加以修正,对于特征消失的部分都加以改造。

现在让我们放下作品来研究艺术家,考察他们的感受,创新与制作的方式。那仍然与艺术品的定义相符。艺术家需要一种必不可少的天赋,便是天大的苦功天大的耐性也补偿不了的一种天赋,否则只能成为临摹家与工匠。就是说艺术家在事物前面必须有独特的感觉:事物的特征给他一个刺激,使他得到一个强烈的特殊的印象。换句话说,一个生而有才的人的感受力,至少是某一类的感受力,必然又迅速又细致。他凭着清醒而可靠的感觉,自然而然能辨别和抓住种种细微的层次和关系:倘是一组声音,他能辨出气息是哀怨还是雄壮;倘是一个姿态,他能辨出是英俊还是萎靡;倘是两种互相补充或连接的色调,

---

① 可参看契阿拉府第和博尔盖塞府第的两幅福尔纳里尼画像。——原注
译者按:福尔纳里尼当时以美貌著名,为拉斐尔的情妇。作者所提到的两幅肖像都是临本,原作存罗马巴倍里尼画廊。又作者所说的博尔盖塞府第,应改为博尔盖塞别墅;这是博尔盖塞家两所不同的建筑,在罗马两个不同的地点;博尔盖塞家以收藏名画及古雕塑有名于史,全部收藏均存在博尔盖塞别墅。
② 拉斐尔为法尔内塞别墅所作的壁画《迦拉丹》,即以福尔纳里尼为模特儿。

他能辨出是华丽还是朴素；他靠了这个能力深入事物的内心，显得比别人敏锐。而这个鲜明的，为个人所独有的感觉并不是静止的；影响所及，全部的思想机能和神经机能都受到震动。人总是不由自主的要表现内心的感受；他会手舞足蹈，做出各种姿态，急于把他所设想的事物形诸于外。声音会模仿某种腔调；说话会找到色彩鲜明的字眼，意想不到的句法，会有富于形象的，别出心裁的，夸张的风格。显而易见，最初那个强烈的刺激使艺术家活跃的头脑把事物重新思索过，改造过，或是照明事物，扩大事物；或是把事物向一个方面歪曲，变得可笑。大胆的速写和辛辣的漫画就是活生生的例子，说明在一般赋有诗人气质的人身上，都是不由自主的印象占着优势。你们不妨深入了解一下当代的大艺术家大作家，也不妨以过去的大师为例，研究他们的草稿，图样，日记和书信；他们都是不知不觉的经过同样的程序。你用许多好听的名字称呼它，称之为灵感，称之为天才，都可以，都很对；但若要下一个明确的定义，就得肯定其中有个自发的强烈的感觉，为了表现自己，集中许多次要的观念加以改造，琢磨，变化，运用。

现在我们接触到艺术品的定义了。诸位先生，你们可以回顾一下走过的路程。我们对艺术一步一步的得到一个越来越完全，因此也越来越正确的观念。最初我们以为艺术的目的在于模仿事物的外表。然后把物质的模仿与理性的模仿分开之下，我们发现艺术在事物的外表中所要模仿的是各个部分的关系。最后又注意到这些关系可能而且应该加以改变，才能使艺术登峰造极，我们便肯定，研究部分之间的关系是要使一个主要特征在各个部分中居于支配一切的地位。这些定义并非后者推翻前者，而是每个新的定义修正以前的定义，使它更明确。结合所有的定义，按照低级隶属于高级的次序安排一下，那么我们以上的研究工作可以得出一个结论如下："艺术品的目的是表现某个主要的或突出的特征，也就是某个重要的观念，比实际事物表现得更清楚更完全；为了做到这一点，艺术品必须是由许多互相联系的部分组成的一个总体，而各个部分的关系是经过有计划的改变的。在雕塑、绘画、诗歌三种模仿的艺术中,那些总体是与实物相符的。"

六

这样确定以后,诸位先生,我们在考察这个定义的各部分的时候,可以看出前一部分是主要的,后一部分是附带的。一切艺术都要有一个总体,其中的各个部分都是由艺术家为了表现特征而改变过的;但这个总体并非在一切艺术中都需要与实物相符;只要有这个总体就行。所以,倘若有各部分互相联系而并不模仿实物的总体,就证明有不以模仿为出发点的艺术。事实正是如此,建筑与音乐就是这样产生的。一方面有结构的与精神的联系,比例,宾主关系,那是三种模仿艺术需要复制的;另一方面还有两种不模仿实物的艺术所运用的数学的关系。

我们先考察视觉所感受的数学关系。——大小物体可以构成一些由数学关系把各部分联合起来的总体。一块木头或石头必有一个几何形,或是立体,或是圆锥,或是圆柱,或是球体;每个形式外围的各点之间都有一定的距离关系。——其次,木石的大小可以构成相互关系,比例简单,一见便明;比如高度是厚度或宽度的二倍四倍,这是第二组的数学关系。——最后,木石可以叠置,可以并列,按照由数学关系联系的角度与距离,排成对称的形式。——建筑便建立在这种由互相联系的部分所构成的总体之上。建筑师心目中有了某一个主要特征,比如在<u>希腊</u>与<u>罗马</u>时代的宁静、朴素、雄壮、高雅等等,在<u>哥特</u>式时代的怪异、变化、无穷、奇妙等等,他就可以把各种关系、比例、大小、形状、位置,总之一切建筑材料的关系,也就是某些大小的关系,加以选择,配合,来表现他心目中的特征。

在肉眼看得见的大小之外,还有耳朵听得见的大小,就是说音响震动的速度。既然这些速度也是大小,当然也能构成由数学关系联系起来的总体。——第一,你们知道,一个乐音〔即非噪音〕是物体的速度平均而连续震动的结果,单是速度平均这个性质已经构成一种数学关系。——第二，有两个音的话，第二个音的震动可以比第一个音快两倍三倍四倍。可见两个音之间又有数学关系，音符记在五线谱上所以要隔着一定的距离，就是表明这数学关系。假定音不止两个，而是一组距离相等的音，那就组成一个音阶；所有的音各自按照在音阶上的位置而同别的音发生关系。——这些关系可加以组织，或者用连续的音，或者用同时发声的音，第一种关系构成旋律，第二种关系构成和声。这便是音乐，而音乐就包括这两个主要部分。音乐与建筑一样，也建立在艺术家能自由组织和变化的数学关系之上。

但音乐还有第二个要素构成它的特殊性和异乎寻常的力量。除了数学性质，声音还同呼喊相似。人的喜怒哀乐，一切骚扰不宁，起伏不定的情绪，连最微妙的波动，最隐蔽的心情，都能由声音直接表达出来，而表达的有力，细致，正确，都无与伦比。在这方面，声音与诗歌的朗诵相近，因此产生一派以表情为主的音乐，就是格鲁克和德国派的音乐，同罗西尼与意大利派以歌唱为主的音乐对峙。但不论作曲家喜欢哪一种观点，音乐上的两大派别仍并行不悖，声音也始终组成由各个部分联系起来的总体；部分之间靠数学关系连接，也靠数学关系和情感以及种种精神状态的一致来连接。音乐家对于事物体会到某个重要的突出的特征，例如喜悦或悲哀，温柔的爱情或激烈的愤怒，或是别的什么观念什么感情，他就在这些数学关系与精神关系中自由选择，自由配合，以便表达他心目中的特征。

因此一切艺术都可归在上面那个定义之中：不论建筑，音乐，雕塑，绘画，诗歌，作品的目的都在于表现某个主要特征，所用的方法总是一个由许多部分组成的总体，而部分之间的关系总是由艺术家配合或改动过的。

七

认识了艺术的本质，就能了解艺术的重要。我们以前只感觉到艺术重要，那只是出于本能而非根据思考。我们只重视艺术，对艺术感到敬意,但不能解释我们的重视和敬意。如今我们能说出我们赞美的根据,指出艺术在生活中的地位。——在许多方面,人是尽力抵抗同类与自然界侵袭的动物。他必须张罗食物、衣着、住处,同寒暑、饥荒、疾病斗争。因此他耕田,航海,从事各式各种的工商业。——此外,还得传宗接代,还得抵抗别人的强暴。因此组织家庭,组织国家;设立法官、公务员、宪法、法律、军队。有了这许多发明,经过这许多劳动,人还没有越出第一个圈子:他还不过是一个动物,仅仅比别的动物供应更充足,保护更周密而已;他还只想到自己和同类。——到了这个阶段,人类才开始一种高级的生活,静观默想的生活,关心人所依赖的永久与基本的原因,关心那些控制万物,连最小的地方都留有痕迹的,控制一切的主要特征。要达到这个目的,一共有两条路:第一条路是科学,靠着科学找出基本原因和基本规律,用正确的公式和抽象的字句表达出来;第二条路是艺术,人在艺术上表现基本原因与基本规律的时候,不用大众无法了解而只有专家懂得的枯燥的定义,而是用易于感受的方式,不但诉之于理智,而且诉之于最普通的人的感官与感情。艺术就有这一个特点,艺术是"又高级又通俗"的东西,把最高级的内容传达给大众。

第二章 艺术品的产生

上面考察过艺术品的本质,现在需要研究产生艺术品的规律。我们一开始就可以说:"作品的产生取决于时代精神和周围的风俗。"我以前曾经向你们提出这规律,现在要加以证明。

这规律建立在两种证据之上,一种以经验为证,一种以推理为证。第一种证据在于列举足以证实规律的大量事例;我曾经给你们举出一些,以后还要再举。我们敢肯定,没有一个例子不符合这个规律;在我们所研究的全部事实中,这规律不但在大体上正确,而且细节也正确,不但符合重要宗派的出现与消灭,而且符合艺术的一切变化一切波动。——第二种证据在于说明,不但事实上这个从属关系〔作品从属于时代精神与风俗〕非常正确,而且也应当正确。我们要分析所谓时代精神与风俗概况;要根据人性的一般规则,研究某种情况对群众与艺术家的影响,也就是对艺术品的影响。由此所得的结论是两者有必然的关系,两者的符合是固定不移的;早先认为偶然的巧合其实是必然的配合。凡是第一种证据所鉴定的,都可用第二种证据加以说明。

一

为了使艺术品与环境完全一致的情形格外显著,不妨把我们以前作过的比较,艺术品与植物的比较,再应用一下,看看在什么情形之下,某一株或某一类植物能够生长,繁殖。以橘树为例:假定风中吹来各式各样的种子随便散播在地上,那么要有什么条件,橘树的种子才能抽芽,成长,开花,结果,生出小树,繁衍成林,铺满在地面上?

那需要许多有利的条件,首先土壤不能太松太贫瘠;否则根长得不深不固,一阵风吹过,树就会倒下。其次土地不能太干燥;否则缺少流水的灌溉,树会枯死的。气候要热;否则本质娇弱的树会冻坏,至少会没有生气,不能长大。夏季要长,时令较晚的果实才来得及成熟。冬天要温和,淹留在枝头上的橘子才不会给正月里的浓霜打坏。土质还要不大适宜于别的植物;否则没有人工养护的橘树要被更加有力的草木侵扰。这些条件都齐备了,幼小的橘树才能存活,长大,生出小树,一代一代传下去。当然,雷雨的袭击,岩石的崩裂,山羊的咬啮,不免毁坏一部分。但虽有个别的树被灾害消灭,整个品种究竟繁殖了,在地面上伸展出去,经过相当的岁月,成为一片茂盛的橘林;例如意大利南部那些不受风霜的山峡,在索伦托和阿马尔菲四周的港湾旁边,一些气候暖和的小小的盆地,既有山泉灌溉,又有柔和的海风吹拂。直要这许多条件汇合,才能长成浓荫如盖,苍翠欲滴的密林,结成无数金黄的果实,芬芳可爱,使那一带的海岸在冬天也成为最富丽最灿烂的园林。

在这个例子中间,我们来研究一下事情发展的经过。环境与气候的作用,你们已经看到。严格说来,环境与气候并未产生橘树。我们先有种子,全部的生命力都在种子里头,也只在种子里头。但以上描写的客观形势对橘树的生长与繁殖是必要的;没有那客观形势,就没有那植物。

结果是气候一变,植物的种类也随之而变。假定环境同刚才说的完全相反,是一个狂风吹打的山顶,难得有一层薄薄的腐殖土,气候寒冷,夏季短促,整个冬天积雪不化:那么非但橘树无法生长,大多数别的树木也要死亡。在偶然散落的一切种子里头,只有一种能存活,繁殖,只有一种能适应这个严酷的环境。在荒僻的高峰上,怪石嶙峋的山脊上,陡峭的险坡上,你们只看见强直的苍松展开着惨绿色的大氅。那儿就同孚日山脉〔法国东部〕,苏格兰和挪威一样,你们可穿过多少里的松林,头上是默默无声的圆盖,脚下踏着软绵绵的枯萎的松针,树根顽强地盘踞在岩石中间;漫长的隆冬,狂风不断,冰柱高悬,唯有这坚强耐苦的树木巍然独存。

所以气候与自然形势仿佛在各种树木中做着"选择",只允许某一种树木生存繁殖,而多多少少排斥其余的。自然界的气候起着清算与取消的作用,就是所谓"自然淘汰"。各种生物的起源与结构,现在就是用这个重要的规律解释的;而且对于精神与物质,历史学与动物学植物学,才具与性格,草木与禽兽,这个规律都能适用。

二

的确,有一种"精神的"气候,就是风俗习惯与时代精神,和自然界的气候起着同样的作用。严格说来,精神气候并不产生艺术家;我们先有天才和高手,像先有植物的种子一样。在同一国家的两个不同的时代,有才能的人和平庸的人数目很可能相同。我们从统计上看到,兵役检查的结果,身量合格的壮丁与身材矮小而不合格的壮丁,在前后两代中数目相仿。人的体格是如此,大概聪明才智也是如此。造化是人的播种者,他始终用同一只手,在同一口袋里掏出差不多同等数量,同样质地,同样比例的种子,撒在地上。但他在时间空间迈着大步撒在周围的一把一把的种子,并不颗颗发芽。必须有某种精神气候,某种才干才能发展;否则就流产。因此,气候改变,才干的种类也随之而变;倘若气候变成相反,才干的种类也变成相反。精神气候仿佛在各种才干中做着"选择",只允许某几类才干发展而多多少少排斥别的。由于这个作用,你们才看到某些时代某些国家的艺术宗派,忽而发展理想的精神,忽而发展写实的精神,有时以素描为主,有时以色彩为主。时代的趋向始终占着统治地位。企图向别方面发展的才干会发觉此路不通;群众思想和社会风气的压力,给艺术家定下一条发展的路,不是压制艺术家,就是逼他改弦易辙。

三

上面那个比较可以给你们作为一般性的指示。现在我们要详细研究精神气候如何对艺术品发生作用。

为求明白起见,我们用一个很简单的,故意简单化的例子,就是悲观绝望占优势的精神状态。这个假定并不武断。只要五六百年的腐化衰落,人口锐减,异族入侵,连年饥馑,疫疠频仍,就能产生这种心境;历史上也出现过不止一次,例如公元前六世纪时的亚洲,公元后三世纪至十世纪时的欧洲。那时的人丧失了勇气与希望,觉得活着是受罪。

我们来看看这种精神状态,连同产生这精神状态的形势,对当时的艺术家起着怎样的作用。先假定那时社会上抑郁,快乐,以及性情介乎两者之间的人,数量和别的时代差不多。那么时代的主要形势怎样改变人的气质呢?往哪个方向改变呢?

首先要注意,苦难使群众伤心,也使艺术家伤心。艺术家既是集体的一分子,不能不分担集体的命运。倘若蛮族的侵略,疫疠饥馑的发生,各种天灾人祸及于全国,持续到几世纪之久,那么直要发生极大的奇迹,艺术家才能置身事外,不受洪流冲击。恰恰相反,他在大众的苦难中也要受到一份倒是可能的,甚至肯定的:他要像别人一样的破产,挨打,受伤,被俘;他的妻子儿女、亲戚朋友的遭遇也相同;他要为他们痛苦,替他们担惊受怕,正如为自己痛苦,替自己担惊受怕一样。亲身受了连续不断的苦楚,本性快活的人也会不像以前那么快活,本性抑郁的要更加抑郁。这是环境的第一个作用。

其次,艺术家在愁眉不展的人中间长大;从童年起,他日常感受的观念都令人悲伤。与乱世生活相适应的宗教,告诉他尘世是谪戍,社会是牢狱,人生是苦海,我们要努力修持以求超脱。哲学也建立在悲惨的景象与堕落的人性之上,告诉他生不如死。耳朵经常听到的无非是不祥之事,不是郡县陷落,古迹毁坏,便是弱者受压迫,强者起内讧。眼睛日常看到的无非是叫人灰心丧气的景象,乞丐,饿莩,断了的桥梁不再修复,阒无人居的市镇日渐坍毁,田地荒芜,庐舍为墟。艺术家从出生到死,心中都刻着这些印象,把他因自己的苦难所致的悲伤不断加深。

而且艺术家的本质越强,那些印象越加深他的悲伤。他之所以成为艺术家,是因为他惯于辨别事物的基本性格和特色;别人只见到部分,他却见到全体,还抓住它的精神。悲伤既是时代的特征,他在事物中所看到的当然是悲伤。不但如此,艺术家原来就有夸张的本能与过度的幻想,所以他还扩大特征,推之极端。特征印在艺术家心上,艺术家又把特征印在作品上,以致他所看到所描绘的事物,往往比当时别人所看到所描绘的色调更阴暗。

我们也不能忘记,艺术家的工作还有同时代的人协助。你们知道,一个人画画也好,写文章也好,绝非与画幅纸笔单独相对。相反,他不能不上街,和人谈话,有所见闻,从朋友与同行那儿得到指点,在书本和周围的艺术品中得到暗示。一个观念好比一颗种子:种子的发芽,生长,开花,要从水分,空气,阳光,泥土中吸取养料;观念的成熟与成形也需要周围的人在精神上予以补充,帮助发展。在悲伤的时代,周围的人在精神上能给他哪一类的暗示呢?只有悲伤的暗示;因为所有的人心思都用在这方面。他们的经验只限于痛苦的感觉和感情,他们所注意的微妙的地方,或者有所发现,也只限于痛苦方面。人总观察自己的内心,倘若心中全是苦恼,就只能研究苦恼。所以在悲痛、愁苦、绝望、消沉这些问题上,他们是内行,而仅仅在这些事情上内行。艺术家向他们请教,他们只能供给这一类的材料;要为了各种快乐或各种快乐的表情向他们找材料,吸收思想,一定是白费的;他们只能有什么提供什么。因此,艺术家想要表现幸福,轻快,欢乐的时候,便孤独无助,只能依靠自身的力量;而一个孤独的人的力量永远是薄弱的,作品也不会高明。相反,艺术家要表现悲伤的时候,整个时代都对他有帮助,以前的学派已经替他准备好材料,技术是现成的,方法是大家知道的,路已经开辟。教堂中的一个仪式,屋子里的家具,听到的谈话,都可以对他尚未找到的形体、色彩、字句、人物,有所暗示。经过千万个无名的人暗中合作,艺术家的作品必然更美,因为除了他个人的苦功与天才之外,还包括周围的和前几代群众的苦功与天才。

还有一个理由,在一切理由中最有力的一个理由,使艺术家倾向于阴暗的题材。作品一朝陈列在群众面前,只有在表现哀伤的时候才受到赏识。一个人所能了解的感情,只限于和他自己感到的相仿的感情。别的感情,表现得无论如何精彩,对他都不生作用;眼睛望着,心中一无所感,眼睛马上会转向别处。我们不妨设想一个人失去财产、国家、儿女、健康、自由,一二十年的戴着镣铐,关在地牢里,像佩利科与安德里阿纳①那样,性格逐渐变质,分裂,越来越抑郁,暗晦,绝望到无可救药的地步。这样的人必然讨厌舞曲;不喜欢看拉伯雷;你带他

---

① 意大利文学家佩利科(1789—1854)以加入反抗奥国统治的烧炭党,被判死刑,后改为有期徒刑十五年,实际幽禁七年(1824—1831),著有《狱中记》。——法国烧炭党人安德里阿纳(1797—1863)在意大利策动反奥运动,被判死刑,后改无期徒刑,实际幽禁八年,亦有《狱中回忆录》传世。

去到鲁本斯的粗野欢乐的人体前面,他会掉过头去;他只愿意看伦勃朗的画,只爱听肖邦的音乐,只会念拉马丁或海涅的诗。群众的情形也一样,群众的趣味完全由境遇决定;抑郁的心情使他们只喜欢抑郁的作品。他们排斥快活的作品,对制作这种作品的艺术家不是责备,便是冷淡。可是你们知道,艺术家从事创作必然希望受到赏识和赞美;这是他最大的雄心。可见除了许多别的原因之外,艺术家的雄心,连同舆论的压力,都在不断的鼓励他,推动他走表现哀伤的路,把他拉回到这条路上,同时阻断他描写无忧无虑与幸福生活的路。

由于这重重壁垒,所有想表现欢乐的作品的途径都受到封锁。即使艺术家冲破第一道关,也要被第二道关阻拦,冲破了第二第三道,也要被第四道阻拦。即使有些天性快活的人,也将要为了个人的不幸而变得抑郁。教育与平时的谈话把他们的脑子装满了悲哀的念头。辨别和扩大事物主要特征的那个特殊而高级的能力,在事物中只会辨别出阴暗的特征。别人的工作与经验,只有在阴暗的题材上给他们暗示,同他们合作。最有权威而声势浩大的群众,也只允许他们采用阴暗的题材。因此,凡是长于表达欢乐,表达心情愉快的艺术家与艺术品,都将销声匿迹,或者萎缩到等于零。

现在我们来考察一个相反的例子,一个以快乐为主的时代,比如那些复兴的时期,在安全、财富、人口、享受、繁荣、美丽的或者有益的发明逐渐增加的时候,快乐就是时代的主调。只要换上相反的字眼,我们以上所做分析句句都适用。同样的推论可以肯定,那时所有的艺术品,虽然完美的程度有高下,一定是表现快乐的。

再以中间状态为例,那是普通常见的快乐与悲哀混杂的情形。把字眼适当改动一下,我们的分析可以同样正确的应用。同样的推论可以肯定,那里的艺术品所表现的混合状态,是同社会上快乐与悲哀的混合状态相符的。

由此可以得出结论,不管在复杂的还是简单的情形之下,总是环境,就是风俗习惯与时代精神决定艺术品的种类;环境只接受同它一致的品种而淘汰其余的品种;环境用重重障碍和不断的攻击,阻止别的品种发展。

四

以上举的是假定的例子,为了容易说得明白而特意简化的;现在以事实为例。你们将要看到,浏览一下历史上的各个重要时期也能证实我们的规律。我要挑出四个时期,欧洲文化的四大高峰:一个是古希腊与古罗马的时代;一个是封建与基督教的中古时代;一个是正规的贵族君主政体,就是十七世纪;一个是受科学支配的工业化的民主政体,就是我们现在生存的时代。每个时期都有它特有的艺术或艺术品种,雕塑,建筑,戏剧,音乐;至少在这些高级艺术的每个部门内,每个时期有它一定的品种,成为与众不同的产物,非常丰富非常完全;而作品的一些主要特色都反映时代与民族的主要特色。让我们考察这些不同的领域,我们将要看到许多不同的花朵。

五

大约三千年以前,爱琴海的许多岛屿和海岸上出现一个很优秀很聪明的种族,抱着一种簇新的人生观。他们既不像印度人埃及人沉溺于伟大的宗教观念,也不像亚述人波斯人致力于庞大的社会组织,也不像腓尼基人迦太基人经营大规模的工商业。这个种族不采取神权统治和等级制度,不采取君主政体和官吏制度,不设立经商与贸易的大机构,却发明了一种新的东西,叫作城邦。每个城邦产生别的城邦,嫩枝离开了躯干,又长出新的嫩枝。单是米莱一邦就化出三百个小邦,把全部黑海海岸做了殖民地。别的城邦也一样:从昔兰尼[①]到马赛,沿着西班牙,意大利,希腊,小亚细亚,非洲的各个海岬和海湾,兴旺的城邦在地中海四周星罗棋布。

---

① 昔兰尼在非洲的地中海岸上,位于埃及之西,为古希腊城邦之一。

城邦的人如何生活呢?① 公民很少亲自劳动,他有下人和被征服的人供养,而且总有奴隶服侍。最穷的公民也有一个管家的奴隶。雅典平均每个公民有四个奴隶,普通的城邦如爱琴,如科林斯,奴隶有四五十万;所以仆役充斥,并且公民也不需要人侍候。像一切细气的南方民族一样,他生活简单:三颗橄榄,一个玉葱〔我们称为洋葱〕,一个沙田鱼头,就能度日②;全部衣着只有一双凉鞋,一件单袖短褂③,一件像牧羊人穿的宽大长袍。住的是狭小的屋子,盖得马虎,很不坚固,窃贼可以穿墙而进④;屋子的主要用途是睡觉;一张床,二三个美丽的水壶,就是主要家具。公民没有多大生活上的需要,平时都在露天过活。

公民空闲的时间如何消磨呢? 既没有国王或祭司需要侍奉,他在城邦中完全是自由自主的人。法官与祭司是他挑选的;他本人也可能被选去担任宗教的与公共的职务。不论皮革匠铁匠,都能在法庭上判决最重大的政治案件,在公民大会中决定国家大事。总之,公共事务与战争便是公民的职责。他必须懂政治,会打仗;其余的事在他眼里都无足重轻;他认为一个自由人应当把全部心思放在那两件大事上。他这么做是不错的;因为那时人的生命不像我们这样有保障,社会不像现在稳固。多数城邦东零西碎分散在地中海沿岸,周围尽是跃跃欲试,想来侵犯的蛮族。做公民的不得不武装戒备,好比今日住在新西兰或日本的欧洲人;否则,高卢人、利比亚人、萨谟奈人,比希尼亚人,马上会攻进城墙,焚烧神庙,驻扎在废墟上。何况城邦与城邦之间还互相敌视,战争的结果又极其残酷;一个战败的城邦往往夷为平地。

---

① 参考格罗特著:《希腊史》(Grote:History of Greece)第二卷第三三七页。——又伯克著:《雅典人的政治经济》(Boeckh:Economie Politique des Athénisns)第一卷第六十一页。——又瓦隆著:《古代的奴隶》(Wallon:Esclavage dans I'Antiquité)。——原注
② 见阿里斯托芬的喜剧:《田鸡》。——吕西安作的《公鸡》。——原注
按:吕西安是公元二世纪时希腊哲学家,作家;《公鸡》是讽刺性质的对话录。
③ 希腊人穿的衬衣往往只有一只袖子,姑译为单袖短褂。凉鞋近于我国的芒鞋。
④ 希腊人对窃贼的正式名称,叫作"凿壁洞的"。——原注
按:与我国古文中的"穿窬"不谋而合。

任何有钱而体面的人,可能一夜之间屋子被烧掉,财产被抢光,妻女卖入妓院,他和儿子变成奴隶,不是送去开矿,便是在鞭子之下推磨。在如此严重的危险之下,自然人人要关心国事,会打仗了。不问政治就有性命之忧。——并且为了自己的野心,为了本邦的荣誉,也要过问政治。每个城邦都想制服和压倒别的城邦,夺取船只,征服别人或剥削别人。① 公民老在广场上过活,讨论如何保存与扩充自己的城,讨论联盟与条约,宪法与法律,听人演说,自己也发言,最后亲自上船,到色雷斯或埃及去跟希腊人,野蛮人或波斯王作战。

　　为了培养这样的公民,他们发明一种特殊的教育。那里没有工业,不知道有战争的机器;打仗全凭肉搏。要得胜不是像现在这样把士兵训练成正确的机器,而是锻炼每个士兵的身体,使他越耐苦越好,越强壮越矫捷越好,总之要造成体格最好最持久的斗士。为了做到这一点,八世纪②时成为全希腊的榜样与推动力的斯巴达,有一个极复杂也极有效的制度。斯巴达城邦是一片没有城墙的田野,像我们在卡比利③的驻屯站,四面全是敌人和战败的异族;所以斯巴达完全军事化,力量集中在攻击与防御上面。要有完美的身体,先得制造强壮的种族;他们的办法就像办马种场④一般。体格有缺陷的婴儿一律处死。法律规定结婚的年龄,选择对生育最有利的时期与情况。老夫而有少妻的,必须带一个青年男子回家,以便生养体格健全的孩子。中年人倘若有一个性格与相貌使他佩服的朋友,可以把妻子借给他。⑤ 制造了种族,第二步是培养个人。青年男子一律编队,上操,过集体生活,

---

① 见修昔底德著:《伯罗奔尼撒战争史》第一卷,特别在波斯战争以后至伯罗奔尼撒战争的一段时间内,雅典人几次出征的事实。——原注
　按:修昔底德是希腊最早的史家,生存于公元前五至公元前四世纪。
② 原文在叙述古希腊时,所谓世纪均指公元前,不另注明,此系一般史家通例。以后译者附注亦按照此例。
③ 卡比利是阿尔及利亚的一个地名。
④ 马种场是改良马种的机构。
⑤ 以上材料散见于克塞诺丰著:《拉西提蒙共和国》。——原注
　按:拉西提蒙是斯巴达的别称。

像我们的子弟兵①。一个队伍分成两个对抗的小组,互相监督,拳打足踢,睡在露天,在寒冷的攸罗塔斯河里洗澡,到野外去抢掠,只喝清水,吃得很少很坏,睡在芦苇编的床上,忍受恶劣的气候。年轻的女孩子像男孩子一样锻炼,成年人也得受差不多相同的训练。当然,那种古式教育在别的城邦没有如此严格,或者要少一些。但办法虽比较温和,但仍是从同样的路走向同样的目标。青年人大半时间都在练身场②上角斗,跳跃,拳击,赛跑,掷铁饼,把赤露的肌肉练得又强壮又柔软;目的是要练成一个最结实,最轻灵,最健美的身体,而没有一种教育在这方面做得比希腊教育更成功的了。③

希腊人这种特有的风气产生了特殊的观念。在他们眼中,理想的人物不是善于思索的头脑或者感觉敏锐的心灵,而是血统好,发育好,比例匀称,身手矫捷,擅长各种运动的裸体。这种思想表现在许多方面。——第一,他们周围的吕底亚人,卡里亚人,几乎所有邻近的异族,都以裸体为羞;只有希腊人毫不介意的脱掉衣服参加角斗与竞走。④ 斯巴达连青年女子运动的时候也差不多是裸体的。可见体育锻炼的习惯把羞耻心消灭了或改变了。——第二,他们全民性的盛大的庆祝,如奥林匹克运动会,波锡奥斯运动会,纳米恩运动会⑤,都是展览与炫耀裸体的场合。希腊各处和最远的殖民地,都有世家大族的子弟赶来参加,他们事先做着长期的准备,过着特殊的生活,勤修苦练。到了会上,在掌声雷动的全民面前,他们裸体角斗,拳击,掷铁饼,竞走,

---

① 法国有一班由国家养育的军人子弟,称为子弟兵。
② 练身场是希腊的一种特殊机构,详见本书第四编。
③ 见柏拉图的《对话录》。——阿里斯托芬的喜剧:《云》。——原注
④ 这是斯巴达人从第十四奥林匹亚特开始采取的习惯。——见柏拉图的《对话录》:《卡尔米特》。——原注
  按:古希腊无纪年制度,从公元前七七六年第一届奥林匹克运动会起,每四年称为一个奥林匹亚特,成为一种纪年的方法。此处所称第十四奥林匹亚特相当于公元前七二四年。
⑤ 奥林匹克运动会为四年一届,敬奥林波斯山上的宙斯神;波锡奥斯运动会亦四年一届,敬德尔斐城邦的阿波罗神;纳米恩运动会两年一届,敬纳米恩山谷中的宙斯神。以上三个运动会,再加两年一届的伊斯米运动会,为古代最著名的"四大运动会"。

赛车。这一类竞赛的锦标,我们现在只让赶节的江湖艺人去角逐①,在当时却是最高的荣誉。赛跑优胜者的姓名,留下来作为该届奥林匹亚特的名称,还有最大的诗人加以歌咏。古代最著名的抒情诗人平达罗斯,几乎只颂赞赛车。得胜的运动员回到本乡,受到凯旋式的欢迎;他的体力与矫捷成为一邦的荣誉。其中有一个叫作"克罗顿人米龙",角斗无敌,被选为将军,带领同乡出征;他身披狮皮,手执棍棒,活像神话中的大力士赫拉克勒斯,而当时的人也的确拿他与赫拉克勒斯相比。另外有个人叫作迪亚戈拉斯,两个儿子同日得奖,抬着他在观众前面游行;群众认为这样大的福气非凡人所能消受,对他嚷道:"迪亚戈拉斯,你可以死了;无论怎么样,你总不能变作神道啊。"迪亚戈拉斯激动得喘不过气来,果然死在两个儿子的怀抱里。在他眼中,在希腊人眼中,儿子能有全希腊最结实的拳头和最轻快的腿,便是享尽人间之福。事实也罢,传说也罢,这样的见解反正说明当时人称赏完美的肉体多么过分。

  因为这缘故,他们不怕在神前和庄严的典礼中展览肉体。有一门研究姿态与动作的学问,叫作"奥盖斯底克",专门教人美妙的姿态,作敬神的舞蹈。萨拉米斯战役②以后,悲剧诗人索福克勒斯年方十五,以俊美出名,在战利品前面裸体跳舞,一边唱贝昂颂歌③。一百五十年之后,亚历山大东征大流士,经过小亚细亚,在阿喀琉斯④墓旁和同伴裸体竞走,表示对古英雄的敬仰。风气所趋,希腊人竟把肉体的完美看作神明的特性,西西里某个城镇有一个美貌出众的青年,不但生前受人喜爱,死后还有人筑坛供奉⑤。在希腊人的《圣经》,荷马的诗歌中,

---

① 现代国际性的奥林匹克运动会始于一八九四年。本书作者于一八九三年下世,在其生前世界上并无体育竞赛的大规模集会,只有江湖艺人的卖技。
② 波斯战争中,希腊人于四八〇年在萨拉米斯岛外大破波斯王瑟克西斯的海军,雅典方得转危为安。
③ 贝昂颂歌是颂赞阿波罗神的歌,后来变为赞美其他的神与英雄的歌,后又变为战歌。
④ 阿喀琉斯是荷马史诗《伊利亚特》中攻打特洛伊的英雄,相传坟墓在小亚细亚。
⑤ 见希罗多德著作。——原注
  按:希罗多德为五世纪时希腊史家,号称史学之祖;所谓著作即指其所著《历史》。

到处可以看到神明与凡人一样有躯体,有刀枪可入的皮肉,会流出殷红的鲜血;有同我们一样的本能,有愤怒,有肉欲;甚至世间的英雄可以做女神的情人,天上的神明也会与人间的女子生儿育女。在奥林波斯①与尘世之间并无不可超越的鸿沟,神明可以下来,我们可以上去。他们胜过我们,只因为他们长生不死,皮肉受了伤痊愈得快,也因为比我们更强壮,更美,更幸福。除此以外,他们和我们一样吃喝,争斗,具备所有的欲望与肉体所有的性能。希腊人竭力以美丽的人体为模范,结果竟奉为偶像,在地上颂之为英雄,在天上敬之如神明。

  从这种观念产生的塑像艺术,其发展的经过很清楚。——一方面,公家对得奖一次的运动员都立一座雕像作纪念;对得奖三次的人还要塑他本人的肖像。另一方面,既然神明也有肉身,不过比凡人的更恬静更完美,那么用雕像来表现神明是很自然的事,无须为此而篡改教理。一座云石或青铜的像不是寓意的作品,而是正确的形象;雕像并非拿神明所没有的肌肉,筋骨,笨重的外壳,强加在神明身上;它的确表现包裹在神明身上的皮肉,构成神明的活生生的形体。要成为神的真实的肖像,只消把像塑得极尽美妙,表现出他之所以超越凡人的那种不朽的恬静。

  可是动手塑造的时节,雕塑家有没有能力呢?他受过什么训练呢?那里的人在浴场上,在练身场上,在敬神的舞蹈中,在公众的竞技中,经常看到裸体和裸体的动作。他们所注意而特别喜爱的,是表现力量,健康和活泼的形态和姿势。他们竭力要使肉体长成这一类形态,培养这一类姿势。三四百年之间,雕塑家们就是这样的修正,改善,发展肉体美的观念。所以他们终于能发现人体的理想模型是不足为奇的。我们今日对于理想人体的观念就得之于他们。在哥特式艺术告终的时期,比萨的尼古拉与近代最早的一批雕塑家脱离了教会传统,放弃细长丑陋,瘦骨嶙峋的形体的时候,就以留存下来的或新出土

---

① 奥林波斯是希腊的山脉,位于马其顿与塞萨利之间,神话及民间传说均认为是神明所居。

的希腊浮雕为模范。到了现代,倘若把平民与思想家的发育不全,受到损坏的身体搁过一边,想对完美的体格重新看到一些样本的话,还得在古代雕塑上,从表现体育生活,表现悠闲高尚的生活的作品中去探求。

希腊雕像的形式不仅完美,而且能充分表达艺术家的思想:这一点尤其难得。希腊人认为肉体自有肉体的庄严,不像现代人只想把肉体隶属于头脑。呼吸有力的胸脯,虎背熊腰的躯干,帮助身体飞纵的结实的腿弯:他们都感到兴趣;他们不像我们特别注意沉思默想的宽广的脑门,心情不快的紧蹙的眉毛,含讥带讽的嘴唇的皱痕。完美的塑像艺术的条件,他们完全能适应;眼睛没有眼珠,脸上没有表情;人物多半很安静,或者只有一些细小的无关重要的动作;色调通常只有一种,不是青铜的就是云石的,把绚烂夺目的美留给绘画,把激动人心的效果留给文学;一方面受着素材的性质与领域狭窄的限制,一方面这些限制也增加塑像的庄严;不表现面部的变化,骚动的情绪,特别与反常的现象,以便显出抽象与纯粹的形体,使端庄和平的塑像在殿堂上放出静穆的光辉,不愧为人类心目中的英雄与神明。——结果雕塑成为希腊的中心艺术,一切别的艺术都以雕塑为主,或是陪衬雕塑,或是模仿雕塑,没有一种艺术把民族生活表现得这样充分,也没有一种艺术受到这样的培养,流传这样普遍。德尔斐城四周有上百所小小的神庙,储藏各邦的财富;这些神庙里就有"无数的雕像,纪念光荣的死者,有云石的,有金的,有银的,有黄铜青铜的,还有其他色彩其他金属的,三三两两,或立或坐,光辉四射,真正是光明之神①的部属"。② 后来罗马清理希腊遗物,广大的罗马城中雕像的数目竟和居民的数目差不多。便是今日,经过多少世纪的毁坏,罗马城内城外出土的雕像,估计总数还在六万以上。雕塑如此发达,花开得如此茂盛,如此完美,长发如此自然,时间如此长久,种类如此繁多,历史上从来不曾有过第二

---

① 德尔斐奉阿波罗为主神,而阿波罗便是代表光明,艺术与先知的神。
② 见米什莱著:《人类的圣经》第二○五页。——原注

《德尔斐的马车夫》,铜,前470—前466?年

回。我们往地下一层一层的挖掘,看到一切社会基础,制度,风俗,观念,都在培养雕塑的时候,就发现了产生这一门艺术的原因。

六

一切古代城邦所特有的这种军事组织,时间一久便显出后果,而且是可悲的后果。战争既是常态,强者必然征服弱者。好几次,在一个强盛或战胜的城邦称霸或领导之下,组成一些领土广大的国家。最后出现一个罗马城邦,人民比别的民族更强,更有耐性,更精明,更能服从与统率,更有始终一贯的眼光和实际的打算,经过七百年的努力,把全部地中海流域和周围的几个大国收入版图。为了达到这个目的,罗马采取军事制度,结果是种瓜得瓜,产生了军人独裁。罗马帝国便是这样组成的。公元一世纪时,在正规的君主政体之下,世界上好像终于有了太平与秩序。但事实上只是衰落。在残酷的征略中间,毁灭的城邦有几百个,死的人有几百万。战胜者也互相残杀了一个世纪;文明世界上的自由人一扫而空,人口减少一半①。公民变成庶民,不需要再追求远大的目标,便颓废懒散,生活奢华,不愿意结婚,不再生儿育女。那时没有机器,一切都用手工制造,整个社会的享受,铺张和奢侈的生活,全靠奴隶用双手的劳动来供应;奴隶不堪重负,逐渐消灭。四百年之后,人口寥落与意志消沉的帝国再没有足够的人力与精力抵抗蛮族。而蛮族的洪流也就决破堤岸,滚滚而来,一批来了又是一批,前后相继,不下五百年之久。他们造成的灾祸非笔墨所能形容;多少人民被消灭,胜迹被摧毁,田园荒芜,城镇夷为平地;工艺、美术、科学,都被损坏、糟蹋、遗忘;到处是恐惧、愚昧、强暴。来的全是野人,等于于龙人与易洛魁人②突然之间驻扎在我们这样有文化有思想的社会上。当时的情形有如在宫殿的帐帷桌椅之间放进一群野牛,一群过后

---

① 见维克托·迪吕伊著:《基督降生前卅年时代的罗马》。——原注
② 于龙人与易洛魁人都是北美洲印第安族的分支,在十八、十九世纪的欧洲人口中等于野蛮人的代名词。

又是一群,前面一群留下的残破的东西,再由第二群的铁蹄破坏干净;一批野兽在混乱的环境中喘息未定,就得起来同狂嗥怒吼,兽性勃勃的第二批野兽搏斗。到第十世纪,最后一群蛮子找到了栖身之处,胡乱安顿下来的时候,人民的生活也不见得好转。野蛮的首领变为封建的宫堡主人,互相厮杀,抢掠农民,焚烧庄稼,拦劫商人,任意盘剥和虐待他们穷苦的农奴。田地荒废,粮食缺乏。十一世纪时,七十年中有四十年饥荒。一个叫作拉乌尔·格拉贝的修士说他已经吃惯人肉;一个屠夫因为把人肉挂在架上,被活活烧死。到处疮痍满目,肮脏不堪,连最简单的卫生都不知道;鼠疫,麻风,传染病,成为土生土长的东西。人性澌灭,甚至养成像新西兰一样吃人的风俗,像卡莱多尼亚人和帕普斯人①一样野蛮愚蠢,卑劣下贱,无以复加。过去的回忆使眼前的灾难更显得可怕;还能读些古书的有头脑的人,模模糊糊的感觉到人类一千年来堕落到什么田地。

  不难想象一个如此持久如此残酷的局面会养成怎样的心境。先是灰心丧气,悲观厌世,抑郁到极点。当时有个作家说:"世界只是一个残暴与淫乱的魔窟。"人间仿佛提早来到的地狱。大批的人出世修道,其中不仅有穷人,弱者,妇女,还有统治阶级的诸侯,甚至国王。一些比较高尚或比较聪明的人,宁可在修道院中过和平单调的日子。将近公元一千年时,大家以为世界末日到了,许多人惊骇之下,把财产送给教堂和修道院。——其次,除了恐怖与绝望,还有情绪的激动。苦难深重的人容易紧张,像病人与囚犯;感觉的发达与灵敏近于女性。他们任情使性,忽而激烈,忽而颓丧,一切过火的行为与夸张的感情都非健康的人所有。他们丧失了中正和平的心情,也就不能有什么刚强果敢,有始有终的活动。他们胡思乱想,流着眼泪,跪在地上,觉得单靠自己活不下去,老是想象一些甜蜜、热烈、无限温柔的境界;兴奋过度与没有节制的头脑只求发泄它的狂热与奇妙的幻想;总而言之,他

---

① 卡莱多尼亚人是古代的苏格兰土人;帕普斯人是澳洲的一种黑人。

们要求爱情。于是出现一种极端夸张的恋爱方式,所谓骑士式的神秘的爱情,为刚强沉着的古人所不知道的。安分平静的夫妇之爱变作附属品,婚姻以外的狂乱与销魂的爱成为主体。大家分析这种感情的微妙,由名媛淑女订下一套恋爱的宪章。舆论公认为"配偶之间不可能有爱情","真正相爱的人彼此什么都不能拒绝"①。女子不是和男子一样的肉身,而是天上的神仙。男人能崇拜她,服侍她,就是了不得的报酬。男女之爱被认为圣洁的感情,可以导向神明之爱,与神明之爱融合为一。诗人们觉得自己的情人有不可思议的力量,便求她指引,带往天界去见上帝②。——不难想象这一类的心情如何助长基督教的势力。厌世的心理,幻想的倾向,经常的绝望,对温情的饥渴,自然而然使人相信一种以世界为苦海,以生活为考验,以醉心上帝为无上幸福,以皈依上帝为首要义务的宗教。无穷的恐怖与无穷的希望。烈焰飞腾和万劫不复的地狱的描写,光明的天国与极乐世界的观念,对于受尽苦难或战战兢兢的心灵都是极好的养料。基督教在这样的基础之上统治人心,启发艺术,利用艺术家。一个当时的人说:"世界脱下破烂的旧衣,替教堂披上洁白的袍子。"于是哥特式的建筑③出现了。

现在我们来看这新兴的建筑物。古代的宗教完全是地方性的,只属于某些阶级某些部族;相反,基督教是普遍的宗教,诉之于广大的群众,号召所有的人拯救灵魂。所以屋子要特别宽大,能容纳一个地区或一个城镇的全部人口,除了贵族与诸侯,还得包括妇女,儿童,农奴,工匠,穷人。供奉希腊神像的小庙,自由公民在前面列队朝拜的游廊,容纳不了这么多人。现在需要一个极宽敞的场所:宏伟的正堂之外,

---

① 教士安德烈语。——原注
② 这是指但丁由俾阿特利斯带往天国(见《神曲》)与彼特拉克由洛拉指引去见上帝(见《诗歌集》)的故事。
③ "哥特式"一字原从哥特族化出,古人以之形容一切野蛮、陈旧、丑恶的东西。历史上以此字加诸中世纪建筑(对中世纪绘画往往亦称哥特式绘画)实有未当,但数百年来已成为史家及一般人熟知的名称。此种建筑自十二世纪兴起于法国,逐步传布至英、德及中欧北欧各地,至文艺复兴方告消歇。

两旁还有侧堂,横里还有十字耳堂;顶上是巨大的穹窿,四边是巨大的支柱。为了超渡自己的灵魂,世世代代的工人赶来工作,直要开凿整座的山头才能完成这个建筑。

走进教堂的人心里都很凄惨,到这儿来求的也无非是痛苦的思想。他们想着灾难深重,被火坑包围的生活,想着地狱里无边无际,无休无歇的刑罚,想着基督在十字架上的受难,想着殉道的圣徒被毒刑磨折。他们受过这些宗教教育,心中存着个人的恐惧,受不了白日的明朗与美丽的风光;他们不让明亮与健康的日光射进屋子。教堂内部罩着一片冰冷惨淡的阴影,只有从彩色玻璃中透入的光线变作血红的颜色,变作紫石英与黄玉的华彩,成为一团珠光宝气的神秘的火焰,奇异的照明,好像开向天国的窗户。

如此纤巧与过敏的想象力绝对不会满足于普通的形式。先是对形式本身不感兴趣;一定要形式成为一种象征,暗示庄严神秘的东西。正堂与耳堂的交叉代表基督死难的十字架;玫瑰花窗连同它钻石形的花瓣代表永恒的玫瑰①,叶子代表一切得救的灵魂;各个部分的尺寸都相当于圣数②。另一方面,形式的富丽、怪异、大胆、纤巧、庞大,正好投合病态的幻想所产生的夸张的情绪与好奇心。这一类的心灵需要强烈、复杂、古怪、过火、变化多端的刺激。他们排斥圆柱,圆拱,平放的横梁,总之排斥古代建筑的稳固的基础,匀称的比例,朴素的美。凡是结实的东西,从出世到生存都不用费力,一生下来就是美的东西,本质优越而不需要补充与点缀的东西,当时的人对之都没有好感。

他们选择的典型不是环拱那一类简单的圆形,也不是柱子与楣带构成的简单的方形,而是两根交叉的曲线复杂的结合,就是所谓尖弓形。他们一味追求庞大:建筑用的石头堆在地上,长达一里,重重叠叠的全是粗大无比的柱子,围廊架空,穹窿高耸,一层一层的钟楼直上云

---

① 但丁以永恒的玫瑰象征极乐的灵魂,在上帝身旁放出不断的芬芳,歌颂上帝。见《神曲·天堂编》诗篇第三十。
② 从上古起各民族均有数字的迷信,基督教亦不例外,凡吉祥之数均称为圣数。

亚眠大教堂,正面,哥特式建筑代表作之一,建于1220—1236年间,钟楼在1366—1402年间方始完成

霄。形式细巧到极点,门洞四周环绕好几层小型雕像;外墙上砌出许多三角墙和怪物形的承溜;红绿相映的玫瑰花窗嵌着弯曲而交错的窗格;唱诗班的席位雕成挑绣的花边一般;钟楼,墓室,祭坛,凸堂与小圣堂,都有小巧玲珑的柱子,复杂的盘花,雕像和树叶形的装饰。他们既要求无穷大,也要求无穷小,同时以整体的庞大与细节的繁复震动人心。目的显然是要造成一种异乎寻常的刺激,令人惊奇赞叹,目眩神迷。

趋向所及,哥特式建筑越发展越奇怪。在十四、十五世纪,所谓火舌式①哥特时代,斯特拉斯堡,米兰,纽伦堡各地的大教堂,布鲁的教堂,完全不问坚固,专门讲究装饰了。有的叠床架屋,矗立着大大小小,结构复杂的钟楼;有的屋外到处布满花边似的线脚。墙上几乎全部开着窗洞,倘没有外扶壁支撑,屋子就会倒坍;建筑物时时刻刻在剥落破裂,需要大队的泥水匠守在旁边,经常修葺。这种把石头镂空的绣作,越往上越细削,细削到尖塔为止,单靠本身无法维持,必须黏合在坚固的铁架之上;而生锈的铁架又需要不断修理,才能支持这个巍峨壮丽而摇摇欲坠的幻影。内部的装饰那么繁琐,尖拱的

---

① 这是后期哥特式建筑的一种风格,一切装饰花纹都像向上的火舌,故称火舌式。

肋骨把荆棘一般拳曲的枝条发展得那么茂密,讲坛,铁栅和唱诗班的座位雕着那么多细巧的花纹,奇奇怪怪的纠结在一起。教堂不像一座建筑物,而像一件细工镶嵌的首饰;简直是一块五彩的玻璃,一个用金银线织成的巨大的网络,一件在喜庆大典上插戴的饰物,做工像王后或新娘用的一般精致。而且还是神经质的兴奋过度的女人的饰物,和同时代的奇装异服相仿;那种微妙而病态的诗意,夸张的程度正好反映奇特的情绪,骚乱的幻想,

亚眠大教堂,正门,门洞内外上下左右雕像林立,中央为基督像,两侧及四周为师徒及先知像

强烈而又无法实现的渴望,这都是僧侣与骑士时代所特有的。

哥特式的建筑持续了四百年,既不限于一国,也不限于一种建筑物。它从苏格兰到西西里,遍及整个欧洲。所有民间的和宗教的,公共的和私人的建筑,都是这个风格。受到影响的不仅有大小教堂,还有要塞和宫堡,市民的住屋和衣着,桌椅和盔甲。从发展的普遍看,哥特式建筑的确表现并且证实极大的精神苦闷。这种一方面不健全,一方面波澜壮阔的苦闷,整个中世纪的人都受到它的激动和困扰。

七

社会制度的建立与瓦解,像血肉之体一样是由于自身的力量,衰弱或康复完全取决于社会的本质与遭遇。中世纪的统治者和剥削者是一些封建主,而每个地方必有一个更强大,更精明,地位更优越的领

亚眠大教堂，西部正面

亚眠大教堂，正堂，尖弓形穹窿与大量的支柱为哥特式建筑的主要特征

袖,维持公众的安宁。在大家一致拥戴之下,他逐步把其余的封建主削弱,团结,组成一个正规而能发号施令的政府,自立为王,成为一国之主。从前和他并肩的一般诸侯,十五世纪时已经变成他的将领,十七世纪时又降为他的侍臣。

这个名词的意义应当好好体会一下。所谓侍臣是一个供奉内廷的人,在王宫中有一个职位或差事,例如洗马,尚寝,大司马等等;他凭着这一类的职衔领薪俸,对主子低声下气的说话,按着级位毕恭毕敬的行礼。但他不是普通的仆役,像在东方国家那样。他的高祖的高祖和国王是同辈,是伴侣,不分尊卑的;由于这个身份,他本身也属于特权阶级,就是贵族阶级;他不仅为了利益而侍候君主,还认为效忠君主①是自己的荣誉。而君主也从来不忘记对他另眼相看。洛赞失约迟到,路易十四怕自己动火,先把手杖掷出窗外。所以侍臣得到主子尊重,被他们当作自己人看待;他和主子很亲密,在主子的舞会中跳舞,跟主子同桌吃饭,同车出门,坐他们的椅子,做他们的宾客。——这样就产生宫廷生活,先是在意大利和西班牙,继而在法国,后

亚眠大教堂,唱诗班席,细巧繁琐之雕刻原为哥特式教堂所常见,此处所用格式称为"火舌式"

---

① 洛赞是路易十四时代的元帅,以聪明奸诈,弄权窃柄,有名于史。

《圣母领报与巡访》，雕塑，立于兰斯大教堂西部正门入口处，是1250—1258年间的作品

来在英国,德国以及北欧各国。但中心是在法国,而把这种生活的光彩全部发挥出来的便是路易十四。

　　现在来考察一下新形势对人的性格与精神发生什么后果。国王的客厅既是全国第一,为社会的精华所在,那么最受钦佩,最有教养,大众作为模范的人,当然是接近君主的大贵族了。他们生性豪侠,自以为出身高人一等,所以行为也非高尚不可。对荣誉攸关的事,他们比谁都敏感,伤了一点面子就不惜性命相搏;路易十三一朝,死于决斗的贵族有四千之多。在他们眼中,出身高贵的人第一要不怕危险。那般漂亮人物,浮华公子,平日多么讲究缎带和假头发的人,会自告奋勇,跑到佛兰德斯的泥淖里作战,在内尔温顿①的枪林弹雨之下一动不

---

① 路易十四曾三次侵略佛兰德斯;一六九三年卢森堡元帅在内尔温顿地方打败荷兰的威廉·奥朗治。

动的站上十来个小时;卢森堡元帅说一声要开仗,凡尔赛宫立刻为之一空,所有香喷喷的风流人物投军入伍像赴舞会一样踊跃。过去的封建思想还没完全消灭,勋贵大族认为国王是天然而合法的首领,应当为他出力,像以前藩属之于诸侯;必要的话,他会贡献出财产、鲜血、生命。在路易十六治下,贵族还挺身而出,保护国王,不少人在八月十日①为他战死。

但另一方面,他们也是宫廷中的侍臣,所以是礼貌周到的上流人士。国王亲自给他们立下榜样。路易十四对女仆也脱帽为礼,圣西蒙的《回忆录》提到某公爵因为连续不断的行礼,走过凡尔赛的庭院只能把帽子拿在手中。因此侍臣是礼节体统方面的专家,在难于应付的场合说话说得很好,手段灵活,镇静沉着,能把事实改头换面,冲淡真相,逢迎笼络,永远不得罪人而常常讨人喜欢。——这些才能和这些意识都是贵族精神经过上流社会的风气琢磨以后的出品,在那个宫廷那个时代达到完美的境界。现在倘想见识一下香气如此幽雅,形状早被遗忘的植物,先得离开我们这个平等,粗鲁,混杂的社会,到植物的发祥地,整齐宏伟的园林中去欣赏。

不难想象,在这种环境中成长的人一定会挑选合乎他们性格的娱乐。他们的趣味也的确像他们的人品:第一爱高尚,因为他们不但出身高尚,感情也高尚;第二爱端整,因为他们是在重礼节的社会中教养出来的。十七世纪所有的艺术品都受着这种趣味的熏陶:普桑和勒叙厄尔的绘画讲究中和,高雅,严肃;芒萨尔和佩罗的建筑以庄重,华丽,雕琢为主;勒诺特的园林以气概雄壮,四平八稳为美。从佩雷勒,勒克莱尔,里戈,南特伊和许多别的作家的版画中,可以看出当时的服装,家具,室内装饰,车辆,无一不留着那种趣味的痕迹。只要看那一组组端庄的神像,对称的角树,表现神话题材的喷泉,人工开凿的水池,修剪得整整齐齐,专为衬托建筑物而布置的树木,就可以说凡尔赛园林

---

① 大革命后,一七九二年八月十日,巴黎群众起义,建立公社,逮捕路易十六。

是这一类艺术的杰作：它的宫殿与花坛,样样都是为重身份,讲究体统的人建造的。但文学受的影响更显明:不论在<u>法国</u>,在<u>欧洲</u>,琢磨文字的艺术从来没有讲究到这个地步。你们知道,<u>法国</u>最大的作家都出在那个时代:<u>波舒哀</u>,<u>帕斯卡尔</u>,<u>拉封丹</u>,<u>莫里哀</u>,<u>高乃依</u>,<u>拉辛</u>,<u>拉罗什富科</u>,<u>特·塞维尼夫人</u>,<u>布瓦洛</u>,<u>拉布吕耶尔</u>,<u>布尔达卢</u>。不仅名流,所有的人都文笔优美。<u>库里耶</u>说,当时一个贴身女仆在这方面的知识比近代的学士院还丰富。的确,优美的文体成为普遍的风气,一个人不知不觉就感染了;日常的谈话与书信所传布的,宫廷生活所教导的,无一而非优美的文体;那已经变作上流人士的习惯。大家对一切外表都要求高尚端整,结果在语言文字方面做到了。在许多文学品种内,有一种发展特别完美,就是悲剧。在这个最卓越的品种之间,我们看到人与作品,风俗与艺术结合为一的最辉煌的例子。

我们先考察<u>法国</u>悲剧的总的面目。这些面目都以讨好贵族与侍臣为目的。诗人从来不忘记冲淡事实,因为事实的本质往往不雅;凶杀的事绝不搬上舞台,凡是兽性都加以掩饰;强暴,打架,杀戮,号叫,痰厥,一切使耳目难堪的景象一律回避,因为观众过惯温文尔雅的客厅生活。由于同样的理由,作者避免狂乱的表现,不像<u>莎士比亚</u>听凭荒诞的幻想支配,作品结构匀称,绝对没有突如其来的事故,想入非非的诗意。前后的场景都经过安排,人物登场都有说明,高潮是循序渐进的,情节的变化是有伏笔的,结局是早就布置好的。对白全用工整的诗句,像涂着一层光亮而一色的油漆,用字精炼,音韵铿锵。如果在版画中翻翻当时的戏装,可以发现英雄与公主们身上的飘带、刺绣、弓鞋、羽毛、佩剑、名为<u>希腊</u>式而其实是<u>法国</u>口味与<u>法国</u>款式的全部服装,就是十七世纪的国王,太子,后妃,在宫中按着小提琴声跳舞的时候所穿戴的。

其次,所有的剧中人物都是宫廷中人物:国王,王后,亲王,妃子,大使,大臣,御林军的将校,太子的僚属,男女亲信等等。法国悲剧中的君王所接近的人,不像古<u>希腊</u>悲剧中是乳母和在主人家里出生的奴隶,而是一般女官,大司马,供奉内廷的贵族;这可以从他们的口才,奉承的本领,完美的教育,优雅的姿态,做臣子与藩属的心理上看出来。他们的主子也和他们同样是十七世纪的法国贵族,极高傲又极有礼貌,在高乃依笔下是慷慨激昂的人物,在拉辛笔下是庄严高尚的人物,他们对妇女都会殷勤献媚,重视自己的姓氏与种族,能把一切重大的利益,一切亲密的感情,为尊严牺牲;言语举动绝不违反最严格的规矩。拉辛悲剧中的伊菲姬尼,在祭坛前面并不为了爱惜性命效小儿女的悲啼,像欧里庇得斯写的那样,她认为自己既是公主,就应当毫无怨言的服从父王,从容就死。荷马诗歌中的阿喀琉斯,踏在垂死的赫克托耳身上还仇恨未消,像狮子豺狼一般恨不得把打败的赫克托耳"活生生的吞下肚去"①;在拉辛笔下,阿喀琉斯却变作孔代亲王一流的人,风流倜傥,热爱荣誉,对妇女殷勤体贴,性子固然暴躁猛烈,但好比一个深自克制的青年军官,便在愤激的关头也守着上流社会的规矩,从来不发野性。所有这些人物说话都彬彬有礼,顾着上流社会的体统,无懈可击。在拉辛的作品中,你们不妨把奥雷斯特与皮洛士第一次的会谈,阿科玛和尤利斯②所扮的角色研究一下;那种伶俐的口齿,别出心裁的客套与奉承,妙不可言的开场白,迅速的对答,随机应变的本领,有力的论点说得那么婉转动听,都是别的地方找不到的。最热烈最狂妄的情人如希波吕托斯,布里坦尼古斯,皮洛士,奥雷斯特,希弗兰斯,也都是有教养的骑士,会作情诗,会行礼。埃尔米奥娜,安德洛玛克,洛克珊,贝雷妮丝,不管她们的情欲多么猛烈,仍旧保持文雅的口吻。米特拉达梯,费德尔,阿塔丽,临死的说话还是句读分明。因

---

① 据荷马史诗《伊利亚特》所述,特洛伊守将赫克托耳勇不可当,卒为希腊英雄阿喀琉斯所杀。——在此以前,出征特洛伊的希腊舰队在奥利斯港以不得风助,不能出发;神示须将一个名叫伊菲姬尼的女子祭献方得解救。希腊统帅迈锡尼王阿伽门农之女即名伊菲姬尼,王召女至,女之未婚夫阿喀琉斯闻之大怒,坚欲反抗,与女偕逃。以上传说曾被古希腊诗人欧里庇得斯写成悲剧;十七世纪法国诗人拉辛取为蓝本,将情节略加改动。上文提到歌德所写的《伊菲姬尼》也是同一题材。

② 希腊神话中这个英雄,英文作尤利西斯或奥德修斯(Odysseus)。

为贵人从头至尾要有气派,死也要死得合乎礼法。这种戏剧可说是贵族社会极妙的写照,像哥特式建筑一样代表人类精神的一个鲜明而完全的面貌,所以也像哥特式建筑一样到处风行。这种艺术以及与之有关的文学,趣味,风俗,欧洲所有的宫廷都加以模仿,或是全部移植,例如斯图亚特王室复辟以后的英国,波旁王室登基以后的西班牙,十八世纪的意大利,德国和俄罗斯。那时法国仿佛当着欧洲的教师。生活方面的风雅,娱乐,优美的文体,细腻的思想,上流社会的规矩,都是从法国传播出去的。一个野蛮的莫斯科人,一个蠢笨的德国人,一个拘谨的英国人,一个北方的蛮子或半蛮子,等到放下酒怀,烟斗,脱下皮袄,离开他只会打猎和鄙陋的封建生活的时候,就是到我们的客厅和书本中来学一套行礼,微笑,说话的艺术。

八

这个显赫的社会并不持久,它的发展就促成它的崩溃。政府既是独裁性质,最后便走上百事废弛与专横的路。国王把高官厚爵赏给宫廷中的贵族,狎昵的亲信,使布尔乔亚与平民大不满意。这些人那时已富有资财,极有知识,人数众多,不满的情绪越高,势力也越大。他们发动了法国大革命,在十年混乱之后建成一个民主与平等的制度,人人都能担任公职,普通只要按照晋级的规章,经过试验与会考。帝政时期的战争与榜样的感染,逐渐把这个制度推广到法国以外,到了今日,除开地方性的差别和暂时的延缓,整个欧洲都在仿效。在新的社会组织之下,加上工业机器的发明与风俗的日趋温和,生活状况改变了,人的性格也跟着改变。现在的人摆脱了专制,受完善的公安机构保护。不管出身多么低微,就业决无限制,无数实用的东西使最穷的人也享受到一些娱乐和便利,那是两百年前的富翁根本不知道的。此外,统治的威权在社会上像在家庭中一样松下来了,布尔乔亚与贵族一律平等,父亲也变成子女的同伴。总而言之,在生活的一切看得见的方面,苦难和压迫减轻了。

但另一方面,野心和欲望开始抬头。人享到了安乐,窥见了幸福,惯于把安乐与幸福看作分内之物。所得越多就越苛求,而所求竟远过于所得。同时实验科学大为发展,教育日益普及,自由的思想越来越大胆;信仰问题以前是由传统解决的了,如今摆脱了传统,自以为单凭才智就能得到崇高的真理。大家觉得道德,宗教,政治,无一不成问题,便在每一条路上摸索,探求。八十年来①不知有多少种互相抗衡的学说与宗派,前后踵接,每一个都预备给我们一个新的主义,向我们建议一种美满的幸福。

这种形势对思想和精神影响很大。由此造成的中心人物,就是说群众最感兴趣最表同情的主角,是郁闷而多幻想的野心家,如<u>勒内</u>,<u>浮士德</u>,<u>维特</u>,<u>曼弗雷迪</u>之流,感情永远不得满足,只是莫名其妙的烦躁,苦闷至于无可救药。这种人的苦闷有两个原因。——先是过于灵敏,经不起小灾小难,太需要温暖与甜蜜,太习惯于安乐。他不像我们的祖先受过半封建半乡下人的教育,不曾受过父亲的虐待,挨过学校里的鞭子,尽管守着在大人面前恭敬肃静的规矩,个性的发展不曾因为家庭严厉而受到阻碍;他不像从前的人需要用到膂力和刀剑,出门不必骑马,住破烂的客店。现代生活的舒服,家居的习惯,空气的暖和,使他变得娇生惯养,神经脆弱,容易冲动,不大能适应生活的实际情况,但生活是永远要用辛苦与劳力去应付的。——其次,他是个怀疑派。宗教与社会的动摇,主义的混乱,新事物的出现,懂得太快,放弃也太快的早熟的判断,逼得他年纪轻轻就东闯西撞,离开现成的大路,那是他父亲一辈子听凭传统与权威的指导一向走惯的。作为思想上保险栏杆的一切障碍都推倒了,眼前展开一片苍茫辽阔的原野,他在其中自由奔驰。好奇心与野心漫无限制的发展,只顾扑向绝对的真理与无穷的幸福。凡是尘世所能得到的爱情,光荣,学问,权力,都不能满足他;因为得到的总嫌不够,享受也是空虚,反而把他没有节制的欲

---

① 这八十年是指大革命到本书编写的年代。

望刺激得更烦躁,使他对着自己的幻灭灰心绝望;但他活动过度,疲劳困顿的幻想也形容不出他一心向往的"远处"是怎么一个境界,得不到而"说不出的东西"究竟是什么。这个病称为世纪病,以四十年前〔一八二〇年代〕为最猖獗;现在的人虽则头脑实际,表面上很冷淡或者阴沉麻木,骨子里那个病依旧存在。

我没有时间指出这种时代精神对全部艺术品所起的作用。受到影响的有谈玄说理,凄凉哀怨的诗歌,在<u>英国</u>,<u>法国</u>,<u>德国</u>,风行一时;有语言的变质与日趋丰富的内容;有新创的品种与新出现的人物;有近代一切大作家的风格与思想感情,从<u>夏多布里昂</u>到<u>巴尔扎克</u>,从<u>歌德</u>到<u>海涅</u>,从<u>柯珀</u>到<u>拜伦</u>,从<u>阿尔菲耶里</u>到<u>莱奥帕尔迪</u>,无一例外。图画方面也有类似的迹象,只要看下面几点就知道:先是那种骚动狂乱的或是考古学的风格,追求戏剧化的效果,讲究心理表现与地方色彩;其次是混乱的思想打乱流派,破坏技法;其次是出的人才特别多,他们都受着新的情绪鼓动,开辟出许多新路;其次是对田野的感情特别深厚,促成整整一派独创的风景画。可是另外有一种艺术,音乐,突然发展到意想不到的规模,成为我们这个时代最显著的特点之一;我想向你们指出的就是这个特点和现代精神的关系。

这门艺术势必产生在两个天生会歌唱的民族中间,<u>意大利</u>和<u>德国</u>。从<u>帕莱斯特里纳</u>到<u>佩尔戈莱西</u>,音乐在<u>意大利</u>酝酿了一个半世纪,正如以前从<u>乔托</u>到<u>马萨乔</u>在绘画方面的情形,一边摸索一边发现技术,积累方法。然后,突然在十八世纪,<u>斯卡拉蒂</u>,<u>马尔切洛</u>,<u>韩德尔</u>一出,音乐立即蓬勃发展。这个时期非常有意义。绘画在<u>意大利</u>正好烟消云散,而在政治极端衰败之下,淫靡的风气给多愁善感与讲究花腔的歌剧提供大批的小白脸①,弹琴求爱的情人,多情的美女。另一方

---

① 此处所谓小白脸是盛行于十八世纪<u>意大利</u>的一种特殊典型,叫作 sigisbeo,<u>意大利</u>叫作 cicisbeo,是为丈夫所默认而代他陪侍妻子的男人,事实上就是半公开的情人。下文所谓弹琴求爱的情人,则是<u>西班牙</u>的特殊典型,叫作 lindor,原为戏剧中的假想人物,往往拿了吉他(六弦琴)到女人窗下弹琴唱歌,倾诉爱情。

面,严肃而笨重的德国人虽则比别的民族觉醒较晚,但终究在克洛卜施托克歌颂福音的史诗①出现之前,在塞巴斯蒂安·巴赫的圣乐中流露出他宗教情绪的严峻与伟大,学力的深湛,天性的忧郁。古老的意大利和新兴的德国都到了一个"感情当令,表现感情"的时代。介乎两者之间的奥国,半日耳曼半意大利的民族,结合两者的精神,产生了海顿,格鲁克,莫扎特。将近法国革命那个摇撼人心的大震动的时候,音乐成为世界性的普遍的艺术,犹如在文艺复兴那个思想大革新的震动之下,绘画成为世界性的普遍的艺术。这新艺术的出现不足为奇,因为它配合新精神的出现,就是我刚才形容的那种烦躁而热情的病人,所谓中心人物的精神。过去贝多芬,门德尔松,韦伯,便是向这个心灵说话;如今迈尔贝尔,柏辽兹,威尔第,便是为这个心灵写作,音乐的对象便是这个心灵的微妙与过敏的感觉,渺茫而漫无限制的期望。音乐正适合这个任务,没有一种艺术像它这样胜任的了。——因为一方面,组成音乐的成分多少近于叫喊,而叫喊是情感的天然,直接,完全的表现,能震撼我们的肉体,立刻引起我们不由自主的同情;甚至整个神经系统的灵敏之极的感觉,都能在音乐中找到刺激,共鸣和出路。——另一方面,音乐建筑在各种声音的关系之上,而这些声音并不模仿任何活的东西,只像一个没有形体的心灵所经历的梦境,尤其在器乐中;所以音乐比别的艺术更宜于表现飘浮不定的思想,没有定型的梦,无目标无止境的欲望,表现人的惶惶不安,又痛苦又壮烈的混乱的心情,样样想要而又觉得一切无聊。——因为这缘故,正当近代的民主制度引起骚乱,不满和希望②的时候,音乐走出它的本乡,普及于整个欧洲,拿法国来说,至此为止的民族音乐只限于歌谣与轻松的歌舞剧,可是你们看到,现在连最复杂的交响乐也在吸引一般的群众了。

---

① 德国诗人克洛卜施托克一生以三十年的精力写一首歌颂救世主的长诗,叫作《弥赛亚》。
② 作者只是指民主制度加强竞争,刺激野心,所以产生这几种心情。

九

诸位先生，这些都是彰明较著的例子，我认为足以肯定那个支配艺术品的出现及其特点的规律；规律不但由此而肯定，而且更明确了。我在这一讲开始的时候说过：艺术品的产生取决于时代精神和周围的风俗。现在可以更进一步，确切指出联系原始因素与最后结果的全部环节。

在以上考察的各个事例中，你们先看到一个总的形势，就是普遍存在的祸福，奴役或自由，贫穷或富庶，某种形式的社会，某一类型的宗教；在古希腊是好战与蓄养奴隶的自由城邦；在中世纪是蛮族的入侵，政治上的压迫，封建主的劫掠，狂热的基督教信仰；在十七世纪是宫廷生活；在十九世纪是工业发达，学术昌明的民主制度；总之是人类非顺从不可的各种形势的总和。

这个形势引起人的相应的"需要"，特殊的"才能"，特殊的"感情"；例如爱好体育或沉于梦想，粗暴或温和，有时是战争的本能，有时是说话的口才，有时是要求享受，还有无数错综复杂，种类繁多的倾向；在希腊是肉体的完美与机能的平衡，不曾受到太多的脑力活动或太多的体力活动扰乱；在中世纪是幻想过于活跃，漫无节制，感觉像女性一般敏锐；在十七世纪是专讲上流人士的礼法和贵族社会的尊严；到近代是一发不可收拾的野心和欲望不得满足的苦闷。

这一组感情，需要，才能，倘若全部表现在一个人身上而且表现得很有光彩的话，就构成一个中心人物，成为同时代的人钦佩与同情的典型：这个人物在希腊是血统优良，擅长各种运动的裸体青年；在中世纪是出神入定的僧侣和多情的骑士；在十七世纪是修养完美的侍臣；在我们的时代是不知餍足和忧郁成性的浮士德和维特。

因为这是最重要，最受关切，最时髦的人物，所以艺术家介绍给群众的就是这个人物，或者集中在一个生动的形象上面，倘是像绘画，雕塑，小说，史诗，戏剧那样的模仿艺术；或者分散在艺术的各个成分中，倘是像建筑与音乐一样不创造人物而只唤起情绪的艺术。艺术家的全部工作可以用两句话包括:或者表现中心人物,或者诉之于中心人物。贝多芬的交响乐,大教堂中的玫瑰花窗,是向中心人物说话的;古代雕像中的《墨勒阿格》和《尼奥勃及其子女》,拉辛悲剧中的阿伽门农和阿喀琉斯,是表现中心人物的。可以说"一切艺术都决定于中心人物",因为一切艺术只不过竭力要表现他或讨好他。

首先是总的形势;其次是总的形势产生特殊倾向与特殊才能;其次是这些倾向与才能占了优势以后造成一个中心人物;最后是声音,形式,色彩或语言,把中心人物变成形象,或者肯定中心人物的倾向与才能:这是一个体系的四个阶段。第一阶段带出第二阶段,第二阶段带出第三阶段,第三阶段带出第四阶段;一个联合体略有变化,就引起以下各个阶段相应的变化,同时表明以前的阶段也有相应的变化,所以我们单凭推理就能向后追溯或向前推断①。据我判断,这个公式能包括一切,毫无遗漏。假定在各个阶段之间,再插进改变后果的次要原因;假定为了解释一个时代的思想感情,在考察环境之外再考察种族;假定为了解释一个时代的艺术品,除了当时的中心倾向以外,再研究那一门艺术进化的特殊阶段和每个艺术家的特殊情感;那么不但人类幻想的重大变化和一般的形式,可以从我们的规律中找出来源,并且各个民族流派的区别,各种风格的不断的变迁,直到每个大师的作品的特色,都能找出本源。采取这样的步骤,我们的解释可以完全了,既说明了形成宗派面貌的共同点,也说明了形成个人面貌的特点。我们将要用这个方法研究意大利绘画;那要费相当时间,也有不少困难,希望你们集中注意,使我能完成这件工作。

十

诸位先生,在下一步工作没有开始之前,我们可以从过去的研究

---

① 这个规则对于文学和各种艺术的研究同样适用。只要从第四阶段向第一阶段回溯上去,严格按照次序就可以了。——原注

中得出一个实用而对个人有帮助的结论。你们已经看到,每个形势产生一种精神状态,接着产生一批与精神状态相适应的艺术品。因为这缘故,每个新形势都要产生一种新的精神状态,一批新的作品。也因为这缘故,今日正在酝酿的环境一定会产生它的作品,正如过去的环境产生过去的作品。这不是单凭愿望或希望所做的假定,而是根据一条有历史证明,有经验为后盾的规则所得的结论。定律一经证实,既适用于昨天,也适用于明天;将来和过去一样,事物的关系必然跟着事物一同出现。所以我们不应当说今日的艺术已经到了山穷水尽之境。事实只是某几个宗派消亡了,不可能复活;某几种艺术凋谢了,将来的时代不会再供给它们所需要的养料。但艺术是文化的最早而最优秀的成果,艺术的任务在于发现和表达事物的主要特征,艺术的寿命必然和文化一样长久。至于将来的艺术是什么形式,五大艺术中哪一种能为将来的思想感情提供一个适当的模子,不在我们研究范围之内。但我们敢断定新形式必定会出现,模子必定会找到。只消放眼一看,就能发觉今日人的生活情况和精神状态变化的深刻、普遍、迅速,非任何时代可比。形成近代精神的三个因素①继续在发生作用,力量越来越大。你们没有一个人不知道,实证科学的发现天天在增加;地质学,有机化学,历史学,动物学和物理学中的整整几个部门,都是现代的产物;实验的进步无穷;新发明的应用也无穷;在一切工作部门,在交通、运输、种植、手艺、工业各方面,人的威力扩大了,每年都有意想不到的发展。你们还知道政治机构也有所改善,社会变得更合理更有人性,它维持内部的和平,保护有才能的人,帮助弱者和穷人;总之,人在各个方面用各种方法培植他的聪明才智,改善他的环境。所以不能否认,人的生活,风俗,观念,都在改变;也不能否认,客观形势与精神状态的更新一定能引起艺术的更新。这个发展的第一个时期,在一八三〇年促成了辉煌的<u>法国派</u>②,现在要看第二时期了;这是给你们施展雄

---

① 这是指民主制度的建立,工业机械的发明,风俗的日趋温和,见本章第八节第一段。
② 指文学艺术上的<u>法国浪漫派</u>。

心和发愤用功的机会。你们踏上前途的时候,大可对你们的时代和你们自己抱着希望;因为以上的研究已经证明,要创作优秀的作品,唯一的条件就是伟大的歌德早已指出过的,"不论你们的头脑和心灵多么广阔,都应当装满你们的时代的思想感情",作品将来自然会产生的。

第四编　希腊的雕塑①

诸位先生②，

　　前几年我给你们讲了意大利和尼德兰的艺术史，在表现人体方面，这是近代两个独创的重要学派。为结束这个课程，我再要给你们介绍最伟大最有特色的一派，古代希腊的一派。——这一次我不讲绘画。除了水瓶，除了庞贝与赫库兰尼姆③的一些宝石镶嵌与小型壁画以外，古代绘画的巨制都已毁灭，无法加以精确的叙述。并且希腊人表现人体还有一种更全民性的艺术，更适合风俗习惯与民族精神的艺术，或许也是更普遍更完美的艺术，就是雕塑。所以我今年讲的题目是希腊雕塑。

　　不幸在这方面跟别的方面一样，古代只留下一个废墟。我们所保存的古代雕像，和毁灭的部分相比简直微不足道。庙堂上色相庄严的巨型神像，原是伟大的时代用来表现它的思想的，我们却只有两个头像④可

---

① 译者于本编手抄本卷首题有："此为丹纳著《艺术哲学》第四编，全书已于一九五八至一九五九年间译竣，交由人民文学出版社，尚未付排。因誊出此编给聪儿先读为快。"——编者注
② 凡重要的人名地名（尤其是人名）均以红笔批注原文于后，全部外文均照法文写法，与英文略有不同，但易于辨认。
　　按：系指为傅聪誊抄的原稿上情况。
③ 意大利南部的庞贝和赫库兰尼姆，同为公元七十九年维苏威火山爆发时埋在地下的古城，庞贝于一七四八年发现，开始发掘；赫库兰尼姆于一七一九年发现，一七三九年起发掘。
④ 一个是朱诺的头，现存卢多维齐别墅〔罗马〕，一个是奥特里科利出土的朱庇特的头〔现存罗马梵蒂冈〕。——原注

以作为推想巨型雕像的根据;菲狄阿斯 Phidias 的真迹,我们一件也没有;至于迈伦 Myron,波利克利托斯 Polyclète,普拉克西泰莱斯 Praxitèle,斯科帕斯 Scopas,利西波斯 Lysippe,我们只见到一些临本或仿制品,时代早晚不等,与原作的距离也颇有问题。我们美术馆里的美丽的雕塑,一般都属于罗马时代,最早也不超过亚历山大的继承人时代①。而最精的作品还是残破的。你们的〔巴黎美专的〕石膏陈列室近乎打过仗以后的战场,零零落落的只有残存的躯干,头颅和四肢。艺术家的传记也完全没有。直要最聪明最耐心的考据家花尽心血②,依靠普林尼的半章历史,保萨尼阿斯的几段粗糙的描写,西塞罗,卢奇安,昆提良③的零星文句,才发现一些艺术家的年表,各派的师承,大师的特征,艺术的发展和逐步衰落的情况。这些空白只有一个办法弥补;因为即使没有详细的记载,至少还留下一般的历史。要了解作品,这里比别的场合更需要研究制造作品的民族,启发作品的风俗习惯,产生作品的环境。

第一章 种 族

首先我们要对种族有个正确的认识,第一步先考察他的乡土。一个民族永远留着他乡土的痕迹,而他定居的时候越愚昧越幼稚,身上的乡土的痕迹越深刻。——法国人到波旁岛或马丁尼克岛上去殖民,英国人到北美洲和澳洲去殖民,随身带着武器,工具,艺术,工业,制度,观念,带着一种悠久而完整的文化,所以他们能保存已有的特征,抵抗新环境的影响。但赤手空拳,知识未开的人只能受环境的包围,陶冶,熔铸;他的头脑那时还像一块完全软和而富于伸缩性的黏土,会尽量向自然界屈服,听凭搓捏,他不能依靠他过去的成就抵抗外界的

---

① 约自公元前四世纪末至公元前三世纪。
② 例如冯·奥弗贝克著:《希腊造型艺术史》,冯·布劳恩著:《艺术史》。——原注
③ 普林尼是公元一世纪时罗马作家;保萨尼阿斯是公元二世纪时希腊史家兼地理学家;西塞罗是公元前一世纪时罗马文豪;昆提良是公元一世纪时罗马作家。

压力。语言学者告诉我们,有过一个原始时期,印度人,波斯人,日耳曼人,凯尔特人,拉丁人,希腊人,都讲同一种语言,文化程度也一样;还有一个比较晚近的时期,希腊人与拉丁人已经同别的兄弟民族分开,但他们俩还合在一起①,能够酿酒,以畜牧和耕种为生,有划桨的船,在古代许多吠陀系神明之外又加上一个新的神,在拉丁语中叫作"维丝塔",在希腊语中叫作"赫斯提",意思是灶神。这些只能勉强作为初期文化的发端;即使他们已经不是野人,至少还是蛮子。从那时起,同一根株的两根枝条开始分离;我们后来再遇到他们的时候,他们的结构和果实完全不同了;但一枝长在意大利,一枝长在希腊,所以我们要考察希腊植物的环境,看看那边的泥土和空气是否能说明植物外形的特点和发展的方向。

一

摊开地图来看:希腊是一个三角形的半岛,以欧洲部分的土耳其②为底边,向南伸展,直入海中,到科林斯地峡分散,形成一个更南的伯罗奔尼撒半岛;伯罗奔尼撒像一张桑叶,靠一根细小的梗子和大陆相连。此外还有上百个岛屿,还有对面的亚洲海岸;许多小地方像一条穗子,一边钉在蛮荒的大陆上,一边环绕蔚蓝的海;散布在海中的一大堆岛像一个苗圃。就是这个地区哺育和培养出一个那么早慧那么聪明的民族。——而这个地区也特别适合这个事业。爱琴海之北③,气候严酷,近乎德国中部;罗米利④一带不产南方的果子,海滨没有番石榴树。往南一走进希腊,对照就很显著。北纬四十度,在色萨利 Thessalie 区域便有常绿的森林;北纬三十九度的弗蒂奥蒂特〔色萨利之南〕

---

① 见莫姆森著:《罗马史》。——原注
② 这是十九世纪的政治疆界;所谓欧洲部分的土耳其,现在是保加利亚,南斯拉夫和阿尔巴尼亚的领土。
③ 见库尔提乌斯著:《希腊史》第一卷第四页。——原注
④ 罗米利包括古代的马其顿和色雷斯,今为南斯拉夫的东南部,保加利亚的南部,希腊面临爱琴海的北部。

345

吹着暖和的海风,能生长水稻,棉花,橄榄树。在埃维亚岛和阿提卡 Attique 地区,已经看到棕榈树。基克拉泽斯群岛棕榈更多;阿尔戈利特的东海岸有茂密的柠檬林和橘树林;克里特岛 Cète 上的一角长着非洲的椰子树。在希腊文明的中心雅典,南方最上品的果树不用栽培就能生长。那儿每隔二十年才结一次冰;夏季的炎热有海上的微风调剂;除了从色雷斯偶尔吹来几阵东北风,地中海上有一股酷热的东南风以外,气候非常温和,便是今日①,"居民从五月中旬到九月底都睡在街上,妇女睡在阳台上"。在这种地方,大家都过露天生活。古人认为他们的气候是上帝的恩赐。欧里庇得斯 Euripide② 说:"我们的天气温和宜人;冬天并不严寒,菲布斯③的火箭也不伤害我们。"另外他又说:"厄瑞克透斯〔传说中雅典之王〕的子孙们,你们从古以来就是幸福的,极乐的神明把你们当作亲爱的孩子;你们神圣的乡土从来没有被人征服,你们从它那儿得到的果实就是光辉灿烂的智慧;你们走在阳光底下永远感到心满意足,九个神圣的缪斯 Muses〔文艺女神〕在明亮的太空哺育你们共同的孩子,金发的哈尔莫尼亚。据说赛普利斯女神〔维纳斯的别称〕在波纹优美的伊利萨斯溪中汲水,散在空中变成凉爽的西风;可爱的女神戴着芬芳的玫瑰花冠,还派小爱神去跟着智慧,帮他做各种造福人群的工作④。"固然这是诗人的美丽的文词,但在歌颂之下也能看到事实。在这样的气候中长成的民族,一定比别的民族发展更快,更和谐。没有酷热使人消沉和懒惰,也没有严寒使人僵硬迟钝。他既不会像做梦一般的麻痹,也不必连续不断的劳动!既不沉溺于神秘的默想,也不堕入粗暴的蛮性。我们把一个那不勒斯人或普罗旺斯人同一个布勒塔尼人相比,把一个荷兰人同一个印度人相比,就会感到温和的自然界怎样使人的精神变得活泼与平衡,把机灵敏捷

---

① 见阿蒲著:《当代希腊》第三四五页(一八五四年版)。——原注
② 希腊人名地名的音,均照希腊音译出,故与所注法文写法略有出入。
③ 菲布斯是太阳神阿波罗的别称之一。
④ 还可以参考索福克勒斯在悲剧《埃提巴斯在高洛纳》中有名的合唱曲。——原注

的头脑引导到思想与行动的路上。

希腊土地的两个特点也发生同样的作用。——首先,希腊是一片丘陵地。主干品都斯山脉向南伸展而为奥德利斯山,埃塔山,帕尔纳索斯山,埃利孔山,西塞隆山,又分出许多支脉,连绵不断,岗峦起伏,越过科林斯地峡,在伯罗奔尼撒半岛上互相交错;再住前去,许多小岛仍然是浮出水外的山脊和山顶。这个崎岖的地方几乎没有平原①;地上到处有露出的岩石,像我们的普罗旺斯〔法国东南部〕;五分之三的土地不宜种植。你们翻翻斯塔克尔堡编的《希腊风景》吧:遍地是光秃秃的石头;小河与山溪在半干的河床与不毛的巉岩之间留出一条狭窄的可耕地。希罗多德②已经把富饶的西西里和南部意大利同贫瘠的希腊作对比,说希腊"一出世就与贫穷为伍"。阿提卡③的土壤比别处更贫瘠更单薄,出产的食物只有橄榄,葡萄,大麦和些少小麦。碧蓝的爱琴海中,星罗棋布的云石岛屿非常美丽,岛上疏疏落落有些神圣的树林④,扁柏,月桂,棕榈,青绿的草坪,小石遍地的山丘上长着零星的葡萄藤,园中长着美丽的果子,山坳里和山坡上种着一些谷物;但供养眼睛,娱乐感官的东西多,给人吃饱肚子,满足肉体需要的东西少。这样一个地方自然产生一批苗条,活泼,生活简单,饱吸新鲜空气的山民。便是今日⑤,"一个英国农民的食物在希腊可以供给一个六口之家;有钱的人只有一盘蔬菜也能满足;穷人只吃几颗橄榄或是一块咸鱼;平民只有复活节吃一顿肉"。夏天看雅典的生活小景很有意思。"七八个讲究饮食的人合吃六个铜子的一个羊头。不喝酒的人买一块西瓜或一条大黄瓜,当作苹果一般大嚼。"绝对没有醉汉:他们喝得很多,但喝

---

① 希腊是全欧洲山陵最多,地面分割最破碎的国家。
② 公元前五世纪时希腊史家。(以下本编正文与附注均按照古希腊通例,凡公元前的时代直称某公元,公元以后的时代则称公元某世纪以识别。)
③ 阿提卡是位于科林斯土峡东北的地区,首都是雅典。
④ 古希腊人崇拜树林,作为一种露天的神庙,并指定某林崇拜某神,总名叫作神圣的树林。
⑤ 见阿蒲著:《当代希腊》第四十一页。——原注

的是清水。"他们上酒店是为聊天";走进咖啡馆,"要一杯一个铜子的咖啡,一杯清水,讨个火点上纸烟,再要一份报纸和一副骨牌,就能消磨一天"。这种生活方式决不会使人头脑迟钝,减少肚子的需要只有增加智力的需要。古人已注意到维奥蒂亚和阿提卡两地的对照①,维奥蒂亚人和雅典人的分别:一个住着肥沃的平原,空气浓厚,吃惯丰富的食物和科帕伊斯湖中的鳗鱼,喜欢吃喝,脑子迟钝;一个生长在希腊最穷的土地上,单单一个鱼头,一个玉葱,几颗橄榄就能满足,在稀薄,透明,光亮的空气中长大,从小就特别聪明活泼,一刻不停的发明,欣赏,感受,经营,别的事情都不放在心上,"好像只有思想是他的本行②"。

其次,希腊是丘陵地带,但也是滨海之区。全国面积虽小于葡萄牙③,海岸线的长度却超过西班牙。因为港湾极多,地形曲折,大海到处侵入陆地;在游客带回的风景片上,即使是陆上的景致也多半能看到蔚蓝的海,或是一长条,或是一个三角形,或是一个半圆形,在远处闪闪发光。海水四周往往有从陆上伸出去的巉岩,或者几个相离不远的小岛,构成一个天然的港湾。——这种地形势必鼓励居民航海,尤其土地贫瘠,海岸全是岩石,养不活居民。原始时代只有近海的航运,而这里的海又最适宜于这种航运。每天早上,一阵北风把小艇从雅典送到西克拉泽斯群岛;晚上一阵南风把小艇送回来。希腊与小亚细亚之间,岛屿连续不断,像浅水中的一块块石头;天气晴朗的时候,这段航线上从头至尾望得见海岸:在科尔西尔岛上可以看到意大利;在马莱阿角能望见克里特岛上的山顶;从克里特岛可以遥望罗德岛上的群山;从罗德岛可以遥望小亚细亚;克里特岛和昔兰尼岛之间只有两天

---

① 维奥蒂亚地区就在阿提卡之北,与阿提卡接壤。
② 见修昔底德著作第一编第七十章。——原注
　按:修氏为五世纪时希腊史家;所谓著作是指他的《伯罗奔尼撒战争史》。
③ 希腊于一八三〇年独立战争胜利后领土极小;半岛上的马其顿与东西色雷斯均受土耳其统治。本书写作年代远在一八七八年第一次巴尔干战争之前;当时希腊版图确是小于葡萄牙。

航程;从克里特岛到埃及只消三天。便是今日①,"每个希腊人身上都有水手的素质"②。全国人口只有九十万,而据一八四〇年的调查,一共有三万水手,四千条船;地中海的短程航运,几乎全给他们包办了。在荷马时代〔九世纪〕我们已经发现这个风俗。那时希腊人随时泛舟入海,尤利斯就亲手造过船。他们在周围的海岸上经商、抢掠。商人,旅客,海盗,掮客,冒险家;他们生来就是这些角色,在整个历史上也是这样。他们软硬兼施,搜刮东方几个富庶的王国和西方的野蛮民族,带回金银,象牙,奴隶,盖屋子的木材,一切用低价买来的贵重商品,同时也带回别人的观念和发明,包括埃及的,腓尼基的,迦勒底亚的,波斯的③,埃特鲁利亚的。这种生活方式特别能刺激聪明,锻炼智力。证据是古希腊人中最早熟,最文明,最机智的民族,都是航海的民族,例如小亚细亚的爱奥尼亚人,大希腊④的客民,科林斯人,爱琴海人,西锡安尼人,雅典人。相反,山居的阿卡提亚人始终粗野简单;同样,阿卡纳尼亚人,伊庇鲁斯人,洛克利特人,奥佐尔人⑤,出口的海〔希腊半岛西侧的爱奥尼亚海〕既不及爱琴海条件优越,人民也不爱旅行,始终是

---

① 见阿蒲著:《当代希腊》第一四六页。——原注
② "两个岛民在西拉港上相遇:'喂,老兄,你好?'——'好啊,谢谢你;有什么新闻没有?'——'尼古拉的儿子提米德利从马赛回来了。'——'他赚了很多钱吗?'——'听说有两万三千六百特拉赫姆〔希腊币〕,数目不小哪。'——'我想了好久啦,我也该上马赛去一趟;就是没有船。'——'咱们俩一起去吧;你不是有木料么?'——'只有一点儿。'——反正造条船总够了。我家里有帆布,我堂兄约翰有绳索;咱们合起来干吧。'——'谁当头目呢?'——'约翰就行,他出过海的。'——'还得有个小厮帮忙。'——'叫我的干儿子巴尔尔来就是了。'——'他才有八岁,小得很呢!'——'叫他出海,这个年纪也不小了。'——'带什么货呢?'——'我们的邻居班德罗斯有橡实;祭司有几桶酒;我认识一个蒂诺人有棉花;咱们还可以到土麦那过,装一点丝。'——船好歹造起来了,人员由一二家人家凑齐;邻居和朋友把愿意出卖的货交给他们。他们经过土麦那,或许还经过亚历山大利,到了马赛,把船上的货卖掉,买进新货。回到西拉,抛出货,收回造船的成本,每个合伙人还分到几个特拉赫姆的盈余。"——引自阿蒲的《当代希腊》。——原注
③ 阿尔赛〔赫拉克勒斯的祖父〕称赞他的兄弟在巴比伦出征带回一把象牙柄的宝剑。——见史诗《奥德赛》中斯巴达王墨涅拉俄斯的叙述。——原注
④ 五世纪时意大利南部称为大希腊,因意大利与西西里等处都是希腊的殖民地。
⑤ 以上都是希腊的部族,他们几乎一乡一族,一城一族,部族繁多,不可胜数。

半开化的蛮子。被罗马征服的时期〔二世纪〕,洛克利特人和奥佐尔人的邻居,埃托利人,还是野蛮的强盗,只有一些没有城墙的小镇。别人受到的鞭策,他们没有受到。——以上说的形势一开始就有启发精神的作用。这个民族好比一群蜜蜂,生在温和的气候之下,但土壤贫瘠,只能利用一切可以通行的出路去采集,搜寻,造新的蜂房,靠着灵巧和身上的刺保卫自己,建筑轻盈的屋子,制成甘美的蜜,老是忙忙碌碌的探求,嗡嗡之声不绝;周围一些大型的动物却只知道让主子牵着去吃草或者莫名其妙的互相角斗。

便是今日,不管他们如何潦倒①,"他们的才气还是不亚于任何民族,没有一种脑力劳动不能胜任。他们的理解力又快又高,喜欢学的东西学起来异乎寻常的方便。年轻的商人很快就能讲五六种语言"。即使很难的手艺,工人花上几个月就能精通。一看到游客,整个村子从副村长起都来问讯,津津有味的听客人谈话。"最值得注意的是小学生们孜孜不倦的用功",不问年龄大小;当仆役的腾出时间自修,预备考律师或医生的文凭。"你在雅典会遇到各式各样的大学生,就是看不见不用功的大学生。"在这方面,没有一个民族像希腊人这样天赋优厚,仿佛一切条件都集中在一处,启发他们的智力,刺激他们的才能。

二

再从希腊人的历史上去考察这个特征。无论在实际方面在思想方面,他们所永远表现的永远是精明,巧妙和机智的头脑。奇怪的是,在文明初启的时候,别的地方的人正在血气方刚,幼稚蛮横的阶段,他们两个英雄中的一个却是绝顶聪明的尤利斯 Ulysse,本领高强的水手,做人谨慎,有远见,生性狡猾,会随机应变,会层出不穷的扯谎,一心只想着自己的利益。他乔装回家,嘱咐老婆想法叫求婚的人多多送她项链,手镯;他直要他们孝敬够了才杀死他们。女巫喀耳刻委身于

---

① 见阿蒲的《当代希腊》。——原注

他的时候,或者水神卡利普索提议让他动身的时候,他都叫她们发誓,以防万一。人家问他姓名,他随时头头是道背出一本现在的历史或家谱。便是他不认识的帕拉斯 Pallas〔战神〕听了他编的故事,也佩服他恭维他,说道:"噢,你这个骗子,你这个扯谎大家,想不到你这样诡计多端,除了神明,谁也比不过你的聪明!"——子孙也不辜负这样的祖先;在文明衰亡的时候正如文明开始的时候一样,他们身上最主要的是才气;他们的才气素来超过骨气;现在骨气丧尽,才气依旧存在。希腊屈服以后,就出现一批艺术鉴赏家,诡辩家,雄辩学教师,书记,批评家,领薪水的哲学家;在罗马统治之下又有一般当清客的,说笑凑趣的,拉纤撮合的所谓"希腊佬",勤快,机警,迁就,什么行业都肯干,什么角色都肯当,花样百出,无论什么难关都能混过:反正是斯卡平 Scapin,玛斯卡利 Mascarille①,一切狡狯小人的开山祖师,除了聪明,别无遗产,完全靠揩油过活。——再回头看他们的盛世,把他们最使人钦佩和同情的大事业考察一下。这事业就是科学;而他们的从事科学还是出于同样的本能,同样的需要。腓尼基人长于经商,有一套数学用来算账。埃及人会丈量,凿石头,有一套几何学,在尼罗河一年一度的洪水之后用来恢复田地的疆界。希腊人向他们学了这些技术和方法还嫌不够;他不能满足于工商业上的应用;他生性好奇,喜欢思索,要知道事物的原因和理由②;他追求抽象的证据,探索从一个定理发展到另一个定理的观念有哪些微妙的阶段。基督降生前六百多年,泰勒斯 Thalès 已经在论证二等边三角形的两角相等。据古人传说,毕达哥

---

① 斯卡平是莫里哀喜剧中狡猾无耻的仆人;玛斯卡利是十七、十八世纪喜剧中与斯卡平同类的坏蛋。
② 例如柏拉图《对话录》中的《赛埃丹多斯》〔讨论何谓科学的一篇对话录〕。可注意赛埃丹多斯所扮的角色,以及他把数字与形象所作的比较。也可参看柏拉图的另一篇对话录《竞争者》的开头一段。在这方面,希罗多德〔全集第二卷第二十九页〕的记载很有意义,他在埃及询问尼罗河定期泛滥的原因,没有一个人能回答。对于这个和埃及人关系如此密切的问题,埃及的祭司与世俗的人都不曾考虑过,也没有作过任何假定。相反,希腊人对这个现象已经想出三种可能的解释。希罗多德一一加以讨论,还提出第四种解释。——原注

拉斯 Pythagoras 发现了"从直角三角形之弦引伸的方形,等于其他两边引伸的两个方形之和",欣喜若狂,许下心愿要大祭神明。他们感到兴趣的是纯粹的真理;柏拉图看到西西里的数学家把他们的发现应用于机器,责备他们损害科学的尊严;按照他的意思,科学应该以研究抽象的东西为限。的确,希腊人不断的推进科学,从来不考虑实用。他们对于圆锥曲线的特性的研究,直到一千七百年后开普勒 Kepler 探求行星运动的规律,才得到应用。几何学是我们一切正确的科学的基础,他们在这方面分析的正确,使英国至今还用欧几里得 Euclide 几何作为学校教本。分析各种观念,注意观念的隶属关系,建立观念的连锁,不让其中缺少一个环节,使整个连锁有一项颠扑不破的定理或是大家熟悉的一组经验作根据,津津有味的铸成所有的环节,把它们接合,加多,考验,唯一的动机是要这些环节越多越好,越紧密越好:这是希腊人的智力的特长。他们为思想而思想,为思想而创造科学。我们今天建立的科学没有一门不建立在他们所奠定的基础之上;第一层楼往往是他们造的,有时甚至整整的一进屋子①。发明家前后蹑接!数学方面从毕达哥拉斯到阿基米德,天文学方面从泰勒斯与毕达哥拉斯到喜帕恰斯与托勒密;自然科学从希波克拉底到亚里士多德和亚历山德里亚的一般解剖学家;历史学从希罗多德到修昔底德与波利比阿;逻辑学,政治学,道德学,美学,从柏拉图,克塞诺封 Xénophon,亚里士多德到斯多噶 Stoic 学派与新柏拉图学派。——如此醉心于思想的人不会不爱好最崇高的观念,概括宇宙的观念。十一个世纪之内,从泰勒斯到查士丁尼安,他们哲学的新芽从未中断;在旧有的学说之上或是在旧有的学说旁边,老是有新的学说开出花来;便是思考受到基督教正统观念拘禁的时候,也能打开出路,穿过裂缝生长。有一个教皇曾经说:"希腊语文是异端邪说的根源。"在这个巨大的库房中,我们至今还找到后果最丰富的假定②;他们想得那么多,头脑那么精密,所以他们

---

① 如欧几里得的几何,亚里士多德的三段论法,斯托葛派的道德论。——原注
② 例如柏拉图的"原型观念",亚里士多德的"究竟因",伊壁鸠鲁的原子论,斯多噶派的膨胀与凝缩的学说。——原注

的猜想多半合乎事实。

在这方面,只有他们的热诚胜过他们的成就。——在他们心目中,关心公共事务和研究哲学两件事是人与野兽的分别,希腊人与异族的分别。只要读一遍柏拉图的《西阿哲尼斯》和《普罗塔哥拉斯》,就可看到一些年纪轻轻的人以如何经久的热情,通过艰难的辩证法追求抽象的观念。值得注意的是他们对辩证法本身的爱好;他们不因为长途迂回而感到厌烦;他们喜欢行猎不亚于行猎的收获,喜欢旅途不亚于喜欢到达终点。在希腊人身上,穷根究底的推理家成分超过玄学家和博学家的成分。他喜欢作细微的区别,巧妙的分析,要求精益求精,最高兴织蜘蛛网那样的工作①。他在这方面手段之巧,无与伦比,尽管这个太复杂太细巧的网对理论与实际毫无用处,他也毫不介意;只要看到绝细的丝能织成对称的,细微莫辨的网眼,就感到满足。——在这里,民族的缺点也表现出民族的天才。希腊是无事生非的强辩家,雄辩学教师和诡辩家的发源地。我们在别处从未见过一群有声望的优秀人物,像高尔吉亚,普罗塔戈拉斯,波卢斯等等〔以上均为诡辩派学者,诡辩派亦可译作哲人学派〕,能把以曲为直,对一个荒谬绝伦的命题振振有词加以肯定的艺术,传授得如此成功,如此光彩②。希腊的雄辩学教师竟会赞美瘟疫,热病,臭虫,波利斐摩斯和塞尔西泰③;某一个希腊哲学家还说哲人在法拉里斯的铜牛中④快乐无比;有些像卡涅阿德斯那样的学派〔新学院派〕同时站在正反两面做辩护⑤;

---

① 例如亚里士多德的形态三段论法,柏拉图的《巴门尼提斯》和《诡辩家》两篇对话录。——亚里士多德的全部物理学与生理学可以说巧妙之极,也脆弱之极,例如他的《问题录》。——这些学派浪费于无用之地的聪明智慧不知有多少。——原注〔丹纳所谓"织蜘蛛网",是指极复杂细巧而极脆弱的东西。〕
② 参看柏拉图的对话录《攸西台谟斯》。——原注
③ 波利斐摩斯是《奥德赛》中的独眼妖之一,曾拘囚尤利斯。卒被尤利斯挖去独眼。塞尔西泰是《伊利亚特》中卑鄙凶横的人物。
④ 阿格利贞坦的暴君法拉里斯把人放在铜牛中烧,认为他们的惨叫比最美的音乐还好听。结果群众如此炮制,把暴君处死。
⑤ 二世纪时希腊哲学家卡涅阿德斯以雄辩出名,相传他在罗马当众演说,竭力肯定正义;第二天又否定正义;听众对他两次演说都极钦佩。

有些像亚纳西台谟斯那样的学派〔怀疑派〕，认为没有一个命题比反命题更真实。在古代传给我们的遗产中，似是而非的和怪僻的议论比任何时代为多。我国春秋战国及先秦时代亦然如此。① 他们的机智要不在谬误方面和真理方面齐头并进，就会觉得英雄无用武之地。

这一类的聪明从推理转移到文学方面，便形成所谓阿提卡趣味；讲究细微的差别，轻松的韵味，不着痕迹的讥讽，朴素的风格，流畅的议论，典雅的证据。相传阿佩莱斯 Apelles 去拜访普罗托内斯 Protogènes②，不愿留下姓名，拿笔在盘中画了一条又细又曲折的线。普罗托内斯回家看了，说那必是阿佩莱斯，然后在图旁画了一条更细更活泼的线，叫人下次拿给客人看。阿佩莱斯第二次来，看到人家画得更好，心下惭恨，便画了第三条更精练的线，把原有的两个轮廓一分为二。普罗托内斯看了说："我输了，我要去拥抱我的老师。"——这个传说可以使我们对希腊的民族精神约略有个观念。他们就是用这种游丝一般的线条勾勒事物的轮廓，就是凭着这种天生的巧妙，精密，灵敏，在观念世界中漫游，目的是要把许多观念加以区别，加以联系。

三

但这不过是第一个特点，还有另外一个。我们再回头看看地形，就发觉第二个特点和第一个结合在一起。——在民族的事业上和历史上反映出来的，仍旧是自然界的结构留在民族精神上的印记。希腊境内没有一样巨大的东西；外界的事物绝对没有比例不称，压倒一切的体积。既没有巨妖式的喜马拉雅，错综复杂，密密层层的草木，巨大的河流，像印度诗歌中描写的那样；也没有无穷的森林，无垠的平原，狰狞可怖的无边的大海，像北欧那样。眼睛在这儿能毫不费事的捕捉事物的外形，留下一个明确的形象。一切都大小适中，恰如其分，简单明了，容易为感官接受。科林斯，阿提卡，维奥蒂亚，伯罗奔尼撒各处

---

① 楷体小字为傅雷为傅聪誊抄《希腊的雕塑》时所加。
② 两人都是四世纪时希腊名画家。

的山,高不过九百多公尺到一千四百公尺,只有几座山高达一千九百多公尺;直要在希腊的尽头,极北的地方,才有像比利牛斯山脉法国与西班牙交界处的大山和阿尔卑斯山脉中的高峰,那是奥林波斯山,已经被希腊人当作神仙洞府了。最大的河流,贝奈和阿谢洛奥,至多不过长一百二十或一百六十公里;其余的只是小溪和急流。便是大海,在北方那么凶猛那么可怕,在这里却像湖泊一般,毫无苍茫寂寞之感;到处望得见海岸或者岛屿;没有阴森可怖的印象,不像一头破坏成性的残暴的野兽;没有惨白的,死尸一般的或是青灰的色调,海并不侵蚀岸;没有卷着小石子与污泥而俱来的潮汐。海水光艳照人,用荷马的说法是"鲜明灿烂,像酒的颜色或者像紫罗兰的颜色";岸上土红的岩石环绕着亮晶晶的海面,成为镂刻精工的边缘,有如图画的框子。——知识初开的原始心灵,全部的日常教育就是这样的风光接触。人看惯明确的形象,绝对没有对于他世界的茫茫然的恐惧,没有太多的幻想和不安的猜测。这便形成希腊人的精神模子,为他后来面目清楚的思想打下基础。——最后还有土地与气候的许多特色共同铸成这个模子。土地的矿物面貌比我们的普罗旺斯更显露,不像潮湿的北方隐没在可耕的土层和青翠的植物之下。土地的骨骼,地质的结构,灰紫的云石,都暴露在外面成为巉岩,绵延而为悬崖绝壁,在天空映出峻峭的侧影,在盆地四周展开起伏的峰峦。当地的风景全是斩钉截铁的裂痕,刻成许多缺口和奇特的棱角,有如一幅笔力遒劲的白描,奔放恣肆而无损于线条的稳健与正确。空气的纯净使事物的轮廓更加突出。阿提卡的天空尤其明净无比。一过苏尼厄姆海角,一二十里以外就远远看到雅典卫城顶上矗立着帕拉斯神像,连头盔上的羽毛都历历在目。海米托斯山离雅典有八九里;可是一个初上岸的欧洲人以为吃中饭以前还能去走一转。模糊的水汽老是在我们的天空飘浮,却从来不到这儿来减淡远处的轮廓;这些轮廓绝不隐约,含糊,像经过晕染似的,而是十分清楚的映在背景之上,有如古瓶上画的人像。再加灿烂的阳光把明亮的部分和阴暗的部分推到极端,在刚劲的线条之外加上体积的对比。自然界在人的头脑中装满这一类的形象，使希腊人倾向于肯定和明确的观念。同时，自然界还间接加强这个倾向，因为希腊人的政治组织也是在自然界的驱使与限制之下形成的。

　　的确，希腊虽则声名盖世，但地方极小；看它分割的琐碎，你们会觉得它更小。一面是海，一面是主脉和横的支脉，把全境割成许多界限分明，内外隔离的区域；例如色萨利，维奥蒂亚，阿尔戈利特，麦西尼亚，拉科尼亚，还有一切岛屿。在野蛮时代，海洋是天险，连绵的山脉也是便于守卫的屏障。因此希腊的土著能不受外族征服，互相毗连，各自独立的小邦得以保存。荷马曾经提到三十个左右的国名①，后来殖民地次第建立，逐渐加多，小邦一共有好几百。在现代人眼中，希腊的一邦只是一个极小的模型。阿尔戈利特只有八至十英里长，四五英里宽；拉科尼亚也与此相仿；阿哈伊亚只在傍海的山腰里占据一条狭长的土地。整个阿提卡区域还不及我们最小的州的一半；科林斯，西锡安，迈加拉的领土只等于附郭的小镇。普通一个邦，尤其在岛上和殖民地上，不过是一个镇，带上一片海滩或者几所农庄。在卫城②上可以望见邻邦的卫城或山脉。在一个如此狭小的区域之内，一切都清清楚楚映在脑子里；国家的观念不像我们心目中的抽象，渺茫，无边无际；它是感官所能接触的，和地理上的国家混在一起的；两者都轮廓分明，印在公民的头脑中。他一想到雅典，科林斯，阿尔戈斯或斯巴达，就想到那个地方的山谷的凹凸，城镇的形状。他既熟悉一邦的疆界，也认识一邦的公民；而政治范围的狭小，和地形一样先给人一个大小适中，界线确定的模型，作为他一切思想活动的范围。

　　关于这一点，可以考察他们的宗教。他们并不意识到宇宙无穷，并不觉得一个世代，一个民族，一切有限的生物，不管如何巨大，在宇宙中只是一刹那和一小点。时间并没在他们前面树起亿万年的金字塔，像一座高耸入云的大山，使我们渺小的生命相形之下只是一个蚁

---

① 见诗篇第二〔指《伊利亚特》〕。他历举战士和战舰的数目。——原注
② 古希腊城镇内有一块位置最高的地方，建筑神庙，称为卫城。

穴，一撮沙土。他们不像印度人，埃及人，闪米人，日耳曼人那样挂念永无休止的轮回，坟墓中的静寂与永恒的睡眠；他们不想到没有形状的无底深渊，其中冒出来的生物不过是一阵水汽；也不想到独一无二，包罗万有，威力无边的上帝，自然界所有的力量都集中在他身上，而天和地在他只是一个帐幕和一个台阶；他们也没有虔诚的心情，在万物之中和万物之外发现那个庄严的，神秘的，无形的威力。希腊人思想太明确，建立在太小的尺度之上。"包罗万有"的观念接触不到他们，至多只接触到一半；他们不奉之为神，更不视之为人，这个观念在他们的宗教中并不凸出，他们把它叫作米拉，或者埃萨，或者埃玛尔曼纳①，换句话说是每个人的命运。那是固定的，没有一个生物，人也好，神明也好，能逃避命中注定的事故。其实这是一条抽象的真理，荷马把米拉说成女神也是出于虚构。在富于诗意的辞藻之下，好比在明净的水中，映现出事故的不可分解的联系，不可毁灭的界限。我们的科学也承认这种联系和界限，希腊人对于命运的观念，不过等于我们现代人对于规律的观念。事有必至，理有固然；这是我们用公式说出来的，而他们是凭猜想预感到的。

他们发展这个观念，目的是要把加在万物身上的限制再加强一下。他们把推动命运和分配命运的那股隐藏的力造成一个内梅修斯②，专门打击骄傲的人，抑制一切过分的事。神示的③重要箴言中有一句是"勿过度"我国古代的占卜书，《易经》，也认谦卦为上上大吉。——这一大段有许多地方与中国古代思想不谋而合。全盛时代的一切诗人与思想家的忠告不外乎勿存奢望，忌全福，勿陶醉，守节度。他们看事情最清楚，理性完全出于自发，这些都非其他民族可比。他们开始思考，想理解世界的时候，就按照自己心中的形象去理解。他们认为宇宙是一种

---

① 以上三个字都是希腊人给命运之神起的名字，此外还有别的称呼。
② 参考图尼耶著：《内梅修斯或神之嫉妒》。——原注
　译者按：内梅修斯即嫉妒与报复之神。
③ 希腊人每遇大事，往往求神示，有如我们在神前求签，不过他们的神示是占卜者口说的。

秩序,一种和谐,是万物的美妙而有规则的安排,而万物又是变化无穷,生生不灭的东西。这种对天地万物的看法与古代中国人完全一致。后来斯多噶派把宇宙比做一个由最完善的法律统治的大城市。希腊人的世界上不容许有巨大无边,渺渺茫茫的神明,也不容许有专制暴虐,吞噬生灵的神明。能设想这样一个世界的心灵当然健全平衡,不会感到宗教的迷惘。我们中国人即如此。他们的神明不久就变了凡人,神有父母,有子女,有家谱,有历史,有衣服,有宫殿,有一个和我们差不多的身体,有痛苦,会受伤。最高级的神,连宙斯希腊人的宙斯 zeus 到罗马人口中变为朱庇特 Jupiter 在内,都看到自己登位的经过,也许有一天还会看到自己下台①。阿喀琉斯的盾牌上画着一队兵,"由阿瑞斯〔战神〕和雅典娜〔雅典的守护神〕率领,两个神都是金身,穿着金甲,美丽,高大,正好配合神的身份;因为人比他们小"。的确,除了大小,神与人几乎没有分别。《奥德赛》中好几次讲到,尤利斯或泰雷马克突然遇见一个又高又美的人,就问他是不是神。——与人如此相近的神明决不会使造出神明的人精神骚乱。荷马还任意支配他们呢;他动不动请出雅典娜来当小差使,不是给尤利斯指点阿尔西诺厄斯的住处,便是代他注意铁饼落在哪里。这位神学家式的诗人在他的天国中漫游,自由和平静的心境活像游戏时的儿童。我们看着他嘻嘻哈哈,乐不可支,例如他讲到阿瑞斯和阿弗洛狄忒〔等于罗马人的维纳斯〕的私情被撞见的时候,阿波罗打趣赫尔墨斯,问他是否愿意处在阿瑞斯的地位,赫尔墨斯回答说:"噢,伟大的弓箭手阿波罗,那真是谢天谢地,求之不得呢;但愿我被搂抱得更紧,但愿所有的男女神明都看见,但愿我能够在金发的阿弗洛狄忒身边。"你们不妨念一念关于阿弗洛狄忒委身于安喀塞斯的颂歌,尤其是对赫尔墨斯的颂歌:他生下来就会发明,偷窃,扯谎②,跟希腊人一样,但风趣到极点,可见诗人的叙述很像雕塑家随心

---

① 参看埃斯库罗斯的悲剧:《被缚的普罗米修斯》。——原注
② 神话中的赫尔墨斯童年就发明七弦琴,偷奥林波斯山上的五十条牛,所以在神话中也是窃贼的祖师。

所欲的游戏。阿里斯托芬在《蛙》与《云》两出喜剧中间把赫拉克勒斯和巴克斯表现得更轻佻。这些观念发展下去,便出现庞贝的带有装饰意味的神,卢奇安的隽永与诙谐的文字,而作为神仙洞府的奥林波斯山也变作娱乐场所,搬到室内与舞台上来了。与人如此接近的神明,不久变为人的伙伴,后来又变为人的玩具。总之,希腊人的头脑那么明确,为了配合自己的理解力,使神没有一点儿无穷与神秘的意味;他知道神是自己造出来的,他以自己编的神话为游戏。

他们在实际生活中同样不知敬畏。希腊人不能像罗马人服从一个大的单位,隶属于一个只能想象而不能眼见的广大的国家。他的团体不超出一国即一城的形式。殖民地完全自主,祖国只派去一个祭司;殖民地对祖国的感情像子女之于父母;但隶属关系至此为止。希腊的殖民地是成年的女儿,近乎雅典的青年,一朝成人便完全自主,对谁都不再负责;罗马的殖民地只是一个驻兵的站,好比罗马的青年,尽管结了婚,做了长官,甚至当上执政,肩上始终压着父亲的铁腕与专断的权力,无法摆脱,除非经过三次转卖①。放弃自己的意志,服从一些在远地的看不见的长官,自视为大的总体的一部分,为了民族的大利益而忘掉自己:这是希腊人一向做不到的,即使做到,也不能持久。他们独立不羁,互相嫉妒;便是在大流士和薛西斯入侵的时候,他们的团结也很勉强;西拉库萨〔西西里岛上的一邦〕拒绝援助,因为人家不让他当统帅;底比斯甚至于倒向米太人②一边。亚历山大虽然强迫他们联合起来征略亚洲,拉西提蒙仍旧临时缺席。没有一个城邦能叫别的城邦奉为盟主而成立联邦;斯巴达,雅典,底比斯,在这一点上都失败了。战败的城邦与其服从同胞,宁愿向波斯王卑躬屈膝,接受他的钱币。每个城邦内部,不同的党派轮流出亡;被逐的人像后来意大利共

---

① 罗马法规定:子女只有经过三次转卖以后才能脱离生身父的管辖。
② 四世纪初,底比斯邦向波斯通款,求得钱币建造海军与雅典对抗。——米太是亚洲西南部的一个古国,六世纪时被居鲁士所灭,并入波斯。古代史家往往以米太人与波斯人混称。此处所谓米太人也是指波斯人。

和邦中一样,竭力依靠外援打回老家。在如此分裂的情形之下,希腊终究沦于半野蛮的但是有纪律的异族之手,每个城邦独立的结果是整个民族受人奴役。——希腊城邦的灭亡不是偶然的,而是不可避免的。希腊人设想的国家太小了,经不起外面大东西的撞击。我国不能持久,多战争,我国先秦时代便是一例。大国易致麻痹,进步迟缓,我国自秦汉统一以后的历史均可做证。它是一件艺术品,精巧,完美,可是脆弱得很。他们最大的思想家,柏拉图和亚里士多德,把城邦限制为一个五六千自由人的社会。雅典有两万人口;在他们看来,超过这数目就要变做一个贱民集团。他们想不到更广大的社团能够安排得井井有条。他们心目中的城邦只包括一座神庙林立的卫城,埋着创始英雄的骸骨,供着本族的神像,还有一个广场,一个剧场,一个练身场;几千个朴素,健美,勇敢,自由的人,从事"哲学或者公共事务";侍候他们的是奴隶,耕田和做手艺的也是奴隶。在色雷斯,在黑海,意大利和西西里沿岸,这一类美妙的艺术品每天都在出现,完成;思想家看惯了,认为一切别种形式的社会都是混乱的,野蛮的。但这种艺术品的完美全靠它的小巧,在人世猛烈的冲突与震动之下,只能维持一个短时期。

与这些缺点相辅而来的有程度相等的优点。固然他们的宗教观念缺少严肃与伟大,固然他们的政治机构不够稳固与持久,但宗教或国家的伟大使人性趋于畸形发展的弊病,他们也免除了。——在别的地方,机能的天然的平衡受到文明破坏;文明总是夸张一部分机能,抑制另一部分机能;把现世为来世牺牲,把人为神牺牲,把个人为国家牺牲。文明造成印度的托钵僧,埃及与中国的官僚,罗马的法学家与收税官,中世纪的修士,近代的人民,被统治者,资产阶级。在文明的压力之下,人有时胸襟狭窄,有时兴奋若狂,或是两者兼而有之。他成了一架大机器中的一个齿轮,或者觉得自己在无穷的宇宙中等于零。——在希腊,人叫制度隶属于他,而不是他隶属于制度。他把制度作为手段而非目的。他利用制度求自身的和谐与全面的发展;他同时是诗人,哲学家,批评家,行政官,祭司,法官,公民,运动家;锻炼四肢,聪明,趣味,集一二十种才能于一身,而不使一种才能妨碍另外一种;这一段解释了什么叫作身心的平衡。成为士兵而不变做机器,成为舞蹈家歌唱家而不成为舞台上的跑龙套,成为思想家和文人而不变做图书馆和书斋中的学究,决定国家大事而不授权给代表①,为神明举行赛会而不受教条束缚,不向一种超人的无穷的威力低头,不为了一个渺茫而无所不在的神灵沉思默想。仿佛他们对于人与人生刻画了一个感觉得到的分明的轮廓,把其余的观点都抛弃了,心里想:"这才是真实的人,一个有思想,有意志,又活泼又敏感的身体;这才是真正的人生,在呱呱而啼的童年与静寂的坟墓之间的六七十年寿命。我们要使这个身体尽量的矫捷,强壮,健全,美丽,要在一切坚强的行动中发展这个头脑这个意志,要用精细的感官,敏捷的才智,豪迈活跃的心灵所能创造和体会的一切的美,点缀人生。"在这个世界以外,他认为一无所有;即使有一个"他世界",也不过像荷马说的那个西米里安人的乡土,暗淡无光的死人住的地方,罩着阴沉的雾,充满软弱的幽灵,像蝙蝠一般成群结队,发出尖锐的叫声,在土沟里喝俘虏的鲜血,给自己取暖。希腊人的精神结构把他们的欲望和努力纳入一个范围有限,阳光普照的区域,和他们的练身场一样明亮,界限分明,我们就得在这个场地上去看他们的活动。

四

为此我们还得把希腊的地方再看一遍,留一个全面的印象。——希腊是一个美丽的乡土,使居民心情愉快,以人生为节日。如今面目全非,只剩一副骨骼了;土地被人搜刮,耕耨,爬剔,比我们的普罗旺斯还厉害;泥土元气丧尽,植物稀少;难得零零星星有些瘦小的灌木,光秃粗糙的石头霸占地面,占到四分之三。可是地中海沿岸保持原状的部分,例如在图隆和耶尔群岛〔法属〕之间,在那不勒斯和阿马尔菲〔意大利口岸〕之间,还能使我们对古代的希腊有个观念;不过希腊的

---

① 古希腊的民主政治不用代议制,凡自由的公民都亲自出席大会,参加辩论,投票表决。

天色更蓝,空气更明净,山的形状更明确更和谐。那里好像是没有冬天似的。山坳与山峡中长着栎树,橄榄树,橘树,柠檬树,柏树,永远是夏天的风景;一直到海边都有树木;某些地方,二月里的橘子从树上直掉到水里。没有雾,也差不多没有雨;空气温暖,阳光柔和。我们在北方需要发明种种复杂的东西抵抗酷烈的气候,要煤气,火炉,两重三重四重的衣服,筑起人行道,派好清道夫等等,才能使又冷又脏的烂泥地能够居住;要没有警卫和设备,人就会陷在泥坑里。希腊人可不用如此费心。他无需发明戏院和歌剧中的布景,只要看看四周的景色就够了,自然界供给的比人工制造的更美。我正月里在耶尔群岛看过日出:光越来越亮,布满天空,一块岩石顶上突然涌起一朵火焰;像水晶一般明净的天把它的穹窿扩展出去,罩在无边的海面上,罩在无数的小波浪上,罩在色调一律而蓝得那么鲜明的水上,中间有一条金光万道的溪流。傍晚,远山染上锦葵,紫丁香和茶香玫瑰的色彩。夏天,太阳照在空中和海上,发出灿烂的光华,令人心醉神迷,仿佛进了极乐世界;浪花闪闪发光;海水泛出蓝玉,青玉,碧玉,紫石英和各种宝石的色调,在洁白纯净的天色之下起伏动荡。我们心目中要有了遍地光明的形象,才能想象希腊的海岸,像云石的水瓶水钵一般,疏疏落落散布在碧蓝的海水中间。

　　所以希腊人有那种欢乐和活泼的本性,需要强烈的生动的快感是毫不足怪的;我们今天在那不勒斯人身上,一般说来在所有的南方人身上,都还看得见这个性格①。人从自然界中感受得来的行动,会始终继续下去;因为自然界替人固定的才能与倾向,正是自然界每天予以满足的才能与倾向。阿里斯托芬在诗中描写这一类极坦率,极轻松,

---

① "这些民族都活泼,轻快,心情开朗。残废的人也不垂头丧气:他看着死神缓缓降临;在他周围,一切都笑脸迎人。荷马与柏拉图的诗篇所以有那种恬静的喜悦,关键就在于此。在《斐多》〔柏拉图的对话录之一〕中叙述苏格拉底之死也不大流露哀伤的情调。所谓生命无非是开花与结果;此外还有什么呢? 假使像一般人所主张的那样,关心死亡是基督教与近代宗教情绪的特征,那么希腊人是最缺少宗教情绪的民族。他是肤浅的,认为生命既没有什么灵异,也没有什么远景的东西。这(接下页)

极有风趣的肉欲生活。他写的是雅典的农民庆祝和平:"多快活啊,多快活啊! 终究能脱下头盔,不吃乳酪和玉葱了。我不喜欢打仗,我喜欢同朋友伙伴一块儿喝杯酒,看夏天收割的枯枝在炉火中毕毕剥剥地烧,在炭上煨一些豆子和小毛榉,在我女人洗澡的时候抱着小赛拉太亲热一番。最愉快的莫如下了种,等天神去浇水,我趁此和邻居谈谈天,比如说:喂,科玛基丹斯,咱们干什么好呢? 在宙斯替我们的土地加肥的时候,我倒愿意喝一杯呢。喂,老婆,炒三升蚕豆,加些小麦,挑一些好的无花果来;今天没法给葡萄藤摘芽,也没法锄地,泥土太湿了。把画眉和两只黄雀拿来。家里还有些人奶和四块兔子肉。孩子,

---

样朴素的观念大部分得力于乡土,得力于空气的纯净,因为人在这个空气中感觉到非常愉快;但更大的原因是民族的本能使希腊人天生是个可爱的理想主义者。一点儿极小的东西,一棵树,一朵花,一条蜥蜴,一只乌龟,都令人回想到诗人们所歌咏的无数变形的故事。一条细流,一个嵌在岩石中间的空隙,所谓水仙的洞窟;一口井,井栏上放着一个杯子;一个那么狭窄的海峡,往往蝴蝶从中穿过,但是最大的船舶也能通航,像波罗斯岛上的那样;浓荫直罩到海上的桔树和扁柏,山岩中间的一个小松林:所有这一类的小景使希腊人在美感中获得满足,晚上在园中散步,听着蝉鸣。坐在月下吹笛,或者上山去喝泉水,随身带一块小面包,一条鱼,一瓶酒,一边喝一边唱;家中有喜事的日子,门上挂起一个树叶编成的环,头上戴着花冠;遇到公众的节日,拿着萝卜和树叶编成的棍子整天跳舞,跟驯服的山羊玩儿:这就是希腊人的乐趣;一个清寒,俭省,永远年轻的民族的乐趣。他住着美丽的乡土,所谓财富就是自己的生命和神明赋予的才能。诗人特奥克利托斯〔四世纪〕在牧歌中描写的,确是希腊的实际情形,希腊人始终喜欢这一类清秀可爱的小品诗歌,那是他最有特色的文学品种之一,也是他生活的镜子;但在别国那样的诗,只显得无聊与做作。开朗的心情,乐生的倾向,是十足地道的希腊气质,这个民族永远只有二十岁:他所谓'任情适性'决不是英国人的颠顸沉醉,也不是法国人的粗俗的轻狂;而不过认为天性是好的,可以而且应该放任。天性的确带希腊人走上典雅,正直,修身晋德的路。引诱我们作恶的欲望,他认为愚蠢。爱好装饰是现代希腊爱国志士的特色,在古代的希腊也表现得那么天真,但既不是野蛮人的虚荣的夸耀,也不是布尔乔亚的冒充高雅,摆出一脸骄傲可笑的暴发户样子,而是纯朴的青年人借此流露他纯洁和高雅的感情,因为祖先是美的创造者,他觉得应该做一个名副其实的子孙。"——引勒南著:《圣·保尔》第二〇二页。——我有一个朋友在希腊旅行很久,告诉我说,往往一般马夫与向导在路上采下一株美丽的植物,整天小心翼翼的拿在手里,晚上睡觉的时候慎重放起,第二天再拿着欣赏。——原注

给我们拿三块来,送一块给祖父;问埃基那丹斯去要些石榴和水果;再叫人到大路上去招呼卡利那丹斯,要他来和我们喝一杯,趁天神帮助我们叫田里的东西生长的时候……噢,可敬的尊贵的女神,噢,和平之神,心灵的主宰,婚姻的主宰,接受我们的祭献吧……希望你叫我们菜但愿科巴伊斯湖里的鳗鱼整筐整篓地运到,让我们急急忙忙挤上去,跟莫利科斯,丹来阿斯和别的爱吃的人抢着买……喂,提科埃卜利斯,赶快去吃酒席啊……代奥奈萨斯的祭司请你呢;快点儿,他们等着你呢;样样端整好了,席面,床铺,靠垫,花冠,香粉,饭后的糖果。妓女也到了,还有咸的甜的点心,美丽的舞女,一切迷人的东西。"以下文字太露骨了,我只引到这儿为止。古代的肉欲和南方人的肉欲都是举动非常放肆,说话非常分明的。

　　这种气质使人把人生看做行乐。最严肃的思想与制度,在希腊人手中也变成愉快的东西;他的神明是"快乐而长生的神明"。他们住在奥林波斯的山顶上,"狂风不到,雨水不淋,霜雪不降,云雾不至,只有一片光明在那里轻快地流动"。他们在辉煌的宫殿中,坐在黄金的宝座上,喝着琼浆玉液,吃着龙肝凤脯,听一群缪斯女神用优美的声音歌唱"。希腊人心目中的天国,便是阳光普照之下的永远不散的筵席,最美的生活就是和神的生活最接近的生活。以上写的完全与吾国的道教思想没有分别。在荷马的诗歌中,最幸福的人是能"享受美好的青春,到达暮年的大门"的人。宗教仪式无非是一顿快乐的酒席,让天上的神明饮酒食肉,吃得称心满意。最隆重的节会是上演歌剧。悲剧,喜剧,舞蹈,体育表演,都是敬神仪式的一部分。他们从来不想到为了敬神需要苦修,守斋,战战兢兢的祷告,伏在地上忏悔罪过,他们只想与神同乐,给神看最美的裸体,为了神而装点城邦,用艺术和诗歌创造辉煌的作品使人暂时能脱胎换骨,与神明并肩。希腊人认为这股"热诚"原文是enthusiasm便是虔诚;他们先用悲剧表现情感的伟大庄严的一面,再用喜剧发泄滑稽突梯和色情的一面。我们直要读到阿里斯托芬的《来西斯德拉达》和《塞斯谟福利斯的节日》,才能想见那种肉体生活的放纵,才能理解那时的人怎么会当众举行酒神节,在剧场中跳淫荡的舞①,科林斯有上千妓女在阿弗洛狄忒神庙中应征,才能理解宗教怎么会允许一切骇人听闻的风俗,一切甘尔迈斯式的节会和狂欢节的荒唐胡闹。

他们对待社会生活也像对宗教生活一样轻松。罗马人的征略是为了要有所得;他以管理人和商人的手段,用有系统的固定的办法,把征服的民族当做分种田一般剥削。雅典人航海,登陆,作战,却毫无建树;他是不规则的,凭一时的冲动行事,为了需要活动,为了兴之所至,为了事业心,为了追求荣誉,为了在希腊人中出人头地的乐趣。他拿盟邦的钱②装饰自己的城,叫艺术家盖神庙,造剧场,做雕像,设计装饰,筹备迎神赛会;他每天把公众的财富供自己享受,供所有的感官享受。阿里斯托芬用挖苦政治与长官的喜剧给雅典人消遣。雅典人看戏是免费的;酒神节结束时还分到盟邦缴纳而没有用完的公款。不久连出席公民大会,上法院当审判,都要拿钱了。一切都为了他〔雅典的公民〕;他叫有钱的人供应合唱队,演员,上演戏剧,主办各种美丽的表演。一个雅典人不管怎么穷,他的浴场和运动场总是国家出资维持的,场所也同武士用的一样舒服③。临了,他不愿再辛苦,叫雇佣兵代替他打仗。如果还关心政治,只是为了要谈论政治;他以鉴赏家的态度去听政治家们演说,辩论,责骂,针锋相对的妙语,好似看斗鸡一般。他批评演说家的才能,听到切中要害的攻击拍手叫好。他认为最要紧的是要有节目精彩的迎神赛会;他还通过法令,凡是提议把用作赛会

---

① 阿里斯托芬在《来西斯德拉达》中讽刺社会与政治的理想国,在《塞斯谟福利斯的节日》中讽刺悲剧作家欧里庇得斯。但希腊喜剧往往杂有大量的说笑打诨和粗俗的色情成分。——酒神节含有崇拜生殖与繁荣的意思,故有淫荡的舞蹈;喜剧常常在这种节会中演出。
② 这笔钱原是各邦为了抵抗波斯而筹集,交给雅典保管的;后来雅典利用盟主地位,强迫各邦像纳贡一样的缴付。
③ 见塞诺丰著:《雅典共和邦》。——原注
译者按:自方阵战术发明以后,在希腊某些城邦中,凡披坚执锐,保卫国家的人成为一个特权阶级,称为武士。

埃披道拉斯的露天剧场,面临爱琴海;建于公元前325年,圆形舞台直径66.5米,看台占圆周的五分之三

德尔斐的露天剧场,于公元前159年修复

的款子移一部分作军费的人,一律处死。将领只作为装点门面之用,狄摩西尼①说:"除了一个你们看他出去作战的以外,其余的将军只跟在祭司之后点缀你们的赛会。"需要装配舰队出海的时候,不是毫无行动,就是行动太迟,相反,为了游行和表演,倒是样样准备充分,有条有理,执行又正确又准时。久而久之,在只求快乐的风气之下,政治变成一个只管演剧与赛会的机构,负责给趣味高雅的人供应富有诗意的娱乐。

同样,在哲学和科学方面,他们也只愿意摘取事物的精华。他们绝对没有近代学者的牺牲精神,用所有的才智去阐明考据学上的一个疑问,花十年工夫观察一种动物,不断的增加实验,检查实验,心甘情愿从事一桩吃力不讨好的劳动,竭毕生之力替一座巨大的建筑物耐着性子雕两三块石头,而这建筑物他是看不见完工,但对后世确是有贡献的。寥寥数语说明近代学术是如何建立起来的,值得我们深思和效法。在希腊哲学是一种清谈,在练身场上,在廊庑之下,在枫杨树间的走道上产生的;哲学家一边散步一边谈话,众人跟在后面。此是我们两晋六朝的风气。他们都一下子扑向最高的结论;能有些包罗全面的见详便是一种乐趣,不想造一条结实可靠的路;他们提出的证据往往与事实若即若离。总之,他们是理论家,喜欢在事物的峰顶上旅行,像荷马诗歌中的神明,喜欢在一个广大而新鲜的区域中走马看花,一眼之间就把整个世界看尽。一个学说好比一出极美妙的歌剧,聪明和好奇的人编的歌剧。从泰勒斯〔七至六世纪〕到普罗克洛斯〔公元后五世纪〕,他们的哲学像他们的悲剧一样,始终围绕着三四十个重要的题目发展,加上无数的变化,引伸,混杂。哲学的幻想颠来倒去播弄种种观念与假定,正如神话的幻想颠来倒去播弄传说与神明。

他们用的方法也显出同样的倾向。他们诡辩家的成分不亚于哲学家的成分;他们为了用聪明而用聪明。微妙的甄别,精细而冗长的分析,似是而非的难以分清的论点,最能吸引他们,使他们流连忘返。

---

① 狄摩西尼(前384—前321)是希腊最有名的政治家,演说家,他首先看到马其顿的威胁,呼吁希腊各邦联合抵抗。

他们以辩证法,玄妙的辞令,怪僻的议论为游戏,乐此不疲①;他们不够严肃;作某种研究决不是只求一个固定的确切的收获;他们并非忘了一切,轻视一切而绝对的,专一的爱好真理。真理是他们在行猎中间常常捉到的野禽;但从他们推理的方式上看,他们虽不明言,实际是喜欢行猎甚于收获,喜欢行猎的技巧,机智,迂回,冲刺,以及在猎人的幻想中与神经上引起的行动自由与轰轰烈烈的感觉。曾经有一个埃及祭司对梭伦②说:"噢,希腊人!希腊人!你们都是孩子!"不错,他们以人生为游戏,以人生一切严肃的事为游戏,以宗教与神明为游戏,以政治与国家为游戏,以哲学与真理为游戏。

五

就因为此,他们是世界上最大的艺术家。以下一大段不仅说明希腊艺术的特征,也是一般美学分析的几个基本观点的解释,值得细细体会。他们的精神活泼可爱,充沛的兴致能想出新鲜的玩艺儿,耽于幻想的态度妩媚动人;这些便是驱使儿童不断创作小小的诗篇,不断加以琢磨的因素,目的只是发泄他们新生的,过于活跃的,突然觉醒的机能。我们从希腊人性格中看到的三个特征,正是造成艺术家的心灵和聪明的特征。所谓"古典的"艺术,内容不外乎下列三点。——首先是感觉的精细,善于捕捉微妙的关系,分辨细微的差别;这就能使艺术家以形体,色彩,声音,事故,总之是元素与细节,造成一个总体,用内在的联系结合得非常完善,使整体成为一个活的东西,在幻想世界中超过现实世界的内在的和谐。——其次是力求明白,懂得节制,讨厌渺茫与抽象,排斥

---

① 例如柏拉图与亚里士多德的逻辑方法。尤其在《斐多》中为灵魂不死所提供的证据。〔柏拉图在此假托苏格拉底与西俾斯的谈话,先肯定有灵魂方有生命;然后以奇数与偶数,冷与热,生与死等等不能互相消灭,来证明灵魂不死。〕——所有这一类的哲学都是才气高于成就。雄辩学教师曾经研究阿弗洛狄忒女神被阿哥斯王代奥米德所伤的时候,究竟伤在右手还是左手。亚里士多德关于荷马问题也写过一篇这种论文。——原注

② 梭伦是七纪时希腊的大政治家与立法者。

怪异与庞大,喜欢明确而固定的轮廓:这就能使艺术家把意境限制在一个容易为想象力和感官所捕捉的形式之内,使作品能为一切民族一切时代所了解,而且因为人人了解,所以能垂之永久。——最后是对现世生活的爱好与重视,对于人的力量的深刻的体会,力求恬静和愉快:这就使艺术家避免描写肉体的残废与精神的病态,而专门表现心灵的健康与肉体的完美,用题材的固有的美加强后天的表情的美①。——在所有的希腊艺术中,这是最显著的三个特点。浏览一下他们的文学,拿来和东方的,中世纪的,以及近代的文学相比;念一遍荷马,拿来跟《神曲》《浮士德》或印度的史诗相比;研究一下他们的散文,拿来跟任何民族,任何时代,任何国家的散文相比,你们马上会接受我上面的结论。和他们的文体相形之下,别的文体都显得浮夸,笨重,不正确,不自然;和他们的典型人物比较,别的典型都变得过火,凄惨,不健全;和他们的诗歌与论说的体裁相比,一切不从他们那儿脱胎的体裁都显得内容比例不当,结合不够紧凑,彼此脱节。

因为篇幅有限,我们在无数实例中只能挑选一个。让我们来考察肉眼看得见的,一进城就令人注意的东西,神庙。——神庙大都建筑在一块叫作卫城的高地上。卫城或者用岩石堆砌,像西拉库萨;或者是一座小山的顶,而小山往往像雅典那样是部落最早的栖身之处,城邦的发源地。不论在平地上还是在附近的山冈上,都能望见神庙;船只进口,远远就向它致敬。它整个儿清清楚楚的凸出在明净的天空②。中世纪的大教堂被稠密的民居挤压,遮掉一半,除了局部和高耸的部分,目光无法接触。希腊神庙的基础,侧影,整个的形体和所有的比例,一下子都显露出来。你用不到从一个部分上去猜想全体;坐落的地位使神庙正好配合人的感官。——为了求印象绝对明确,他们造成中等的或小型的庙堂,只有两三座和我们的玛特兰纳〔巴黎的希腊式

---

① 健康的心灵与完美的肉体本身就是美的,所以说是题材固有的美。表情有赖于艺术家的手腕,所以说是后天的美。
② 参看特塔克斯,帕卡尔,布瓦特与加尼耶合著的《遗迹整理图》以及他们的笔记。——原注

369

雅典卫城遗址全貌，中间远处的是厄瑞克特翁神庙；东边高处是巴德农神庙；西边的遗迹群是雅典卫城之入口，即山门

雅典卫城上的巴德农神庙，建于公元前447—438年间，一六八七年土耳其人作为火药库，被威尼斯舰队的炮弹击中炸毁

希腊的雕塑

建筑的大教堂〕一般大小。绝对没有印度，埃及，巴比伦那样庞大的庙宇，重楼叠阁的宫殿，迷宫式的走道，围墙，厅堂，巨大的神像，错综复杂，使人头晕眼花。也绝对不像巍峨宏伟，能容纳一个城市的全体居民的基督教堂，即使站在高处也望不到全部。侧影是看不见的，整体的和谐只能在图片上体会。希腊的庙堂不是会场，而是神的居室，供奉神像的圣地，只安放一座雕像的云石的圣体架。离开围墙一百步就能看到庙堂的主要线条如何配合，向什么方向发展。——并且线条极其简单，一眼之间就能理解全部意义。建筑物是一个长方形，前面有列柱成行的廊庑；没有一点复杂，古怪，繁琐的东西；统共只有三四个简单的几何形式，由对称的布局用重复或对立的方式表现出来。门楣上面的三角墙，柱身上的沟槽，柱顶上的石板，一切的附属品与细节使每个部分的特点更突出，加上屋子外面涂着各种彩色，*注意，希腊建筑物外部涂有彩色*。各部分的作用格外清楚明确。

在这许多特点中，可以看出艺术家的基本要求是范围有限而轮廓分明的形式。还有一连串别的特点显出他们的聪明机智和细腻入微的感觉。——一所庙堂包括各种形式，各种大小，而在这些形式和大小之间，正如在一个活的身体的各个器官之间，有一个连接一切的关键；这个关键，他们找到了。他们的建筑尺度是以柱子的直径决定柱子的高度，以高度决定款式①，以款式决定础石和柱头，由此再决定柱间的距离和建筑物的总的布局。他们故意在形式方面不遵守正确的数学关系，而迁就眼睛的要求：他们把一根柱子的三分之二加粗，加粗的曲线非常巧妙；在巴德农神庙上把一切水平线的中段向上提起，一切垂直线向中央倾斜②。他们不受呆板的对称的束缚。普罗比来斯〔卫

---

① 希腊建筑的款式以柱子为主，有庄严沉重的多里安式，有轻盈的爱奥尼亚式，有细长而更重装饰趣味的科林斯式，还有一种混合式。此处所谓款式就是指这些风格。
② 由于眼睛的错觉，凡数学关系绝对正确的几何形式往往予人以不愉快的感觉。严格的圆锥形柱子，看起来中间部分特别细小；成行的列柱之间距离相等，全部柱子即有向外离散之感；门楣上面的大三角墙，中央部分有向下陷落之感。为了迁就人的视觉，希腊建筑家才改变建筑形式之间正确的数学关系，使肉眼看来更和谐。

371

《月之女神之马》,大理石雕像,巴德农神庙东部三角墙上的雕塑

巴德农神庙东部三角墙上的楣梁雕塑,代表天上的神明,公元前五世纪中叶

《泛雅典娜节日》，大理石浮雕，巴德农神庙内殿外墙上的楣梁雕塑

《酒神》大理石雕像，巴德农神庙东部三角墙上的雕塑

雅典卫城的雅典娜胜利之神神庙，建于公元前五世纪后半期，属于爱奥尼亚式

城的大门〕的两翼并不相等；伊累克修斯神庙①的两所祭堂，地基高低不同。他们把许多平面，角度，加以交叉，变化，屈曲，使建筑物的几何形体像生命一样的妩媚，多样，推陈出新，飘逸有致。他们在屋子外面像绣花一般加上许多著色的雕塑，但仍无损于总体的效果。在这些方面，希腊人趣味的新奇，只有他趣味的高雅大方可以相比；他们把两个似乎不能并存的优点结合起来：极其朴素，同时又极其华丽。我们现代人的感觉达不到这个境界；他们的发明，我们只能逐渐体会到它完善的程度，而且只体会到一半。直到发掘了庞贝，我们对于他们墙上装饰的鲜明与和谐才有一个概念。他们最美的神庙所以其美无比，是由于水平线的向上提起和垂直线的向外凸出，而这种细微莫辨的曲线还是现代一个英国建筑师量出来的。在他们面前，我们好像一个普通的听众面对着一个天赋独厚，经过特别培养的音乐家；他的演奏有细腻的技术，精纯的音色，丰满的和弦，微妙的用意，完美的表情；但是一个普通的听众天赋平常，训练不够，对那些妙处只能断断续续领略一个大概。我们对希腊艺术只留着一个总的印象，这个印象与民族精神完全一致，效果很像一个快活而鼓舞人心的节会。——希腊的建筑是健全的，单靠本身就能存活；不需要像哥特式大教堂那样，养着一大队泥水

---

① 雅典卫城上原来的建筑物有奉祀各种神的庙堂，其中包括巴德农，伊累克修斯等，另外还有大门，剧场，共有九种之多，成为一个建筑群。

雅典卫城上的伊累克修斯神庙,建于公元前410—前402,属于爱奥尼亚式

帕埃斯图姆(意大利南古城)的波塞东神庙,由三十九根柱子和带三个中堂的内殿组成,建于公元前450?年,属于多力安式

《兰胡子人》,公元前580—前570年,雅典卫城的雅典娜神庙西部三角墙上的浮雕

德尔斐的西弗诺斯金库,建于公元前525?年女像柱已开始采用

《神与巨人之战》,局部,公元前525?年,西弗诺斯金库北部的楣梁浅浮雕

德尔斐的西弗诺斯金库的女像柱

科林斯式柱头，出现于公元前五世纪末，广泛的替代了爱奥尼亚式

匠经常修理；不需要借助于外方扶壁支持穹窿；用不到铁的骨架来维护雕刻精工，高入云霄的钟楼，帮助那些奇妙繁复的花边，脆弱的镂空的石头装饰勾住在墙上。希腊的建筑不是兴奋过度的幻想的产物，而是清明的理智的产物，能单独存在，不依靠外力。倘不是人的蛮性或偏执狂发作而加以毁灭的话，几乎所有的希腊神庙都能完整无缺。帕埃斯图姆①的神庙经过了二千三百年依然无恙；巴德农是由于火药库爆炸而一分为二的〔一六八七〕。要是听其自然，希腊神庙可以至今留存，而且还会留存下去；这一点可以从它稳固的基础上看出来，因为整个躯干不加重它的负担而加强它的坚固。我们感觉到，庙堂的各个部分都有一种持久的平衡；建筑家在屋子的外表上表现出内部的结构；眼睛看了比例和谐的线条感到愉快，理智由于那些线条可能永存而感到满足②。而且在雄壮的气概之外，还有潇洒的风度；希腊的建筑物不

---

① 帕埃斯图姆是意大利半岛上的一座古城，在那不勒斯附近。
② 关于这一点，可参考布特米著：《希腊的建筑哲学》，这是一部观点很正确，态度很认真，很细致的著作。——原注

《编织羊毛的妇女》,象牙,高10.5厘米,公元前六世纪早期,发掘于古希腊埃菲索斯的阿尔特米斯神庙

单单希望传世悠久像埃及的建筑物,不被物质的材料压迫,像固执而臃肿的阿特拉斯①;它舒展,伸张,挺立,好比一个运动员的健美的肉体,强壮正好同文雅与沉静调和。此外还得注意神庙的装饰品:挂在门楣上像一颗颗明星似的金盾;砌在三角墙两端和飞檐上的金饰;在阳光中发亮的狮头,绕在柱头上的金丝网或珐琅网;施在屋外的彩色,朱红,桔红,蓝,绿,淡土黄,以及一切强烈或沉着的色调,像庞贝那样联在一起成为对比给眼睛的感觉完全是一种天真的,健全的,南国风光的快乐情调。最后还有嵌在三角墙上的,嵌在方龛上和楣带上的浮雕和雕像,尤其是供在圣堂中巨大的神像,一切用云石,象牙,黄金雕成的像,一切代表英雄与神明的身体,——给人看到刚强的力,完美的体育锻炼,尚武精神,朴素与高尚的气息,清明恬静的心境,达到如何美满的地步。我们把这些都考虑到了,就会对希腊人的特质和艺术有一个初步的概念。

第二章 时 代

现在需要再进一步,考察希腊文明的另一个特点。——一个古代的希腊人不但是希腊人,并且是个古人;他不仅和英国人或西班牙人不同,因为他属于另一种族,具有另外一些才能,另外一些倾向;他还和现代的英国人,西班牙人,希腊人不同,因为他生在历史上前面的一个时期,具有另外一些观念,另外一些感情。他在我们之前,我们跟在他的后面。他没有把他的文明建筑在我们的文明之上,而是我们的文明建筑在他的和别的几种文明之上。他住在底层,我们住在三楼或四楼。由此产生无数重要的后果,一个人住在地面上,所有的门户直接开向田野,另外一个在一所现代的高楼上关在一些狭小的笼子里;差别之大莫过于这样两种生活了。这个对比可以用两句话说明:他们的

---

① 神话中的阿特拉斯因为不愿招待珀尔修斯,被罚变成一座山,高与天接,以致阿特拉斯不得不用肩膀把天顶住。

生活和他们的精神境界是简单的,我们的生活和我们的精神境界是复杂的。因此他们的艺术比我们的朴素;他们对于人的心灵与肉体所抱的观念,给他们的作品提供材料,但我们的文明已经不许这一类的作品了。

一

只要对他们生活的外表看上一眼,就能发现那生活多么简单。文明逐渐向北方移动的时候,不能不满足人各式各种的需要,在南方最初的基地上可没有这些问题。——在高卢,日耳曼,英吉利,北美洲或是潮湿或是寒冷的气候之下,人吃得更多,需要更坚固更严密的屋子,更暖更厚的衣服,更多的火和更多的光线,更多的掩蔽,给养,工具,工业。他必然要会制造;欲望又随着满足而增长,四分之三的精力都用来求生活的安乐。但得到的方便同时成为一种束缚,增加人的麻烦,使人做了安乐的俘虏。你们想一想,今日一个普通男子的衣着包括多少东西!女人的衣着,即使是中等阶级的,更不知有多少!两三口柜子还装不下。那不勒斯或雅典的妇女现在也仿效我们的时装了。一个希腊的爱国志士①穿的古怪服装和我们的一样累赘。我们北方的文明,回流到落后的南方民族中去的时候,带去一套不必要的复杂而奇怪的装束;现在只有在偏僻的区域和十分穷苦的阶层中,才能遇见衣服减少到适合于当地气候的人:那不勒斯的所谓"穷光蛋"只穿一件长至膝盖的单褂,阿卡迪亚〔希腊伯罗奔尼撒半岛的中部〕的女人只穿一件衬衣。

古希腊的男人只需要一件没有袖子的背心,妇女只要一件没有袖子的长到脚背的单衫,从肩膀到腰部是双层的:这是服装的主要部分;此外身上再裹一大块方形的布,女人出门戴一块面纱,穿一双便鞋;苏

---

① 原文是希腊字,叫作帕尔利卡里斯,是从十五世纪起在土耳其统治之下的希腊民兵;后来凡忠于传统,富有爱国心的希腊人都叫作帕尔利卡里斯,十九世纪时这些民兵大都参加希腊独立战争。

格拉底只有赴宴会才穿鞋子;平时大家都赤着脚光着头出去。所有这些衣服一举手就可脱掉,绝对不裹紧在身上,但是能刻画出大概的轮廓;在衣服飘动的时候或者接缝中间,随时会暴露肉体。在练身场上,在跑道上,在好些庄严的节会中,他们干脆脱掉衣服。普林尼说:"全身赤露是希腊人特有的习惯。"衣着对于他们只是一件松松散散的附属品,不拘束身体,可以随心所欲在一刹那之间扔掉。——人的第二重包裹,房屋,也同样简单。你们把圣日耳曼或枫丹白露的屋子,跟庞贝或赫库兰尼姆的屋子做个比较吧:那是两个美丽的内地城镇,当时在罗马郊外的地位与用途,正如今日圣日耳曼和枫丹白露之于巴黎。你们计算一下,现在一所过得去的住屋包括些什么:先是用软砂石盖的二层或三层的大建筑,里头有玻璃窗,有糊壁纸,有花绸,有百叶窗,有二重或三重窗帘,有壁炉架,有地毯,有床,有椅子,有各种家具,有无数的小古董,无数的实用品与奢侈品。再想象一下墙壁单薄的庞贝的屋子:中央一个小天井,有个滴滴答答的喷泉,天井四周十来个小房间,画着一些精致的画,摆着一些小小的铜像;这是一个轻巧的栖身之处,给人晚上歇宿,白天睡中觉,一边歇凉一边欣赏优美的线条,和谐的色彩;按照当地的气候,再没有别的需要了。在希腊的盛世,室内配备还要简单得多①。小偷挖得进去的墙壁只刷白粉,在伯里克利的时代〔五世纪〕,壁上还没有图画;室内不过是一张床,几条毯子,一只箱子,几个漂亮的有图画的水瓶,一盏简陋的灯,墙上挂几件兵器;小小的屋子还不一定有楼,但对于一个雅典的贵族已经足够。他老在外边过活,在露天,在廊下,在广场上,在练身场上;而给他过公共生活的公共建筑也和私宅一样朴素。那绝不是高楼大厦,像我们的立法议会〔法国十九世纪六十年代的国会名称〕或者伦敦的威斯敏斯特,内部有许多装修,有成排的席位,有灯火,有图书馆,有饮食部,有各个部门,各种服务;希腊的议会只是一个空旷的广场,叫作尼克斯,几级石砌的

---

① 关于私生活的细节,可参看贝克尔著:《卡利格兰斯》〔一名《古希腊风俗小景》〕,尤其是附录部分。——原注

台阶便是演说家的讲坛。此刻我们正在建造一所歌剧院①,我们需要一个宽大的门面,四五座大楼,各种的休息室,客厅和走道,一个宽敞的剧场,一个极大的舞台,一个巨型的顶楼安放布景,无数大大小小的房间安置演员和管理人员;我们花到四千万〔法郎〕,场子里有两千座位。在希腊,一个剧场可以容纳三万到五万观众,造价比我们的便宜二十倍,因为一切都由自然界包办:在山腰上凿一个圆的梯形看台,下面在圆周的中央筑一个台,立一座有雕塑装饰的大墙,像奥朗热②的那样,反射演员的声音;太阳就是剧场的灯光,远处的布景不是一片闪闪发亮的海,便是躺在阳光之下的一带山脉。他们用俭省的办法取得豪华的效果,供应娱乐的方式像办正事一样的完善,这都是我们花了大量金钱而得不到的。

再看人事方面的组织。一个现代的国家包括三四千万人,散处在纵横千余里的领土之内。它比古代的城邦更巩固;但另一方面,它也复杂得多。要当一个差事必须是一个专门的人;因此行政工作也像别的职业一样成为专门的了。大多数人只能每隔许多时候用选举方式参与国家大事。平日他们住在内地,不可能有什么个人的和明确的见解,只有一些模糊的印象,盲目的情感,遇到要决定战争,或捐税的时候,只能让一般比他们知识丰富而由他们派往京城去当代表的人处理。——关于宗教,司法,陆军,海军的问题,也同样由人代庖。这些公事每一项都有一批专门的人;必须经过长期的学习才能在其中当个角色,大多数的公民都不能胜任。我们完全不参与这些事情;我们有代表,或者出于他们自己选择,或是由国家选择,代我们去打仗,航海,审判,祈祷。事实上我们也不得不如此;职务太复杂了,不能临时由一个生手去执行;教士要进过神学院,法官要进过法学院,军官要进过军校,军营或军舰,公务员要经过考试和办公室的实习。——相反,一个

---

① 巴黎歌剧院是一八六二至一八七四年间建造的,正是作者讲学的时期。
② 法国南部阿维尼翁城附近的奥朗热镇上,保存有古代的(二世纪)凯旋门和露天剧场。

像希腊城邦那样小的国家,普通人能担任一切公共职务;社会并不分成官吏和平民,没有退休的布尔乔亚,只有始终在活动的公民。雅典人对于有关公众利益的事都亲自决定;五六千公民在广场上听人演说,当场表决;广场便是菜市,大家在这儿售卖自己出产的油和橄榄,也在这儿制定法律,决定法令;领土不过等于现代的一个城郊,乡下人比城里人多走的路也很有限。讨论的事情并不超过他的智力,只关涉到一个教区的利益,因为城邦只有一个城。应当如何对付梅加拉或者科林斯,他不难判断;只消凭个人的经验和日常的印象就行;他毋需做一个职业政治家,熟悉地理,历史,统计等等。同样,他在自己家中就是教士,每隔多少时候还当本部族或本部落的祭司;因为他的宗教是保姆嘴里讲的美丽的故事,仪式是他从小就会的舞蹈或唱歌,还有是穿了某种衣服当主席,吃一顿饭。——此外,他也在法院中当审判,审理民事,刑事,宗教的案子;逢到自己有诉讼就亲自出庭辩护。一个南方人,一个希腊人,天生头脑灵活,能说会道;当时法律条文还没有那么多,没有积成一部法典和一大堆头绪纷繁的东西;他大体都知道;法官可以背给他听;而且习惯容许他凭着本能,常识,情绪,性子说话,至少同严格的法学和根据法理的论证同样有效。——倘若他有钱,他就做演出的主办人。你们已经看到希腊的剧场不像我们的复杂;而且雅典人素来爱排练舞蹈,歌唱,戏剧。——不论贫富,人人都是军人,战争的技术还简单,还没有战争的机器,民团就是陆军。在罗马人未来之前,这是最优秀的军队。要培养精锐的士兵,有两个条件,而这两个条件都由普通教育完成了,不用特殊训练,不用办新兵操演班,不用军营中的纪律和练习。一方面,他们要每个士兵都是出色的斗士,身体要极强壮,极柔软,极灵活,会攻击,招架,奔跑。这些都由练身场担任了,练身场是青年人的学校,他们连续几年,整天在里面搏斗,跳跃,奔跑,掷铁饼,有系统的锻炼所有的肢体和肌肉。另一方面,他们要士兵能整然有序的走路,奔驰,做各种活动。应付这些,他们的舞蹈就足够了:所有全民的和宗教的赛会,都教儿童和青年如何集合,如何变换队形。斯巴达的公共舞蹈队和军队奉同一个神为祖师。在这样的风俗习惯培养之下,公民一开始就能毫无困难的成为军人。——当水手也不需要更多的学习。当时的战舰不过是一条航行近海的船,至多装二百人,无论到哪里都不大会望不见陆地。在一个既有海口,又以海上贸易为生的城邦之内,没有一个人不会操纵这样的船。我们的水手和海军军官要十年的学习和实习,才能熟悉气候的征兆,风向的变化,位置与方向,一切的技术,一切的零件;希腊却没有一个人不是事先就会或一学就会的。——古代生活的这些特点都出于同一个原因,就是没有前例而简单的文明;都归结到同一个后果,就是非常平衡而简单的心灵,没有一组才能与倾向是损害了另一些才能与倾向而发展的,心灵没有居于主要地位,不曾因为发挥了任何特殊作用而变质。现在我们分作受过教育的人和未受教育的人,城里人和乡下人,内地人和巴黎人,并且有多少种阶级,职业,手艺,就有多少种不同的人;人到处关在自己制造的小笼子里,被一大堆需要所包围。希腊人没有经过这么多的加工,没有变得这样专门,离开原始状态没有这样远,他所活动的政治范围更适应人的机能,四周的风俗更有利于保持动物的本能:他和自然的生活更接近,少受过度的文明奴役,所以更近于本色的人。

二

这些仅仅是铸造个人的环境和外界的模子。现在让我们深入个人的内心,接触他的思想和感情;希腊人和我们在这方面的距离更可观。在无论什么时代,无论什么国家,养成思想感情的总不外乎两种教育:宗教教育和世俗教育;两者都向同一方面发生作用,当时是要思想感情保持单纯,现在要思想感情趋于复杂。——近代人是基督徒,而基督教是宗教上第二次长的芽,和本能抵触的。那好比一阵剧烈的抽搐,破坏了心灵的原始状态。基督教宣称世界万恶,人心败坏;在基督教产生的时代,这是事实。所以基督教认为人应当换一条路走。现世的生活是放逐;我们应当把眼睛转向天上。人性本恶,所以应当压制一切天生的倾向,折磨肉体。感官的经验和学者的推理都是不够的,虚妄的;应当把启示,信仰,神的点拨作为指路的明灯。应当用赎罪,舍弃,默想来发展我们的心灵,使眼前的生活成为热烈的期待,求解脱的期待,时时刻刻放弃我们的意志,永远皈依上帝,对他抱着至高无上的爱;那么偶尔可以得到一些酬报,能出神入定,看到极乐世界的幻影。一千四百年之间,理想的模范是隐士与修士。要估量这样一种思想的威力,要知道这思想改变人类的机能与习惯到什么程度,只消读一遍伟大的基督教诗歌和伟大的异教诗歌,读一遍《神曲》,再读一遍《奥德赛》与《伊利亚特》。——但丁看到一个幻象,他走出我们这个渺小的暂时的世界,进入永恒的国土。他看到刑罚,赎罪,幸福〔地狱,炼狱,天堂〕。剧烈的痛苦和惨不忍睹的景象使他心惊胆战;凡是执法者与刽子手逞着狂怒与奇巧的幻想所能发明的酷刑,但丁都看到了,感觉到了,为之魂飞魄散。然后他升到光明中去,身体失去了重量,往上飞翔,一个通体放光的女子〔贝雅特里齐〕堆着笑容,他不由自主的受她吸引①;听见灵魂化为飘飘荡荡的歌声与音乐,看到人的心灵变为一朵巨大的玫瑰②,鲜艳的光彩便是天上的德性与威力;神圣的言语,神学的真理,在太空发出嘹亮的声音。理智在灼热的高空像蜡一般熔化了,象征与幻景互相交错,掩盖,终于达到一个神秘的令人眩惑的境界;而整个诗篇,包括地狱的和天堂的部分,就是一个从噩梦开始而以极乐告终的梦境。——可是荷马给我们看到的景色不知要自然多少,健全多少!他讲到特洛亚特,伊萨基岛和希腊的各处海岸③;我们至今还能追寻那种景色,认出山脉的形状,海水的颜色,飞涌的泉

---

① 但丁在《神曲》中自称在森林中迷了路,受到一只山猫、一只狮子和一只母狼的袭击;但丁的爱人贝雅特里齐自天上派了诗人维吉尔救他出险。出险的路必须经过地狱、炼狱,然后到达天界,见到贝雅特里齐,看到进入天堂的人的幸福,最后又见到上帝。
② 但丁以"永恒的玫瑰"象征极乐的灵魂,不断放出芬芳歌颂上帝。
③ 特洛亚特是古地名,指小亚细亚西临地中海的一个地区,首都就是发生特洛伊战争的特洛伊。——伊萨基岛在希腊半岛西岸的爱奥尼亚海中,荷马史诗中载尤利斯出征以前是这个岛上之王。

水,海鸟栖宿的扁柏与榛树;荷马的蓝本是稳定而具体的自然界;在他的诗歌中,我们觉得处处脚踏实地,站在现实之上。他的作品是历史文献,写的是他同时人的生活习惯,奥林波斯山上的神明不过是一个希腊人的家庭。我们毋需勉强自己,毋需鼓起狂热的心情,就能发觉自己心中也有他所表现的情感;想象出他描写的世界,包括战争,旅行,宴会,公开的演说,私人的谈话,一切现实生活的情景,友谊,父母子女的爱,夫妇的爱,追求光荣,需要行动,忽而发怒,忽而息怒,对迎神赛会的爱好,生活的兴致,以及纯朴的人的一切情绪,一切欲望。诗人把自己限制在一个看得见的范围之内,那是人的经验在每一代身上都能重新看到的;他不越出这个范围;现世对他已经足够,也只有现世是重要的;"他世界"只是幽魂所住的渺茫的地方。尤利斯在哈得斯〔地狱之神〕那儿遇到阿喀琉斯,祝贺他在亡魂中仍然当上领袖,阿喀琉斯回答说:"光荣的尤利斯,不要和我谈到死。我宁可做个农夫,替一个没有遗产而过苦日子的人当差,那比在从古以来所有的死人中间当头儿还强得多。你还是和我谈谈我光荣的儿子吧,告诉我,他在战场上是不是第一个英雄好汉。"——可见他进了坟墓仍旧在关心现世的生活。"于是飞毛腿阿喀琉斯的幽魂退隐了,在野水仙①田里迈着大步走开,非常高兴,因为我告诉他说,他的儿子出了名,勇敢得很。"——在希腊文明的各个时代都出现同样的情感,不过稍有出入而已。他们的世界是阳光普照的世界;临死的人的希望与安慰,无非是他的儿子,他的荣誉,他的坟墓,他的乡土,能够在阳光之下继续存在。梭伦对克雷萨斯〔自命为最幸福的国王〕说:"我认识的最幸福的人莫过于雅典的泰洛斯;因为他的城邦兴旺,儿子又美又有德行,他们也有了孩子,能守住家业,而他自己还活着;他这样兴旺的过了一辈子,结局也很光荣。雅典人和邻居埃莱夫西斯人打仗,他出来效力,在赶走敌人的时候死了;雅典人在他倒下去的地方为他举行国葬,把他大大表扬了一番。"在柏拉图的时代,希庇阿斯提到大多数人的意见,也说:

---

① 希腊人在墓地四周种野水仙。

"不论什么时代什么地方,人生最大的福气莫如在希腊人中享有财富,健康,声望,活到老年,把父母体体面面的送终,然后由子孙用同样体面的排场把自己送进坟墓。"哲学家长篇大论的提到"他世界"的时候,那个世界也并不可怕,并不无边无际,既不与现世相去天壤,也不像现世这样确凿无疑,既没有无穷的刑罚,也没有无穷的快乐,既不像一个可怕的深渊,也不像荣耀所归的天国。苏格拉底对审判他的人说①:"死不外乎两种情形:或者是化为乌有,一切感觉都没有了;或者像有些人说的,死是一种转变,是灵魂从这个地方到另外一个地方去的过程。假如死后一无所觉,好像睡着一般,连梦都没有,那么死真是件妙事。因为在我看来,倘若有人在他的许多夜中举出这一夜,睡得那么深沉,连梦都没有的一夜,再想到在一生的日日夜夜之间,有过哪一天哪一夜比这个无梦之夜更美好更甜蜜的,那他一定很容易得出结论;我这么说不但是以普通人而论,便是对波斯王也一样。所以倘若死是这样的,我认为死真是上算得很;因为死后全部的时间只等于一夜功夫。——假如死是转到另外一个地方去的过程,而假如真像人家说的,那个地方所有的死者都住在一起,那么,诸位审判员,我们还能设想比死更大的乐事么?倘若一个人到了哈得斯的境内,摆脱了你们这些自称为的审判员,而遇到一般真正的审判员,如弥诺斯,拉扎曼塔萨,埃阿克,特里普托莱梅,以及一切生前正直的神明,像人家说的,在那里当审判,那么搬到那里去住难道有什么不好么?跟奥尔费,牟西阿斯,赫西俄德,荷马住在一起,试问谁不愿意付出最大的代价换取这样的乐趣?至于我,倘若事实果真如此,我还愿意多死几次呢。"因此在无论何种情形之下,"我们对于死应当抱着乐观的态度。"——过了两千年,帕斯卡尔提到同样的问题同样的疑惑,认为不信上帝的人,前途"不是永久的毁灭便是永久的痛苦,两者必居其一"。这样一个对比指出人的心灵在一千八百年②中所受的扰乱。永久快乐或永久苦恼

---

① 见柏拉图对话录《辩诉》篇。
② 一千八百年是从纪元开始(即基督降生)到作者讲学的时代,上文说的两千年是指苏格拉底之死到帕斯卡尔的时代。

的远景破坏了心灵的平衡;到中世纪末期为止,在这个千斤重担的压迫之下,人心好比一具机件损坏的天平,乱蹦乱跳,一忽儿跳得极高,一忽儿掉得极低,永远趋于极端。文艺复兴的时期,被压迫的天性振作起来,重新占着优势,但旧势力还站在面前想把天性压下去,古老的禁欲主义与神秘主义,不但拥有原来的或经过革新的传统与制度,并且还有这些主义在痛苦的心中和紧张过度的幻想中所散布的持久的骚乱。便是今日,这个冲突依旧存在;在我们心中,在我们周围,关于天性和人生就有两种教训,两种观念,两者不断的摩擦使我们感觉到年轻的世界原来多么自在,多么和谐;在那个世界上,天生的本能是直线发展的,丝毫不受损害,宗教只帮助本能生长而并不加以抑制。

一方面,我们的宗教教育把杂乱无章的情感加在我们自发的倾向上面;另一方面,世俗的教育用一些煞费经营的外来观念在我们精神上筑起一座迷宫。开始最早而最有力量的教育是语言,我们不妨比较一下希腊的语言和我们的语言。我们的现代语,意大利语,西班牙语,法语,英语,都是土话,原来是美丽的方言,如今只剩下一些面目全非的残迹。长时期的衰落已经使它变质,再加外来语的输入和混合更使它混乱,好比用古庙的残砖剩瓦和随便捡来的别的材料造成的屋子。的确,我们是用破碎的拉丁砖瓦,用另外一种布局安排起来,再用路上的石子和粗糙的石灰屑,造成我们的屋子,先是哥特式的宫堡,此刻是现代的住屋。固然我们的思想在我们的语言中能够存活,因为已经习惯了;可是希腊人的思想在他们的语言中活动起来不知要方便多少!比较带一些概括性的名词,我们不能立刻领会;那些名词不能一见便明,显不出根源,也显不出所假借的生动的事实;从前的人不用费力,单单由于类似关系而懂得的名词,例如性别,种类,文法,计算,经济,法律,思想,概念,等等,现在都需要解释。即使德文中这一类的缺陷比较少,仍旧没有线索可寻。所有我们的哲学和科学的词汇几乎都是外来的;要运用恰当,非懂希腊文和拉丁文不可;而我们往往运用不当。这个专门的词汇有许多术语混进日常的谈话和文字的写作;所以我们现在的说话和思索,所依据的是笨重而难以操纵的字眼。我们把词汇现成的拿来,照原来搭配好的格式拿来,凭着习惯说出去,不知道轻重,也分不出细微的差别;我们心中的意思只能表达一个大概,作家要花到十五年工夫才学会写作,不是说写出有才气的文章,那是学不来的,而是写得清楚,连贯,恰当,精密。他必须把一万到一万二千个字和各种辞藻加以钻研,消化,注意它们的来源,血统,关系,然后按照自己的观念和思想用一个别出心裁的方案重新建造。如果不下过这番工夫而对于权利,责任,美,国家,一切人类重大的利益发表议论,就要暗中摸索,摇晃不定,陷入浮夸空泛的字句,响亮的滥调,抽象而死板的公式。关于这一点,你们可以看看报纸和通俗演说家的讲话;在一般聪明而没有受过古典教育的工人身上尤其显著;他们不能控制字眼,因之也不能控制思想;他们讲着一种高深而不自然的语言,对他们是一种麻烦,扰乱他们的头脑;因为他们没有时间把语言一点一滴的滤过。这是一个极大的不方便,为<u>希腊</u>人所没有的。他们的形象的语言和纯粹思考的语言,平民的语言和学者的语言,并无距离,后者只是前者的继续,一篇<u>柏拉图</u>的《对话录》,没有一个字不能为刚从练身场上修业完毕的青年人理解;<u>狄摩西尼</u>的演说没有一句不能和雅典的铁匠或农民的头脑一拍即合。你们不妨挑一篇<u>皮特</u>或<u>米拉波</u>的演讲,<u>艾迪生</u>或<u>尼科尔</u>①的短文,试译为纯粹的希腊文;你们势必要把原文重新思索,更动次序;对于同样的内容,你们不能不寻找更接近实际事物与具体经验的字眼②。真理与谬误,在强烈的光照耀之下格外显著;以前你们认为自然和明白的东西,现在会显得做作和暗晦。经过一番对

---

① 这几位<u>英法</u>两国的政论家及作家都以用字正确,语言精练见称。
② 关于这一点,可浏览<u>保罗·路易·库里耶</u>的文章,他的风格是从<u>希腊</u>文培养出来的。不妨把他译的<u>希腊史家希罗多德</u>的著作的头几章,和<u>拉尔谢</u>的译文作一比较,<u>乔治·桑</u>在《田里拾来的孩子弗朗索瓦》《吹风笛的乐师》《魔沼》中间,把希腊文体的简朴、自然、美妙的逻辑恢复了一大半,她用自己的名义说话,或者叫一些有教养的人物说话时所用的现代文体,正好与上面的几部小说的文体成为鲜明的对比。——原注

照,你们会懂得为什么希腊人的更简单的思想工具能收事半功倍之效。

另一方面,作品跟着工具而变得复杂,而且复杂得超过一切限度。我们除了希腊人的观念以外,还有人类一千八百年来所制造的观念。我们的民族一开始就得到太多的东西,把头脑装得太满。才脱离粗暴的野蛮状态,在中古时代晨光初动的时候,还在咿呀学语的幼稚的头脑就得接受古希腊古罗马的残余,以前的宗教文学时代的残余,头绪纷繁的拜占庭神学的残余,还有亚里士多德的知识总汇,原来就范围广博,内容奥妙,还要被阿拉伯的笺注家弄得更繁琐晦涩。从文艺复兴起,经过整理的古文化又有一批概念加在我们的概念之上,有时还扰乱我们的思想,不问合适与否硬要我们接受它的权威,主义,榜样,在精神与语言方面使我们变做拉丁人和希腊人,像十五世纪的意大利学者那样;拿它的戏剧体裁和文字风格给我们做范本,像十七世纪那样;拿它的格言与政治思想来暗示我们,例如卢梭的时代和大革命的时代。已经扩大的小溪还有无数的支流使它更扩大:实验科学和新发明日益加多、在五六个大国中同时发展的现代文明各有所贡献。一百年以来又加上许多别的东西:现代语言和现代文学的知识开始传布了,东方的与古老的文明发现了,史学的惊人的进步使多少种族多少世纪的风俗人情在我们面前复活过来。原来的细流变成大河,驳杂的程度也一样可观。这都是一个现代人的头脑需要吸收的,真要像歌德那样的天才,耐性和长寿,才能勉强应付。——可是在江河的发源地,水流要细小得多,明净得多。在希腊史上最美好的时代,"青年学的是识字,写字,计算①,弹六弦琴、搏斗和其他练身体的运动②"。"世家大族的子弟"受的教育也不过如此。只加上音乐教师教他唱几支宗教的与民族的颂歌,背几段荷马,赫西俄德和别的抒情诗人的作品,出征时

---

① 在希腊文中叫作格拉玛塔(Grammata)〔意思是文字〕因为他们的文字也代表数字,所以这个名词包括识、写、算三样。——原注
② 见柏拉图的对话录《西阿哲尼斯》篇。——原注

唱的战歌以及在饭桌上唱的哈莫迪奥斯歌。年纪大一些,他在广场上听演说家们演讲,颁布法令,引用法律条文。在苏格拉底时代,青年人要是好奇的话,会去听哲人学派的舌战和议论,也会想法找一本阿那克萨哥拉和埃莱阿泰的芝诺的书来看①;有些青年还对几何学感到兴趣,但总的说来,他们的教育完全以体育与音乐为主,在练身之余花在留心哲学讨论上的一小部分时间,绝不能和我们十五年二十年的古典研究与专门研究相比,正如他们二三十卷写在草纸上的手稿不能与我们三百万册的图书馆相比。——所有这些对立的情形,归结起来只是一种全新的不假思索的文化和一种煞费经营而混杂的文化的对立。希腊人方法少,工具少,制造工业的器械少,社会的机构少,学来的字眼少,输入的观念少;遗产和行李比较单薄,更易掌握;发育是直线进行的,一个系统的,精神上没有骚乱,没有不调和的成分;因此机能的活动更自由,人生观更健全,心灵与理智受到的折磨,疲劳,改头换面的变化,都比较少:这是他们生活的主要特点,也就反映在他们的艺术中间。

三

　　无论什么时代,理想的作品必然是现实生活的缩影。倘使我们观察现代人的心灵,就会发觉感情与机能的变质,混乱,病态,可以说患了肥胖症,而现代人的艺术便是这种精神状态的复制品。——中世纪的人,精神生活过分发展,一味追求奇妙与温柔的梦境,沉溺于痛苦之中,厌恶肉体,兴奋过度的幻想和感觉竟会看到天使的幻影,一心一意的膜拜神灵。你们都知道《仿效基督》与《圣方济的小花》中的境界,但丁和彼特拉克的境界,你们也知道骑士生活和爱情法庭②包含多少

---

① 阿那克萨哥拉和芝诺两人都是公元前五世纪时哲学家,前者曾因提倡无神论嫌疑被控。
② 十二至十五世纪时由贵族妇女组成的法庭,专门处理爱情纠纷,讨论一切男女问题。

微妙的心理和多么疯狂的感情。因此绘画和雕塑中的人物都是丑的,或是不好看的,往往比例不称,不能存活,几乎老是瘦弱细小;为了向往来世而苦闷,一动不动的在那里期待,或者神思恍惚,带着温柔抑郁的修院气息或是出神入定的光辉;人不是太单薄就是精神太兴奋,不宜于活在世界上,并且已经把生命许给天国了。——文艺复兴时期,人的处境普遍有所改善,重新发现了古代而且有所了解,由此得到的榜样使人的精神获得解放,看着自己伟大的发明感到骄傲,开始活跃:在这种情形之下,异教的思想感情和异教的艺术重新有了生机,但中世纪的制度和仪式继续存在;在<u>意大利</u>与<u>佛兰德斯</u>的最优秀的作品中,人物与题材的抵触非常刺目:殉道的圣徒好像是从古代的练身场中出来的,基督不是变做威风凛凛的<u>朱庇特</u>,便是变做神态安定的<u>阿波罗</u>,圣母足以挑引俗世的爱情,天使同小爱神一般妩媚,有些玛特兰纳竟是过于娇艳的神话中的女妖,有些<u>圣赛巴斯蒂安</u>竟是过于放肆的<u>海格力斯</u>;总之,那些男女圣者在苦修与受难的刑具中间保持强壮的身体,鲜艳的皮色,英俊的姿势,大可在古代的欢乐的赛会中充当捧祭品的少女,体格完美的运动员。——到了今日,塞得满满的头脑,种类繁多而互相矛盾的主义,过度的脑力活动,闭门不出的习惯,不自然的生活方式,各大京城的狂热的刺激,都使神经过于紧张,过分追求强烈与新鲜的感觉,把潜伏的忧郁,渺茫的欲望,无穷的贪心,尽量发展。过去的人只是一种高等动物,能在养活他的土地之上和照耀他的阳光之下活动,思索,就很高兴:他要能永远保持这个状态也许更好。但现在的人有了其大无比的头脑,无边无际的灵魂,四肢变为赘疣,感官成为仆役,野心与好奇心贪得无厌,永远在搜索,征服,内心的震动或爆炸扰乱身体的组织,破坏肉体的支持;他往四面八方漫游,直到现实世界的边缘和幻想世界的深处;人类的家业与成绩的巨大,有时使他沉醉,有时使他丧气,他拼命追求不可能的事,或者对本行本业灰心失意;不是扑向一个激动,痛苦,阔大无边的梦,像<u>贝多芬</u>,<u>海涅</u>,<u>歌德</u>笔下的<u>浮士德</u>,便是受着社会牢笼的拘囚,为了一种专业与偏执狂而钻牛角尖,像巴尔扎克笔下的人物。人有了这种精神境界,当然觉得造型艺术不够了;他在人像上感到兴趣的不是四肢,不是躯干,不是全副生动的骨骼;而是富于表情的脸,变化多端的相貌,用手势表达的看得见的心灵,在外表和形体上还在波动和泛滥的,无形的思想或情欲。倘若他还喜欢结构美好的形体,只是由于教育,由于受过长期的训练,靠鉴赏家的那种经过深思熟虑的趣味。他凭着方面众多,包罗世界的学识,能关心所有的艺术形式,所有过去的时代,上下三等的人生,能欣赏外国风格和古代风格,田园生活,平民生活,野蛮生活的场面,异国的和远方的风景;只要是引起好奇心的东西,不论是历史文献,是激动感情的题目,是增加知识的材料,他都感到兴趣。像这种饱食过度,精力分散的人,必然要求艺术有意想不到的强烈的刺激,要求色彩,面貌,风景,都有新鲜的效果,声调口吻必须使他骚动,给他刺激或者给他娱乐,总之要求一种成为习气的,有意做作的与过火的风格。

　　相反,希腊人的思想感情单纯,所以趣味也单纯。以他们的剧本为例:绝对没有像莎士比亚的那种心情复杂,深不可测的人物;没有组织精密,结局巧妙的情节;没有出其不意的局面。戏的内容不过是一个英雄的传说,大家从小就听熟的,事情的经过与结局也预先知道。情节用两句话就能包括。阿查克斯一阵迷糊,把田里的牲口当作敌人杀死;他对自己的疯狂羞恨交加,怨叹了一阵,自杀了。菲罗克提提斯受着伤,被人遗弃在一个岛上;有人来找他,讨他的箭;他先是生气,拒绝,结果听从海格力斯的盼咐,让步了①。梅南德的喜剧,我们只有在泰伦提乌斯②的仿作中见识过,内容竟可以说一无所有;罗马人直要把他的两个剧本合起来才能编成一出戏,即使内容最丰富的剧本也不超过我们现代喜剧的一景。你们不妨念一下柏拉图的《共和国》的开头,

---

① 以上两个剧本都是索福克勒斯作的悲剧,前者叫作《狂怒的阿查克斯》,后者就叫作《菲罗克提提斯》。

② 四世纪时希腊的喜剧作家梅南德专写人生琐事,文学史上称为希腊新喜剧,与以前阿里斯托芬一派讽刺时事与政治的作品完全不同。泰伦提乌斯是二世纪时拉丁喜剧家。

特奥克里托斯的《西拉库萨女人》，最后一个阿提卡作家卢奇安的《对话录》，或者克塞诺丰的《经济学》和《居鲁士》；没有一点儿铺张，一切很单纯，不过写一些日常小景，全部妙处只在于潇洒自然；既不高声大气，也没有锋芒毕露的警句；你看了仅仅为之微笑，可是心中的愉快仿佛面对一朵田里的野花或者一条明净的小溪。人物或起或坐，时而相视，时而谈些普通的事，和庞贝壁画上的小型人像一样悠闲。我们的味觉早已迟钝，麻木，喝惯烈酒，开头几乎要认为希腊的饮料淡而无味；但是尝过几个月，我们就只愿意喝这种新鲜纯净的清水，而觉得别的文学都是辣椒，红焖肉，或者竟是有毒的了。

　　现在到他们的艺术中去观察这个倾向，尤其在我们所研究的雕塑中观察。靠着这种气质，他们的雕塑达到尽善尽美之境而真正成为他们的民族艺术；因为没有一种艺术比雕塑更需要单纯的气质，情感和趣味的了，一座雕像是一大块云石或青铜，大型的雕像往往单独放在一个座子上，既不能有太猛烈的手势，也不能有太激动的表情，像绘画所容许，浮雕所容忍的那样，否则就要显得做作，追求效果，有流于贝尔尼尼作风①的危险。此外，雕像是结实的东西，胸部与四肢都有重量；观众可以在四周打转，感觉到它是一大块物质；并且雕像多半是裸体或差不多是裸体；所以雕塑家必须使雕像的躯干与四肢显得和头部同样重要，必须对肉体生活像对精神生活一样爱好。——希腊文化是唯一能做到这两个条件的文化。文化发展到这个阶段这个形式的时候，人对肉体是感兴趣的，精神还不曾以肉体为附属品，将之推到后面去；肉体有其本身的价值。观众对肉体的各个部分同等重视，不问高雅与否，他们看重呼吸宽畅的胸部，灵活而强壮的脖子，在脊骨四周或是凹陷或是隆起的肌部，投掷铁饼的胳膊，使全身向前冲刺或跳跃的脚和腿。在柏拉图的著作中，一个青年批评他的对手身体强直，头颈细长。阿里斯托芬告诉年轻人，只要听凭他的指导，一定会康强健美：

---

① 贝尔尼尼是意大利十七世纪雕塑家，画家，建筑家。

"你将来能胸部饱满,皮肤白皙,肩膀宽阔,大腿粗壮……在练身场上成为体格俊美,生气勃勃的青年;你可以到阿卡台米去,同一个和你年纪相仿的安分的朋友在神圣的橄榄树①下散步,头上戴着芦花织成的花冠,身上染着土茯苓和正在抽芽的白杨的香味,悠闲自在的欣赏美丽的春光,听枫杨树在榆树旁边喁喁细语。"这种完美的体格是一匹骏马的体格,这种乐趣也是骏马的乐趣;而柏拉图在作品中也曾把青年人比做献给神明的战马,特意放在草场上听凭他们随意游荡,看他们是否单凭本性就能找到智慧与道德。这样的人看到像巴德农神庙上的"特修斯"和卢浮美术馆中的"阿喀琉斯"一类的身体,毋需经过学习,就能领会和欣赏。躯干在骨盘中伸缩自如的位置,四肢灵活的配合,脚踝上刻划分明的曲线,发亮而结实的皮肤之下鲜剥活跳的肌肉,他们都能体验到美,好比一个爱打猎的英国绅士赏识自己所养的狗马的血统,骨骼和特长。他们看到裸体毫不奇怪。贞洁的观念还没有变做大惊小怪的羞耻心,在他们身上,心灵并不占着至高无上的地位,高踞在孤零零的宝座之上,贬斥用途不甚高雅的器官,打入冷宫;心灵不以那些器官为羞,并不加以隐藏;想到的时候既不脸红,也不微笑。那些器官的名字既不猥亵,也没有挑拨的作用,也不是科学上的术语;荷马提到那些器官的口吻同提到身体别个部分的口吻毫无分别。它们在阿里斯托芬的喜剧中只引起快乐的观念,不像在拉伯雷笔下有淫秽的意味。这个观念并不成为猥亵文学的一部分,使古板的人不敢正视,使文雅的人掩鼻而过。它经常出现,不是在戏剧中,在舞台上,便是在敬神的赛会中间,当着长官们的面,一群年轻姑娘捧着生殖器的象征游行,甚至还被人当作神明呢②。一切巨大的自然力量在希腊都是神圣的,那时心灵与肉体还没有分离。

---

① 阿卡台米是雅典城外东北郊的一个树林的名字,以神话中的英雄阿卡台摩斯命名,树林中有练身场;附近有柏拉图聚徒讲学的私宅,故后世称学院,学校,或文人学士与艺术家的团体为"阿卡台米"。但阿里斯托芬在此纯指树林而言。
② 例如阿里斯托芬的喜剧:《阿卡奈人》。——原注

希腊的雕塑

迈伦:《掷铁饼者》,公元前五纪中叶

迈伦:《掷铁饼者》,公元前五世纪中叶

两雕像均系古罗马复制品,表现复杂与猛烈的动作,但面部表情仍极平静,这是希腊雕塑的特征之一

所以整个身体毫无遮蔽的放在座子上,陈列在大众眼前,受到欣赏,赞美,绝没有人为之骇怪。这个肉体对观众有什么作用呢?雕像灌输给观众的是什么思想呢?对于我们,这个思想几乎没有内容可言,因为它属于另一时代,属于人类精神的另一阶段。头部没有特殊的意义,不像我们的头包含无数细微的思想,骚动的情绪,杂乱的感情;脸孔不凹陷,不秀气,也不激动;脸上没有多少线条,几乎没有表情,永远处于静止状态;就因为此,才适合于雕像,我们今日所看到的,所制作的,脸部的重要都超出了应有的比例,掩盖了别的部分;我们会

不注意躯干与四肢,或者想把它们穿上衣服。相反,在希腊的雕像上,头部不比躯干或四肢引起更多的注意;头部的线条与布局只是继续别的线条别的布局,脸上没有沉思默想的样子,而是安静平和差不多没有光彩;绝对没有超出肉体生活和现世生活的习惯,欲望,野心;全身的姿势和整个的动作都是如此。倘若人物做着一个有力的动作,像罗马的《掷铁饼的人》,卢浮的《战斗者》,或者庞贝的《福纳的舞蹈》,那么纯粹肉体的作用也把他所有的欲望与思想消耗完了;只要铁饼掷得好,攻击得好或招架得好,只要跳舞跳得活泼,节奏分明,他就感到满足,他的心思不放到动作以外去。但人物多半姿态安静,一事不做,一言不发;他没有深沉或贪婪的目光表现他全神贯注在某一点上;他在休息,全身松弛,绝无疲劳状态;有时站着,一只脚比另一只脚略为着力,有时身体微侧,有时半坐半睡;或者才奔跑完毕,像那个《拉西第蒙的少女》①,或者手里拿着一个花冠,像那个《花神》;他的动作往往无关重要,他转的念头非常渺茫,在我们看来竟是一无所思,因此直到今天,大家提出了十来个假定,还是无法肯定《米洛的维纳斯》②究竟在做什么。他活着,光是这一点对于他就够了,对于古代的观众也够了。伯里克利和柏拉图时代的人,用不到强烈和意外的效果去刺激他们迟钝的注意力,或者煽动他们骚扰不安的感觉。一个壮健的身体,能做一切威武的和练身场上的动作,一个血统优秀,发育完美的男人或女人,一张暴露在阳光中的清明恬静的脸,由配合巧妙的线条构成的一片朴素自然的和谐:这就够了,用不着更生动的场面。他们所要欣赏的是和器官与处境完全配合的人,在肉体所许可的范围以内完美无缺;他们不要求别的,也不要求更多;否则他们就觉得过火,畸形或病态。——这是他们简单的文化使他们遵守的限度,我们的复杂的文化却使我们越出这个限度。他们在这个限度以内找到一种合适的艺术,塑像的艺术;我们是超越了这种艺术,今日不能不向他们去求范本。

---

① 这个雕像是在拉韦松为巴黎美术学校收集的石膏参考资料内。——原注
② 这一座维纳斯像是一八二〇年在希腊的米洛岛上出土的,故称为《米洛的维纳斯》。

《米洛的维纳斯头像》

《米洛的维纳斯》,帕罗斯大理石,高2.02米,公元前130—前120年

第三章 制　度

一

　　艺术与生活一致的迹象表现最显著的莫过于希腊的雕塑史。在制作云石的人或青铜的人以前，他们先制造活生生的人；他们的第一流雕塑，和造成完美的身体的制度同时发展。两者形影不离，像卡斯托耳和波吕丢刻斯①一样，而且由于机缘凑巧，远古史上渺茫难凭的启蒙期已经受到这两道初生的光照耀。

　　雕塑与造成完美的人体的制度，在第七世纪的上半期一同出现。——那时艺术的技巧有重大发现。六八九年左右，西锡安人布塔德斯把黏土的塑像放在火里烧，进一步便塑成假面人像装饰屋顶。同一时期，萨摩斯人罗阿科斯与赛奥佐罗斯发明用模子浇铸青铜的方法。六五〇年左右，基奥的梅拉斯造出第一批云石的雕像，而在一届又一届的奥林匹克运动会之间，整个七世纪的末期和整个六世纪，塑像艺术由粗而精，终于在辉煌的米太战争（五世纪中叶抵抗波斯入侵希腊的战争）之后登峰造极。——因为舞蹈与运动两个科目那时已成为经常而完整的制度。荷马与史诗的世界告终了；另外一个世界，阿尔基洛科斯，卡利诺斯，泰尔潘泽尔，奥林波斯②和抒情诗的世界开始了。九世纪与八世纪是荷马及其继承人的时代，七世纪是新韵律新音乐的发明人的时代；两个时代之间，社会与风俗习惯有极大的变化。——人的眼界不但扩大，而且日益扩大；全部地中海都探索过了；西西里和埃及也见识过了，而荷马对这些地方还只知道一些传说。六三二年，萨摩斯人第一次航行到塔特苏斯岛〔西班牙半岛的东南〕，把

---

① 卡斯托耳与波吕丢刻斯是宙斯与利达生的双生子，后来在天上成为双女宫（亦称双子星座）。
② 阿尔基洛科斯是讽刺诗人，卡利诺斯是抒情诗人，泰尔潘泽尔是诗人兼音乐家；以上都是七世纪的人，音乐家奥林波斯还要早一些，生存于第八世纪。

一部分所得税造了一只其大无比的青铜杯献给他们的希雷女神,杯上雕着三只秃鹰,杯子的脚是三个跪着的人像,高达十一戈台〔合今五公尺半〕。大批遗民密布在大希腊,西西里,小亚细亚和黑海沿岸。一切工业日趋完善;古诗里说的五十桨的小船变成二百桨的巨舟。一个基奥人发明了炼铁和焊接的方法。多里安式的神庙盖起来了,荷马所不知道的钱币,数字,书法,相继出现;战术也有变化,不再用车马混战而改用步兵摆成阵势。社会集团在《伊利亚特》和《奥德赛》中非常松懈,现在组织严密了。史诗中说的伊萨基岛上,每个家庭都单独过活。许多家长各自为政,谈不到群众的权力,二十年也不举行一次全民大会;如今却建成了许多城镇,既有守卫,又能关闭,既有长官,又有治安机关,成为共和邦的体制①,公民一律平等,领袖由选举产生。

同时,并且是受了社会发展的影响,精神文化开始改变,扩大,显出新面目。固然,那时还只有诗歌;散文要以后才出现;但原来的六音步史诗只有单调的伴奏歌曲,现在改用许多不同的歌唱和不同的韵律,六音步诗之外加出五音步诗,又发明长短格,短长格,二短一长格;新的音步和旧的音步交融之下,化出六音步与五音步的混合格,化出合唱诗,化出各式各种的韵律。四弦竖琴加到七弦;泰尔潘泽尔固定了琴的调式,作出按调式制成的音乐;奥林波斯和萨莱塔斯先后调整竖琴,长笛和歌唱的节奏,配合诗歌的细腻的层次。我们来设想一下这个遗物散落殆尽的遥远的世界吧,那和我们的世界直有天壤之别,要竭尽我们的想象才能有所了解;但那遥远的世界确是一个原始而经久的模子,所谓希腊世界就是从中脱胎出来的。

我们心目中的抒情诗不外乎雨果的短诗或拉马丁分节的诗,那是用眼睛看的,至多在幽静的书斋中对一个朋友低声吟哦,我们的文化把诗变成两个人之间倾吐心腹的东西。希腊人的诗不但高声宣读,并且在乐器的伴奏声中朗诵和歌唱,并且用手势和舞蹈来表演。我们不

---

① 七五〇年以后,希腊城邦除斯巴达外,国王都已消灭,由贵族当权。

妨回想一下德尔萨特或维亚尔多太太唱《伊菲姬尼》或《奥尔费》中的一段咏叹调,鲁日·特·李尔或拉歇尔小姐①唱《马赛曲》,唱格鲁克的《阿尔西斯特》中的一段合唱,就像我们在戏院中看到的,有领唱人,有乐队,有分组的演员,在一所庙堂的楼梯前面时而交叉,时而分散,但不像今天这样对着脚灯,站在布景前面,而是在广场上,在光天化日之下。这样想象一番,我们对于希腊人的赛会和风俗可以有一个相差不致太远的印象。那时整个的人,心灵与肉体,都一下子浸在载歌载舞的表演里面;至于留存到今日的一些诗句,只是从他们歌剧脚本中散出来的几页唱词而已。——科西嘉岛上的乡村举行丧礼的时候,死者倘是被人谋杀的,就由挽歌女对着遗骸唱她临时创作的复仇歌,倘死者是个少女,挽歌女对着灵柩唱悼歌。在卡拉布里亚〔意大利南部〕或西西里岛的山区中,逢到跳舞的日子,年轻人光用手势和姿态表演短剧与爱情的场面。古代的希腊不但气候与这些地区相仿,天色还更美,在小小的城邦内大家都相识,人民同意大利人与科西嘉人同样富于幻想,喜欢指手划脚,情绪的冲动与表演的流露也同样迅速,而头脑还更活泼,新颖,更会创造,更巧妙,更喜欢点缀人生的一切行动一切过程。那种音乐哑剧②,我们只有在穷乡僻壤孤零零的看到一些片段,但在古希腊的社会里能尽量发展,长出无数枝条,成为文学的素材;它没有一种情感不能表达,没有一种局面不能适应;公共生活或私生活没有一个场面不需要它的点缀。诗歌成为天然的语言,应用的普遍与通俗不亚于我们手写的和印刷的散文;但我们的散文是干巴巴的符号,给纯粹的理智作为互相沟通的工具;和纯粹出于模仿而与肉体相结合的初期语言相比,我们的散文等于一种代数,一种沉淀的渣滓。

　　法国语言的腔调缺少变化,没有旋律,长短音不够分明,区别极微。你非要听过一种富于音乐性的语言,例如声音优美的意大利人朗

---

① 德尔萨特,维亚尔多太太都是法国十九世纪有名的歌唱家;拉歇尔小姐是悲剧演员,鲁日·特·李尔是《马赛曲》的作者。
② 所谓音乐哑剧是指连唱带表演的抒情诗。

诵一节塔索的诗,才能知道听觉的感受对情感所起的作用,才会知道声音与节奏怎样影响我们全身,使我们所有的神经受到感染。当时的希腊语言就是这样,现在只剩下一副骨骼了。但笺注家和古籍收藏家告诉我们,声音与韵律在古希腊语中占的地位,跟观念与形象同样重要。诗人发明一种新的音步等于创造一种新的感觉。长短音的某种配合必然产生轻快的感觉,另一种配合必然产生壮阔的感觉,另外一种又产生活泼诙谐之感;不仅在思想上,并且在姿势与音乐上也显出每种配合的特性和抑扬顿挫的变化。因此,产生丰富的抒情诗的时代连带产生了同样丰富的舞蹈。现在还留下两百种希腊舞蹈的名称。雅典的青年人到十六岁为止的全部教育就是舞蹈。

阿里斯托芬说:"在那个时代,同一街坊上的青年一同到竖琴教师那儿去上课,哪怕雪下得像筛面粉一般也照样赤着脚在街上整整齐齐的走着。到了教师家里,他们坐的姿势决不把两腿挤在一起。人家教他们唱'扫荡城邦,威灵显赫的帕拉斯'颂歌,或者唱'一个来自远处的呼声',他们凭着祖传的刚强雄壮的声调引吭高歌。"

一个世家出身的青年希波克利泽斯,到西锡安的霸主克利斯西尼斯宫中做客,把他各项运动的造就都表现过了,在举行宴会的晚上还想炫耀他优美的教育①。他要吹笛的女乐师吹《爱美利曲》,他跳了一个爱美利舞②;过了一会又叫人端来一张桌子,他在桌上跳各种拉西提蒙的和雅典的舞蹈。——受过这等训练的青年是"歌唱家而兼舞蹈家③";他们把形象优美,诗意盎然的节目自演自唱,自得其乐,不像后世花了钱叫跑龙套担任。在俱乐部④聚餐会中,吃过饭,行过敬神的奠酒礼,唱过颂赞阿波罗的贝昂颂歌,然后是正式节目,有带做工的朗诵,有竖琴或笛子伴奏的抒情诗朗诵,夹杂着"重唱"的独唱,像后期纪念哈莫迪奥斯和阿里斯托伊通的歌,也有载歌载舞的双人表演,像后

---

① 见《希罗多德全集》,第六卷第六十九章。——原注
② 希腊人在舞台上表演的三种舞蹈之一,特色为庄严典雅,只用于悲剧。
③ 卢奇安说过:"从前唱歌的人都兼舞蹈。"——原注
④ 希腊人叫作"韮利的斯",意思是朋友会。——原注

来塞诺丰在《宴会》中所描写的《巴克斯与阿里亚纳的相会》。一个公民一朝身为霸主而想享受的话,便扩大这一类的节会,经常举行。萨摩斯的霸主波利克拉塔养着两个诗人,伊比科斯和阿那克里翁,专门替他安排节目,制作音乐与诗歌。表演这些诗歌的是当时一般最俊美的青年,例如吹笛子和唱爱奥尼亚诗歌的巴提尔,眼睛像少女一般秀美的克雷奥标拉斯,在合唱队中奏班提斯竖琴的西玛罗斯;而满头卷发的斯曼提埃斯还是到色雷斯去找来的。那是一个小型的家庭歌剧院。当时所有的抒情诗人同时都是合唱与舞蹈教师;他们的家仿佛音乐院①,简直是"缪斯之家"。莱斯博斯岛上除了女诗人萨福的家以外,还有好几个这一类的音乐院,都由女子主持;学生来自邻近的岛屿或者海岸,如米莱,科罗封,萨拉米斯岛,潘菲利阿等;他们要花好几年工夫学音乐,朗诵和专门研究姿势的艺术〔舞蹈〕了他们嘲笑粗人,笑"乡下姑娘不懂得怎样把衣衫撩到脚踝上"。那些教师还为丧事喜事提供合唱队队长,训练合唱和舞蹈的人员。——由此可见,全部的私人生活,从婚丧大典到娱乐,都把人训练为我们所谓的歌唱家,跑龙套,模特儿和演员,但他们对这些名称都以庄严的态度,从最美的意义去理解。

　　公众生活也促成同样的效果。在希腊,宗教和政治,平时和战时,纪念死者和表扬胜利的英雄,都用到舞蹈。爱奥尼亚族有个赛会叫作塔盖利阿节〔敬阿波罗和阿尔忒弥斯女神〕,诗人米姆奈尔摩斯和他的情妇那诺吹着笛子带领游行大队。卡利诺斯,阿尔赛,塞奥格尼斯,唱着诗歌鼓动他们的同胞或党派。雅典人数次战败,下令凡提议收复萨拉米斯岛者一律处死②;梭伦却穿着传令官的服装,戴着赫尔墨斯的帽子③,在群众大会中突然出现,登上传令官站立的台阶,激昂慷慨地朗

---

① 西奥斯的西莫尼德斯〔六至五世纪时的抒情诗人〕平日就住在排练厅内,靠近阿波罗神庙。——原注

② 七世纪末至六世纪初,雅典为了争夺海上贸易与邻邦战争频繁,屡次战败;即在雅典港外的萨拉米斯岛也被美加拉邦占领,当政的贵族委曲求全,不许人民提议收复失地。梭伦是主战派,在收复萨拉米斯后被选为雅典执政。

③ 因为赫尔墨斯(即罗马人的迈尔居)是替神明跑腿的使者,所以他的帽子成为传令官的帽子。

诵一首哀歌,青年们听了马上出发"去解放那个可爱的岛,洗雪雅典的耻辱"。——斯巴达人经常在野外的营帐内唱歌,吃过晚饭,每人轮流连说带做,念一段哀歌,表演最好的人由队长赏一块大肉作奖品。当然场面很好看,因为那些高大的青年是长得最健美最强壮的希腊人,长头发整整齐齐地拢在头顶上,穿着红背心,拿着阔大光滑的盾牌,做着英雄的和运动家的手势,唱着下面那样的诗句:

"我们要为这个地方,为我们的乡土英勇作战,——要为了我们的子女而死,不吝惜我们的灵魂。——你们这般青年,你们得并肩战斗,顽强到底;——不能有一个人不顾羞耻的逃跑,或者表示害怕,——而要在胸中养成一颗豪侠勇猛的心……——对你们的前辈,膝盖不灵活的老人,——不能遗弃,不能躲避;——让须发皆白的老人倒在前列,倒在年轻人前面,岂不丢尽脸面!——看他躺在尘埃,英勇的灵魂只剩一口气,——双手在裸露的皮肤上抓着流血的伤口,——对你们是多么可耻。——相反,受伤的应该是年富力强的青年。——受着男人的赞美,受着女人的爱,——他们倒在前列还一样的俊美……——最难看的莫过于躺在尘埃,被标枪从背后洞穿。——但愿人人在热情奋发过后坚持不屈,——两脚牢牢的钉在地上,牙齿咬着嘴唇,——大腿,小腿,肩膀,从胸部到肚子,整个身体,——都有阔大的盾牌掩蔽;——作战的时候就得脚顶着脚,盾牌顶着盾牌,——头盔顶着头盔,羽毛顶着羽毛,胸脯顶着胸脯,——身体贴着身体,用长枪或利剑,——洞穿敌人的身子,把他杀死。"

当时有许多这一类的歌配合军队生活的各个方面,特别是在笛子声中冲锋用的二短一长格的战歌。我们在大革命初期人心狂热的时候,也出现过这一类的景象;迪穆里埃把帽子蠹在剑上攀登耶马普城墙的那一天,就唱着《开拔曲》①,士兵跟着他一边唱一边冲上城去。

---

① 一七九二年十一月法国迪穆里埃将军在比利时击败奥军,攻下耶马普时唱的是《马赛曲》。《开拔曲》是一七九四年希尼埃为纪念攻下巴士底狱五周年所作,晚于耶马普战役二年。

根据这一大片喧闹嘈杂的声音，我们不难想象正规的战歌，古代的进行曲是怎么一回事。在萨拉米斯战役胜利〔四八〇年希腊大败波斯舰队〕以后，雅典最漂亮的青年索福克勒斯即有名的悲剧诗人才十五岁，在显赫的军容和战利品前面，按照习俗，全身裸露用舞蹈来表演贝昂颂歌，向阿波罗神致敬。

可是敬神的风俗供给舞蹈的材料比战争与政治更多。希腊人认为娱乐神明最好的场面莫如展览娇艳俊美的肉体，表现健康和力量的姿势都发展到家的肉体。所以他们最庄严的赛会等于歌剧院的游行和芭蕾舞，在神前表演舞蹈与合唱的人有时是特别挑选的公民，有时像斯巴达那样包括整个城邦的公民①。每个重要的城邦都有诗人制作音乐与歌词、安排队伍的动作、教授姿势、长期训练演员、规定服饰。如今只有一个现成的例子可以使我们对这种仪式有个观念：在巴伐利亚（德国）的上阿默高镇上，从中世纪起，所有五六百居民从小受着训练，每十年庄严隆重地表演一次"基督受难"②，至今还在举行。在这一类的盛会中，阿尔克曼和斯特西科罗斯③都身兼诗人，音乐指挥，芭蕾舞指挥，有时还兼作祭司，在大型作品中作主要领唱人，带着青年男女的合唱队表演关于英雄或神明的传说。许多祭神舞蹈之中的一种，叫作代息兰布〔酒神颂歌〕，后来演变为希腊的悲剧。希腊悲剧原来不过是宗教节会中的一个节目，经过加工和节略，从广场搬到剧场，内容是一连串的合唱，插入一个主要人物的叙事和歌唱，有如塞巴斯蒂安·巴赫用《福音书》题材写的圣乐，海顿作的《耶稣七言》④，西克斯廷教堂中唱的弥撒祭乐；歌唱的人分成几组，担任各个不同的部分。

---

① 例如基姆诺班提斯。——原注
译者按：这是斯巴达敬阿波罗神的赛会，每年举行，男人与儿童都裸体参加。
② "基督受难"是中古时代开始的一种宗教剧，包括歌唱，叙事，表演，间或有音乐穿插。
③ 阿尔克曼为七世纪时诗人，合唱诗创始人之一。斯特西科罗斯是六世纪时的抒情诗人。
④ 圣乐是以独唱为主，由大风琴或乐队伴奏的宗教音乐。——"耶稣七言"是耶稣上十字架以前回答门徒的七句话；海顿作为题材写成纯用乐队演奏的圣乐，后又写成合唱。

这些诗歌中最通俗而最能使我们了解古代风俗的,莫如庆祝四大运动会的优胜者的清唱曲。这类作品,整个希腊,包括西西里和各个岛屿在内,都请诗人品达罗斯制作。他或者亲自到场,或者托他的朋友斯丁法尔的埃奈代表,教合唱队舞蹈,音乐,唱他的歌词。赛会从游行和祭神开始;然后〔优胜的〕运动员的朋友,家属,城邦的要人,一同聚餐。有时清唱曲在游行时唱,队伍还停下来念一段抒情诗"中间部分"的短诗;有时在宴会以后唱,在一间摆着盔甲,标枪和刀剑的大厅上①。演员是运动员的伙伴,凭着南方人的聪明活泼表演他们的角色,像后代意大利人演假面喜剧②一样,但演的不是喜剧;他们的角色是严肃的,竟可以说不是一种角色;他们体会到人所能感受的最深刻最崇高的乐趣,觉得自己长得俊美,满载着光荣,超脱凡俗的生活,在追怀民族英雄,召唤神明,纪念祖先,颂赞祖国的时候,升到奥林波斯的山顶上和光明中去了。因为运动员的胜利便是公众的胜利,诗人在作品中把本邦和所有守护本邦的神明,同运动员的胜利联在一起。他们周围既有这些伟大的形象,又受着行动的刺激,便达到那个至高无上的,所谓狂喜_{原文是 enthusiasm} 的境界,就是说与神明合一。事实也的确如此;因为一个人觉得四周的群众和他一样坚强,一样欢乐,从而觉得自己威武的力与高尚的意境无限扩张的时候,就等于神降临在他身上。

我们现在无法理解品达的诗;觉得太特殊,地方色彩太重,省略的地方太多,太不连贯,太针对六世纪的希腊运动员说话;而且留下来的诗只是整体中的一个部分;音调,手势,歌唱,乐器的声音,场面,舞蹈,游行的队伍,以及许许多多的附属品,一切与诗歌本身同样重要的东西,都一去不复返了。希腊人的全新的头脑没有念过书,没有抽象的观念,所有的思想都是形象,所有的字儿都唤起色彩鲜明的形体,练身

---

① 诗人阿尔赛就在诗中描写他自己的家。——原注
② 意大利十七世纪时盛行一种假面喜剧,演员穿古装,戴假面,台词可由演员自由发挥。

场和田径场上的回忆,神庙,风景,光艳的海和海岸,唤起一大堆生动的面目,和荷马时代的面目同样接近神明,也许更接近;对于这样的头脑,我们极难想象。可是他们回旋震荡的声音偶尔还有些音调给我们听到;我们仿佛瞥见得奖的青年气概不凡①,走出合唱队念一段耶逊的话或赫拉克勒斯的许愿,我们能想象出他简单的手势,伸出的手臂,胸部宽厚的肌肉;我们还零零星星碰到一些绚烂的诗意浓郁的景象,像庞贝新出土的绘画一般鲜明。

有时合唱队队长走出来,"像一个豪爽的父亲端起一个大金杯——家藏的宝物和宴会的装饰,——斟满了葡萄鲜露敬新女婿一样,说道:我向各位优胜的运动员献一杯仙酒,把缪斯女神的礼物送给他们,我用我思想的香果,使奥林匹克和毕多〔阿波罗的别称〕的胜利者尽情快活"。

有时合唱停止,分成几组,越来越响亮的唱一支气势雄伟的颂歌,浩浩荡荡的声音直上云霄:"在地上,在桀骜不驯的海洋上,只有朱庇特不喜欢的生灵才恨彼厄利提斯的声音②。比如那个神明的敌人,长着一百个脑袋,躲在丑恶的塔塔尔的堤丰③。西西里压着他多毛的胸脯;高耸入云,白雪皑皑的埃特纳④,孕育冰雾的乳母,抑制着他的力量……然后他从深坑中吐出耀眼的火浆。白天,火浆的溪流中升起一道红红的浓烟;晚上,回旋飞卷的鲜红的火焰把岩石轰隆隆的推向深不可测的海洋……其大无比的巨蟒被镇压在埃特纳的高峰和森林之

---

① 见《毕堤克》第四,《伊斯米克》第五。——原注
  译者按:前者是品达罗斯为毕提克庆祝会作的短诗集,后者是品达罗斯为伊斯米克庆祝会作的短诗集。
② 马其顿王的第九个女儿彼厄利提斯,常常被用作文艺之神的代名词,即所谓缪斯。这里所谓彼厄利提斯的声音是指美妙的歌唱。
③ 神话中关于堤丰的说数有好几种:古代埃及人说他是代表罪恶,黑暗,不育之神,长着一百个头,住在地狱的最深处,那地方叫作塔塔尔。希腊神话说堤丰是泰坦之一,被宙斯锁在埃特纳山下,口吐火焰。作者在此所引的希腊诗,把以上几种说法混合为一。
④ 埃特纳是西西里岛上的一座火山,神话把埃特纳作为堤丰和别的巨人——泰坦住的地方。

下,平原之下,背上受着铁链的折磨,狂嗥怒吼:真是奇观异景。"

形象越来越多,随时被出其不意的飞泉,回流,激流所阻断,那种大胆与夸张绝对无法翻译。希腊人在散文中表现得极其朴素,一清如水,但为了抒发感情而激动与陶醉的时候,也会超出限度。这种极端的意境,不可能同我们迟钝的感官和深思熟虑的文化配合。但我们还能有相当体会,懂得这样一种文化对于表现人体的艺术的贡献。——希腊文化用舞蹈与合唱培养人:教他姿态,动作,一切与雕塑有关的因素;把人编入队伍,而这队伍就等于活的浮雕;把人造成一个自发的演员,凭着热情,为了兴趣而表演,为了娱乐自己而表演,在跑龙套的动作和舞蹈家的手势之间流露出公民的傲气,严肃,自由,朴素,尊严。舞蹈把姿势,动作,衣褶,构图,传授给雕塑;巴德农楣带上的主题就是庆祝雅典娜神的游行,而非加来阿和布德仑两处的雕塑也是受皮利克〔敬阿波罗的舞蹈〕的启发。

二

舞蹈之外,希腊还有一个更普遍的制度构成教育的第二部分,就是体育。——在荷马的诗歌中,我们已经见到英雄们的角斗,掷铁饼,赛跑,赛车;运动不高明的人被视为"商人",贱民,"坐在货船上只想赚钱和囤积"[1]。但那时制度还没有成为常规。既不纯粹,也不完备。竞技没有固定的场所与固定的日期;只有在英雄去世或欢迎外宾的时候偶尔举行。专门使身体矫捷强壮的许多锻炼还不曾知道;另一方面,他们有不少比武的节目,如射箭,掷标枪,流血的决斗。直到下一时期,在舞蹈与抒情诗的时代,运动才开始发达,固定,成为我们现在所知道的形式,在生活中占据极重要的地位。——首先倡导的是多里安人,他是一个新民族,纯粹的希腊血统,从山中出来侵入伯罗奔尼撒半岛,像后代的弗兰克人侵入高卢一样带来新的战术,在邻邦中称雄;

---

[1] 见《奥德赛》诗歌第八篇。——原注

他的饱满的元气使希腊的民族精神为之一振。他们果敢,强悍,颇像中世纪的瑞士人,远不如爱奥尼亚人的聪明活泼;但是重传统,重权威,守纪律,心胸高尚,刚强沉着。他们的宗教仪式古板严肃,他们的神明英勇而有德,反映出他们的民族性。多里安族的主要一支便是斯巴达人,定居在拉科尼亚地区,周围是被他们征服或剥削的土著。骄傲冷酷的统治者一共只有九千户,住在一个没有城墙的城里,要叫十二万农夫二十万奴隶听命服从,所以不得不在人数多出十倍的敌人中间成为一支常规的军队。

  从这个主要特点化出一切其他的特点。环境逼成的制度逐渐固定,到奥林匹克运动会开始〔八世纪〕的时期发展完全。——为了公共的安全,个人的利益与任性不能不退后。他们的纪律等于一支经常遭到危险的军队的纪律。斯巴达人一律不准经营商业,工业,出售土地,增加租金,只应该全心全意的当兵。出门旅行,他可以使用邻居的马匹,奴隶,干粮;同伴之间叫人帮忙是应有的权利,所有权并不严格。新生的婴儿送给长老会检查,凡是太软弱或者有缺陷的一律处死;军队只接受壮健的人,而斯巴达人在摇篮里已经入伍了。不能生育的老人自动挑一个年轻人带回家,因为每个家庭都应当供应新兵。成年人为了巩固友谊,交换妻子;军营里对家室的问题并不认真,往往许多东西是公有的。大家在一起吃饭,按队伍集合;军中会食的制度自有一套规则,各人或是出钱或是出实物。最紧要的事是操练;赖在家中是丢人的;军营生活占的地位远在家庭生活之上。新婚的男人只能偷偷摸摸的与妻子相会,他还得和未婚的时候一样整天在新兵训练班或操场上过活。由于同样的理由,儿童都是军人子弟,全部公育,七岁起就编入队伍。对这些子弟,所有的成年人都是前辈,都是长官,可以处罚他们,做父亲的毫无异议。孩子们赤着脚,只穿一件冬夏一律的大褂,走在街上静悄悄的,低着眼睛,活像年轻的新兵行敬礼。服装是制服,穿扮的款式和步伐一样有规定。夜里睡在芦苇上,天天在冰凉的攸罗塔斯河中洗澡,吃得又少又快,在城里的生活比军营里还要坏;要做军

希腊的雕塑

人就应当吃苦。每一百儿童编为一队,归一个青年军官带领,彼此经常拳打足踢,作为打仗的准备。倘想在菲薄的饭食之外多吃一点东西,就得在人家家里或农庄里拿;当兵的应该会靠劫掠过活。每隔一些日子,长官还特意放他们在大路上打埋伏,晚归的土著往往被他们杀死;看见流血,预先试试身手,对他们是有好处的。

至于艺术,也是适合军队生活的那些艺术。他们带来一种特殊的音乐,叫作多里安调式,纯粹出于希腊来源的音乐也许只有这一种①。特色是严肃,雄壮,高尚,非常朴素,甚至有些肃杀之气,宜于培养人的耐性和毅力。这种调式不受个人的幻想支配;不许羼入别种风格的变化,柔媚和装饰趣味;那是一种公共的道德教育;像我们的军号军鼓一般调节步伐,指挥队伍。斯巴达有世代相传的吹笛手,好比苏格兰某些部族中吹风笛的乐师②。便是舞蹈也是变相的兵操或阅兵式。孩子们从五岁起就学皮利克。那是一种由武装的战士表演的哑剧,模仿一切攻守的动作,一切攻击,招架,后退,跳跃,弯下身子,拉弓,掷标枪的姿态与手势。还有一种舞蹈叫阿那巴尔,教年轻的男孩子模仿角斗和摔跤③。还有许多专门为青年男子的,专门为青年姑娘的,包括剧烈的跳跃,"母鹿的蹦跳",冲刺的奔跑,"飘着头发,像小马一般把场地弄得尘埃滚滚"④。但主要的是基姆诺班提斯:那是全体民族分成许多合唱队与舞蹈队,一律参加的大检阅。老人的合唱队唱:"我们从前都是强壮的青年";壮年合唱队答唱:"我们现在就是强壮的青年;你要高兴,请来表演一下";儿童合唱队接唱:"我们,我们将来比你们还要勇敢。"步伐,队形变化,声调,动作,大家从小就学,反复不已的练习;没

---

① 柏拉图在《对话录》《西阿哲尼斯》中提到一个有德的人论道德:"他的行动与言语和谐到极点,令人一望而知是受多里安调式的影响,那是唯一真正希腊的调式。"——原注
② 华尔特·司各特在《柏斯的美女》中写克尔族与查塔族的械斗一段,提到这一点。——原注
③ 这是一种特殊的摔跤,拳足交加,无所不可,只禁口咬。本编内提到的摔跤都是这一种。
④ 阿里斯托芬语。——原注

有一个地方的合唱队伍比这里规模更大,调度更好的了。倘使今日想找一个千载之下还相仿佛,而事实上也相去不远的场面,我们可以举出圣西尔军校法国有名的陆军军校的检阅和操演,或者更好的是军事体育学校的士兵合唱作为例子。

这样一个城邦把体育组织完善是不足为奇的。斯巴达人要不能一以当十的对付土著,就有生命危险。因为他是全身带甲的步兵,打仗全靠排着阵势,站定脚跟,血肉相搏,所以最好的教育要训练出最灵活最结实的斗士。为了做到这一点,他们在出世以前便准备;和其他的希腊人相反,他们不但锻炼男子,还锻炼女人,使儿童从父母双方都能禀受勇敢和强壮的天赋。① 年轻的姑娘有单独的练身场,不是完全裸体就是穿一件短背心,像男孩子一样的操练,跑,跳,掷铁饼,掷标枪。她们有她们的合唱队,在基姆诺班提斯中和男人一同出场。阿里斯托芬带着一些雅典人的讥讽口吻赞美她们的皮色,健康,偏于粗野的体力。② 法律规定结婚的年龄,选择最有利于生育的时间与情况。这样的父母自然有机会生出美丽壮健的孩子;这是改良马种的办法,而且做得非常彻底,因为坏的出品根本淘汰。——孩子一会走路就当作马一样的"教练",按部就班的把身体练得又柔软又强壮。克塞诺丰说:"希腊人中只有斯巴达人平均锻炼身体的各个部分,头颈,手臂,肩膀,腿,并且不限于少年时代,而是天天不断的终身锻炼;在军营中一天要练两次。"这种教育不久就显出效果。克塞诺丰说:"斯巴达人是所有的希腊人中最健全的,他们中间有希腊最美的男子,最美的女人。"他们把漫无秩序,像荷马时代一样专凭蛮劲作战的美塞尼阿人征服了,成为各邦的仲裁人和领导;米太战争时期,他们声望极高,不但在陆地上,便是在他们几乎一条船都没有的海上也当统帅,所有的希腊人,连雅典人在内,对此都毫无异议。

---

① 见克塞诺丰著:《拉西提蒙人的共和邦》。——原注
　　译者按:拉西提蒙人即斯巴达人。
② 见阿里斯托芬的喜剧《论女子参政》中的兰比多一角。——原注

希腊的雕塑

一个民族在政治上军事上领先之后,造成他优势的制度就多多少少被邻居模仿。希腊人逐步采取①斯巴达人的,更广泛的是多里安人的风俗,体制,艺术方面的特色,采用多里安调式的音乐,卓越的合唱诗,好几种舞蹈的形式,建筑的风格,更简单而更威武的服装,更严密的军队组织,运动员改为完全裸体,体育锻炼定为一种制度。有关军事技术,音乐和运动的术语,许多是出于多里安语或者是多里安的方言。中断的体育竞赛在九世纪时恢复过来,这一点就说明体育更受重视,但还有许多事实表明竞赛比以前更普遍。七七六年在奥林匹亚举行的大会,成为希腊纪年开始的年份。以后两百年间又创办波锡奥斯,地峡和纳米恩的三大竞赛,波锡奥斯,地峡,纳米恩,与奥林匹亚合称古希腊的四人比赛会。节目先只限于单程赛跑②,以后陆续加入双程赛跑,角斗,拳击,摔跤,赛车,赛马;后来又加入儿童的赛跑,角斗,摔跤,拳击和其他的竞技,共有二十四项。拉西提蒙人的风俗代替了荷马时代的传统:优胜者的奖品不再是贵重的东西,而是一个用树叶编成的简单的冠冕,古式的腰带废止了;在第十四届奥林匹克大会上,运动员完全裸体出场。从优胜者的名单上可以看出,整个希腊的人都来参加竞赛,包括大希腊,最遥远的岛屿和殖民地在内。从那时起,没有一个城邦没有练身场;练身场成为希腊城镇的标记之一③。雅典最早的练身场设于七〇〇年。梭伦当政的时代有三个大规模的公共体育场,还有许多小型的。十六到十八岁的青年整天在练身场上过活,有如走读的中学生,但不是为训练头脑,而是训练身体。好像那个时期连语文和音乐的功课也停止,让青年进入更专门更高级的〔体育〕班子。练身场是一大块方形的场地,有回廊,有种着枫杨树的走道,往往靠近一处泉水或一条河,陈列许多神像和优胜的运动员的雕像。场中有主任,有

---

① 见亚里士多德的《政治学》第八章第三第四节。——原注
② 当时赛跑以跑道的长度为准,单程为六〇〇古尺,合今一九二公尺。双程即在跑道上跑来回。
③ 这是保萨尼阿斯说的话。——原注
　译者按:保萨尼阿斯为公元二世纪时希腊史家,地理学家。

辅导,有助教,有敬赫尔墨斯神的庆祝会。休息时间青年人可以自由游戏;公民可以随意进去;跑道四周有座位,外边的人常来散步,看青年人练习;这是一个谈天的场所,后来哲学也在这里产生。学业结束的时候举行会考,竞争的激烈达于极点,往往出现奇迹。有些人竟锻炼一辈子。规则订明,进场受训的青年必须发誓至少连续用功十个月,但他们实际做的远不止这些,常常几年的练下去,一直练到壮年;生活起居有一定的规则,按时进食,吃得很多;用铁耙和冷水锻炼肌肉;避免刺激;不寻欢作乐,自愿过禁欲生活。某些运动员的事迹和神话中的英雄不相上下。据说米隆能肩上扛一头公牛,能从后面拉住一辆套着牲口的车不让前进。克罗托人法罗斯的雕像下面刻着一段文字,说他跳远跳到五十五尺〔合今一七点六二公尺〕,把八斤重〔四公斤〕的铁饼掷到九十五尺〔三〇点四三八公尺〕。在品达罗斯歌颂的运动员中有几个竟是巨人。

  我们还得注意,在希腊社会中,这些健美的肉体绝对不是凤毛麟角的奢侈品,不比现在这样像开在麦田里的无用的罂粟花;相反,那是一大片庄稼中几支较高的麦穗。国家需要他们,风俗习惯也需要他们。以上提到的那些大力士不仅仅在检阅场上装点门面。米隆带着同胞上阵;法罗斯率领克罗托人援助希腊人抵抗米太人。那时的将军不是一个设计划策的人拿着地图和望远镜站在高地上;而是拿着长枪跑在队伍前面,像小兵一样跟敌人肉搏。米尔蒂亚季斯,阿里斯蒂德,伯里克利,和晚期的阿格西劳斯,佩洛皮达斯,皮洛斯①,不但用到才智,还用到膂力,在厮杀的高潮中攻打,招架,冲锋,或是在马上,或是在马下。哲学家兼政治家伊巴密浓达重伤身死之前,像普通的装甲兵一样安慰自己,因为人家替他抢回了盾牌。一个五项运动的优胜者,

---

① 米尔蒂亚季斯是在马拉松战役(公元前489)中大获全胜的雅典军人。阿里斯蒂德(前540—前468)是雅典的政治家兼将军。伯里克利(前495—前429)是雅典最有名的政治家之一。阿格西劳斯(前444—前360)是斯巴达国王。佩洛皮达斯是底比斯邦的将军,于三七八年击退斯巴达人。皮洛斯(前318—前272)是伊庇鲁斯国王。

希腊最后的将官亚拉图,因为能在奇袭与攻城中显出他的矫捷勇猛而感到高兴。亚历山大冲击格拉奈斯的时候像轻骑兵,跳进奥克西特拉克族的城墙的时候像轻装的步兵。作战的方式需要个人与肉体发挥极大的作用,所以第一流的公民,连统治者在内,非成为出色的运动家不可。——除了公共安全的需要,还有迎神赛会的需要,典礼与战争同样要求训练有素的身体,不是练身场出身的不能在合唱与舞蹈队中露头角。我上面提到,诗人索福克勒斯在萨拉米斯胜利以后裸体跳贝昂舞;这个风气到四世纪末期还存在,亚历山大东征,经过特洛亚特,和同伴们在阿喀琉斯墓上的柱子周围裸体赛跑,表示对阿喀琉斯①的敬意。更往前去,在法塞利斯城内的广场上看到哲学家西奥但克德的雕像,亚历山大在晚饭以后绕着雕像舞蹈,把花冠丢在像上。——要满足这样的嗜好,这样的要求,练身场是唯一的学校,有如我们前几世纪青年贵族学击剑,跳舞和骑马的传习所。自由的公民原是古代的贵族,所以没有一个自由的公民不经过练身场的训练;唯有这样才算有教养,否则就降为做手艺的和出身低微的人。柏拉图,赫里西波斯,诗人蒂莫克雷翁,早先都是运动家;毕达哥拉斯据说得过拳击奖;欧里庇得斯在埃莱乌西斯运动会上得过锦标。据希罗多德的记载,西锡安的霸主克利斯西内斯招待向他女儿求婚的人,给他们一个运动场,以便"考查他们的出身和教育"。的确,人的身体永远留着受过体育锻炼或者只受低级教育的标记,可以从功架,步伐,手势,安排衣褶的方式上一望而知,好像我们从前辨别一个人是经过传习所训练与琢磨的绅士,还是一个蠢笨的粗人,瘦弱的工匠。

即使一个人没有动作而单单露出肉体,他的外形的美也证明他受过锻炼。——晒惯太阳,擦惯油,经过灰土,铁耙和冷水浴的冲刷,皮肤棕色,结实,完全没有不穿衣服的样子;皮肤与空气接触惯了,看上去在露天觉得很舒服,当然不会哆嗦,不会青一块紫一块,也不会起鸡

---

① 据《荷马史诗》记载,阿喀琉斯是特洛伊战争中最勇敢的英雄之一,战死在特洛亚特。

皮疙瘩；它组织健全，色泽鲜明，表示生命充沛。阿格西劳斯为了鼓动士兵，有一天叫人把波斯俘虏脱掉衣服；希腊人看见波斯人的软绵绵的白肉都笑了，从此瞧不起敌人，作战更勇敢了。——他们的肌肉练得又强壮又柔软，没有一处忽略，身上各个部分保持平衡；现在我们的上臂非常瘦削，肩胛骨无肉而强直，那时都很丰满，同腰部和大腿保持恰当的比例。体育教师是真正的艺术家，不仅把人体练得强壮，行动迅速，并且力求对称，典雅。以佩尔加姆派的作品《垂死的高卢人》①和运动家的雕像相比，立刻显出粗糙的身体和经过训练的身体的距离：一方面，蓬乱的头发粗硬如马鬃，手脚完全是乡下人的样子，皮肤很厚，肌肉僵硬，胳膊肘子是尖的，血管隆起，轮廓都有棱角，线条毫不调和，纯粹是结实的野蛮人的身体；另一方面所有的形式都很高雅，本来软弱而畸形的脚跟②，现在变为线条分明的椭圆形，脚原来过分张开，露出人和猴子的血缘关系，如今成为弓形，跳跃更有弹性；膝盖骨，各个关节，整个的骨骼，原先都很凸出，现在隐没一半，仅仅有个标志而已；肩膀的线条原是水平的，硬性的，现在略为倾斜，气息柔和了；身上各个部分极其和谐，脉络贯通，呵成一气；到处显出生命的年轻与娇嫩，和一株树一朵花的生命同样自然，同样朴素。柏拉图在《梅纳克塞纳》《竞争者》《卡尔米特》几篇对话录中间，有不少段落勾勒出现实生活中的这一类姿势。受过这种教育的青年必然会很好很自然的运用四肢，不论俯仰，站立，或是把肩膀靠在柱子上，都和雕像一样的美；正如大革命以前的贵族在行礼，吸鼻烟，听人谈话的时候，有一种从容不迫，潇洒自如的风度，像我们在版画和肖像画上看到的。不过希腊人

---

① 亚历山大帝国瓦解以后，希腊文化遍及于印度，小亚细亚，埃及；历史上称为"希腊化时期"。小亚细亚的佩尔加姆为此种文化中心地之一，佩尔加姆派雕塑表现肉体的痛苦，骚乱的动作，与纯粹希腊时代崇尚清明恬静的风格截然不同。佩尔加姆王阿塔尔于三世纪击退高卢人侵扰后，叫人雕像纪念此次胜利。《垂死的高卢人》即此类作品。

② 参看卢浮美术馆中那个古风的〔指六世纪及六世纪以前的雕塑风格〕小型阿波罗的青铜像，以及爱琴文化时期〔指公元前二千年至三千年间〕的雕像。——原注

在态度,举动,姿势上面所显示的,绝非出入宫廷的侍臣,而是运动场上的人物。世代相传的体育锻炼在一个特殊民族中培养出来的人才,柏拉图曾经有过描写:

"卡尔米特,你能胜过别人是很自然的,因为我想没有人能够在雅典举出两个家庭,结亲以后能比你的父族母族生下更美更优秀的后代。你父族的祖先克利蒂阿斯是特罗比特的儿子,受过阿那克里翁,梭伦,和许多别的诗人的赞扬,认为他不但在美与善方面,并且在一切与幸福有关的德性方面都出类拔萃。你的母族也是如此。据说你的母舅比利兰普被派到波斯和大陆上别的国家出使的时候,没有一个人长得比他更俊美更高大。无论在哪一点上,这一家所有的人都不比前面一家逊色。你既是这样的父母所生,自然样样出人头地。而且就肉眼所能看到的来说,拿整个外表来说,亲爱的格劳卡斯的孩子,我觉得你不辜负你无论哪一个祖先。"

在另外一个场合,苏格拉底还加以补充,他说:"我觉得卡尔米特①的身段和美貌都令人赞叹……我们成年人有这种感觉还不足为奇;但我注意到孩子们也对他目不转睛,便是最小的儿童也这样……所有的人望着他像望神像一般。"——希雷封说得更进一步:"他的脸真好看,是不是,苏格拉底?可是他要愿意脱下衣服的话,他的相貌就相形见绌了,因为他整个的身体才美呢。"

这个小故事使我们追溯到比产生这段文字更早得多的时代,一直追溯到裸体的黄金时代。这是很宝贵很有意义的材料。我们从中看到重视血统的风俗,教育的效果,普遍爱美的风气,一切完美的雕像的渊源。当时许多文献都证实我们这个印象。荷马提到阿喀琉斯和涅柔斯,说在攻打特洛伊的群英大会中,他们两个是最美的希腊人;希罗多德说斯巴达人卡利克拉特〔有名的运动家〕是和马多尼奥斯〔波斯将领〕作战的希腊人中最美的。一切敬神的庆祝,重大的典礼,都等于

---

① 哲学家卡尔米特(前450—前404)是柏拉图的表兄弟,苏格拉底的门人。

健美比赛。雅典挑选最美的老人在雅典娜庆祝大会中执树枝,伊利斯挑选最美的男人向本邦的女神献纳祭品。在斯巴达的基姆诺班提斯大会中,凡是身材不够高大,仪表不够魁伟的将军和名人,在游行的合唱队伍中不能居于前列。泰奥弗拉斯托斯〔四至三世纪时哲学家〕说,拉西提蒙人要他们的国王阿希达穆斯缴付罚金,因为他娶了一个矮小的女人,大家认为她只能生出一个渺小的后代,生不出国王来,保萨尼阿斯在阿卡迪亚发现有些美女比赛会已有九世纪的历史。有一个波斯人是国王薛西斯的亲戚,在队伍中个子最高大,死在阿冈德〔马其顿地区,属希腊〕,当地的居民把他当做英雄一般祭祀。奥林匹克运动会上的优胜者,当时希腊最美的男子克罗多人菲利普,逃亡在塞哲斯塔〔西西里岛上的城邦〕,死后由当地人在墓上盖一所小庙,希罗多德在世的时候祭礼还在举行。——这是由教育培养出来的感情,这感情又反过来影响教育,使教育以培养健美为目的。当然,种族本来是美的,但家族用制度使自己更美;意志把自然〔人体〕加工过了,而塑像艺术更进一步,把经过琢磨的自然"经过琢磨的自然"是指受过体育锻炼的人体只做到一半的功夫补充完全。

　　锻炼身体的两个制度,舞蹈与体育,在两百年中诞生,发展,从发源地向外推广,遍及整个希腊,为战争与宗教服务;从此年代有了纪元,培养完美的身体成为人生的主要目的,对于健美的肉体的崇拜甚至流为恶习①。用金属,木材,象牙,云石制作雕像的艺术,隔着相当距离在制造活人的教育后面逐渐出现。艺术与教育步伐并不相同;两者虽则同时,艺术在两个世纪中还留在低级的与抄袭的阶段。人总先想到现实,再想到模仿;先关心真实的肉体,再关心仿造的肉体;先忙着组织合唱队,然后用雕塑来表现合唱队。肉体的或精神的模型永远出现在表现模型的作品之前;但先出现的时期并不长久,因为制造作品

---

① 希腊的恶习在荷马时代尚未出现,很可能是从练身场成立以后开始的。参看贝克尔著的《卡利格兰斯》一书的附录。——原注
　　译者按:作者所谓希腊的恶习系指男风而言。

的时候必须要模型在大众的记忆中还新鲜。艺术是一个和谐的,经过扩大的回声;正当现实生活到了盛极而衰的阶段,反映现实生活的艺术才达到完全明确而丰满的境界。以下一段可说明艺术品的产生与时代的先后关系,从此亦可说明反映时代的艺术不能急急求其产生,必须经过一个相当的时期。——希腊的雕塑便是这个情形;雕塑成年的时代正在抒情诗的时代告终,萨拉米斯战役以后的五十年之间〔前四八〇至前四三〇〕,正当随着散文,戏剧,初期哲学的兴起而开始一个新文化的时期。艺术突然从正确的模仿一变而为美妙的创造。阿里斯托克兰斯,爱琴岛上的雕塑家奥纳塔斯,卡那科斯,利基阿姆的毕达哥拉斯,卡拉米斯,阿耶达拉斯①,都还亦步亦趋的模仿现实的形式,有如〔意大利十五世纪初期的〕韦罗基奥,波拉伊沃洛,吉兰达约,弗拉·菲利波,甚至佩鲁吉诺;但到了他们的学生迈伦,波利克里塔斯,菲狄阿斯②手里,理想的形式就出现了,正如文艺复兴的绘画到了莱奥纳多,米开朗琪罗和拉斐尔的手里一样。

三

希腊的塑像艺术不但造出了人,最美的人,并且造出神明,而据所有古人的判断,这些神明是希腊雕像中的杰作。群众和艺术家,除了对于受过锻炼的肉体的完美,感觉特别深刻以外,还有一种特殊的宗教情绪,一种现在已经泯灭无存的世界观,一种设想,尊敬,崇拜自然力与神力的特殊方式。我们心目中必须有这一类独特的情绪与信仰,才能领会波利克里托斯,阿戈拉克利泰和菲狄阿斯的精神和天才。

只要念一下希罗多德③的著作,就知道五世纪上半期社会上对宗

---

① 初期希腊雕塑家的生卒年代大都无考,他们的名字也仅仅为希腊与拉丁的作家偶尔提到。以上诸人大约是六世纪中至五世纪初的人。
② 三人都生在五世纪初,菲狄阿斯的生卒年份是公元前四九〇至前四三一。
③ 希罗多德在伯罗奔尼撒战争的时期(前431—前404)还健在;他在他的著作《历史》第七卷第一三七节,第九卷第七十三节中都提到那次战争。——原注

教还非常热心。希罗多德本人固然相信神明,虔诚到不敢提某个神圣的姓氏和某一桩传说,便是整个民族在敬神的礼拜中也极其热烈,庄严,同当时埃斯库罗斯与品达罗斯的诗歌所表现的一样。神明是活的,就在面前;他们会开口说话,大家看得见他们,好比十三世纪时的圣母和圣者。——薛西斯的几个使节被斯巴达人杀害以后,他们的脏腑成为不祥之物;那件凶杀案得罪了一个死者,阿伽门农手下光荣的使节,为斯巴达人崇拜的英雄塔西皮奥斯。为了平息这位英雄的怒气,城中两个有钱的贵族出发到亚洲去向薛西斯自首,愿意抵罪。——波斯人侵入希腊的时候,所有的城邦都求神示;神示吩咐雅典人向他们的女婿求救,雅典人想起始祖厄瑞克透斯的女儿奥利赛是被波瑞阿斯抢走的,便在伊利萨斯河边为波瑞阿斯修一所小庙。德尔斐的神声称他自己会抵抗;果然霹雳打在蛮子身上,岩石滚下来把他们压死,同时,帕拉斯·普罗诺阿神庙中人声鼎沸,只听见喊杀的声音;当地两个身材高大的英雄菲拉科斯和奥多奴斯,把惊惶失措的波斯人全部赶跑。——萨拉米斯战役之前,雅典人从爱琴岛上运来几座埃莱乌西斯神像帮他们打仗。战役进行的时节,埃莱乌西斯附近的旅客只看见尘埃蔽天,听到神秘的埃阿斯出发援助希腊人的声音。战役结束以后,他们把三条俘虏的船献神,其中一条献给埃阿斯,又在战利品中提出一笔款子给德尔斐岛造一座十二戈台〔合六公尺〕高的像。公众崇拜神明的表现不胜枚举;萨拉米斯战役以后五十年,民间的信仰还很热烈。普卢塔克说,狄奥皮塞斯"颁布法令,要公众揭发否认神明或者对天上的现象教授新学说的人"。为了亵渎神明,阿斯帕西娅,阿那克萨哥拉,欧里庇得斯,都受到惊扰或控告,亚西比德被判死刑,苏格拉底被处死刑;他们的罪名有的是虚构,有的是事实。对于嘲笑神秘事物或破坏神道观念的人,群众的义愤非常激烈。当然,我们在这些细节中除了看到古老的信仰历久不衰以外,同时也看到自由思想的诞生。在伯里克利意大利十五至十六世纪佛罗伦萨的统治家族周围,正如在洛朗·特·梅迪契周围,有一小群哲学家和穷根究底的推理家;

菲狄阿斯和后世的米开朗琪罗一样,就在这个小圈子内。但在前后两个时代中,传统与传说仍旧享有至高无上的权威,支配一般人的想象和行事。因为脑子里都是五光十色的形象,即使听了哲学家的议论而有所波动,对于心目中的神明的形象也只有澄清和扩大的作用。新的智慧并不毁灭宗教,而是表达宗教,恢复宗教的本质,使人对于自然界的威力回复到诗的观点。初期的物理学家尽管对宇宙做过一番海阔天空的猜测,世界仍然很生动,反而更庄严;菲狄阿斯也许就是听见了阿那克萨哥拉的"睿智"说①,才有创造他的朱庇特,帕拉斯,阿弗洛狄忒的意境,而像希腊人所说的表现出神的庄严。

要具有神明的观念,必须在传说中面目分明的神身上辨别出产生神的一些永恒,普遍与巨大的力。只看见神的形象,而不能在光明闪烁的境界中窥见形象所象征的物质力量或精神力量,就不过是一个狭隘枯燥的偶像崇拜者。那种力量,西蒙和伯里克利时代〔五世纪〕的人还能看到。最近,各种神话的比较研究指出,与印度神话有亲属关系的希腊神话,原先只表现自然界各种力量的活动,后来由语言逐渐把物质的元素与现象,把它们千变万化的面目,把它们的生殖力,把它们的美,变做了神。多神教的起源是人看到生生不灭,生育万物的大自然以后所产生的感觉,这个感觉是永远存在的。每样东西都有神的意味,人会跟事物说话;在埃斯库罗斯和索福克勒斯的作品中,人往往呼召万物,把万物当作和人共同指挥人生大合唱的神灵。菲罗克特特斯出发〔征伐特洛伊〕之前,向"流动的水仙,海水冲击巉岩的洪亮的声音"告别,说道:"波涛环绕的莱姆诺斯土地,再会了;但愿你把我一路顺风送出去,送到运命派我去的地方。"——钉在山崖上的普罗米修斯向天上地下的一切伟大的生灵呼吁,说道:"噢,神明的空气,迅速的呼吸〔风〕,河流的泉源,海浪的无边的微笑;噢,土地! 万物的母亲! 洞

---

① 希腊原文叫作"努斯 noûs",阿那克萨哥拉以此为世界万物的本原;近世有从唯心论观点译为"睿智"的,也有从唯物论观点译为"种子"的。阿那克萨哥拉原意究竟是唯物唯心,言人人殊,丹纳此处引用显然是从唯心的观点出发,故译作"睿智"。

烛一切的日球,我向你们呼吁!你们看,我身为神明,被诸神折磨得好苦!"①这些原始的隐喻本是宗教的根源,观众只要让自己的情感自由活动,就会仍旧想到这种隐喻。在埃斯库罗斯的一个残存的剧本中,阿弗洛狄忒说:"明净的天空喜欢钻入大地,爱神以大地为妻,产生万物的天上降下的雨使大地受孕,然后大地给人生产牲畜的饲料和得墨忒耳〔农业之神〕的谷物。"——要了解这种语言,只消离开我们人造的市镇和行列整齐的庄稼;只消独自走到岗峦起伏的海滨,完全浸在原封未动的自然界的景色中间,你就会和自然界交谈,会觉得它有声有色,和人的相貌一样;狰狞的静止的山会变做秃顶的巨人或蹲伏的妖怪;蹦跳发亮的水好比快活,唠叨,疯疯癫癫的家伙;静悄悄的巨松像古板的处女。等到你望着碧蓝的南海,光辉四射,装扮得像参加盛会一般,如埃斯库罗斯所说的堆着无边的微笑,那时你被醉人心脾的美包围了,浸透了,想表达这个美感,便自然而然提到生自浪花的女神的名字〔阿弗洛狄忒——维纳斯〕,跨出波涛使凡人和神明都为之神摇魄荡的女神的名字。从水中诞生的阿弗洛狄忒(即维纳斯)令人想起中国古代传说中的洛神。

  一个民族只要能在自然景物中体会到神妙的生命,就不难辨别产生神的自然背景。传说把自然背景表现为面目分明的人,但在雕像艺术的鼎盛时期,自然背景还清清楚楚在人的形象之下映现出来。有些神,特别是流水,树林,山脉的神,他们的背景始终是一见便明的。那伊阿得斯〔泉水与河流的女神〕或奥雷阿特〔山神〕的确是一个年轻姑娘,像在奥林匹亚神庙的方龛上坐在岩石上头的那一个②;至少形象的幻想和雕塑的幻想把她表现为这样;但你一提到她的名字,自会发觉静寂的森林的庄严神秘,或者飞涌的泉水的清新无比的气息。在希腊

---

① 神话中的火神普罗米修斯因为偷了天火,又做了其他两件触犯宙斯的事,被钉在高加索山上,有一只鹰啄食他的肝,食后再生,生后再食,永无穷尽。——作者引文见埃斯库罗斯所作的悲剧:《被缚的普罗米修斯》。
② 现存卢浮美术馆。——原注

人的圣经,荷马的诗歌中,尤利斯掉在海里,游泳两天以后,到了"一条秀美的河流出口的地方,他对河流说:'大王,不管你是谁,容我向你告禀;我躲过波塞冬〔海神〕的愤怒,逃出大海,投到你面前,向你热诚呼吁……大王,求你怜悯,我能向你祈求就是我的荣幸。'——他这样说着,河流果然平静下来,止住浪潮,在尤利斯面前停着不动,在出口的地方把他接进去了"。这儿的神显然不是一个躲在岩穴中的满面胡子的人物,而是河流本身,而是和平而好客的流水。——又如对阿喀琉斯发威的河流:"克桑斯〔小亚细亚南部的河〕一边说着一边向他〔阿喀琉斯〕猛扑过来,逞着疯狂的怒气响成一片,挟着水沫,鲜血和死尸。从宙斯那儿来的耀眼的水波一跃而起,抓住珀琉斯的儿子〔阿喀琉斯〕……于是赫淮斯托斯〔火神与金属之神〕向河流喷射他鲜明的火焰;榆树烧起来了,还有杨树,还有垂柳,莲花也烧起来了。还有密布在美丽的河边的菖蒲,扁柏;鳗鲤和鱼类,被赫淮斯托斯滚热的呼吸逼得四散奔逃,或者在漩涡中下沉,便是河流也感到筋疲力尽,叫道:'赫淮斯托斯!没有一个神能跟你抵敌。算了吧。'——河流这么说着,浑身火热,明净的水都在沸腾。"六个世纪以后,亚历山大在希达斯派斯河〔今印度杰赫勒姆河〕上登舟,站在船首向希达斯派斯河,向另外一条姊妹河,向两条河在下流汇合而他也要经过的印度河,奠酒致祭。——对于一个简单而健全的心灵,一条河,尤其陌生的河,就是一种神力;人看了觉得它是一个永恒的,永远在活动的生灵,有时保育万物,有时毁灭万物,有无数的形状与面貌;滔滔无尽而有规律的流水使人体会到一种平静,雄伟,庄严,超人的生命。即使到了艺术衰微的时期,在代表尼罗河和台伯河的塑像上面,古代雕塑家还记得原始的印象;雕像的宽阔的上身,平静的姿态,茫然的眼神,表明艺术家仍然想借人体来表达江河的浩荡,水流的平匀与超然物外的意境。

有些场合,单是神的名字就透露出神的本质。"赫斯提"的意思是厨灶,家庭生活的中心,所以赫斯提女神永远离不开圣洁的火焰。"得墨忒耳"的意思是哺育万物的土地;崇拜她的形容词称她为黑色的,深沉的,地下的,幼小生物的保姆,送果子的女人,绿化使者。在荷马的诗篇中，太阳不是阿波罗而是另外一个神，后来因为阿波罗是光明之神，才与太阳神合为一体。许多其他的神，如四季之神霍雷，正直之神提赛，报复之神涅墨西斯，在崇拜者心中都是意义与名字同时出现的。——我只举爱神厄洛斯为例，就可说明希腊人的聪明活泼的头脑怎样把对于某一个神的崇拜和对于一种自然力的猜测结合在同一情感之内。索福克勒斯说："爱神，你是不可战胜的，你扑向权势，扑向财富，你住在少女的骄傲的面颊上；你飞渡海洋，你也走进简陋的茅屋；不朽的神明也罢，生命短促的凡人也罢，没有一个能躲开你。"时期再晚一些，《会饮》①中的许多宾客对爱神的名字有不同的解释，使这个神明的性质又有许多变化。有些人认为，既然爱情的意义是同情与和洽，爱神应当是最普遍的神，并且正如赫西奥德所说的，是世界上一切秩序一切和谐的创造者。另外一些人认为，爱神在诸神中最年轻，因为老年排斥爱情；爱神也最娇弱，因为他的行动与休息都在最温柔的东西之上，在人的心上，而且只在一些温柔的心上；爱神的本质是微妙的液体，因为他出入于人的心灵而不让人发觉；爱神的皮色像鲜花，因为他生活在芬芳之中，花丛之中。还有人说，爱情既是欲望，就是说有所不足，所以爱神是贫穷之子，又瘦又脏，没有鞋子，睡在露天，但是爱美，所以他大胆，活跃，勤谨，有恒，胸怀旷达。可见在柏拉图手中，神话有了新生命，化出许多形式。柏拉图关于爱的解释极有意义，也极风趣。在阿里斯托芬笔下，天上的云变做几乎真的像神明一样。赫西奥德在《神谱》中把神明和自然元素有意无意的混为一谈②，说"在哺育万物的大地之上有三万个守护神"；最早的物理学家兼哲学家泰勒斯，说万物生于湿，又说万物之中皆有神；如果我们注意这些说数，就能懂得希腊宗教的深刻的观念，懂得希腊人在神明的形象之下猜到自然界的无穷的威力的时候，自有一种激动，赞叹和虔敬的心情。

事实上，并非所有的神与实物合为一体的程度一律相等。有些

---

① 柏拉图的《对话录》中的一篇。——原注
② 《神谱》中特别值得注意的是各个神明的后代。赫西奥德所有的思想都在宇宙学与神话之间摇摆。——原注

神,而且正是最通俗的神,经过传说的一再加工,已经脱离实物而成为面目鲜明的人物。——希腊神明的世界有如夏末秋初的橄榄树。按照枝条的地位与高低,果实的成熟参差不一;一部分果实刚刚长出来,只有一个饱满的雌蕊与果树密切相连,另一部分果子已经成熟,但还留在枝上;还有一些是结构全部完成,已经掉在地上,要留神细看才能认出原来的花梗。——希腊的奥林波斯就是这样;人把自然力拟人化的变形的程度各有不同,在某些神明身上,自然力的特征还盖住个人的面貌,有些神明是自然与个人的面貌同样显著,还有一些神明已经变做人,和自然力的联系只有几条线索,有时只有一线相连,而且不易辨认,可是究竟还相连。宙斯在《伊利亚特》中是个傲慢的族长,在《普罗米修斯》中是个篡位而专制的国王,但许多特点表明他始终不失本来面目,始终是下雨和轰雷闪电的天;关于宙斯的通行的形容词和古老的成语都指出他原来的性质,比如说"宙斯降下河流""宙斯下雨"等等。在克里特岛上,宙斯这个名词的意思是白昼;后来恩尼乌斯〔三至二世纪〕在罗马说他是"那道灼热的白光,大家称之为朱庇特"。我们在阿里斯托芬的喜剧中看到,在农夫,平民,头脑简单而老派的人心目中,宙斯始终是"灌溉田地,叫庄稼生长"的神。哲人学派的学者告诉他们世界上并没有宙斯,他们听了大为奇怪,问:"那么打雷和下雨的是谁呢?"宙斯曾经雷劈泰坦,雷劈长着一百个龙头,口吐黑焰的堤丰;他们从地下生出来,像蛇一样纠缠在一起,侵犯天空①。宙斯住在群山的顶上,那儿是高与天接,云雾所聚,霹雳轰击的地方;他是奥林波斯山上的宙斯,也是伊索姆山上的宙斯,也是海米托斯山上的宙斯。其实他和所有的神一样有多重性,凡是人特别感觉到他存在的地方,凡是在天边认出他的面目,奉他为神而祭他的各个城邦,以至于各个家庭,都有宙斯。泰克曼斯〔神话中的女英雄〕说:"我用你家里的宙斯的名义恳求你。"——要正确理解希腊人的宗教情绪,必须设想某

---

① 据希腊神话,泰坦是天与地生的儿子,其中之一名叫堤丰。他们起来暴动,把一座一座的山叠起来攻天,结果被宙斯雷劈。堤丰则被锁闭在埃特纳山下的岩穴中。

一部族所住的一个山谷,海岸,整个原始的风景;希腊人当作神灵的东西并非一般的天空,一般的土地,而是他的群山环绕的天空,他所居住的土地,他在其中生活的树林,溪水;他有他的宙斯,他的波塞冬,他的埃雷〔司婚姻的女神〕,他的阿波罗,正如他有他的森林与河流的仙女一样。罗马的宗教把原始精神保留特别完整,卡米耶〔四世纪〕说过:"这个城里没有一个地方没有宗教的痕迹,没有一个地方没有神。"——埃斯库罗斯悲剧中的一个人物说:"我不怕你国内的神,我对他们没有义务。"严格说来,希腊的神是地方性的①;从本源上看,神就是这块地方;所以在希腊人心目中,他的城邦是神圣的,所有的神明与他的城邦是一体。他出门回来向城邦致敬,绝非一种富于诗意的仪式,像服尔德悲剧中所写的坦克累特;也不仅仅像现代人这样,因为重新看到熟悉的东西,因为回到故居而感到高兴;希腊人的海滩,山岭,环绕在他部族四周的城墙,路旁保存着本邦创始英雄的骸骨和神灵的坟墓,他周围的一切,对他都等于一所神庙。阿伽门农说:"阿哥斯以及本地所有的神,我首先向你们致敬,是你们帮助我回家的,也是你们帮助我向普里阿摩斯〔特洛伊的国王〕报仇的。"——我们越仔细观察,越觉得他们的情感严肃,他们的宗教言之成理,他们的敬神极有根据;只是到后来,在轻浮和颓废的时代,希腊人才变成偶像崇拜者。他们说:"我们所以用人的形象来代表神,因为世界上没有比人更美的形式。"但在生动的形式之外,他们还隐隐约约窥见统治人心与宇宙的普遍的威力。

我们不妨从他们的迎神赛会中挑出一个例子,例如庆祝雅典娜的大会,分析一下雅典人杂在庄严的行列中去瞻仰他的神明的时候,有些什么思想什么感情。——时期是九月初。接连三天,全邦的人都去看竞技;先是在奥迪翁②,有场面豪华的舞蹈,有荷马诗歌的朗诵,有歌

---

① 参看甫斯特尔·特·库朗日著:《古代城邦》。——原注
② 奥迪翁是古希腊专门表演音乐与诗歌的公共建筑。近代国家常用作戏院名字,如巴黎四大国立戏院之一即称奥迪翁。

唱比赛,七弦竖琴比赛,笛子比赛,有裸体的青年舞蹈队跳皮利克舞,有穿衣服的合唱队列成圆周唱酒神颂歌;接着田径场上举行各种裸体竞赛,有男子的和儿童的角斗,拳击,摔跤,有裸体或武装的人的单程赛跑,双程赛跑,火炬赛跑,有赛马,有驾两匹马的和四匹马的赛车,有普通车比赛,有战车比赛,上面两人,一个中途跳下,在车后奔跑,然后又跃上车去。诗人品达罗斯说:"神明都喜爱竞技。"所以敬神最好是请他们看竞技。——第四天开始游行,巴德农的楣带雕塑还给我们留下一个游行的场面。领队是高级的祭司,特别挑选的最美的老人,世家的处女,手捧祭品的加盟城邦的代表团,然后是客民捧着金银镂刻的杯盘器皿,运动员或是步行,或是骑马,或是驾车,然后是一长串祭礼的人和作为祭礼的牺牲;最后是盛装华服的民众。港口里的"圣舟"同时出发,桅上挂起帕拉斯的帆,那是养在厄瑞克透斯神庙中的年轻姑娘专诚为帕拉斯绣起来的。"圣舟"从陶器区①驶往埃莱乌西斯湾绕一个圈子,沿着卫城的北面和东面航行,靠近阿勒山冈〔雅典法庭所在地〕停下,卸下桅上的帆,捧去献给雅典娜。游行的队伍也在这里跨上一百尺〔三十二公尺〕长,七十尺〔二十四公尺〕宽的云石大梯,直达卫城的大门。正如比萨〔意大利名城〕老城的一角被大教堂,斜塔,先贤祠,浸礼堂挤满了一样,雅典城中那块陡峭的高地也全部作祭神之用,只看见宗教建筑,大庙,小庙,巨型雕像,普通雕像。但那高地在四百尺〔一二八公尺〕的高度之上控制全区;庙堂的侧影映在天空,在庙堂的转角和柱子之间,雅典人可以望见大半个阿提卡〔地区——位于伯罗奔尼撒半岛东北部〕:四周的光山照着夏天的太阳,发亮的海嵌在岩石嶙峋的海岸中间,还有一切产生神明的巨大而永久的生灵,如彭泰利卡斯山和山上的神坛,远处的帕拉斯——雅典娜神像,海米托斯山和安希斯姆山,那儿巨大的宙斯像还显出打雷的天与高山峻岭的原始关系。

---

① 参考博雷著:《雅典的卫城》。——原注

他们把圣舟上的帆一直送进厄瑞克透斯神庙。这是他们所有的神庙中最庄严的一所,藏着神圣的遗物,有从天上掉下的帕拉斯像,有阿提卡开国之王凯克洛普斯的坟墓(雅典人最早的一座坟墓)和神圣的橄榄树。① 在这里,一切传说,一切仪式,一切神灵的名字,在头脑中引起一片隐隐约约的、境界壮阔的回忆,想起人类文明最初的奋斗和最早的阶段。在半明半暗的神话中,人窥见太古时代的水,火,土的斗争,经过斗争才有万物诞生;土地从水中浮起,有了生殖的力量,布满有益的植物和养育人的谷物树木;自然界的犷野的元素互相冲击,精神逐渐在混沌中抬头,居于主导地位,然后土地才宜于人类居住。始祖凯克洛普斯的象征是和他同名的蝉②;大家认为蝉生于土,是纯粹雅典的虫,歌声美妙,身体瘦小,住的是干燥的山岗;老辈的人把蝉的形象作为装饰品插在头发上。凯克洛普斯的旁边是世界上第一个发明家,把谷物磨成粉末的德利普托雷玛斯,他的父亲是狄奥洛斯,意思是两道犁沟,女儿叫作高提斯,意思是大麦。关于雅典的祖先厄瑞克透斯的传说,含义更深。初民幼稚的幻想把他的出身说得又天真又古怪,厄瑞克透斯的意思是肥沃的土地,他的几个女儿叫作"明朗的空气""露水""大露水":这些名字说明原始的人懂得干旱的土地要靠夜里的潮气才能生育。祭礼中许多细节还有更进一步的说明。为厄瑞克透斯绣帆的姑娘叫作厄瑞福尔,递送露水的使者;她们夜里到阿弗洛狄忒神庙附近的窟穴中走一遭,就是汲取露水的象征。开花的季节叫作塞罗,结果的季节叫作卡波,仍然是司农神的名称,一律受到崇拜。所有这些名字的意义都深深的印在雅典人的头脑中,使他模模糊糊的感觉到本民族的历史。他相信他的奠基人和祖先们的英灵在坟墓周围继续活着,继续保佑敬重他们坟墓的人;雅典人给他们送点心,

---

① 帕拉斯是雅典的守护女神雅典娜的别称,相传她的第一个木刻的像是天上掉下来的。——据希腊神话,远古民族彼拉斯日的第一个王凯克洛普斯首先定居阿提卡,划为十二乡,教人耕种,建立雅典城,喜欢橄榄树,作为和平的象征。

② 希腊语的蝉也叫作 Kerops〔读如凯克洛普斯〕与神同名。——原注

蜜，酒，而在供奉祭品的时候，一眼之间便瞻前顾后，看到城邦的长时期的兴旺，心中的希望又把将来与过去连接在一起。

在古老的庙堂中〔厄瑞克透斯神庙〕，帕拉斯还和厄瑞克透斯住在一处；伊克蒂诺斯建造的新庙〔巴德农神庙〕却专门供奉帕拉斯，庙内的一切都叙述她的光荣的历史。雅典人对于她原始时代的情形已经不甚了了，精神面貌的发展湮没了她和物质世界的关系，但兴奋的心情自有它的悟性，而零星的传说，与她有关的形容词，从古以来的头衔，都使人想到那个遥远的时代，而她就是从那个遥远的时代中来的。大家知道，她是专打霹雳的天的女儿，就是宙斯的女儿，而且是他一个人生的；她在轰雷闪电，自然界大骚动的时节从宙斯的头里冲出来；赫利奥斯〔太阳与光明之神〕为之停步不前；大地和奥林波斯为之震动不已；海浪大作；光芒四射的金雨降在地上。没有问题，初民最早把她作为雾色初开的境界崇拜；大雷雨之后，他们突然看到洁白明净的天色，感到一股新鲜之气，不由得伏在地上膜拜；他们把她比做一个刚强的姑娘，称她为帕拉斯①。但阿提卡的空气特别透明，灿烂，纯净，所以帕拉斯又成为雅典娜，意思是雅典女子。她早期的另外一些别号有一个叫作德利多日尼，是出生于水的意思，说明她是雨水所生，或者令人想起波浪的闪光。还有一个痕迹指出她的来源：她眼睛青中带蓝，作为她象征的鸟是眼珠能在夜里放光的枭。她的面貌逐步确定，她的历史也逐渐加多。她出生时天摇地动的情景使她成为战神，全身带甲，威力无边，宙斯与造反的泰坦作战，她就在旁出力。因为是处女和纯洁的光明，所以她后来成为思想与智力的女神；她又号称为工艺之神，因为她发明艺术；又号称为骑士，因为她制服了马；又号称为救苦救难的神，因为她能治病。神庙的墙上记录着她所有的功德和勋绩。雅典人的目光从庙堂的三角墙转移到一大片风景中去的时候，一刹那之间能同时看到宗教上两个互相印证的时代，而在极美的境界前面，两个时

---

① 帕拉斯一词的原义大概就是刚强的女子。——原注

艺术哲学

《三女神》，大理石雕像，巴德农神庙东部三角墙上的雕塑

代又在雅典人心中结合为一。他在南方的地平线上看到无边的大海，名叫波塞冬，他是蓝色的神明，拥抱大地，撼动大地，手臂抱着海岸和岛屿；而在巴德农西面的三角墙上，雅典人就看到海神波塞冬站在那里，挺着肌肉发达的胸脯，强壮的裸露的肉体，做着赫然震怒的手势；他后面是安菲特里特〔海的女神，波塞冬的妻子〕，半裸的阿弗洛狄忒坐在萨拉萨身上，拉托内带着两个孩子〔阿波罗与狄安娜〕，还有琉科忒亚，哈利罗西奥斯，欧里泰，那些女性和儿童的婀娜的形体表现海水的妩媚，娇憨，活泼，和永远的微笑。在同一块云石〔雕塑〕上面，胜利女神帕拉斯制服了波塞冬用铁耙从土中翻出来的马，把它们带给代表土地的神明；那些神明是阿提卡的奠基人凯克洛普斯，始祖厄瑞克透斯，厄瑞克透斯的三个使贫瘠的土地滋润的女儿，美丽的泉水卡利罗埃和浓荫掩蔽的河流伊利萨斯①。雅典人看过了神明的形象，只消把眼睛往下一瞥，就能在高地之下发现神明本身〔河流，海洋，土地〕。

但是帕拉斯的光辉无处不在。用不到思索，用不到学问，只消有诗人或艺术家的眼睛和心灵，就能辨别出帕拉斯女神和事物的关系：

---

① 以上一段都是描写巴德农神庙的三角墙上的雕塑。

希腊的雕塑

灿烂的天色中有她,辉煌的阳光中有她,轻灵纯净的空气中也有她。雅典人认为他们的创造力和民族精神的活跃都得力于这个轻灵的空气,而帕拉斯就是地方特性和民族精神的代表。在密布橄榄树的田间,在种满五色缤纷的农作物的山坡上,在兵工厂冒烟和船舶云集的三个港口里,在城市通到海边的一长条坚固的夹墙中,在美丽的城中,极目所及,没有一处不显出帕拉斯的才能,灵感和事业。就是帕拉斯所代表的民族天才,使雅典有它的剧场,

《半人半马怪与拉庇泰人之战》,大理石浮雕之一,高1.34米,巴德农神庙南部排挡间饰之雕塑

《半人半马怪与拉庇泰人之战》,大理石浮雕之二

练身场,公民大会的会场,重修的纪念建筑和新建的〔指萨拉米斯战役以后〕屋宇,把山冈上上下下都盖满了;并且凭着它的艺术,工业,赛会,发明,不屈不挠的勇气,雅典成为"全希腊的学校",领土遍及地中海,声威远播,在希腊民族中称雄。

那时〔追述游行人伍〕巴德农的大门打开了:在祭品,花冠,水瓶,甲胄,箭筒,银制的面具中间,巍峨的神像,本邦的守护神,童贞女,常胜将军〔帕拉斯/雅典

《小母牛拉去作祭品》，大理石浮雕，高1.06米，巴德农神庙南部的楣梁雕塑

《骑马人》，大理石浮雕，高1.06米，巴德农神庙北部的楣梁雕塑

娜〕,一动不动的站着,长枪靠在肩上,盾牌笔直的放在身边,右手托一个黄金与象牙雕的胜利之神,胸披黄金的胸甲,头戴紧窄的金盔,身穿色泽深浅不一的黄金袍;脸孔,手脚,臂膀的温和的象牙色调,被富丽堂皇的武器与服饰衬托得格外显著;宝石镶嵌的明亮的眼睛在漆成彩色而光线柔和的圣堂中炯炯发光。菲狄阿斯在雕塑帕拉斯,想象她的庄严恬静的表情的时候,的确体会到一种超人的力控制事物的进行,控制活跃的智慧的普遍的力。在雅典人心目中,活跃的智慧原是本邦的精神所在。那时新派的物理学与哲学还没有把精神与物质分离,认为思想是"最轻最纯粹的一种物质",近乎微妙的以太,在世界上建立秩序,维持秩序①;也许菲狄阿斯回想起这种学说,才会产生一个比通俗的观念更高级的观念。爱琴神庙中的帕拉斯〔属于较早的古风时代〕已经很庄严了,但菲狄阿斯的帕拉斯在表达永恒事物的庄严方面更进一步。——我们走着迂回曲折的途径,从越来越逼近中心的圆周中把塑像艺术的全部源流观察过了;但供奉雕像的地方只剩下一个空荡荡的遗址,庄严的形体已经杳无踪影了②。

一九五八年六月至五九年五月译
一九六一年一月为聪儿重誊此份

---

① 这是阿那克萨哥拉遗下的原文。菲狄阿斯在伯里克利家中听见过阿那克萨哥拉的议论,正如米开朗琪罗在劳伦特·特·梅迪契家听见过文艺复兴时期柏拉图派学者的议论。——原注
② 作者不仅谓菲狄阿斯所作的帕拉斯/雅典娜神像久已毁灭,整个希腊雕塑的传统也久已中断。

希腊精神与两晋六朝的文采风流

日前,安徽人民出版社寄来《傅雷译文集》最后一卷,第十五卷的样书。当下随便翻翻,觉得图文并茂。此话怎讲?傅雷先生译书,一向取舍极严,大多是世有定评的文学名著和高深严肃的学术著作,绝非寻常轻松消遣读物可比。而这第十五卷所收,即为丹纳《艺术哲学》一书。关于此书,译者一九六一年致函傅聪时曾说及:"应当每年选定一二部名著用功细读。比如丹纳的《艺术哲学》之类,若能彻底消化,做人方面、气度方面,理解与领会方面都有进步,不仅仅是增加知识而已。"可见是部堪称渊博、颇具深度的著作。法国文学批评家Brunetière(1849—1906)指出:"黑格尔之后,欧洲还没有人像《艺术哲学》的作者那样,对文艺关系和发展问题,发挥过如许新颖、深刻、精辟的见解。"

二十几年前人民文学出版社推出丹纳此书初版,记得当年细读,为作者能把抽象事理说得具体生动而不胜悦服。现将旧译排成新版,怎么个"图文并茂"法呢?

首先是"图",一百零四幅插图,安徽版全用一百二十克进口布纹纸铜版精印,可谓不惜工本。其中五十七幅,易以彩色复制,像米开朗琪罗的《夜》,菩蒂彻利的《维纳斯的诞生》,拉斐尔的《童贞女的婚礼》,卡拉华日的《马太发愿》,荷培玛的《林荫道》等,纤毫毕现,色调真切,除专门美术画册外,一般书籍的插图,印得如此精良者,尚属少见！傅雷先生在世时，一九六三年版，限于条件，无法彩印，威尼斯画派及尼德兰画派的特色从图片上难以看得分明，插图"只能作为聊胜于无之参考，藉免纸上空谈"。如今安徽版已大大改进，可惜印制时，缺少像先生这样一位艺术鉴赏家来把插图重新精选一番！

"文"的方面，《艺术哲学》一书已是旧相识了，傅雷先生十分推崇此书，认为"这是一部有关艺术、历史及人类文化的巨著，读来使人兴趣盎然"。本版第四编"希腊的雕塑"系据译者为傅聪誊录稿排印，含有不少新的信息。我们从致傅聪家书中得知："因你屡屡提及艺术方面的希腊精神(Hellenism)，特意抄出丹纳《艺术哲学》中第四编'希腊雕塑'译稿六万字订成一本。原书虽有英译本，但其中神话、史迹、掌故太多，倘无详注，你读来不免一知半解，我译稿均另加笺注，对你方便不少。我每天抄录一段，前后将近一月方始抄完。"(1961/02/05)此抄本犹如空谷足音，《家书》的插页虽曾影印二页，但一直以不得窥其全豹为憾。

匆匆翻阅一过，觉得傅雷先生在誊录时，译文及原注，文字又顺了一顺。如人文社一九六三年版二六五页下的原注，中间一段说到：

> 开朗的心情，乐生的倾向，是十足地道的希腊气质。这个民族永远只有二十岁：他所谓的"任情适性"绝不是英国人的颠顶沉醉，也不是法国人的粗俗的轻狂；而不过认为天性是好的，可以而且应该放任。

划底线部分，安徽版三四一页作：

> 对于他，所谓任情适性绝不是英国人的颠顶沉醉，也不是法国人的粗俗的轻狂；而不过认为人性本善，可以而且应该加以放任。(希腊对任情适性的看法又与古代的中国人相似。)

从上面这段引文可以看出,不仅译文有改进,如:他所谓的"任情适性",易为:对于他,所谓任情适性;还另加一译按:希腊对任情适性的看法又与古代的中国人相似。这一类改动,还属存而不论的变易。明显的增补,在笺注。六三年版"希腊的雕塑"部分,脚注共一三七条;安徽版增至一五二条;此外,另有眉批(处理成文内双行夹注)近二十条。《傅雷家书》内封上,影印有一九六一年六月二十六日函,从中可以读到:"我早料到你读了'希腊的雕塑'以后的兴奋。那样的时代是一去不复返的了。正如一个人从童年到少年那个天真可爱的阶段一样。也如同我们的先秦时代、两晋六朝一样。"手抄本的眉批与笺注,把雅典文化与我国古代作了较多的平行比较。

希腊文明,从时代来讲,相当于我国先秦时代。丹纳讲到雅典城邦制时说,"每个城邦独立的结果是使整个民族受人奴役。——希腊的灭亡不是偶然的,而是不可避免的。希腊人设想的国家太小了,经不起外面大东西的撞击;那种国家是一件艺术品,轻巧,完美,可是脆弱得很。"傅雷先生加一眉批:"小国不能持久,多战争,我国先秦时代便是一例。大国易致麻痹,进步迟缓,我国自秦汉统一以后的历史均可作证。"对希腊人"认为宇宙是一种秩序,一种和谐,是万物的美妙而有规则的安排"这一观点,傅雷深有同感,"这种对天地万物的看法与古代中国人完全一致。"——但从气度上讲,希腊人又近乎两晋六朝。如原书三四五页上说:"在希腊,哲学是一种清谈,在练身场上,在廊庑之下,在枫杨树间的走道上才产生的:哲学家一边散步一边谈话,众人跟在后面。"这很容易使人想起东晋名士宽衣博带,服药行散,发言玄远的故实;而且,嵇康"好锻",向秀"灌园",相当于希腊人的练身,也是颇闻嘉誉的。所以,译者在丹纳这节文字之后,批注道:"此是我们两晋六朝的风度。"而两晋六朝,因何与古代希腊为近? 傅雷认为,"汉魏人的胸怀比较更近原始,味道浓,苍茫一片,千古之下,犹令人缅想不已"(1954/07/28)。

Olympic 精神,是希腊艺术的最高理想;而"两晋六朝的文采风流",傅雷先生早在一九五四年便"认为是中国文化的一个高峰",两者在气度神采上有着某种契合。五四年末,傅雷寄傅聪书中有一册《世说新语选》,于嘱告中议及自己看法:"《世说新语》大可一读。日本人几百年来都把它当作枕中秘宝。我常常缅怀两晋六朝的文采风流,认为是中国文化的一个高峰"(1954/12/27)。《世说新语》记魏晋士人言谈风貌,"《世说》这部书,差不多就可以看做一部名士的教科书","记言则玄远冷隽,记行则高简瑰奇。"(鲁迅语)历史进入两晋时期,八王之乱,五胡乱华,南北分裂,政治混乱,社会解体,旧礼教崩溃,新思想活跃,艺术创造力勃发,宗白华说这时期"使我们联想到西欧十六世纪的'文艺复兴'……但是西洋'文艺复兴'的艺术(建筑、绘画、雕刻)所表现的美是浓郁的,华贵的,壮硕的;魏晋人则倾向简约玄澹,超然绝俗……"傅雷更推向高古:"比起近代的西方人来,我们中华民族更接近古代的希腊人,因此更自然,更健康……我们对西方艺术中最喜爱的还是希腊的雕塑、文艺复兴的绘画、十九世纪的风景画"(1961/02/06)。一九六二年六月致傅聪函中说及:"近来常翻阅《世说新语》,觉得那时的风流文采既有点儿近古希腊,也有点儿像文艺复兴时期的意大利;但那种高远、恬淡、素雅的意味仍然不同于西方文化史上的任何一个时期。"

　　傅雷在一则笺注中说:"希腊人每遇大事,往往求神示,有如我们在神前求签,不过他们的神示是由占卜者口说的。"丹纳说:"神示的重要箴言中有一句是:'勿过度'。全盛时代的一切诗人与思想家的忠告不外乎勿存奢望,忌全福,勿陶醉,守节度。"傅雷援引中国例证:"我国古代的占卜书,易经,也以谦卦为上上大吉。"我们读安徽版"希腊的雕塑"这一编时,跟着傅雷先生,从希腊的神示,联想到我国古代的占卜;从生自浪花的维纳斯,遥忆及上古传说中的洛神。先生的译书主张,是重神似不重形似;在对世界上二大古代文明进行比较时,可说也遵循着"得其精而忘其粗"这一宗旨。东西方文化比较,雅典文物与中国古代比较,是学术研究的一大课题。傅雷先生在手抄本中所加笺注释语,本不为发表,纯系个人的观感,甚至是一时的感兴,也算是一家之言吧。这里可以看出他治学上对外来艺术善于"化"的特长,能融会贯通,彼为我用。

另一方面,把希腊精神比之于两晋六朝,傅雷先生恐怕是开其端者,从一个侧面反映出他六十年代初期的心境性情。一九五七年的急风暴雨,对狷介孤傲的怒安先生也创巨痛深;尔后,痛定思痛,韬光养晦,心胸逐渐趋于澹泊洒脱,趋于他所说贝多芬"到晚年达到的一个 Peaceful mind,也就是一种特殊的 Serenity"。他早年翻译《约翰·克利斯朵夫》,有时一边译一边感情冲动得很,在介绍贝多芬的文章里说:"反抗一切约束,争取一切自由的个人主义,是未来世界的先驱。各有各的时代。第一是:我!然后是:社会。"——这时,他开始对"个人主义的自由独立和自我扩张"取批判态度,甚至觉得"生命力旺盛也会带咄咄逼人的意味,令人难堪"。他中年主要译巴尔扎克,可谓呕心沥血,精益求精。——这时,他说,"巴尔扎克笔下的那些人物,正好把富贵作为人生最重要的,甚至是唯一的标准。他们那股向上爬,求成功的蛮劲与狂热,我个人觉得难以理解"。他后期的译著中,最有价值的当推《艺术哲学》,译毕两年之后不惜再加誊写,足见推崇之情——这时,他的性情趋于中正平和,"我年过半百,世情已淡,而且天性中也有极洒脱的一面,就是中国民族性中的'老庄'精神:换句话说,我执著的时候非常执著,摆脱的时候生死置之度外"。精神束缚一去,思接千载,视通万里,常"追怀两千年前希腊的风土人情,美丽的地中海与柔媚的山脉,以及当时又文明又自然,又典雅又朴素的风流文采,正如丹纳书中所描写的那些境界"。所以从其译著及品评,也可大致理出先生早中晚期的习性好尚。六十年代初,他瞩意于希腊精神,时常比之于两晋六朝,带有较为明显的主观色彩,透露出他晚年的襟怀气度。

作为一代译家,傅雷毕生从事西方文学的传译,致力于把西方优秀文化会通我国传统文化。他一九六一年二月六日的家书,表现出根植于深厚的中国文化,去阐发西方文明的努力,迤逦写来,竟成一篇绝妙的随笔。但最后的结论却是:"越研究西方文化,越感到中国文化之美"(1965/05/27)!卓有成就地搞了一辈子西方文学,到头来还是礼赞中国文化,听来似乎 paradoxical,却值得我们深长思之!《傅雷译文集》的出版,可谓曲终奏雅——雅在雅典文明,希腊精神!

罗新璋

傅雷译作年表

斐列浦·苏卜《夏洛外传》六万字,一九三二年译,翌年九月自费出版
罗曼·罗兰《米开朗琪罗传》八万七,一九三四年译,翌年九月商务出版
罗曼·罗兰《托尔斯泰传》十三万字,一九三四年译,翌年十一月商务出版
莫洛阿《人生五大问题》七万字,一九三五年译,翌年三月商务出版
莫洛阿《恋爱与牺牲》十万字,一九三五年译,翌年八月商务出版
莫洛阿《服尔德传》六万五,一九三六年四月译,同年九月商务出版
罗曼·罗兰《贝多芬传》六万二,一九三二年初译,一九四二年重译,一九四六年骆驼书店
罗曼·罗兰《约翰·克利斯朵夫》全四册一百二十万,一九八一年二月商务制版
罗素《幸福之路》十万字,一九四二,译自英文,一九四七年南国出版社
杜哈曼《文明》十一万七,一九四二年四月初译,一九四七年三月重译,同年五月南国出版社
巴尔扎克《亚尔培·萨伐龙》五万字,一九四四年译,一九四七年骆驼书店
巴尔扎克《高老头》十八万六,一九四四年十二月初译,一九五一年六至九月重译,一九四六年骆驼书店/一九五一年平明/一九五四年

人文,据平明版重印

牛顿《英国绘画》三万字,一九四七,译自英文,翌年商务出版

巴尔扎克《欧也妮·葛朗台》十三万九,一九四八年八月译,一九四九年骆驼书店／一九五三年平明／一九五四年人文,据平明版重印

巴尔扎克《贝姨》三十一万六,五〇年十二月至五一年五月译,一九五一年八月平明／一九五四年人文,据平明版重印

巴尔扎克《邦斯舅舅》二十三万八,一九五二年二月译,一九五二年平明／一九五四年人文,据平明版重印

梅里美《嘉尔曼·高龙巴》十四万五,一九五三年六至七月译,一九五三年九月平明／一九五四年人文,据平明版重印

巴尔扎克《夏倍上校》十七万六,一九五三年八至十二月译,一九五四年平明／一九五四年三月人文,据平明版重印

服尔德《老实人·天真汉》十一万三,五四年五至八月译,翌年二月人文

服尔德《查第格及其他七个短篇》八万三,一九五六年三月译,同年十一月人文

丹纳《艺术哲学》四十万五,一九五八年六月至一九五九年五月译,一九六三年人文

巴尔扎克《搅水女人》二十万六,一九五七年七月至一九五九年十二月译,一九六二年人文

巴尔扎克《都尔的本堂神甫》(附《比哀兰德》)十五万四,一九六〇年五至十二月译,一九六三年人文

巴尔扎克《幻灭》四十八万九,一九六一年秋至一九六四年八月译,一九七八年人文

巴尔扎克《猫儿打球号》一九六五年十一月译,佚失